JN150576

新　潮　文　庫

村上春樹 雑文集

村　上　春　樹　著

新　潮　社　版

10365

村上春樹

雑文集

目次

序文・解説など

あいさつ・メッセージなど

音楽について

翻訳すること、翻訳されること

人物について

目にしたこと、心に思ったこと

質問とその回答

短いフィクション――『夜のくもざる』アウトテイク

小説を書くということ

村上春樹

雑文集

前書き――どこまでも雑多な心持ち

作家としてデビューしてから三十年余り、あれこれの目的、あちこちの場所のために書いてきて、これまで単行本としては発表されなかった文章がここに集められています。エッセイから、いろんな人の本の序文・解説から、質問に対する回答から、各種あいさつから、短いフィクションまで、実に「雑多」としか言いようのない構成になっています。未発表のものもけっこうあります。もう少し普通のタイトルをつけてもよかったのですが、編集者との打ち合わせなんかでずっと「雑文集」と呼んでいたので、「もうそのままでいいじゃないですか」ということで、『村上春樹 雑文集』というタイトルになりました。雑多なものなのだから、あくまで雑多なままでよかろうと。

いちおうプロとして、三十年以上にわたって文章を書いてきたわけですから、ここに収められたよりも遥（はる）かにたくさん書き物は残っています。うちの倉庫（みたいなところ）に行くと、古い掲載誌が段ボール箱に何箱も――山のようにとまでは言わないまでも――積んであります。そのほかに、引っ越しに紛れて散逸してしまったものもずいぶんあるはずです。でも腰を据えて読み返してみると、若い頃に書いたエッセイの類は「今となってはちょっとなあ」というものが大半でした。読んでいて「こんなもの書いていたんだ」と、思わず赤面したり、ため息をついてしまうようなものも多く、結局のところ、サルベージできたのはそのうちのごく一部に過ぎません。もちろん当時は、僕なりに一生懸命力を尽くして書いていたのですが……。

僕が依頼を受けてぼつぼつ仕事をやり始めた頃、ある編集者に「村上さん、最初のうちはある程度書き散らすくらいの感じで仕事をした方がいいですよ。作家は原稿料をもらいながら成長していくものですから」と言われました。そのときは「そんなものかな」と半信半疑だったんだけど、こうして昔のものを読み返してみると、「たしかにそれは言えるかもな」と納得しました。授業料を払うのではなく、原稿料をもらいながら、少しずつましな文章が書けるようになってきた、ということです。なんだか厚かましいようですが。

しかしそういう発見ができただけでも、自分のかくもおぼつかない足跡がたどれただけでも、本書を出した意味はあったのかもしれません。こんな機会でもないと、昔書いた雑文をまとめて読み返すことなんてまず（絶対に）ないから。

掲載する文章の選択もひと苦労だったけれど、構成にも智恵をしぼらされました。全体を十のカテゴリーに分け、そこに文章を割り振りました。でもそんなにきっちり学術的に分類したわけではなく、あくまで「なんとなく」という感じのものです。あいさつだけはほぼクロノロジカル（時系列的）になっていますが、あとのものはとくに明確な順序もなく並べられています。あっちにやったり、こっちにやったり、並べ替えがけっこう大変だった。最初はすべて単純にクロノロジカルに収めてしまえばいいと思っていたのですが、そうすると読んでいて今ひとつしっくりしない場合が多かったので。

それから、どの文章もばらばらな時期に、異なる媒体のために書かれたものなので、同じ内容が部分的に重なってしまうケースもありました。削れるところは削ったのですが、削ってしまうと文意のバランスが狂ってしまうものもあり、そういう場合は重複したところをそのまま残さざるを得ませんでした。「それ、さっきも読んだぞ」ということもあるかもしれませんが、本の性格上そのへんはどうかご容赦ください。

和田誠さんと安西水丸さんが共同個展のようなことをやっておられて、その絵を見ているうちに、お二人の絵を使わせてもらってうまく装幀ができたらと思いました。もともとが雑多な構成の本なので、それをひとつにまとめるヴィジュアルな柱みたいなものが一本あるといいなと考えたわけです。で、それならせっかくだから、お二人に僕についての対談をしていただいて、それを後書きにすればという話になりました。そんなわけで、和田さんと水丸さんには何かとお世話になりました。感謝します。

これまでに書きためた雑文を本のかたちにそろそろまとめようという計画は七、八年前からあったのですが、ずっと小説を書くのに忙しく、ついあとまわしあとまわしになっていました。今はちょうど小説と小説のあいまの、いわば「農閑期」なので、比較的のんびりと編集の作業をすることができました。しかし何年もあとまわしにされていたおかげで、内容は最初のイメージよりいくぶん豊富なものに——願わくばより充実したものに——なったような気がします。

あえてことわるまでもないことですが、僕の精神はあれこれ雑多なものによって成り立っています。心というものは整合的なもの、系統的なもの、説明できる成分だけでできあがっているものではありません。僕はそのような、自分の精神の中にある細々した、往々にして統制のとれないものごとをかき集め、それらを注ぎ込んで、フィクション＝物語を作り上げ、また補強しています。しかし同時にそれらを、このようにナマなかたちでアウトプットしていくことも、しばしば必要になります。フィクションというかたちだけでは拾いきれない細々とした事物も、少しずつ残滓として残っていくからです。そういうマテリアルをエッセイ（雑文）のかたちでちょくちょくと拾い上げていきます。あるいはまた現実的にこの世界を生きていく上で、ある程度ナマなかたちで自分を表現していくことが必要になる場合もあります（たとえばあいさつなんかがその典型的な例です）。

お正月の「福袋」を開けるみたいな感じでこの本を読んでいただければと、著者は希望してます。袋の中にはいろんなものが入っています。気に入るものもあれば、あまり気に入らないものもあるかもしれません。それはまあしょうがないですね。福袋なんだから。でもそういうあれこれの差し引きの末に、僕の中にある「雑多な心持ち」の全体像のようなものを、少しなりともあなたに感じていただけたとしたら、一人の作家としてそれにまさる喜びはありません。

最後になりましたが、原稿料まで払って、著者を一人前の作家（に近いもの）に育ててくださった各出版社、編集者の皆さんに感謝の意を捧げたいと思います。

二〇一一年一月

村上春樹

序文・解説など

自己とは何か（あるいはおいしい牡蠣フライの食べ方）

大庭健さんの著書『私という迷宮』（専修大学出版局、2001年4月刊）の「解説みたいなもの」として書いたものです。大庭さんはいわゆる哲学者というか、思索家で（つまりかなりむずかしいことを考える人で）、僕みたいなものがしゃしゃり出るまでもないと思うんだけど、「何でもいいから書いてくれ」と言われて、こういう文章を書きました。大庭さんとはプリンストン大学にいたときに知り合いました。

小説家とは何か、と質問されたとき、僕はだいたいいつもこう答えることにしている。「小説家とは、多くを観察し、わずかしか判断を下さないことを生業とする人間です」と。

なぜ小説家は多くを観察しなくてはならないのか？　多くの正しい観察のないところに多くの正しい描写はありえないからだ——たとえ奄美の黒兎の観察を通してボウ

リング・ボールの描写をすることになるとしても。なぜ小説家はわずかしか判断を下さないのか？　最終的な判断を下すのは常に読者であって、作者ではないからだ。小説家の役割は、下すべき判断をもっとも魅惑的なかたちにして読者にそっと（べつに暴力的にでもいいのだけど）手渡すことにある。

おそらくご存じだとは思うけれど、小説家が（面倒がって、あるいは単に自己顕示のために）その権利を読者に委ねることなく、自分であれこれものごとの判断を下し始めると、小説はまずつまらなくなる。深みがなくなり、言葉が自然な輝きを失い、物語がうまく動かなくなる。

良き物語を作るために小説家がなすべきことは、ごく簡単に言ってしまえば、結論を用意することではなく、仮説をただ丹念に積み重ねていくことだ。我々はそれらの仮説を、まるで眠っている猫を手にとるときのように、そっと持ち上げて運び（僕は「仮説」という言葉を使うたびに、いつもぐっすり眠り込んでいる猫たちの姿を思い浮かべる。温かく柔らかく湿った、意識のない猫）、物語というささやかな広場の真ん中に、ひとつまたひとつと積み上げていく。どれくらい有効に正しく猫＝仮説を選びとり、どれくらい自然に巧みにそれを積み上げていけるか、それが小説家の力量になる。

読者はその仮説の集積を――もちろんその物語を気に入ればということだが――自分の中にとりあえずインテイクし、自分のオーダーに従ってもう一度個人的にわかりやすいかたちに並べ替える。その作業はほとんどの場合、自動的に、ほぼ無意識のうちにおこなわれる。僕が言う「判断」とは、つまりその個人的な並べ替え作業のことだ。それは別の言い方をするなら、精神の組成パターンの組み替えのサンプルでもある。そしてそのサンプリング作業を通じて、読者は生きるという行為に含まれる動性=ダイナミズムを、我がことのようにリアルに「体験」することになる。どうしてわざわざそんなことをしなくてはならないのか？　「精神の組成パターン」を実際に組み替えることなんて、人生の中で何度もできることではないからだ。だから我々はフィクションを通して、まず試験的に仮想的に、そのようなサンプリングをおこなう必要がある。

つまり小説というものは、使用されているマテリアルをひとつひとつ取り上げれば、虚構=疑似であるけれど、それが従う個人的オーダーと、並べ替えの作業プロセスについていえば、紛れもなく実際的なものである（べきである）。我々小説家がどこまでも虚構にこだわるのは、多くの局面において、おそらくは虚構の中でしか、仮説を有効にコンパクトに積み上げることができないと知っているからだ。フィクションという装置に精通することによってのみ、我々は猫たちをぐっすりと深く眠らせておくことができる。

ときどき年若い読者から長い手紙をもらう。彼らの多くは真剣に僕に向かって質問する。「どうしてあなたに、私の考えていることがそんなにありありと正確に理解できるのですか？　こんなに年齢も離れているし、これまで生きてきた体験もぜんぜん違うはずなのに」と。

僕は答える。「それは、僕があなたの考えていることを正確に理解しているからではありません。僕はあなたのことを知りませんし、ですから当然ながら、あなたが何を考えているかだってわかりません。もし自分の気持ちを理解してもらえたと感じたとしたら、それはあなたが僕の物語を、自分の中に有効に取り入れることができたからです」と。

仮説の行方を決めるのは読者であり、作者ではない。物語とは風なのだ。揺らされるものがあって、初めて風は目に見えるものになる。

「自分とは何か？」という問いかけは、小説家にとっては――というか少なくとも僕にとっては――ほとんど意味を持たない。それは小説家にとってあまりにも自明な問いかけだからだ。我々はその「自分とは何か？」という問いかけを、別の総合的なかたちに（つまり物語のかたちに）置き換えていくことを日常の仕事にしている。作業はきわめて自然に、本能的になされるので、問いそのものについてあえて考える必要もないし、考えてもほとんど何の役にも立たない→むしろ邪魔になる。もし「自分とは何か？」と長期間にわたって真剣に考え込む作家がいたとしたら、彼／彼女は本来的な作家ではない。あるいは彼／彼女は何冊かの優れた小説を書くかもしれない。しかし本来的な意味での小説家ではない。僕はそう考える。

しばらく前にインターネットのメールで、次のような読者からの質問を受け取った。正確な文章は思い出せないので、おおまかな筋を書く。

先日就職試験を受けたのですが、そこで『原稿用紙四枚以内（村上註：だったと思う）で、自分自身について説明しなさい』という問題が出ました。僕はとても原稿用紙四枚で自分自身を説明することなんてできませんでした。そんなことできっこないですよね。もしそんな問題を出されたら、村上さんはどうしますか？プロの作家にはそういうこともできるのでしょうか？

それについての僕の答えはこういうものだ。

こんにちは。原稿用紙四枚以内で自分自身を説明するのはほとんど不可能に近いですね。おっしゃるとおりです。それはどちらかというと意味のない設問のように僕には思えます。ただ、自分自身について書くのは不可能であっても、たとえば牡蠣フライについて原稿用紙四枚以内で書くことは可能ですよね。だったら牡蠣フライについて書かれてみてはいかがでしょう。あなたが牡蠣フライについて書くことで、そこにはあなたと牡蠣フライとのあいだの相関関係や距離感が、自動的に表現されることになります。それはすなわち、突き詰めていけば、あなた自身について書くことでもあります。それが僕のいわゆる「牡蠣フライ理論」です。今度自分自身について書けと言われたら、ためしに牡蠣フライについて書いてみてください。もちろん牡蠣フライじゃなくてもいいんです。メンチカツでも、海老（えび）コロッケでもかまいません。トヨタ・カローラでも青山通りでもレオナルド・ディカプリオでも、なんでもいいんです。とりあえず、僕が牡蠣フライが好きなので、そうしただけです。健闘を祈ります。

　そう、小説家とは世界中の牡蠣フライについて、どこまでも詳細に書きつづける人間のことである。自分とは何ぞや？　そう思うまもなく（そんなことを考えている暇もなく）、僕らは牡蠣フライやメンチカツや海老コロッケについて文章を書き続ける。そしてそれらの事象・事物と自分自身とのあいだに存在する距離や方向を、データとして積み重ねていく。多くを観察し、わずかしか判断を下さない。それが僕の言う「仮説」のおおよその意味だ。そしてそれらの仮説が――積み重ねられた猫たちが――発熱して、そうすることで物語というヴィークル（乗り物）が自然に動き始めるわけだ。

「本当の自分とは何か？」という問いかけが、その論理的な歪みのゆえに、オウム真理教（あるいはほかのカルト宗教）に多くの若者を引き寄せる要因のひとつになったということは、本書でも大庭健さんによってしばしば指摘されているところだ。僕は『約束された場所で』という本を書くにあたって、何人かのオウム真理教の信者を長時間にわたってインタビューしたことがあるが、だいたいにおいてその指摘どおりの印象を受けた。

彼らの多くは、自分というものの「本来的な実体」とは何かという、出口の見えない思考トラックに深くはまりこむことによって、現実世界（仮に〈現実A〉とする）とのフィジカルな接触を少しずつ失っていった。人は自分を相対化するためには、いくつかの血肉のある仮説をくぐり抜けていかなくてはならない。ちょうどモーツァルトの歌劇『魔笛』において王子タミーノと王女パミーナが、水と火の試練をくぐり抜けることによって（メタフォリカルな死を経験して、と言ってもいいかもしれない）、愛と正義の普遍性を理解し、それを通して自己というポジションのありようを認識していくように。

しかし実際には、今我々が囲まれている現実には、あまりにも大量のインフォメーションと選択肢が満ちており、その中から自分に有効な仮説を適切に選んでインテイクすることは、ほとんど不可能に近いように思える。それらを無制限に無秩序に体内に取り込むことで、自家中毒を起こしてしまう場合も少なくない。そしてまわりを見回してみても、彼／彼女を導いてくれる経験豊かな年長者は見あたらない。現実の推移するスピードがあまりにも速く、先行する世代の積み上げた経験は、サンプルとしてほとんど有効性を持たない場合が多いからだ。

そこにたまたま強力な外部者が現れる。その外部者は、いくつかの仮説をわかりやすいセットメニューにして彼らに手渡してくれる。そこには必要なすべてのものが、こぎれいなパッケージになって揃っている。これまでの混乱した〈現実A〉は、様々な制約や付帯条件や矛盾を取り払った、より単純で「クリーン」な別の〈現実B〉に取り替えられる。そこでは選択肢の数は限られており、すべての質問には理路整然とした解答が用意されている。相対性は退けられ、絶対性がそれにとってかわる。その新しい現実において彼／彼女の果たす役割はきわめて明確に示され、なすべきことは細かい日程表として用意されている。努力は必要だが、その達成レベルは数字で計測され、図表にチャートされる。その〈現実B〉における自己は、「プレ自己」と「ポスト自己」にはさまれた、故に正当な存在意味と前後性を持つ自己であり、それ以外の何者でもない。とてもわかりやすい。それ以上に求めるべき何があるだろう。そしてその新しい現実を手に入れるために、彼／彼女が相手に差し出さなくてはならないのは、古い現実だけなのだ。そしてその古い現実の中でいつもどたばたと苦闘していた、みっともない自我だけなのだ。

「跳びなさい」と外部者は言う。「君がやるべきことは、古い大地から新しい大地に跳び移ることだけなのだ」

このような取り引き自体は、僕の個人的な意見を言わせてもらえるなら、それほど間違ったことではない。小説家はときとしてそれと同じようなことをやっている。僕らは物語という装置を通してそれを行う。「跳びなさい」と僕らは言う。そして読者を物語という現実外のシステムの中に取り込む。幻想を押しつける。勃起させ、怯えさせ、涙を流させる。新しい森の中に追い込む。固い壁を抜けさせる。自然ではないことを自然であると思わせる。起こるはずのないことを起こったことであると信じさせる。

しかし物語が終わったとき、仮説は基本的にその役割を終える。カーテンが降り、明かりがつき、積み上げられた猫たちは目を覚まし、のびをし、夢を見ることをやめる。読者はその記憶を部分的にとどめるだけで、もとあった現実の中に戻っていく。場合によっては以前とはいくらか色合いを変えているかもしれないが、そこにあるのは見慣れた同じ現実である。その継続性には疑いの余地はない。言い換えれば、その物語は開かれている。催眠術師は適当な時期がくれば、ぽんと手を叩いて被験者の眠りを解く。

しかし個人としての麻原彰晃が、組織としてのオウム真理教が、多くの若者に対してなしたのは、彼らの物語の輪を完全に閉じてしまうことだった。厚いドアに鍵をかけ、その鍵を窓の外に捨ててしまうことだった。「本当の自分とは何か?」という問いかけ自体のもたらす閉鎖性を、一まわり大きい、より強固な閉鎖性に置き換えるだけのことだった。

継続性の切断――それがおそらくはキーポイントだ。継続性を断ち切ることによって(あるいは偽装的継続性に無期限に置き換えることによって)、現実は一見してうまく整合化されたように見えるからだ。しかし継続性という、いささかむさくるしくはあるが必要不可欠な空気穴が人為的に塞がれたことで、部屋は否応なく酸欠状態へと向かっていく。それはどう考えても危険なことだし、実際に悲惨きわまりない結果をもたらすことになった。

オウム真理教ではないが、ある大きなカルト宗教にのめり込んだ経験を持つ男性から以前手紙をもらったことがある。彼はそのカルトの修行場(のようなところ)に入れられて、外部からまったく遮断された生活を送っていた。教典以外の本を読むことは厳しく禁止されていた(彼らは信者がフィクションに触れることを一切許可しない。虚構のチャンネルはひとつしか必要とされない。当然なことだ)。しかし彼は僕の書いた『世界の終りとハードボイルド・ワンダーランド』という小説を、荷物の底にひそかに隠し持っていて、人目を忍んでそれを毎日少しずつ読み続けていた。そしていろいろと大変な経緯はあったものの、長い時間をかけてなんとかそのカルトの精神的束縛から抜け出すことができた。今では現実の世界に復帰して、普通の生活を送っている。どうして毎日すがるようにその小説を読んでいたのか、どうして言われたようにそれを捨ててしまわなかったのか、それは彼にもうまく説明できない。しかしもしその本を読み続けていなかったら、あそこからうまく抜け出せたかどうかわからないと彼は書いていた。

それは小説家である僕にとっては大事な意味を持つ手紙だった。僕の猫たちは、それなりに強い夢を見ているのかもしれない、と僕は思った。もちろん僕は自分の書いた小説が優れていると主張しているわけではない。ある特定された場合において、それはある特定の有効性を持ち得たと言っているだけだ。しかしそれでも、僕は小説家としてその事実を喜ぶ。

ある意味では、僕らは物語という装置をめぐる長く厳しい闘いを続けているのかもしれない。そう考えることもある。

彼ら＝カルトはシンプルで、直接的で、明快なかたちを持った強力な物語を用意し、そのサーキットに人々を誘い入れ、引き込もうとする。それは有効性という点からすれば、きわめて有効な仮説である。そこには不純物はほとんど介在しない。理論に異議を唱えるファクターは、貝の砂抜きをするみたいに、最初からきれいに巧妙に排除されている。理屈はそれなりに一貫して通っている。迷うことも、悩むこともない。そこではすべての疑問は解かれている。もし解けていないものがあるとしたら、それは解くための努力が足りないということでしかない。さあ努力しなさい、と課題が与えられる。努力は正しく報われる。閉じられた輪は閉じられているがゆえに、不要物を排除しているがゆえに、強い即効力を持っている。

それに比べると、我々小説家が提供できる物語は、たかがしれたものだ。僕らにできるのは、いろんなかたちのいろんなサイズの靴を用意し、そこに実際にかわるがわる足を入れてもらうだけのことだ。時間がかかるし、手間がかかる。うまくサイズの合った靴が最後までみつからなかったということだってあるかもしれない。そこには保証付きのものはほとんど何ひとつないのだ。それは見るからに有効性を欠いている。そういう面倒なことをやって、いったい何の意味があるのだと質問されても、答えようがない。明快な回答はない。「そこにはたしかに何かがあるような気がするんです」ともそもそっと口ごもるしかない。

何か。

しかし彼らになくて僕らにあるものもある。多くはないけれど、少しはある。それは前にも述べた継続性だ。僕らは「文学」という、長い時間によって実証された領域で仕事をしている。しかし歴史的に見ていけばわかることだが、文学は多くの場合、現実的な役には立たなかった。たとえばそれは戦争や虐殺や詐欺や偏見を、目に見えたかたちでは、押し止めることはできなかった。そういう意味では文学は無力であるともいえる。歴史的な即効性はほとんどない。でも少なくとも文学は、戦争や虐殺や詐欺や偏見を生み出しはしなかった。逆にそれらに対抗する何かを生み出そうと、文学は飽くこともなく営々と努力を積み重ねてきたのだ。もちろんそこには試行錯誤があり、自己矛盾があり、内紛があり、異端や脱線があった。それでも総じて言えば、文学は人間存在の尊厳の核にあるものを希求してきた。文学というものの中にはそのように継続性の中で（中においてのみ）語られるべき力強い特質がある。僕はそう考えている。

その力強さはつまりバルザックの強さであり、トルストイの広大さであり、ドストエフスキーの深さである。ホメロスの豊かなヴィジョンであり、上田秋成の透徹した美しさである。僕らの書くフィクションは——いちいちホメロスを引き合いに出すのも申し訳ないような気がするけれど——そこから絶えることなく継続して流れてきた伝統の上に成立している。僕は一人の小説家として、あたりがしんと静まり返った時刻に、その流れの音をかすかに耳にすることがある。僕自身はもちろんたいしたものじゃない。言うまでもないことだが、ほとんど世の中の役には立っていない。それでも僕が今こうしてやっていることは、古来から綿々と引き継がれてきたとても大切な何かなのであり、これからも引き継がれていくはずのものなのだと、僕は感じる。

物語とは魔術である。ファンタジー小説風に言えば、我々小説家はそれをいわば「白魔術」として使う。一部のカルトはそれを「黒魔術」として使う。我々は深い森の中で、人知れず激しく切り結ぶ。まるでスティーヴン・キングのジュヴナイル小説のシーンのようだけれど、ある意味ではそのイメージは真実にかなり近接しているはずだ。なぜなら物語の持つ大きな力と、その裏側にある危険性を誰よりもよく承知しているのは、小説家であるからだ。継続性とは道義性のことでもあるのだ。そして道義性とは精神の公正さのことだ。

「本当の自分とは何か？」という問いかけに戻ろう。

本当の僕とは何だろう？

牡蠣（かき）フライについて（原稿用紙四枚以内で）語ろう。以下の文章は話の本筋には直接関係ないかもしれない。でも僕は牡蠣フライというものを通して、うまくいけば僕自身を語りたいと思うのだ。デカルトやパスカルがそれについてどう考えるかはまったくわからないが、僕にとっては「牡蠣フライについて語る、故に僕はここにある」ということなのだ。そしてその茫漠（ぼうばく）とした道筋をかき分けていけば、きっとどこかに僕なりの継続性や道義性がみつかるのではないかという予感さえする。いや、そんなものを実際にみつけようとは思わない。みつけたところで、僕にはほとんど使いようもないものだから。でもそれがどこかにあるということだけはしっかり感じていたい。牡蠣フライについて文章を書くことによって。

僕が言いたいのは簡単にいえばこういうことだ。僕の輪は開かれている。ぽっかりと開かれている。僕はそこから、世界中の牡蠣フライやメンチカツや海老コロッケや地下鉄銀座線や三菱（みつびし）ボールペンをどんどん受け入れていく。物質として、血肉として、概念として、仮説として。そして僕はそれらを使って、個人的な通信装置を作り上げていこうと思う。ちょうど「E.T.」がそのへんにあるがらくたを組み合わせて惑星間

通信装置を組み立てたのと同じように。なんだっていいのだ。なんだっていいという
ことがいちばん大切なのだ。僕にとって。本当の僕にとって。

「牡蠣フライの話」

寒い冬の夕暮れに僕はなじみのレストランに入って、ビール（サッポロ中瓶）と牡蠣フライを注文する。この店には五個の牡蠣フライと八個の牡蠣フライというふたつの選択肢がある。とても親切だ。たくさん牡蠣フライを食べたい人のためには、たくさんの牡蠣フライが運ばれてくる。少しの牡蠣フライでいいという人のためには、少しの牡蠣フライが運ばれてくる。僕はもちろん八個の牡蠣フライを注文する。僕は今日、たくさんの牡蠣フライを食べたいのだから。

牡蠣フライにはつけあわせとして、細く切られたキャベツがたっぷりとついてくる。甘くて新鮮なキャベツだ。もし望めばおかわりだってできる。おかわりをすると値段は五十円追加になる。しかし僕はキャベツのおかわりまではしない。僕はまさに牡蠣フライそのものを食べに来たのであって、つけあわせのキャベツ

を食べに来たのではない。そこに今盛られているだけでじゅうぶんだ。僕の皿の上で、牡蠣フライの衣はまだしゅうしゅうと音を立てている。小さいけれど素敵な音だ。目の前で料理人がそれを今揚げたばかりなのだ。大きな油の鍋から僕の座っているカウンター席に運ばれるまでに、ものの五秒とはかかっていない。ある場合には――たとえば寒い夕暮れにできたての牡蠣フライを食べるような場合には――スピードは大きな意味を持つことになる。

箸でその衣をぱりっとふたつに割ると、その中には牡蠣があくまで牡蠣として存在していることがわかる。それは見るからに牡蠣であり、牡蠣以外の何ものでもない。牡蠣の色をし、牡蠣のかたちをしている。彼らはしばらく前まではどこかの海の底にいた。何も言わずにじっと、夜となく昼となく、固い殻の中で牡蠣的なことを（たぶん）考えていた。それが今では僕の皿の上にいる。僕は自分がとりあえず牡蠣ではなくて、小説家であることを喜ぶ。油で揚げられてキャベツの横に寝かされていないことを喜ぶ。自分がとりあえず輪廻転生を信じていないことをも喜ぶ。だって自分がこの次は牡蠣になるかもしれないなんて、考えたくないもの。

僕はそれを静かに口に運ぶ。ころもと牡蠣が僕の口の中に入る。かりっとした衣の歯触りと、やわらかな牡蠣の歯触りが、共存すべきテクスチャーとして同時的に感知される。微妙に入り交じった香りが、僕の口の中に祝福のように広がる。僕は今幸福であると感じる。僕は牡蠣フライを食べることを求め、そしてこうして八個の牡蠣フライを口にすることができたのだから。そしてその合間にビールを飲むことだってできるのだ。そんなものは限定された幸福にすぎないじゃないか、とあなたは言うかもしれない。しかし僕がこの前限定されていない幸福に出会ったのはいつだっただろう？　そしてそれは本当に限定されていなかっただろうか？

　僕はそれについて考えてみる。しかし結論はなかなか出てこない。ほかの人も含んでいることだから、そんなに簡単には決められない。牡蠣フライの中に何かそのヒントのようなものが見つからないかと、僕は残り三個になった牡蠣フライをしばらく見つめる。でもそれらは僕に何も語りかけてこない。

　やがて僕は食事を終え、ビールの最後の一口を飲み、席を立ち、勘定を払い、外に出る。駅に向かって歩いているときに、僕は肩のあたりにかすかに、牡蠣フライの静かな励ましを感じることになる。それは決して不思議なことではない。

何故なら牡蠣フライは僕にとっては、大事な個人的反映のひとつなのだから。そして森の奥では誰かが闘っているのだから。

同じ空気を吸っているんだな、ということ

和田誠さんと安西水丸さんの共著『NO IDEA』（金の星社、2002年10月刊）の序文として書いたものです。僕はお二人どちらとも懇意にさせていただいており、本の装幀なんかもお願いしているので、「何か書いてくれ」と頼まれると「いいですよ」と気軽に引き受け、気軽にすらすらと書いてしまう。よく知っている人（たち）についての文章は書きやすい。二人とも文章の上手な絵描きさんだけど、小説家の僕には絵がうまく描けない。世の中は不公平なものですね。

和田誠さんと安西水丸さんとは、本の装幀や挿し絵なんかでよく一緒に仕事をするので（というかさせていただいているので）、そういう親交はずいぶん以前からある。でもただそれだけではない。お二人とも昔から青山の近辺に住んでいて、また仕事場もそのあたりにあり、夜になるとだいたい近くでふらふら――何をしているのか正確

には知らないけど——したり、バーで一杯飲んだりしておられる。個展みたいなものも、それほど規模の大きなものでなければ、青山のちょっとした画廊で開かれることが多い。

僕もずっと青山を中心とした地域に暮らしているので、その結果、ひんぱんとは言えないまでも——僕は夜はわりに早く寝ちゃうので——何かのおりにちょくちょく顔を合わせることになる。直接会わないまでも、近所のバーに行くと、「さっきまで和田さんがみえていましたよ」とか「水丸さんが昨日みえて、最近ムラカミさんに会ってないなとか言ってましたよ」とかバーテンダーに言われたりすることもある。東京は広い街だけど、ひとつのところに長く住んでいると、人の生息行動範囲というのは意外に限定されてくるものなのだということがよくわかる。

限定されているといえば、はじめにも書いたように、僕は和田さんや水丸さんとはよく一緒に仕事をするんだけど、じゃあこれまでほかのどんなイラストレーターの人と一緒に仕事をしたかなと考えると、いくつかの例外をべつにすれば（たとえば佐々木マキさん）、ほかの誰かと組んで仕事をした記憶があまりない。たぶんそれだけ、このお二人とは相性がいいのだろう。「おまかせします」と言ってまかせてしまえば、その場にぴたりと合った素敵な絵が仕上がってくる。そのあたりの段取りにまったく違和感がなく、いつも居心地よく仕事ができる。なにしろ手練（てだ）れのプロなのだ。もちろんご近所で同じ空気を吸って暮らしているから、というような理由だけで居心地がよく仕事ができるというわけでもないんだろうけど、でもそういうのもけっこう大きいんじゃないかな、と思わされるところもないではない。まずだいいちにお二人とも、画風がいかにも都会的というか、細部の始末がいちいち洗練されている。文章にたとえれば、文体がしっかりしていて、それでいて押しつけがましいところがない。洒脱（しゃだつ）でありながら、乱れるところがない。こういうのはあるいは青山のバーで長年お酒を飲んでいるうちに培（つちか）われるものなのかもしれない——とまでは言わないけれど、とはいえ、そういう部分って少しくらいあるんじゃないかという気がする。僕なんかはまだ飲み足りないのか、なかなかそんな境地まではいかないけど。

　文体といえば、この二人の文体のメンタリティーはよく似かよっているところもあり、またがらりと違うところもある。おおまかに言ってしまえば——これはもちろん僕の個人的な印象に過ぎないんだけど——和田さんのそれは端正で知的であくまで趣味がよく、水丸さんにはものごとをちょっと草書体的に崩したみずみずしさと、おかしみがある。たとえば鉛筆で円をひとつ紙にくるりと描いても、水丸さんの描く円と、和田さんの描く円とでは微妙に（しかし決定的に）違っているはずだし、僕にはその違いをたぶんすぐに見分けることができると思う。それはたとえばコールマン・ホーキンズとレスター・ヤングのテナーサックスの音を、四小節聴けばすぐに言い当てられるようなものだ。四行読めばダシール・ハメットとレイモンド・チャンドラーの文体の違いを言い当てられるようなものだ。そういうのと同じように、二人の描く絵にはそれぞれに、たとえ何を描いていても、見違えようのないはっきりとした独自のシグネチャーが入っている。もちろん、前のふたつの例と同じように、どちらが優れているというような比較ではない。どちらもいいんですよね、ほんとの話。

この本に収められた和田さんと水丸さんの合同個展が開かれた青山の小さな画廊では、それぞれの絵に作者の名前は付されていなかった。つまり、誰がどちらの絵を描いたのか観客にはわからないようになっていたわけだ。でももちろん僕は、ワイングラスを片手に、どちらの絵が誰の手になるものか即座に言い当てることができました。あなたはいかがですか？　もちろん水丸さんと和田さんという余裕ある大人（たいじん）のあいだだからできることなんだろうけど、こういう遊びのある企画って、なかなか愉（たの）しいものだ。とくにそれが、すぐご近所で心地よく繰り広げられているような場合には。

僕らが生きている困った世界

　2002年6月に『からくり民主主義』（草思社、後に新潮文庫）の解説として書きました。髙橋さんは誰にこの本の解説を頼もうか決めかねて、例によってウツウツと顎鬚（あごひげ）をしごいていたのだけど、奥さんに「ムラカミさんところに行って、はっきりお願いしていらっしゃい」と叱（しか）られて、それで意を決して僕のところにやってきた、ということでした。そんなの遠慮しないで早く言えばいいのに。ゲラで読んだときの題は『民主主義のからくり』だった。今の題の方がだんぜんいいですね。

　髙橋秀実（たかはしひでみね）さんはちょっと変わった人で、会うたびにいつも「いや、困りました。弱りました」と言っている。背も高く、体つきもよく、だいたい日焼けしていて（取材焼けかもしれない）、真っ黒な髭（ひげ）まではやしていて、昔ふうに言えばまさに「偉丈夫」

というところである。『西遊記』の三蔵法師の家来になったら似合いそうな人だ。大学時代には柔道をやっていて、もちろん有段者だ。そういう人が僕に会うたびに、身体(からだ)をいくぶん丸めぎみにして、頭をかきながら「いや、ムラカミさん、困りました。弱りました」と言っている。

それで「どうしたの？ 何をそんなに弱っているの？」とたずねると、「あの、実はこういうわけで……」とコーヒーをおかわりしながら話をしてくれる（見かけとはちがってお酒はほとんど飲まない）。その話を聞いていると、たしかに髙橋さんの言うとおりなのだ。彼が弱っているのが仕事上のことであれ、私生活のことであれ、だいたいにおいて彼はすごく「筋のとおった」弱りかた、困りかたをしているのである。ただ無意味に愚痴っているわけではない。悲観的になっているのでもないし、自分の無力さを自虐(じぎゃく)的にさらけだしているわけでもない。ただ単に前向きに、一生懸命弱っているのである。僕だって話を聞くと、「そうだよね、そりゃたしかに弱っちゃうよなあ」と言わないわけにはいかない。

「そうでしょう、誰だって弱りますよねえ」と彼は腕組みしながら言う（腕組みがとてもよく似合う）。「それで、なんとかなりませんかねえ？」

「うーん、ちょっと、それはなんともならないよねえ」と僕は答える。

「そうですか。やっぱりなんともなりませんか」

会うとだいたいにおいて、かくのごとき話の展開になる。でもそういう出口のみつからない話をしていても、ぜんぜん場が暗くならない。ついつい（それが笑ってはいけない種類のことであっても）「ははは」と声に出して笑ってしまったりする。そういうところが高橋さんの持ち味である。


高橋さんが本書に収められたいくつかの文章の取材執筆をしている時期にも、用事があって何度か顔をあわせて、そのときにかかわっている対象についての話をあれこれとした。そのときもだいたいにおいて「いや、ムラカミさん、弱りました」という話の展開になった。結論が出ない、というのが当時の彼の主要な悩みだった。真面目に足をつかって取材すればするほど、たくさんの人の話を実際に時間をかけて聞けば聞くほど、結論が出なくなってくるのだ。そのものごとにかかわりあっているいろんな人の事情もわかる。考え方の違いが出てくる経緯もある程度わかる。そういう諸要素を白か黒かでさっさとより分けて、「みなさん、これが正しい結論だ！」みたいなものが、するりと簡単に出てくるわけがないのだ。

しかし多くの場合、商業雑誌がノンフィクションの書き手に対して求めているのは、そういう「いや、弱りました、どうしたものか」という内容の文章ではない。「それはこれだ！」みたいな、めりはりのある結論のついた読み物が編集部からは要求されている。読み手のほうだって十分でさっと読めて、クリアにインテイクしやすい情報を期待している。立場や視点がはっきりとした文章が比較的高く評価される。だからこそ髙橋さんは真剣に困惑するのである。「そんなわかりやすい結論が出ないんです」というのが、彼の抱えているいちばんの問題だった。

でも僕には髙橋さんの感じていること、言いたいことがとてもよくわかった。痛いほどよくわかった。僕がサリンガス事件をあつかった『アンダーグラウンド』（講談社）を書いたときにも思い知らされたことだが、世の中のものごとには多くの場合、結論なんてないのだ。とくにそれが重要なものごとであればあるほど、その傾向は強くなってくる。足をつかってナマの一次情報をたくさん集めれば集めるほど、取材に時間をかければかけるほど、ものごとの真相は混濁、迷走していく。結論はますます遠のいていくし、視点は枝分かれしていく。そうならざるを得ないのだ。その結果、僕らは途方に暮れてしまう。何が正しいのか正しくないのか、どちらが前でどちらがうしろなのか、どんどんわからなくなっていく。

でも、僕は確信しているのだけれど、そういう混濁を突き抜けないことには見えてこない情景というものがある。その情景が見えてくるまでには時間がかかるし、見えてきたその情景を短い言葉で端的に読者に伝えることはとてもむずかしい。しかしその段階を通過しないことには、いささかなりとも価値のある文章は生まれてこないはずだ。なぜなら物書きの役目は（それがフィクションであれ、ノンフィクションであれ原則的に）単一の結論を伝えることではなく、情景の総体を伝えることにあるのだから。

もちろん「髙橋さんもプロのライターなんだし、生活もあるわけだし、仕事は仕事と割り切って、ここはひとつ適当に結論つくってつけておけばいいじゃん。それで編集者も読者も納得するんだからさ」と現実的なアドバイスをすることだってできるかもしれない。でも僕にはそういうことは言えないし、髙橋さんにもそういうことはできないだろう。髙橋さんはこつこつと足をつかって現場でリサーチし、そこで見えてきた情景をできるだけ親切な文章で、誠実に（という表現を彼はおそらく好まないだろうが、ほかに適当な言葉を思いつかないので使うんだけど）描写しようと努力する人である。

だから僕としても結局、「うーん、ちょっと、それはなんともならないよねえ」と言わざるをえなくなってくるわけだ。そして二人で腕組みして、話がなんとなく終わってしまう。

本書を一読して、僕がまず最初に感じたのは、「この本は間違いなく一〇〇パーセント髙橋秀実の本だ」ということだった。

1　とてもよく調査をする。

2　正当な弱りかたをする（せざるを得ない）。

3　それをできるだけ親切な文章にする。

というのが（僕に言わせればということだけど）ノンフィクションの書き手としての髙橋秀実の三要素である。そしてほとんどの場合——相変わらずというか——結末に結論はない。読み手は一章ごとに、淡い光に照らされた困惑のソフトな荒野に置き去りにされる。「はい、これはこういうことですね。AをすることがBに強く求められています。はい、次のニュースです」と言ってくれるような、にこやかで親切なテレビのニュースキャスターはそこにはいない。

でも僕らはその結論のなさを彼としっかりと共有することができる。それが共有されている、、、というたしかな実感がそこにある。僕らは一章ごとに彼と一緒に弱ったり、困ったりすることができる。これは実をいうととても大事なことなんじゃないか、と僕は考える。みんなで輪になって座って、熱いコーヒーを飲みながら、「いや、困りました」とか、「ちょっと弱りましたねえ」とか、「なんか結論、出ませんねえ」とか言いながら、頭をかいたり、ひげをしごいたり、腕組みをしたりすること。どこかから借り物の結論みたいなのをもってきて、大言壮語しないこと。そういうのは僕らの生活にとって、すごく大事なことなのではないだろうか？

そしてそこにはユーモアというものがある。これもとても大事なことだ。笑いとばせること。笑っちゃいけないことでも（いや、笑っちゃいけないことであるからこそ）、ついつい笑ってしまうこと。でも髙橋さんの持ち出すユーモアはシニカルなユーモアではないし、計算ずくのユーモアでもない。「いやあ、話しているうちについ笑っちゃいましたよ」という地べたのおかしみである。そして多くの場合――髙橋さんにとってはあるいは不幸なことなのかもしれないが――そのようなおかしみは話の結論をますます遠のけることになる。なぜならおかしみというのは、表層的な論理を、安易な判定を、場から静かに排除していくものだからだ。

ひとつひとつの章を追って、本書を最後まで読み終えたとき、たぶん僕らはこう思う。なんという困った社会に僕らは生きているのか、と。僕らは腕組みをしたり、頭をかいたりするかもしれない。でも好むと好まざるとにかかわらず、それが僕らの住んでいる世界なのだ。僕らはその中で生きていくしかないのだ。そこからむりに出ていこうとすれば、僕らの行き先は「本当ではない場所」になってしまう。それが結局のところ、この本の結論になるのではないか（たぶん）。

安西水丸はあなたを見ている

安西水丸画伯の不朽の名作漫画『平成版 普通の人』(南風社、1993年4月刊)につけた解説。僕はこの本が大好きで、行く先々でいろんな人に推薦している。これくらい安西水丸性が前面に押し出されたラディカルな作品はほかにないような気がします。まだ読んでいない方は是非手にとって読んでみて下さい。水丸さんのご好意で、漫画を一部掲載させていただきました。

〈極北〉という言葉がある。じゃあそれに対する〈極南〉という言葉があるかというと、これはおそらくないと思う。どうしてかは知らないけれど。ためしに三省堂の新明解国語辞典を引いてみると〈極北〉は「北極に近い・こと(所)。『——の地』」とある。〈極南〉はやはり載っておらず、〈局留め〉の次は〈曲飲み〉になっている。辞書に載っている〈極北〉の意味はたしかにそのとおりで文句のつけようはないのだけ

れど、日常的には我々は「これ以上先には行けないくらい厳しく突き詰めた地点（にあるもののありよう）」という意味合いにおいてこの言葉を使用するようである。「このドライ・マーティニはまさにドライの極北ですね」という感じで。

　僕は水丸さんと一緒に仕事をするようになってもう十二、三年になるのだが、「安西水丸とはいったいいかなる人物であるのか」という規定（ディフィニション）がこの何年かますます不明確になりつつあるように感じられる。あるときにはイラストレーターの安西水丸であり、あるときには作家・文章家の安西水丸であり、またあるときには日が暮れたらただの酒飲みの安西水丸である。これは凄（すご）いと思わず感心させられるところもあれば、人前ではあまり大きな声で言えない幾つかの特質もある。そういう多面性がひとつに寄り集まって安西水丸という人間をもそもそと形成しているわけであって、ひとつの側面なり役割なりに無理に規定しようとすると、この人の本質はするするとウナギ的にしなやかにどこかに抜けて逃げていってしまうことになる。

　そのような規定困難な、正確な海図なき「安西水丸的世界」の中にあって、どちらが北でどちらが南かというような方向性を定めることはきわめて難しいわけだが、僕はやはり独断的にこの『普通の人』シリーズが示す安西水丸こそが、安西水丸の極北であると断定したいと思う。マーティニではないけれど、『普通の人』の持つ恍惚（こうこつ）的ドライさはちょっと他では得難いものだからである。

『普通の人』に収められた物語はすべて朝の風景から始まる。夜が明けて、人が目覚める。ムニャムニャと起き上がる。そこからこれらの物語は開始する。この冒頭部分は非常に印象的であり、象徴的である。僕は思うのだけれど、朝目覚めたばかりの人間というのはおそらくもっとも無防備で、もっとも不用意な存在である。ご覧になればわかるように、冒頭の四コマで我々が主人公について知ることができるのは、性別と、おおよその年齢と、寝巻と布団の柄だけである。この人物がいったいいかなる種類の生活を送っているのか、読者にはほとんど想像もつかない。彼は折り紙の先生であるかもしれないし、あるいは俳句好きのタクシーの運転手であるかもしれない。彼女は売れっ子ソープ嬢であるかもしれないし、欲求不満気味の病院の受付係であるかもしれない。彼／彼女がいかなる人間であるのかが判明するのは、しばらく時間が経ってからである。それまでは彼／彼女は「役割的」にはほとんどゼロに近い、のっぺらぼう的な存在である。

僕自身の経験を話すと、僕はときどき目が覚めて自分が誰で、今どこにいるのかぜんぜん思い出せないことがある。そういうときには本当に困る。困るなんていうものじゃない。何しろ自分という人間についての認識がゼロなのである。どうしたらいいのか見当もつかない。何秒かすればもちろん意識が戻ってきて「ああ、僕は村上春樹で、今は朝で、自分の家のベッドに寝ているんだ」という認識が可能になるわけだが、その空白の何秒かのあいだは、ひどく心もとないし、怖い。不条理であり、ミステリアスであり、孤独である。なんだか宇宙の真ん中にひとりで放り出されてしまったような気がする。でもやがて僕はだんだん自分が村上春樹であるという事実を受け入れていく。まあそれ以外に受け入れるべきものもないのだから。そういうときはこの漫画の登場人物と同じように、意味もなく「いやあ、まいったな」とか、「そうか、やっぱりな」とか独り言を言って、女房に「何言ってるのよ、いったい」とあきれられたりする。だから僕にはここに出てくる人たちの気持ちがよくわかる。

あえて言うならば、朝目覚めたばかりの人々は、虫になりかけてなりきれなかったカフカの『変身』の主人公なのである。そのようにして彼らは虫ならざるものとして、一人の「普通の」人間として、自らに与えられた役割をまた一日、再生産的になぞりつづけなくてはならない。それが我々の役割なのだ。虫になれなかった我々には、そのままずっとのっぺらぼうでありつづけるというような贅沢さは決して許されない。我々はアイデンティティーという名で呼ばれるところの仮面をつけ、衣装を身にまとわなくてはならないのだ。

とにかく、人々はそのようなのっぺらぼう的地点から徐々に意識を回復し、名前と立場を取り戻し、服を着替え、歯を磨き、顔を洗い、髭(ひげ)を剃(そ)り（あるいは化粧をし）、朝食をとり、排便をすませ、シャワーに入り、それぞれに日常の顔を取り戻していく。ゼロに近い存在から、名前と立場と役割を持った「普通の人」へと変身していくわけだ。この辺の風景の安西水丸的リアリティーは実にすさまじい。氏の耽美(たんび)的な小説や、端正な美人画の世界から見れば、これはまさに極北であると言うしかないだろう。

我々はこの漫画を読んで笑うわけだが（少なくとも僕は笑う）、その笑いの中には「そうだな、こういう人っているんだよな」というおかしさが常にある。いささかの誇張こそあれ、ここに描かれている様々な人々の行為や発言や思想は我々が日常的に目にし、経験することである。もちろん登場人物たちは（つまりその行為の当事者たちは）自分たちの言動がおかしいと思っているわけではない。彼らにとってみれば、それは当たり前のことであり、自然なことであり、ある場合にはきわめて真剣なことであり、そこにはおかしがることなど何もない。しかし他人の目から見れば、そのような無自覚性が逆におかしいのである。

たとえば第十七話の⑮コマから⑰コマまでを見ていただきたい。これは女の子がふと目を覚ましたらとなりに知らない男が寝ていたという設定である。酔っぱらって、どこかの男と一夜の情事を持ってしまったのである。男はまだぐっすり眠っていて、そこで彼女の独白がある。

⑮わたしってこういうやさしさがだめなのかしら（牛乳を飲む）
⑯辛い　いやっ　わたしってだめな女（涙がこぼれる）
⑰どうしてこんなの　いやっ　わたしって　わたしって（涙を拭く）

本人にしてみればこれはかなり真剣なんだろうけれど、読んでいるとおかしい。何故おかしいかというと、これはやはりこの女性の思考が世間的にパターン化された思考の域を一歩も出ていないからだろう。この三コマの台詞はいわゆるハウツー女性誌的な発想（特集「あなたのやさしさがあなたを駄目にする」というようなやつ）の枠内にある。あるいはトレンディー・ドラマの女主人公のよくある独白的パターンに似ている。でも本人はそのことに気づいていない。自分をドラマタイズして、それに酔ってしまっている。そういう情景を安西水丸はどこかからこっそりと隠しカメラで撮影して、それをみんなに見せて、にこにこしながら「ねえほら、面白いでしょう。こういう人っているんだよね。ホントウはこういうの他人に見せちゃいけないんだけど、まあ面白いんで見せちゃうけどさ」と言っているわけである（悪い奴だ）。でもやはりおかしい。

しかし、話はそれだけでは終わらない。冷徹にして的確な観察者安西水丸の独壇場とも言うべき箇所は、言い換えればいちばんエグイところは、実はそれに続く三コマの中にある。つまり⑱から⑳のコマである。

⑱子供の頃はクリスチャンだったのに（胸に手をあてる）
⑲きっとデパートに勤めていた母の血がいけなかったのだわ（もっと泣く）
⑳いけない そういう考え方は差別だわ（もっともっと泣く）

こういうすさまじいダイアローグは書こうと思ってなかなか書けるものではない。ここでこの女性はそれまでのステレオタイプな借り物の独白を離れ、きわめてオリジナルな血肉ある領域に足を踏み入れることになる。

「クリスチャン」
「デパート勤めの母」
「差別」

この三題噺（さんだいばなし）的な急激な展開は実にオリジナルである。しかしいくらオリジナルであるにせよ、血肉あるにせよ、これらの台詞の提示のされかたはあまりにも唐突であり、あまりにも個人的であり、あまりにもシュールレアリスティックである。デパート勤めの母親の血がどうして、どのように悪いのか？ そのあたりの説明がまったくなされていないから、我々は「いったいこれはなんだろう？」といささか戸惑ってしまうわけだが、その次のコマではもう男が起きてきてズボンを穿きながら「いやあメンゴメンゴ」と言っているので、話は相対化されないままに、そのまま――血肉の予感を含んだまま――あっさりと放置されてしまう。この独白の前半から後半への急激な位相の転換はみごとである。整合的ステレオタイプの思考から、非整合的無脈絡への転換。

しかし僕は思うのだけれど、このように相反的なるものの同時存在の中にこそ、我々の偉大なる「普通性」があるのではないか。よく考えてみれば、我々は実は適当にまとめられる借り物の自分と、借り物ではないけれどうまくまとめられない自分との奇妙な狭間に生きているのではあるまいか。我々ははっきりとどちらにつくこともできず、どちらにつこうという決心もできないままに、「普通の人」としてこの世にずるずると生きているのではあるまいか。我々の笑いを誘うのは、その相反性の中で不安定によたよたと揺れ動きながら、自分の目ではそのよたよたさのおかしさを捉えられないという冷厳な事実の持つ滑稽さではないのか。そのあたりをきっちりと読み切っている安西水丸という作家の才能は凄いと言うしかない。僕はこの『普通の人』という本のいろんな部分に細かく感心したけれど、この六コマの展開には深く考えさせられた。もっとも僕はこの「子供の頃クリスチャン」と「デパート勤めの母」の部分にはきっと具体的なモデルがいるはずだと踏んでいるのだが（いなかったらごめんなさい）。

いずれにせよ、僕がここで言いたいのは、ここに出てくる人たちは「こういう人っているんだよな」的文脈の中ではたしかにその辺の「普通の人」であるわけだが、そこには我々自身の顔もまたはっきりと映っているのだということである。もちろんここに出てくる人物たちが、そのままあなたや私に似ているというのではない。でもこれらの人々が戯画化されるプロセスの中にはやはり、我々自身を何かしらひやっとさせるものがある。我々の存在を脅かすものがある。何故なら——あえて言うまでもないことだが——我々は自分自身にとっては「かけがえのない」「独自の」人間であるとしても、他人の目から見れば所詮は「普通の人」であり、我々もこのように安西水丸に捉えられて戯画化されないという保証はないからである。我々はこの本を読んで笑う。しかしその笑いの中には自分の姿を後ろから見ているような（それぞれのタイトルに主人公の後ろ姿が描かれているところに注目していただきたい）冷たい恐怖が含まれているはずだし、また含まれていなくてはならないはずだと思う。そこにこの『普通の人』シリーズのとんでもないおかしさがあり、とんでもない怖さがある。この本を読んで「ああ、おかしい」で終わってしまったとしたら、それは本の値段の半分しか受け取っていないということになる。「おかしいけど怖い」、「でも怖いけどおかしい」、「でもおかしいけどやっぱり怖い」というサイクルの中に入ってきて、はじめてこの本の全貌を摑んだ、払ったお金のもとを取ったということになると僕は思う。

水丸さんがどれくらい怖いかということを少し話す。たとえば安西水丸氏はプレゼントの上手な人である。いや、上手なんていうものではない。一種の神業である。たとえば水丸さんと会って飲んでいると、「あの、これよかったら使ってよ。つまんないものだけどさ」といかにも恥ずかしそうな顔をして何かをくれる。こういうときの水丸さんは「いや、僕なんか生まれてから悪いことなんか何ひとつしたことのない無垢な少年なんだけどさ」という顔をしている。包みを開けてみると、そこにはウールの手袋が入っている。でも何を隠そう、そのとき僕は「そろそろ手袋を買わなくてはな」と思っていたのである。革の手袋は持っているけれど、あるはずのウールの手袋がどうしてもみつからなくて、買いにいかなくてはなと思っていたのだけれど、何やかやと忙しくてつい買い忘れていたのである。どうしてそんなことが水丸さんにわかるのか、僕には見当もつかない。その前は「これ奥さんにあげてよ」と言って水色のセーターをくれた。帰って「こんなの水丸さんにもらったよ」と女房に見せたら「まあどうしたの、この色のセーターをずっと探していたのよ。どうしてそんなことが水丸さんにわかったのかしら」と驚きあきれていた。こういうことが何度か続くと、あるいは安西水丸は僕の家のどこかに隠しカメラをつけてこっそりと様子を窺っているんじゃないかと疑いたくもなってくる。恐ろしいことである。でももちろん現実にそんなことはあり得ないわけで、そうなると「安西水丸という人間には何かそういう特殊な能力がそなわっているんだ」としか思いようがない。なかなか凄い人である。

僕の知りあいのある女性編集者にその話をして、「あなたも胸のうちを読まれて、黒い下着なんかを水丸さんにプレゼントされたりしないように気をつけなくちゃね」と冗談で言ったら、それ以来彼女は水丸さんに会うたびに強迫神経症的に「黒い下着、黒い下着」と頭に思い浮かべるようになって、いつもだらだらと汗をかいているそうである。「考えまいとすればするほど、それが頭に浮かんでくるんです。これというのも村上さんのせいです」と彼女は文句を言うけれど、いずれにせよ彼女が水丸さんから黒い下着をプレゼントされるのも時間の問題ではあるまいかと僕は考えている。僕は知らない。

僕は第一作めの『普通の人』の熱烈なファンで、水丸さんに会うたびに「なんとか一日も早く第二作めを描いてくださいね」と言いつづけてきたので、今回『平成版普通の人』が出版されたことは本当に嬉しい。

僕は一度酒を飲んでいるときに、「ねえ水丸さん、あの『普通の人』にはモデルがみんないるんでしょう？　だってそうでもなきゃあれくらいリアルには描けないよ」とかまをかけてみたことがある。そのときは「いや、そんなこともないよ。適当に描いているんだよ」というクールな答えが返ってきたのだが、しばらくグラスを重ねたあとで巨匠は「いやああいうのってさ、みんなね、自分がモデルだってなかなか気がつかないものなんだよね、ふふふ」とふと呟かれた。

これは声を大にして言いたいのだけれど、安西水丸氏のまわりにいる人はどうかくれぐれも気をつけてください。あなたのまわりには安西水丸カメラがこっそりと隠されていて、その鋭いレンズでいつも観察されているかもしれないのです。そしてあなたはいつか『普通の人』第三弾に登場することになるかもしれないのです。だから自分が普通の人かもしれないと思っている人は、どうか安西水丸には近づかないでください。自分は普通の人じゃないから大丈夫だと思っている人はもっと気をつけてください。安西水丸が狙っているのは実はあなたのような人なのですから。

あいさつ・メッセージなど

「四十歳になれば」――群像新人文学賞・受賞の言葉

「群像」1979年6月号に、受賞作『風の歌を聴け』と共に掲載されました。「四十歳になれば……」というのは、僕のそのときの本当に正直な気持ちでした。僕はこのとき三十歳で、あと十年のうちには、なんとかまともな小説を書けるようになりたいと考えていました。三十八歳のときに『ノルウェイの森』を発表して「これがあのときに想定した、（ほぼ）十年目の一段落なのかな」とふと思ったことを記憶しています。昔から長距離の単位でしかものを考えることができないみたいだ。良くも悪くも。

学校を出て以来殆ど（ほと）んどペンを取ったこともなかったので、初めのうち文章を書くのにひどく手間取った。フィッツジェラルドの「他人と違う何かを語りたければ、他人と違った言葉で語れ」という文句だけが僕の頼りだったけれど、そんなことが簡単に

出来るわけはない。四十歳になれば少しはましなものが書けるさ、と思い続けながら書いた。今でもそう思っている。

受賞したことは非常に嬉しいけれど、形のあるものだけにこだわりたくはないし、またもうそういった歳でもないと思う。

「先はまだ長いので」——野間文芸新人賞・受賞の言葉

雑誌「群像」の1983年1月号に掲載。『羊をめぐる冒険』で受賞しました。このときの「野間文芸賞」の受賞者は『別れる理由』の小島信夫さんで、授賞式のとき隣りに座っておられたのだけど、とくに話はしなかった。小島さんの作品は個人的に好きだったけど、「作品と作者とはまた別のものだから」と思って黙っていました。ちょっとでも話しておけばよかったなと、今になって残念に思います。まだ若かったというか、だいたいにおいて素直じゃない性格なのだ。

二十九の年に第一作の『風の歌を聴け』を書きはじめて、今は三十三になった。あと何日かで三十四になる。いずれにしても先はまだ長いので、ペースを崩さないように丁寧に仕事をしていきたいと思う。

賞は作品が受けたのであって、僕個人がどうこう言う筋合のものではない。ただこれまでにいろいろとお世話になった方々に対する感謝の気持を賞という具体的な形で表わせたことは、やはりありがたいことであると思う。

「ぜんぜん忘れてていい」――谷崎賞をとったころ

谷崎潤一郎賞が何周年かを迎えて、そのときに過去の受賞者の一人として、この賞に関する思い出話を書いてくれと言われ、雑誌「中央公論」のために書きました（2006年11月号）。字数を間違えて長く書いてしまって、それを短くしたものが雑誌には掲載されました。これは長い方のヴァージョンで、もちろん初出。

『世界の終りとハードボイルド・ワンダーランド』を書いたときは、神奈川県藤沢市鵠沼（くげぬま）というところに住んでいた。引っ越しと引っ越しとのあいまにせっせと書き上げたという記憶がある。そんなことをいえば、たいていの僕の長編小説は引っ越しのあいまにせっせと書き上げられているわけだが、この時はとくにそのあいまが短かくて、慌（あわ）ただしかった。おまけにこの本の出版に関しては、出版社とのあいだにいろいろと面白くないことがあり、それもあって今ひとつ落ち着かない日々が続いていた。でもやたら広くて、日当たりのいい借家だったので、うちの猫たちは喜んでいた。

本が出てしばらくして、この小説が谷崎賞の候補になっていると知らされた。知らせてくれたのは中央公論社の僕の担当編集者だった。「でもさ、おまえさんが谷崎賞をとる見込みはまずないから、ぜんぜん忘れてていいよ」ということだった。彼の話によれば、僕は選考委員（の一部）に嫌われている——あるいは好かれているとはとても言いがたい——ので、どう転んでも受賞はないということだった。僕はそのへんの事情にはきわめて疎かったので、「はあ、そういうもんか」と思って、言われたとおり賞のことはすっかり忘れていた。

受賞決定の知らせのある夜は、そんなわけでとくに何も考えていなかった。というか、すっかり失念していた。何か用事があって家人がいなかったので、外に出て適当に一人で食事をすませ、ビールを飲み、そのへんでぶらぶら遊んでいた。遊ぶといっても、まあ藤沢駅の周辺だから、たいした遊びができるわけでもない。うちに帰ったら電話のベルが鳴っていて、「おめでとうございます。谷崎賞を受賞されました」ということだった。なんと答えたかはよく覚えていないのだが、急にそう言われても、実感がうまくわかなかったのはたしかだと思う。なにしろ「ぜんぜん忘れてていいよ」と言われていたものだから、真剣に忘れていたのだ。

谷崎賞をとったことで得をしたことは、もちろんいくつかあった。言うまでもなく、谷崎潤一郎は海外でもよく知られ、尊敬される作家であり、外国に行ったときに、「その名を冠した文学賞をもらうのだから、まあそこそこのものなのだろう」と考えてくれる人もいた。文学賞というのはしょせん人が選ぶものだから、僕としてはなるべくなら「ぜんぜん忘れてていいよ」という姿勢を保ちたいと考えているのだが、ときどき折りに触れてもらうといいものかもしれないという気もする。

「不思議であって、不思議でもない」――朝日賞・受賞のあいさつ

この「朝日賞」授賞式のときは日本にいなかったので、担当編集者に代読してもらった文章だと記憶しています。担当編集者もいろんなことをしなくてはならない。2007年1月のことです。

最初の小説を書いてから、今年で二十八年になります。文章を書き始めたのは比較的遅く、二十九歳の時でした。それより前には、小説を書こうという気持ちもとくにありませんでしたし、正直に申しまして、文章を書いた経験もろくにありませんでした。ですからこうして長いあいだ、小説家として暮らしを立てて来られたことは、僕自身にとっても大きな驚きです。ほとんど奇跡のようにさえ思えます。しかし驚きであるのと同時に、このように日々文章を書き続けることは、僕にとってきわめて自然なことにも感じられます。そんな具合に「不思議だな」と首をひねりつつ、また「いや、そんなに不思議なものでもないのかな」と肯（うなず）きつつ、日々を送ってきました。お

そらくこれからも、同じように生きていくのだろうと思います。

そのようなわけですから、文章が書けて、書いたものが活字になって世に出て、それなりの数の人々に手にとっていただき、曲がりなりにも生活をしていけるという事実そのものが、僕にとっては真実大きな褒賞であります。その上に、このように賞までいただけるというのは、いささか分に過ぎることかもしれません。しかし何らかの意味で、これまでの文筆活動を評価していただけたことにつきましては、深く感謝しております。これをひとつの節目として、次の作品に気持ちを集中したいと思います。

ありがとうございました。

「今になって突然というか」――早稲田大学坪内逍遙大賞・受賞のあいさつ

　この賞をもらうために実に数十年ぶりに早稲田大学に行ったんだけど、ずいぶん周辺がきれいになっていて、感心しました。懐かしいという感じはあまりなかった。２００７年11月のことです。副総長と話をしたんだけど、同じ歳ということでびっくりしました。みんな偉くなっているんだ。

　このたびは「早稲田大学坪内逍遙大賞」という賞をいただきまして、ありがとうございます。
　この賞はべつに早稲田大学の出身者を対象にしたものではないということですが、僕はたまたまというか、全部で七年間、早稲田大学に在籍しておりました。まあいろんな事情がありまして七年もいたんですが、そのあいだに大学から親切にしてもらったという記憶が一切ありません。もちろん、こっちもずいぶんひどいことをしていたので、文句を言える筋合いはまったくないんですが、でも今になって突然というか、出し抜けにこんな親切なことをしていただくと、半信半疑というか、「本当にいいのだろうか」という気がして、どうも落ち着かない気分です。さっきからずっとそこの椅子（いす）に座っていたんですが、なんだか座り心地が悪かった。

　僕がこの賞の第一回の受賞者ということになるわけですが、何しろ第一回ですから、賞の名前も聞き覚えがありませんでしたし、電話で受賞したと言われても、「早稲田大学坪内逍遙大賞」というのがどのような成り立ちのものなのかよくわからない、というのが正直なところでした。「坪内逍遙」という名前からして、物理学とかスポーツとか、そういう関係のものではないだろうという気はしたんですが……、それでインターネットで調べてみると「文芸をはじめとする文化芸術活動において著しい貢献をなした個人」を顕彰（けんしょう）するということでして、そんなことをいわれると余計に緊張しちゃうところがあります。僕が言うのもなんですが、世間には僕のことをそういう風に考えてない人の方がずっと多いんじゃないかと。

　僕が早稲田の学生だった頃、そんなにしょっちゅう大学には来なかったんですが、いちばんよく足を運んだのは、文学部の食堂と、演劇博物館だったと思います。食堂はとくにおいしいと思って行ってたわけじゃなくて、ただお金がないから行ってたんですが、演劇博物館は好きで行っていました。僕らは「エンパク」って言ってたんだけど、あれは正確には「早稲田大学坪内博士記念演劇博物館」って言うんですね。古い素敵な建物で、だいたいいつもすいていたので、あそこに行ってよく一人で本を読んでいました。

僕は当時、文学部の映画演劇科というところにおりまして、シナリオを書くことを志していたんですが、エンパクには映画のシナリオもたくさん揃(そろ)っていて、そういう古いシナリオを読みながら、白日夢を見るみたいな感じで、頭の中で映画をこしらえていたことを記憶しています。だから今でも、その映画の実物を映画館で見たのか、それとも本物の映画は見てなくて、エンパクの椅子に座って、自分の頭の中で適当にこしらえたものを見ていたのか、判断ができなくて困ることがあります。でもそういう作業は、あとになって小説家になったときに、けっこう役に立ったのかもしれないなと思うことがあります。映画を見に行くお金がなかったからそんなことをしていたんですが、貧乏もたまには良きことなのかもしれません。ずっと長く続くと、けっこうしんどいですが。

そんなわけで、坪内逍遙博士の著作はまだ一度も読んだことがないんですが、それ以外のところで、今回の賞といい、演劇博物館といい、何かとお世話になっているような気はします。

いずれにせよ、名誉ある第一回の受賞者に選んでいただけたことは、まことに光栄に感じています。この賞が定評のある賞として、これからも長く続くことを心からお祈りしています。もし仮にうまくいかなくても、僕のせいじゃないという風に思っていただけるととてもありがたいです。

正直に申し上げまして、僕は小説を書くようになって三十年近く、ずっと一貫して自分の好きなことを、自分の好きなようにやってきただけのことで、何かに貢献したとかしなかったとかいうような思いは、ほとんどまったくありません。そして個人的には、作家にとってのいちばん大事な賞とは、あるいは勲章とは、熱心な読者の存在であって、それ以外の何ものでもないと考えています。しかしそれはそれとして、このように作品や業績に対して皆様にそれなりの評価をしていただき、その評価に深く謝することによって、たとえわずかなりとも文学の新しい展開に寄与することができたとしたら、それに勝る喜びはありません。

ありがとうございました。

「まだまわりにたくさんあるはず」——毎日出版文化賞・受賞のあいさつ

２００９年11月。このときも日本にいなかったので、やはり担当編集者に挨拶を代読してもらいました。こうしてみると、世界にはずいぶんたくさんの賞があるんだなと感心してしまいます。作家の数より賞の数の方が多いくらいじゃないか……なんてことはまさかないだろうけど。

このたびは「毎日出版文化賞」をいただき、ありがたく思っています。選んでいただいた皆さんに深く感謝いたします。

小説家というのは時間を相手に戦うものだと、常々考えて仕事をしてきました。もっと年若い頃には、それは僕にとって「時間の洗礼を受けても、できるだけ風化しない作品を書くことだ」というような、わりに単純な意味合いしか持ちませんでした。しかし年齢を重ねるにつれて、そこには「残された人生で、あとどれくらいの作品が書けるか」という、カウントダウン的な要素も加わってくるのだと知りました。

あとどれくらいの数の作品が――とりわけ長編小説が――書けるのか、自分でもよくわかりません。一冊の長編小説を書き上げるには何年かの仕込み期間と、何年かの執筆期間が必要ですし、大量のエネルギーも必要です。ですから、そうして完成したひとつの長編小説が多くの読者の手に取られ、それなりに評価されるというのは、僕にとって何よりの励ましになり、新しい意欲の源泉にもなります。

現在、小説はむずかしい時期を迎えているとよく言われます。人は本を読まなくなった。とくに小説を読まなくなったということが世間の通説になっています。しかし僕はそのようには思いません。考えてみれば我々は二千年以上にわたって、世界のあらゆる場所で、物語という炎を絶やすことなく守り続けてきたのです。その光は、いつの時代にあっても、どのような状況にあっても、その光にしか照らし出せない固有の場所を持っているはずです。我々小説家のなすべきは、それぞれの視点から、その固有の場所をひとつでも多く見つけ出すことです。我々にできることは、我々にしかできないことは、まだまわりにたくさんあるはずです。僕はそう信じています。

現在は『1Q84』の「BOOK3」を書き進めているところです。おそらく来年には発表できると思うのですが、来年になって本が出て、「やれやれ、もう一年待てばよかった。そうすれば賞なんかやらなくてすんだのに」と皆さんに言われないように、精いっぱい頑張りたいと思います。ありがとうございました。

「枝葉が激しく揺れようと」──新風賞・受賞のあいさつ

これは書店の経営者の人たちが集まって選ぶ賞です。『1Q84』は全国書店の売り上げに貢献したということで選ばれたようです。こういうのは選考の理由がはっきりしているので、すがすがしいです。僕としても書店の経営に貢献できて嬉しい。2010年1月。

このたびは二〇〇九年度「新風賞」に選出していただき、深く感謝しております。僕は二十一年前の、一九八八年にも『ノルウェイの森』でこの賞をいただき、これで二度目ということになります。こんなことが一生のうちに二度もあるとは、まったく予想もしませんでしたが、何はともあれ、実際に本を売っていただいている方々に、作品の存在意義を認めていただけたことを、ものを書く人間として何より嬉しく思っています。

書物というものは、数が売れたからそれでいいというものではもちろんありません。

しかしこれだけ多くの数の人々が実際に書店に足を運び、お金を払い本を買って、おそらくは手にとって読んでくださったということは、それなりに大きな達成であると僕は考えています。それは書物というものがいまだに、私たちの存在にとって大切な情報を伝達するための、実際的で有効な手段であり続けているという事実の、紛れもない証だからです。それは作者にとっても、本の制作や流通に携わるみなさんにとっても、また多くの読者にとっても、喜ぶべき事実であるはずです。

　書籍をめぐる状況は昨今大きく変わりつつありますし、その変化の多くは一見して、書籍に携わるものにとってあまり喜ばしいものではないように見えます。以前の時代とは違って私たちは、実に多様な新しいメディアと競合していかなくてはなりません。一種の情報の産業革命のまっただ中に私たちは置かれているように見えます。そこには思いも寄らぬ価値の組み替えがあり、地盤の変化があります。

　しかし何がどのように変化しようと、この世界には、書物というかたちでしか、伝えることのかなわない思いや情報が、変わることなくあります。活字になった物語というかたちでしか、表すことのできない魂の動きや震えが、変わることなくあります。僕はそのことを信じてこの三十年間、小説を書き続けてきました。そして『ノルウェイの森』と『1Q84』という二つの作品で、このような評価をいただいたことは、僕の確信にとっての、ひとつの大きな裏付けになるかもしれません。「書き続ける」ということの大切さを、今は何よりも痛感しております。どれだけ枝葉が激しく揺れようと、根幹の確かさを信じる気持ちが、僕を支えてくれてきたように思います。

四月の半ばには『1Q84』の「BOOK3」が出版される予定になっています。品切れにならない程度に元気よく売れることを祈っております。ありがとうございました。

自分の内側の未知の場所を探索できた

『海辺のカフカ』が朝日新聞の「ゼロ年代の50冊（2000－2009）」のうちの一冊（第二位）に選ばれ、新聞の求めに応じてコメントを書いたものです。2010年4月11日の朝刊に掲載されました。いつも批判されるのに慣れているので、たまに褒められると緊張します（しないけど）。でも『海辺のカフカ』は僕にとっては大切な作品なので、高い評価を受けたことはやはり素直にありがたいと思います。

小説を書いているときは、そこに今日的なテーマがあるかどうかというようなことはまず考えません。考えてもよくわからないし。だからこの時代の中で自分の作品がどう読まれるかは、僕の想像を超えた問題になります。それが次の時代となると、ますますわからない。でも人間が基本的に考えることは、時代時代でそんなに変わらないのかもしれない。『海辺のカフカ』に関して記憶しているのは、これまで取り上げなかったようないくつかの人物像を、その中で描くことができたということです。そういう人々に物語の中を自由に歩き回らせることによって、自分の内側にあるいくつかの未知の場所を探索できた。そんな実感があります。そういう個人的な探索が、普遍的な（あるいは同時代的な）探索にうまく有機的に結びついていくことが、僕の理想とする物語のあり方ではないかと感じています。簡単なことではないけれど。

ドーナッツをかじりながら

これは2000年3月に韓国の放送局「ラジオ韓国（現KBSラジオ国際放送）」の依頼にこたえて書いたメッセージです。放送局が韓国の大学生を対象に「あなたが会ってみたい日本人」というアンケートをとったところ、僕が第二位に選ばれ（一位は誰だったんだろう？）、それで何かコメントをもらいたいということでした。僕に読んでほしいということだったんだけど、顔や声を世間に晒すのはどうも苦手なので、誰かに代読していただきました。

一九九一年から九五年にかけて、アメリカに滞在していて、いくつかの大学で講義をもっていたのですが、そのとき週に一回一時間、「オフィス・アワー」というのがありました。「オフィス・アワー」というのはアメリカの大学特有の制度で、週のうちのある決められた時間には、誰でも先生の研究室のドアをノックして、生徒と先生という枠を離れて、なんでも自由に話をすることができます。質問したければ質問をしてもいいし、相談したければ相談をしてもいいし、ただ世間話をしてもかまいません。とてもカジュアルで自由な時間なのです。

その時間を利用して、いろんな学生が僕のオフィスを訪問してくれました。そしてコーヒーを飲み、ドーナッツをかじりながら、様々な話をしました。アメリカ人の学生も来たし、日本人の学生も来たし、中国人の学生も来ました。韓国人の学生もたくさん来ました。そしてそのときに、アメリカや、あるいは韓国や中国や香港（ホンコン）や台湾で僕の小説がけっこう熱心に読まれていることを知って、いささか驚いてしまいました。もちろん僕の小説が翻訳されていることは、知識としては知っているわけですが、実際の読者がそんなにたくさんいるとは想像もしていませんでした。

それも、話を聞いていると、彼らは僕の小説を「どこか遠くの外国の小説」としてではなく、自分たちの生活の中の一部として、ごく自然に読んで、楽しんでくれていることがわかります。とくに韓国と台湾の若い人たちと小説について話しているあいだ、国や文化や言葉の違いを意識させられることはほとんどありませんでした。もちろん違いはあるはずなんですが、僕らは主に、違いよりは共通性について熱心に話をしました。

彼らがそういう風に親しい気持ちで僕の本を読んでくれていることを知って、とても嬉しく思いました。僕が小説を書くひとつの大きな目的は、物語というひとつの「生き物」を読者と共有し、その共有性を梃子(てこ)にして、心と心とのあいだにパーソナルなトンネルを掘り抜くことにあるからです。あなたが誰であっても、年齢がいくつでも、どこにいても（東京にいても、ソウルにいても）、そんなことはぜんぜん問題ではありません。大事なのは、その僕が書いた物語を、あなたが「自分の物語」としてしっかりと抱きしめてくれるかどうか、ただそれだけなのです。

　もともとあまり積極的に外に出ていって話をするタイプではないので、ふだん小説を書いているときには、ほとんど人とは会いません。とくに初対面の若い人と会って、お話をするというようなことは、皆無といってもいいくらいです。でもこのアメリカの大学のオフィス・アワーのおかげで、いろんな人に、とりわけ外国の若い世代の人々に会って、親しく話をする機会を持つことができました。そしてそれは僕にとってすごく大きな励ましとなりました。良い物語を書くことができれば、いろんなことが可能になるんだと、実感しました。

　実際にみなさんが僕に会って話をしても、がっかりするだけじゃないかと内心思っています。本人はそんなに面白い人間でも、素敵な人間でもないからです。それでも、会いたいと思っていただけることはとても嬉しいし、感謝しています。オフィス・アワーみたいなのがずっとあって、一緒にドーナッツでも食べながら、午後のひとときを気楽に過ごせるといいんですけどね。

いいときにはとてもいい

安西水丸さんのお嬢さんであるかおりさんが２００２年５月６日に結婚されたとき、僕はアメリカにいたので、結婚式にこのメッセージを送って、代読していただきました。結婚式の挨拶（あいさつ）というのはあっさりと短い方がいいと思って、思い切って短いものにしました。これ以上短かくするのはちょっとむずかしいかもしれない。かおりさんはその後めでたく幸福に暮らしておられるようです。僕の挨拶のせいではないと思うけど。

かおりさん、ご結婚おめでとうございます。僕もいちどしか結婚したことがないので、くわしいことはよくわかりませんが、結婚というのは、いいときにはとてもいいものです。あまりよくないときには、僕はいつもなにかべつのことを考えるようにしています。でもいいときには、とてもいいものです。いいときがたくさんあることをお祈りしています。お幸せに。

「壁と卵」——エルサレム賞・受賞のあいさつ

２００９年2月、エルサレム賞の受賞の言葉として書いたものです。当時ガザの騒乱に対するイスラエル政府の姿勢に非難が集中しており、僕がエルサレム賞を受けたことについては、国内外で激しい批判がありました。正直言って、僕としても受賞を断った方が楽だった。何度もそのことを考えました。でも遠くの土地で僕の本を読んでくれているイスラエルの読者のことを考えると、そこに行って、自分の言葉で、自分なりのメッセージを発する必要があるのではないかと思いました。そんな中で、この挨拶の原稿を一行一行心を込めて書きました。ずいぶん孤独だった。ビデオで映画『真昼の決闘』を何度も繰り返し見て、それから意を決して空港に向かったことを覚えています。

私は一人の小説家として、ここエルサレム市にやって参りました。言い換えるなら、上手な嘘（うそ）をつくことを職業とするものとして、ということであります。

もちろん嘘をつくのは小説家ばかりではありません。ご存じのように政治家もしばしば嘘をつきます。外交官も軍人も嘘をつきます。中古自動車のセールスマンも肉屋も建築業者も嘘をつきます。しかし小説家のつく嘘が、彼らのつく嘘と違う点は、嘘をつくことが道義的に非難されないところにあります。むしろ巧妙な大きな嘘をつけばつくほど、小説家は人々から賛辞を贈られ、高い評価を受けることになります。なぜか？

小説家はうまい嘘をつくことによって、本当のように見える虚構を創（つく）り出すことによって、真実を別の場所に引っ張り出し、その姿に別の光を当てることができるからです。真実をそのままのかたちで捉（とら）え、正確に描写することは多くの場合ほとんど不可能です。だからこそ我々は、真実をおびき出して虚構の場所に移動させ、虚構のかたちに置き換えることによって、真実の尻尾（しっぽ）をつかまえようとするのです。しかしそのためにはまず真実のありかを、自らの中に明確にしておかなくてはなりません。それがうまい嘘をつくための大事な資格になります。

しかし本日、私は嘘をつく予定はありません。できるだけ正直になろうと努めます。

私にも年に数日は嘘をつかない日がありますし、今日はたまたまその一日にあたります。

正直に申し上げましょう。私はイスラエルに来て、このエルサレム賞を受けることについて、「受賞を断った方が良い」という忠告を少なからざる人々から受け取りました。もし行くなら本の不買運動を始めるという警告もありました。その理由はもちろん、このたびのガザ地区における激しい戦闘にあります。これまでに千人を超える人々が封鎖された都市の中で命を落としました。国連の発表によれば、その多くが子供や老人といった非武装の市民です。

私自身、受賞の知らせを受けて以来、何度も自らに問いかけました。この時期にイスラエルを訪れ、文学賞を受け取ることが果たして妥当な行為なのかと。それは紛争の一方の当事者である、圧倒的に優位な軍事力を保持し、それを積極的に行使する国家を支持し、その方針を是認するという印象を人々に与えるのではないかと。それはもちろん私の好むところではありません。私はどのような戦争をも認めないし、どのような国家をも支持しません。またもちろん、私の本が書店でボイコットされるのも、あえて求めるところではありません。

しかし熟考したのちに、ここに来ることを私はあらためて決意いたしました。そのひとつの理由は、あまりに多くの人が「行くのはよした方がいい」と忠告してくれたからです。小説家の多くがそうであるように、私は一種の「へそ曲がり」であるのかもしれません。「そこに行くな」「それをやるな」と言われると、とくにそのように警告されると、行ってみたり、やってみたくなるのが小説家というもののネイチャーなのです。なぜなら小説家というものは、どれほどの逆風が吹いたとしても、自分の目で実際に見た物事や、自分の手で実際に触った物事しか心からは信用できない種族だからです。

だからこそ私はここにいます。来ないことよりは、来ることを選んだのです。何も見ないよりは、何かを見ることを選んだのです。何も言わずにいるよりは、皆さんに話しかけることを選んだのです。

ひとつだけメッセージを言わせて下さい。個人的なメッセージです。これは私が小説を書くときに、常に頭の中に留めていることです。紙に書いて壁に貼(は)ってあるわけではありません。しかし頭の壁にそれは刻み込まれています。こういうことです。

もしここに硬い大きな壁があり、そこにぶつかって割れる卵があったとしたら、私は常に卵の側に立ちます。

そう、どれほど壁が正しく、卵が間違っていたとしても、それでもなお私は卵の側に立ちます。正しい正しくないは、ほかの誰かが決定することです。あるいは時間や歴史が決定することです。もし小説家がいかなる理由があれ、壁の側に立って作品を書いたとしたら、いったいその作家にどれほどの値打ちがあるでしょう？

さて、このメタファーはいったい何を意味するか？　ある場合には単純明快です。爆撃機や戦車やロケット弾や白燐弾（はくりんだん）や機関銃は、硬く大きな壁です。それらに潰（つぶ）され、焼かれ、貫かれる非武装市民は卵です。それがこのメタファーのひとつの意味です。

しかしそれだけではありません。そこにはより深い意味もあります。こう考えてみて下さい。我々はみんな多かれ少なかれ、それぞれにひとつの卵なのだと。かけがえのないひとつの魂と、それをくるむ脆（もろ）い殻を持った卵なのだと。私もそうだし、あなた方もそうです。そして我々はみんな多かれ少なかれ、それぞれにとっての硬い大きな壁に直面しているのです。その壁は名前を持っています。それは「システム」と呼ばれています。そのシステムは本来は我々を護（まも）るべきはずのものです。しかしあるときにはそれが独り立ちして我々を殺し、我々に人を殺させるのです。冷たく、効率よく、そしてシステマティックに。

私が小説を書く理由は、煎じ詰めればただひとつです。個人の魂の尊厳を浮かび上がらせ、そこに光を当てるためです。我々の魂がシステムに搦め取られ、貶められることのないように、常にそこに光を当て、警鐘を鳴らす、それこそが物語の役目です。私はそう信じています。生と死の物語を書き、愛の物語を書き、人を泣かせ、人を怯えさせ、人を笑わせることによって、個々の魂のかけがえのなさを明らかにしようと試み続けること、それが小説家の仕事です。そのために我々は日々真剣に虚構を作り続けているのです。

私の父は昨年の夏に九十歳で亡くなりました。彼は引退した教師であり、パートタイムの仏教の僧侶でもありました。大学院在学中に徴兵され、中国大陸の戦闘に参加しました。私が子供の頃、彼は毎朝、朝食をとるまえに、仏壇に向かって長く深い祈りを捧げておりました。一度父に訊いたことがあります。何のために祈っているのかと。「戦地で死んでいった人々のためだ」と彼は答えました。味方と敵の区別なく、そこで命を落とした人々のために祈っているのだと。父が祈っている姿を後ろから見ていると、そこには常に死の影が漂っているように、私には感じられました。

父は亡くなり、その記憶も——それがどんな記憶であったのか私にはわからないままに——消えてしまいました。しかしそこにあった死の気配は、まだ私の記憶の中に残っています。それは私が父から引き継いだ数少ない、しかし大事なもののひとつです。

私がここで皆さんに伝えたいことはひとつです。国籍や人種や宗教を超えて、我々はみんな一人一人の人間です。システムという強固な壁を前にした、ひとつひとつの卵です。我々にはとても勝ち目はないように見えます。壁はあまりに高く硬く、そして冷ややかです。もし我々に勝ち目のようなものがあるとしたら、それは我々が自らの、そしてお互いの魂のかけがえのなさを信じ、その温かみを寄せ合わせることから生まれてくるものでしかありません。

考えてみてください。我々の一人一人には手に取ることのできる、生きた魂があります。システムにはそれはありません。システムに我々を利用させてはなりません。システムを独り立ちさせてはなりません。システムが我々を作ったのではありません。我々がシステムを作ったのです。

私が皆さんに申し上げたいのはそれだけです。

エルサレム賞をいただき、感謝しています。私の本を読んで下さる人々が、世界の多くの場所にいることに感謝します。イスラエルの読者のみなさんにお礼を言いたいと思います。なによりもあなたがたの力によって、私はここにいるのです。私たちが何かを――とても意味のある何かを共有することができたらと思います。ここに来て、皆さんにお話しできたことを嬉しく思います。

音楽について

余白のある音楽は聴き飽きない

「ステレオサウンド」という雑誌にしばらく音楽の連載をしていて、その番外編みたいなかっこうで、このインタビューを受けました。ライターの人が聞き書きみたいなかたちにまとめてくれた。話題を音楽に限って、こんなに長くしゃべったことはあまりなくて、たぶんこれが初めてではないかという気がします。神奈川県の自宅で話をしました。「別冊ステレオサウンド」に掲載された（2005年6月）。

いまこの自宅にあるJBLのスピーカーは、もうかれこれ三十年くらい使っています。機械のことだから先のことは何とも言えないんだけど、このぶんでいけば一生これを使うことになるかもしれないですね。普通、三十年もひとつの機械を使ってたら、ある程度飽きてきますよね。新しいものがほしくなってくる。ところがこのスピーカーにはアイデンティティーっていうか、完結した世界観みたいなものがしっかりあるんです。音自体のことで言えば、世の中にもっといい音はいくらでもあるんだろうけど、僕としては買い換えようという気が起きない。僕の嗜好とスピーカーの音がぴったりと合致したっていうか、あるいは逆にその音に僕がどっぷり染まってしまったっていうか、いずれにせよ、結果的に自分に合ったスピーカーに巡り合えたということは、すごく幸せなことだと思っています。

僕の両親は音楽に対しては無趣味で、どちらかというと活字方面の人たちでした。ですから家にはレコードもオーディオ装置もなかった。小学五年生のころにソニーの小さなトランジスターラジオを買ってもらって、それで音楽を聴き始めたんです。一九六〇年あたり。AMラジオからは、リッキー・ネルソン、エルヴィス・プレスリー、ニール・セダカ……その手の音楽がよく流れていて、まずポップミュージックにはまりました。まだトランジスターラジオが目新しかった時代です。

六〇年代、ちょっとした家庭には百科事典と家具調のステレオ装置を揃えなくてはならないというお決まりがありまして、僕が中学生のときに家にもビクターのステレオがやってきました。レコードプレイヤーとラジオとアンプが一体に収められていてその両脇にスピーカーがある、コンソール型というやつ。そこからですね、レコードとの付き合いが始まったのは。ちょうどクリスマスの季節だったんで、初めて買ったレコードの中に、ビング・クロスビーのクリスマス・アルバムがあり、あれはよかったな。「ホワイト・クリスマス」が入っているデッカのやつ。よく聴きましたよ。日本の歌謡曲には興味がわかなかったので最初から洋楽ばっかり。英語の歌詞の意味なんかわからないですよ。わからないけれど、そのまま棒暗記してしまう。"I'm dreaming of a white Christmas～"とか、リッキー・ネルソンの「トラベリン・マン」とか、なんでも片端から憶(おぼ)えちゃう。お経みたいにね。だからそのころ聴いていた歌は、いまでも歌詞を憶えているし、歌えますよ。人前じゃ歌いませんけど（笑）。まあ後になって英語の意味がわかるようになると、「トラベリン・マン」なんてほんとにしょうもない歌詞でね、なんでこんなもの一所懸命憶えたんだろうって、自分でもあきれてしまう。ただ、英語の歌詞に対する興味みたいなのはすごくあったし、僕が英語の本を読むようになったのはポップミュージックがきっかけですね。そんなこんなで、大人になって翻訳までやるようになったわけですけど。

一九六四年まではアメリカのポップミュージックばかり聴いていました。ビーチボーイズとかね。当時イギリスのロックは数えるほどしかなかった。ビートルズが世界に出てくる以前の話だから。なんで一九六四年までと憶えているのかというと、その年に、アート・ブレイキー&ジャズ・メッセンジャーズの来日コンサートを聴きに行って、ジャズにぶっ飛んだからです。フレディ・ハバードのトランペット、ウェイン・ショーターのサックス、シダー・ウォルトンのピアノ、そしてブレイキーのドラム……とにかくすさまじかった。それからはポップスとジャズの二本立て。だからポップスはラジオから入って、ジャズはコンサートから入ったことになります。そして高校生になって、クラシックにも目覚めた。以後、僕の好きな音楽はずっとこの三本立てでできていることになります。

高校時代は聴きたい音楽、欲しいレコードが世の中にいっぱいあって、でも現実には少ししか買えないから、フラストレーションが溜まり続けました。おかげで後になって経済的に余裕ができてから、部屋に入りきらないほどレコードを買いあさることになっちゃうんだけど（笑）。当時、レコードは貴重品でしたから、食べるものも食べないでお小遣いを貯めてやっと一枚買う。ブルーノート・レーベルのホレス・シルヴァー『ソング・フォー・マイ・ファーザー』なんて、二八〇〇円も出してオリジナル盤を買いました。四十年前の二八〇〇円っていったら、高校生にとってはとんでもない大金です。だから買ったレコードは実によく聴いた。レコードって大事に扱えば長持ちしますよね。いまでもそのころに買ったレコードをよくターンテーブルに載せます。

高校生になるとポップスはラジオでたくさん聴けるからいいやって感じで、レコードを買うのはほとんどジャズとクラシックになっていきます。ジャズの新譜情報は、ジャズ喫茶やジャズ専門誌でキャッチしていました。クラシックは、神戸の三宮駅前に老夫婦がやっている「マスダ名曲堂」っていう渋い名前の小さなクラシック専門店があって、高校の帰りにそこに寄っておじさんと話をしながらレコードを買っていた。ロバート・クラフトの三枚組の『シェーンベルク全集』なんかもそこで買いました。けっこう生意気な高校生ですよね。「月に憑かれたピエロ」とか「ワルソーの生き残り」なんかの入ったやつ。店に置いてあったレコードはおじさん自身が選んだものだったのでしょうが、よくあったじゃないですか「そんな演奏買うんだったらこっちを買え」とか、そういう店主の価値観を押しつけるようなことはまったくなく、聴きたいものを聴けばいいよって感じで、とてもいいお店だった。いまはそういうお店ってあまりないですね。

そんなわけで、高校生時代はとにかくずぶずぶに音楽にのめり込んでいった。音楽好きな友達が回りにいても、そのころはビートルズ全盛の時代。ところが僕はビートルズもいちおう聴いていたけれど、シェーンベルクとかカウント・ベイシーでしょう、他の人とはまず話が合わない。だからかなり個人的に、密室的に音楽を聴いていました。僕の音楽の聴き方は、基本的に現在でもそうですね。一人で聴いて、一人で「いいなあ」とか思っている。それについて人と話をすることはあまりないですね。

最初に言ったように僕の両親は音楽を聴く人ではなかった。音楽好きの人の中には、家に音楽が流れていて、楽器があってとか、あるいは近所のお兄さんやお姉さんの影響で音楽に興味を持ち始めた、みたいなことが多いと思うのですが、僕はそうじゃなくて、自発的に一人で聴き始めた。ビクターのステレオを手にしたとき、親には理解できない新しい世界、自分だけの世界がここから広がっていくんだ、という実感がありました。

ただこのステレオはいちおうリビングに置いてあって、家族共用だったから、自分だけの再生装置がだんだんほしくなってきた。自分の部屋で、誰にも邪魔されずに好きな音楽をがんがん聴きたかったんです。それに音質だってあまり褒められたものじゃなかった。針も安物だし、コンソールの共鳴音なのか、ボンボン箱鳴りみたいなのがするし。もうひとつ、そのころになると「これからはコンポの時代だ」というようなことが雑誌に書いてあって、単体のプレイヤー、アンプ、スピーカーを組み合せた本格的なものが欲しくなってきた。それで、高校二年生の終わりころだったかなあ、せっせとお金を貯めて、それだけじゃ無理だから親にさんざん頼み込んで、自分でセットを組みました。ニートというメーカーのターンテーブルに、フィデリティ・リサーチのアームとカートリッジ、トリオ（現ケンウッド）の真空管式アンプ、イギリスのリチャードアレンが出していた8インチ（20センチ）口径のダブルコーン・スピーカー。オーディオ雑誌なんかで何がいいのかっていろいろと研究しましたよ。当時はピンケーブルひとつにしても、全部自分でハンダ付けしてつくらなくちゃいけなかったし、プレイヤーのボードを糸のこで切ったりとか、ずぶの初心者にとっては、組み立てるのはけっこう大変だったですよね。だから実際にスピーカーから音が出てきたときは嬉しかったな。

大学は早稲田にありましたから、新宿のレコード屋さんでアルバイトして、その給料でせっせとレコードを買っていました。アルバイトしてるとレコードが安く買えたんですよ。それで新しいロックみたいなのはレコード屋で働きながら聴いて、ジャズは当時たくさんあったジャズ喫茶やライブハウスで聴いて、と音楽浸りの日々でした。勉強なんかしないで、アルバイトと音楽ばっかり。初めは寮に住んでいたんですが、そこをほとんど追い出されるみたいにして出て、本とレコードで床が抜けそうな安アパートで、さっき言ったリチャードアレンの20センチのスピーカーを中心としたシステムで、とにかく切々と音楽を聴きまくっていた。

オーディオ雑誌でこんなことを言うのもなんだけど、若いころは機械のことよりも音楽のことをまず一所懸命考えたほうがいいと、僕は思うんです。立派なオーディオ装置はある程度お金ができてから揃えればいいだろう、と。若いときは音楽も、そして本もそうだけど、多少条件が悪くたって、どんどん勝手に心に沁みてくるじゃないですか。いくらでも心に音楽を貯め込んでいけるんです。そしてそういう貯金が歳を取ってから大きな価値を発揮してくることになります。記憶や体験のコレクションというのは、世界にたったひとつしかないものなんです。その人だけのものなんだ。だから何より貴重なんです。でも機械だったら、お金さえあれば比較的簡単に揃えられますよね。

もちろん悪い音で聴くよりは、いい音で聴く方がいいに決まっているんだけど、自分がどういう音を求めているか、どんな音を自分にとってのいい音とするかというのは、自分がどのような成り立ちの音楽を求めているかによって変ってきます。だからまず「自分の希求する音楽像」みたいなものを確立するのが先だろうと思うんです。

一九七四年、まだ大学に在学しているあいだにジャズの店を始めました。いろいろあって学校には七年くらい在籍していて、その間に結婚もして、でも就職するのが嫌だから自分で店を開こうと。親はもちろんそんなこと認めません。アルバイトをしてお金を貯め、いろんなところから借金しまくって、東京郊外にある国分寺という街でジャズをかける店を始めた。どうしてかといえば、そりゃ朝から晩までレコードを聴いていられるからですよ。会社勤めなんかしたら、忙しくて一日一時間も聴けないでしょう。店をやっていれば仕事をしながら一日中音楽を聴いていられる。僕としてはそういう人生を送りたかったんです。それが理想だった。小説家になるなんて夢にも思わなかったですね。嘘じゃなくて。レコードをかけるだけじゃなく、日本人のジャズ・ミュージシャンによるライブも、できるだけやってたんですよ。

店を始めたとき、スピーカーはＪＢＬのＬ８８プラスという、30センチ口径の低音用ユニットと中音用、高音用の計三つのユニットを使ったものにしました。本当はもっといいものがほしかったんだけど、お金がなかったんで、それくらいのものしか買えなかったんです。でもこのスピーカーは個人的には好きだったですよ。小さいけどよくまとまっていて、根性があって。一度買い換えましたが、現在でもＬ８８は仕事場で愛用しています。パネルは猫がひっかいて駄目にしちゃったけど。

しばらくして国分寺のお店は、入っていたビルの建て替えのため続けていられなくなって、東京の千駄ヶ谷に移りました。そのとき買ったスピーカーが現在自宅で使っているものなんです。JBLのユニットを使った大型のスピーカーがとにかく欲しくて、いろいろと検討した末に「これしかない」という結論に達しました。そのあと低音用ユニットだけは、ウッドベースがよりガッチリ聴ける古い設計のものに換えましたけれど、それ以外は冒頭でも言ったように、同じものを三十年くらい使い続けていることになります。とにかく大きな音でびしばしメインストリームのジャズが聴ければいい、というシンプルな発想で買ったスピーカーです。

お店は都合七年間やりました。その間にどういうわけか小説を書き始めて、いまに至るわけです。店はけっこう軌道に乗っていて、お客もたくさんついていたし、やめるのは惜しかったですね。みんな残念がってくれた。自分で言うのもなんだけど、なかなか良い店だったですよ。でも僕としてはやっぱり、作家としての可能性を真剣に追求してみたかったんです。


そんなわけで僕はレコードを中心に音楽をたくさん聴いてきましたし、もちろんいまでもレコードやCDで音楽を楽しんでいます。そのいっぽうでコンサートにもよく足を運んでいます。レコードに入っている音楽も素晴らしいし、生演奏もいい。音楽好きの中にはコンサート至上主義の人もいるし、また逆にレコード至上主義の人もいるようですが、僕は、この両者は別物だと思うんですよ。どちらの価値がより高いというものではない。あえて言えば、映画と舞台演劇の関係みたいなものかな。で、僕としては、映画ばかり観ている、芝居ばっかり行っているということではなくて、レコードとコンサート、そのお互いの関わり合いの中で音楽を見ていきたい、考えていきたい、そう思っているんです。バランスをとることって大事ですよね。

レコードには生演奏にはないいいところがありますよね。例えば何度でも繰り返し聴けること。それから、もういまはこの世にいない素晴らしい演奏家の音楽を聴くことができること。もうひとつ、自分がそれを持っている、その音楽をいちおう個人的に所有しているという実感って大きいですよね。一枚一枚に自分の気持ちがこもっている。さっきも言ったように、二八〇〇円のブルーノートのレコードって、高校生の僕にとってはものすごく大きな出費だったんだけど、だからこそ大事に丁寧に聴いたし、音楽の隅々まで憶えてしまったし、そのことは僕にとっての貴重な知的財産みたいになっています。無理して買ったけど、それだけの値打ちはあったなあと。活字がない時代、昔の人が写本してまで本を読んだように、音楽が聴きたくて聴きたくて苦労してレコードを買った、あるいはコンサートに行った。そうしたら人は文字通り全身を耳にして音楽を聴きますよね。そうやって得られた感動ってとくべつなんです。ところが時代が下ると、音楽はどんどん安価なものになっていった。いまやタダ同然の価格で音楽が配信される時代になった。手のひらくらいのサイズの機械に何十時間、何百時間もの音楽が入ってしまう。いくらでも好きなときに簡単に音楽が取り出せる。もちろん便利でいいんだけど、でもそういうのって、音楽の聴き方としてちょっと極端ですよね。もちろんそういうふうにして聴くのがふさわしい音楽もあると思うけど、そうじゃないものも多いはずです。やっぱり、音楽にはその内容にふさわしい容れ物があると思います。僕はいつもランニングしながら音楽を聴いているので、小さくて軽い装置で、大量に音楽が聴けるというのは、個人的にはありがたいことなんですけどね。

それからたとえば、プーランクのピアノ曲が一枚のCDにぶっ続けに七十分入っているというのは、たしかに情報としては便利で都合がいいんだろうけど、普通に音楽を楽しむ人にとってはやっぱり乱暴ですよね。プーランクは、そういう聴き方をする音楽ではないんじゃないか。あるいは、ビートルズの『サージェント・ペパーズ・ロンリー・ハーツ・クラブ・バンド』なんかは、A面B面をひっくりかえす間とか、最内周での繰り返しなど、レコードの特質を活かしたつくりがされていて、それをCDで聴いてしまうと「なんか違うな」という感じがつきまとうんです。ビートルズのメンバーが設定した世界が、そこには正確に具現されていないのではあるまいかと。

CDというのはLPに比べれば便利で効率的な容れ物です。でもだからといって、七十何分入るからとにかくぎゅうぎゅうに詰め込んじゃえ、というのではあまりにも発想が安易なんじゃないかな。便利で効率的なCDがある一方で、不便で非効率的なCDがあったっていいと思うんです。そういう容れ物を求めている音楽だって世の中にはあると思うから。僕はA面とB面をひっくり返せるCDを昔から提唱しているんだけど、誰も取り合ってくれない(笑)。

それにしてもLPレコードというのは、音楽の容れ物としてよくできていると思いますよ。CDが登場して以来、LPを売ってCDに買い換える人がたくさんいるけれど、僕はいまでもよくCDを売ってLPに買い換えたりしています。ひとつには、音楽というのはできるだけオリジナルに近い音源で聴くのがいいと考えているからです。だからCDの登場する以前の音楽は、なるべくならLPで聴きたい。もうひとつ、アナログレコードはもうこれ以上技術的に進歩発展しないですよね。進化のどんづまりにいるわけだから、最終的なかたちになっている。「驚異のスーパー24ビットで新発売！」みたいなことはないだろうし、業界的に振り回されることもなく、落ち着いて音楽が聴ける。あと中古屋で、内容の優れたアナログレコードがあまりにも安い値段で売られていたりすると、ついつい気の毒になって「おお、かわいそうに、僕が買ってあげよう」みたいなことになります（笑）。こうなるともう一種の救済事業です。

もちろんアナログLPからCDになって、音が改善された例もたくさんあります。たとえばエルヴィス・プレスリーなんて風呂場で歌ってるみたいにモゴモゴしていたのに、CDではサッとクリアになってますよね。違う音楽みたい。サイモン&ガーファンクルもずいぶん感じが変ったし、ボブ・ディランのこのあいだ出たCDもよかったな。逆にブルーノートの新しい「ルディ・ヴァン・ゲルダー」リカッティングみたいに「何、これ？」と、個人的に言いたくなるものもある。僕は決して偏狭な人間ではないので、両方のメディアの良いところをそれぞれに幅広く楽しみたいと思っています。

どんな時代でもどんな世代でも、音楽を正面からきちんと聴こうという人は一定数いるはずだし、それは本でも同じですよね。本当に本を大事にする人は、携帯電話で読める時代になったとしても、ちゃんと書物を買って読み続けていると思う。世間の大多数の人々は、そのときの一番便利なメディアに流れていくかもしれないけれど、どんな時代にもそうじゃない人が確実にいます。全体の一割くらいでしょうかね。よくわかんないけど。僕がいまここでしゃべっていることは、あくまでその一割の人たちに向けた個人的な話です。というか、僕という個人がここで、世間の大多数のことを話してもしょうがないでしょう。

ヨーロッパに住んでいたころ、クラシックのコンサートによく通いました。それでよかったな、と思うのは、やっぱりレコードなどではわからないことってありますよね。たとえばロリン・マゼールをローマで聴いて、「マゼールってこんなにいい指揮者だったっけ?」って本当にびっくりしました。ジョルジュ・プレートルがベートーヴェンを振ったコンサートも見事だった。レコードで聴くプレートルの印象ってなんかちょっと薄いめで、とくになんていうこともない指揮者だなあ、と思っていたんですけど、実演だとまるで違うんです。音楽が隅々まで生きて動いていて、それが目に見えます。そういうのって、コンサートじゃないとわからないですよね。

それから二十年以上前に、新宿厚生年金会館で聴いた、ボブ・マーリーのコンサート。あのときは最初の十秒でノックアウトされました。身体(からだ)が勝手に動き出して、もう止まらない。そこまでダイレクトに身体的な音楽を僕は聴いたことがなかったし、その後もないですね。あのレゲエのリズムが身体に染み込んでしまって、いまでもどっかに残っている。そういうのは、そのときも楽しいんだけど、いま思い出してもまだ楽しいですよね。素敵な恋愛と同じで、歳を取ってからでも、おりにふれ思い出して心が暖まる。

ただ最近はかつてほどコンサートには行かなくなりました。ひとつにはＰＡがひどすぎることが多いからです。歪みだらけのわんわん響いた音で、しかも身体に悪いんじゃないかと思うくらいの大音量。すごくセンシティヴな音楽をやっているのに、それを無神経なＰＡが台無しにしてしまう。歌詞が大事な音楽なのに、何を言ってるのかきちんと聴きとれないってそんなのおかしいですよ。ああいう音を平気で出して、みんなが文句ひとつ言わないでいるというのはちょっとねえ。

僕の好きなジャズ・クラブが、アメリカのニュージャージー州、モントクレアっていう小さな街にあるんです。本当に小さなジャズ・クラブで、もちろん過剰なＰＡなんてないし、ステージがすぐ目の前にあって、ミュージシャンが冗談を言いながら、お客もすごくリラックスしてて、暖かい雰囲気でジャズが聴ける。そういうところで聴いた音が、僕にとっての「いい音」のひとつのリファレンスみたいなものになっています。

よく調整された高価なオーディオ装置で聴かせてもらったレコードの音も、ひとつの基準として耳に残っています。たまにそういうのを聴くと、「いい音だな、こういう音で日常的にレコードを聴けるといいな」って思いますよ。ただ僕はオーディオマニアではないし、複雑な機械の調整に没頭したりというようなことはとてもできません。美しい音で聴ければそれに越したことはないけれど、そこにたどり着くまでの手間や時間を考えると、ある程度のところで見切りをつけて、あとは心静かに音楽を聴いた方がいいや、と思っちゃいます。これはもう個人的な優先権の問題ですね。

もちろん好みの音というものはあります。いくら綺麗でクリアで、原音に近い音がしたとしても、みんなが口を揃えて素晴らしいと褒めても、僕にとってぴんとこないということはよくあります。うちのＪＢＬのユニットは柄こそでかいけれど、最新のスピーカーに比べたら上も下もそんなに伸びません。スペック的に見たら時代遅れなスピーカーだと思います。もっと高域が伸びたり、低域がもっとガシッと出たりしたらいいだろうな、と思うときももちろんあります。でもそういう音になって、僕にとっての音楽の情報量がいまより増えるかと言ったら、それはないんじゃないかな。このいまのスピーカーを通して与えられる情報が、自分には長いあいだひとつのメルクマールになってきたし、それをもとにして音楽的にものを考える訓練を僕は積んできたわけです。

結局、自分が家で聴きたい音楽というのはかなりはっきりしています。だからその音楽に合った音が不足なく鳴ってくれれば、僕としてはそれでいいんです。形態的にいえばコンボジャズ、それからクラシックのピアノ、室内楽――そのへんが僕の聴く音楽の大半ですね。LPが中心で、それも古いモノーラル録音のものがけっこう多い。だからオーディオ的に言えば、そういう領域の音楽が気持ちよく、ストレートに聴けるように、はっきり焦点をしぼって音を設定します。そういう意味合いではかなりバイアスのかかった音だ、ということになるかもしれない。

しかし逆にそれくらいぎゅうぎゅうに焦点をしぼってしまえば、他のジャンルの音楽だって、それなりにまとまった音で聴けるんですよ。大編成のオーケストラもの、マーラーのシンフォニーなんかの最新録音を、CDで聴くとしますよね。そういうのって、本来うちのシステム向きではないはずなんだけど、不思議にひとつの世界に収まった音がするんです。本来はこんな音で聴く音楽じゃないんだろうなと思いつつも、「それはそれ、これはこれ」という枠内で、ある程度納得して聴けちゃうんです。

いっぽうで小さいころ、ポケットラジオの貧弱な音で聴いた音楽に感銘を受けた記憶はありありと残っています。ビーチボーイズの『ペット・サウンズ』だってビートルズの『ラバー・ソウル』だって、そのへんのラジオで聴いて、それなりに感動したんだから。つまり音楽に感動するかしないかというのは、いい音かどうかなんて関係ないんだとも言えるわけです。チャーリー・パーカーなんか、ひどい音質のエアチェック録音がたくさんあって、立派なオーディオ装置で聴いたって貧弱な音しかしない。しかしそれが見事な音楽だってことはわかるし、これを目の前で聴いていたらきっとぶっ飛んだだろうな、と想像できるんです。いくらオーディオ装置をよくしたところで、原音のもたらす空気の震えと、再生音のもたらす空気の震えは、物理的にも感覚的にもアイデンティカルに同じというわけにはいきませんよね。だからそうじゃなくて、レコードやCDに刻まれた音楽をどう自分なりに翻訳するか、その道筋のつくり方が、実は一人一人にとってのいい音のつくり方の基礎になるような気がするんです。つまりオーディオに求められるのは翻訳の能力なのではないかと。

ピアニストのグレン・グールドが、本当の音楽とは観念として楽譜の中にあるんだ、という意味のことを言いました。いちおう便宜的に音に変換しているけれど、本当はそんなもの聴かなくても、音楽としての観念が楽譜から伝わればそれでいいんだと。

たしかに音楽って一種の純粋観念だよなあ、とときどき思いますよね。ただその観念を観念のままキャッチするのは、普通の人にとってはなかなか容易なことではない。ポケットラジオで感動できるのは事実だけど、いい音は観念をキャッチするためのよき手助けになるということも確かですよね。

先ほどレコードのよさとして、繰り返し聴けるということを挙げましたが、年月を経て同じ音楽を何度も聴くことで、以前にはわからなかったことがわかるようになることってありますよね。『ペット・サウンズ』なんか、初めて聴いたときにもいいなと思ったけれど、いま考えると本当にどれだけその真価が理解できていたのかなあと思いますよ。あのレコードが出たのは一九六六年ですが、七〇年代、八〇年代、九〇年代、自分が歳を取って聴くたびに、いいなと思うところが増えてきたんです。不思議なことに『サージェント・ペパーズ～』は初めて聴いたときはひっくり返るくらい感心したんだけど、いま聴いて新しい発見があるかと言ったら、『ペット・サウンズ』みたいに「あとからあとからずるずる出てくる」みたいなことはないような気がするんです。もちろんこれは、どちらが音楽として優れているかという話ではないですけど。

何て言うのかな、ビーチボーイズのリーダー、ブライアン・ウィルソンのつくった音楽世界には空白みたいなのがあるんです。空白や余白のある音楽って、聴けば聴くほど面白くなる。ベートーヴェンで言えば、みっちり書き込まれた中期の音楽より、後期の音楽のほうがより多く余白があって、そういうところが歳を取るとよりクリアに見えてきて、聴いていてのめり込んでしまう。余白が生きて、自由なイマジネーションを喚起していくんです。晩年の弦楽四重奏曲とか、「ハンマークラヴィア・ソナタ」とかね。デューク・エリントンも余白の多い音楽家ですね。最近になってエリントンの凄さがだんだん心に沁みるようになってきたような気がします。とくに一九三〇年代後半から四〇年代前半にかけて残した演奏が好きです。若いときからエリントンは聴いていましたよ。でもいまの聴き方とは確実に何かが違うような気がする。そういうのもレコードという記録媒体が手元にあればこそ、可能になることですよね。

歳を取っていいことってそんなにないと思うんだけど、若いときには見えなかったものが見えてくるとか、わからなかったことがわかってくるとか、そういうのって嬉しいですよね。一歩後ろに引けるようになって、前よりも全体像が明確に把握できるようになる。あるいは一歩前に出られるようになって、これまで気がつかなかった細部にはっと気づくことになる。それこそが年齢を重ねる喜びかもしれないですね。そうのって、人生でひとつ得をしたようなホクホクした気持ちになれます。もちろん逆に、若いときにしかわからない音楽や文学というのもあるわけだけれど。

僕にとって音楽というものの最大の素晴らしさとは何か？　それは、いいものと悪いものの差がはっきりわかる、というところじゃないかな。大きな差もわかるし、中くらいの差もわかるし、場合によってはものすごく微妙な小さな差も識別できる。もちろんそれは自分にとってのいいもの、悪いもの、ということであって、ただの個人的な基準に過ぎないわけだけど、その差がわかるのとわからないのとでは、人生の質みたいなのは大きく違ってきますよね。価値判断の絶え間ない堆積が僕らの人生をつくっていく。それは人によって絵画であったり、ワインであったり、料理であったりするわけだけど、僕の場合は音楽です。それだけに本当にいい音楽に巡り合ったときの喜びというのは、文句なく素晴らしいです。極端な話、生きててよかったなあと思います。

ジム・モリソンのソウル・キッチン

1983年10月に「エッジ」という雑誌の創刊号のために書いたものです。ジム・モリソンについて何か書いてくれと頼まれたのか、それともなんでもいいからエッセイを書いてくれといわれてジム・モリソンについて書いたのか、まったく記憶はない。ずいぶん昔に書いた文章だけど、ジム・モリソンの音楽は今でも変わらず好きです。

一九六〇年代後半から七〇年代前半にかけてのいわゆる「革命の時代」に輩出した無数のロック・バンドのうちのいったいどれだけを、我々は鮮かに思い起すことができるだろう？　映画『ウッドストック』が今再映されるとき、我々はそのうちのいったいどれだけのシーンに興奮することができるだろう？

結局のところ、おおかたのものは過ぎ去ってしまったのだ。その時代に我々の心を揺さぶり、体を突き抜けていくように感じられたものの多くは、十年を経て振りかえって眺めてみれば、上手に粉飾された約束ごとでしかなかったことがわかる。我々は求め、そして与えられた。しかし我々はあまりにも多くのものを求めたので、与えられるものの多くは結果的に類型に堕することになった。類型としての文化を撃つべきカウンター・カルチャーの類型化が行われた。そして類型化されたカウンター・カルチャーに対してカウンター＝カウンター・カルチャー・ムーヴメントが起ったとき、「革命」は終るべくして終った。

もし一九六九年か七〇年に世界のどこかの大都市（たとえばサンフランシスコかLAか東京かロンドンかパリ）がポンペイみたいな感じで火山灰に埋もれてしまったとしたら、その遺跡はけっこうな見ものになったことだろうが、もちろんそんな大噴火も起ることはなく、全ては消え失せてしまった。そしていつしかカウンター・カルチャーなどという発想そのものも消えてしまった。今では類型化を拒否しようとする人間なんてまず見あたりはしない。なぜならそのような試みが原理的に不可能であるという事実をみんなが知ってしまったからだ。残された唯一の道は「類型の王」になることしかない。

ジム・モリソンは二十七歳で死んだ。一九七一年の七月だった。その早すぎる死を時代の死とかさねあわせることはむずかしい作業ではない。モリソンだけではなく、その季節にはいろんな人間が死んだ。ジミ・ヘンドリックスが死に、ジャニス・ジョプリンが死んだ。ジョン・コルトレーンはその少し前に死んだ。そして彼らの死はそれぞれのサイズの遺跡を残した。

死者を讃えることは心地良い。それが若くして死んだ者だとすればなおさらである。死者は裏切らず、反撃もしない。彼らはただ、死んでいるだけである。もしあなたが彼らの死に対して飽きてしまったとしてもべつに問題はない。ただ忘れてしまえば良いのだ。それで終り。忘れられたからといって彼らはあなたの家の戸口にやってきてわざわざドアをノックしたりはしない。死者を讃えることはあまりにも易いのだ。

しかしそのようなあらゆる想いを越えて、死者を讃え遺跡をめぐることの後めたさを越えて、ジム・モリソンの音楽は今に至るまで僕の心を揺り動かしつづける。彼の残したレコード（全部で八枚ある）のうちの最良の二、三枚はそれ以降に出たどのロック・ミュージシャンのどのレコードよりも優れていて衝撃的である――と僕は思う。僕にとってはLP『ザ・ドアーズ』を越えて戦慄的なレコードはなく、『ストレンジ・デイズ』を越えて美しくシンプルなレコードはなく、『L.A.ウーマン』を越えて粗々しい優しさを秘めたレコードはない。

僕が最初に聴いたジム・モリソンとザ・ドアーズのレコードはもちろん"Light My Fire"だった。一九六七年のことだ。一九六七年には僕は十八で、高校を出て大学にも予備校にも行かず、一日中ラジオでロックンロールを聴いていた。他の年と同じようにその年にも実に多くのヒットソングが生まれたが、"Light My Fire"は僕にとってはいわば例外的に強烈な印象を残した曲だった。

「ハートに火をつけて」という日本のタイトルはあまりにも明るすぎる。これはどうしたって"Light My Fire"でしかないのだ。

Come on baby, Light my fire.
Come on baby, Light my fire.
Try to set the night on fire!

さあ、ベイビー、俺に火をつけてくれ
さあ、ベイビー、俺に火をつけてくれ
夜を燃しちまおうじゃないか!

僕はこの曲のリフレインの歌詞をそんな風に理解している。上品に「僕のハートに火をつけ」たり「夜じゅう燃えあがる」のではなくて、もっと本当にフィジカルに、肉そのものに、夜そのものに火をつけるのだ。そしてそのような奇妙に直截的な感覚こそが、ジム・モリソンというロック・シンガーの生理なのだ。この曲の作詞・作曲の殆んどの部分はギタリストのロビー・クリーガーによってなされたのだが、にもかかわらずジム・モリソンの生理は完全にこのポップなヒットソングを支配している。その証拠にジム・モリソン以外のシンガーが歌う“Light My Fire”を聴いてみるがいい。彼らの歌はうまくいけば誰かのハートに火をつけることができるかもしれない。しかしジム・モリソン以外のいったい誰が、肉体そのものに火をつけることができるだろう? ミック・ジャガーにだってそんなことはできはしない。

僕にとっての“Light My Fire”は僕にとっての一九六七年にあまりにも強くむすびついている。一九六七年の夜を古いカーテンのようにひきちぎってそこに火をつけることができたとしたら、きっと僕はそうしていただろう。

ジム・モリソンは本質的にはアジテーターだった。これ以上平凡になりようがないと思われるまでに平凡で愚直な軍人家庭の長男として生まれたジェームズ(ジム)・ダグラス・モリソンはロック・シンガーとなることによって父親を象徴的に刺殺し、母親を象徴的にファックし、自らの過去を焼き捨てた。デビュー当時のジムは生いたちを訊(たず)ねられてただ「孤児」と答えた。彼は自らをアジテートすることによって、ジム・モリソンという名の新生児に神聖な魂を賦与(ふよ)しようと試みた。ジム・モリソンはジム・モリソンをアジテートしつづけた。そのアジテーションなしには、ジム・モリソンはジム・モリソンたりえなかったのだ。

そしてその季節、我々はみんな多かれ少なかれ、ジム・モリソンであった。ジム・モリソンがLSDとコカインによってその頭をアジテートし、バーボン・ウィスキーとジンによってその消化器をアジテートし、ズボンのジッパーからペニスをひきずりだして客席をアジテートする時、我々はその彼の痛みを感じることができた。

そしてジム・モリソンが死んだ時、我々の中のジム・モリソンもまた死んだ。ジョン・レノンもボブ・ディランもミック・ジャガーも、ジム・モリソンが残したその空白をひきうけることはできなかった。十二年という長い歳月も、その空白を埋めるには至らなかった。

一九七一年には、一九八三年なんていう年が本当に僕の身にまわってくるとは想像することもできなかった。それでも一九八三年は実際に、何の感動もなく僕の上にふりかかってきて、僕は今でもジム・モリソンとザ・ドアーズのレコードを聴きつづけている。僕は三十四歳で、まだ夜に火をつけることができずにいる。

さあ、もう閉店の時間だ
行かなくっちゃな
一晩中ここにいたいよ
車で通りすぎる連中がじろじろ見るし
街灯はうつろな光をふりまいているし
それにおまえの脳味噌（のうみそ）
ばっちりいかれちゃったみたいだぜ
あと行けるところといや
決まってるじゃないか
お前のソウル・キッチンで一晩寝かせてくれ
そのしっぽりとしたストーヴで暖めてくれ
（「ソウル・キッチン」）

ジム・モリソンが彼のために用意されたソウル・キッチンに消えてから、十二年たった。そして彼の歌はいまだに肉のこげるにおいをステレオ・セットのまわりにまきちらしている。ジム・モリソンは決して伝説ではない。伝説をしてもジム・モリソンの空白を継ぐことはできなかったのだ。

SOUL KITCHEN Words & Music by John Densmore, Robert Krieger, Raymond Manzarek & Jim Morrison
© Copyright DOORS MUSIC COMPANY All rights reserved. Used by permission. Print rights for Japan administered by YAMAHA MUSIC PUBLISHING, INC.
JASRAC 出 1511931-501

ノルウェイの木を見て森を見ず

これは山川健一(やまかわけんいち)さんが編集していた「New Rudie's Club」という音楽雑誌のために書いたものです。1994年6月。たしかビートルズの特集号のために、何かビートルズについて書いてくれと頼まれたと記憶しています。僕はビートルズについて何か書けるほど、ビートルズのことには詳しくないんだけど、『ノルウェイの森』というタイトルについては書きたいことがあったので、それでよければということで、引き受けました。

最初にいちおうお断りしておきたいのだが、僕は過去においてビートルズのとくに熱心なファンであったことはないし、今でもビートルズのとくに熱心なファンではない。僕の年代(いわゆる団塊の世代ですね)の人間が十代の頃、みんながみんなビートルズの音楽に夢中になって成長したというわけではないのだ。

ビートルズが日本に紹介されたのはたしか僕が高校に入った頃だったと記憶しているが、僕はその頃には既にアメリカン・ポップスを経て、モダン・ジャズ方面に移行していたので、そこにビートルズの音楽がすんなりと入ってくる余地はなかった。はっきり言って「そんなものどうせイギリス人のやっている音楽じゃねえか」と思っていた。まわりにビートルズの音楽に夢中になっている人々はたしかにいたけれど、僕はビーチボーイズやらウェスト・コースト・ジャズやらを日常的に聴いて、「こっちの方が本物だ」と固く思い込んで暮らしていた。

というわけで六〇年代七〇年代を通じて、ビートルズのレコードを買った覚えがない。ラジオのスイッチをつければいやがおうでもビートルズ・ソングはかかっていたから、彼らのシングル・ヒットは全部知っている。好きなものもあれば、それほど好きじゃないものもあるけれど（好きなものの方がずっと多い）、メロディーとタイトルはちゃんと結びついているし、ピストルを突き付けられて「歌わないと殺す」と言われれば、いちおうは歌える。でもあえてお金を払ってレコードを買おうと思ったことは、一度としてなかった。それは僕にとってはあくまで、ラジオをつければ流れてくる「流行(はや)りもの」の音楽だった。そういう音楽は当時の僕にとってはクールじゃなかった。ベストセラー小説を買わないのと同じように、ビートルズのレコードは買わなかった。

　生まれて初めてビートルズのレコードを買ったのは、一九八〇年代に入ってからだったと記憶している。日本を出て二、三年ヨーロッパに暮らしていたときに突然、あたかも理不尽な性欲に路上で襲われるみたいに無性にビートルズの歌が聴きたくなって、現地でカセットテープを買って聴いた。不思議にそのときいちばん聴きたくなったのは『ホワイト・アルバム』で、ギリシャの何もない小さな島に住んでいるときには、ラジカセでこればかり延々と聴いていた。というようなわけで、最初に耳にしたときから二十年の歳月を経てやっと、ビートルズの音楽っていいなあと初めて実感したわけだ。良いバンドだとはもちろん思っていたけれど、そんな風に目を閉じて虚心坦懐にしみじみと彼らの音楽を聴くという経験は一度もなかった。じっと聴いていると、なんだか乾いたところにどんどん水がしみこんでいくような気がした。やっとここで僕とビートルズは正当な邂逅を果たしたのだ、とそのとき思った。

　その頃にちょうど『ノルウェイの森』という小説を書き始めたわけだが、冒頭の飛行機のシーンに出てくる音楽は、やはり「ノルウェイの森」でなくてはならなかった（まだ小説のタイトルはついていなかった）。その理由を具体的に説明しろといわれても困るのだけれど、それ以外の音楽をどうしても僕はそのとき思いつくことができなかった（今でも思いつけない）。意識するしないにかかわらず、好むと好まざるとにかかわらず、僕の体にはやはり彼らの曲が長い歳月にわたってリアルタイムでしっかりと染みついていたんだなと実感する。たぶんそれが世代というものなのだろう。

ところでこの『ノルウェイの森』が出版されてからNorwegian Woodはノルウェイの森じゃない、それは誤訳だ、という意見が出てきた。正しくはノルウェイ製の家具なんだと。この「ノルウェイ製の家具」説はたとえばアルバート・ゴールドマンの書いたジョン・レノンの伝記にも出てくるし、世間にひとつの定説として広まっているようだが、この見解が一〇〇パーセント正しいかというと、これはいささか疑問ではないかと思う。僕にはビートルズの音楽について深く研究しているわけではないから、絶対にそうだと確言はできないのだが、僕が読んだかぎりにおいては、その「ノルウェイ製の家具」説についての正確な根拠は明確には示されていない（「アメリカ人は知らないかもしれないが当時イギリスでNorwegian Woodといえば北欧家具のことだったんだ」という程度の一般的事実が示されているだけだ）。アメリカ人やイギリス人に聞いても、「あれはノルウェイ製の家具だよ」という人と、「いや、あれはノルウェイの森のことだよ」という人にはっきりと二分される。これはどうも英語と日本語の言語的ギャップというだけの問題でもないようだ。

翻訳者のはしくれとして一言いわせてもらえるなら、Norwegian Woodということばの正しい解釈はあくまで〈Norwegian Wood〉であって、それ以外の解釈はみんな多かれ少なかれ間違っているのではないか。歌詞のコンテクストを検証してみれば、Norwegian Woodということばのアンビギュアスな（規定不能な）響きがこの曲と詞を支配していることは明白だし、それを何かひとつにはっきりと規定するという行為にはいささか無理があるからだ。それは日本語においても英語においても、変わりはない。捕まえようとすれば、逃げてしまう。もちろんそのことばがことば自体として含むイメージのひとつとして、ノルウェイ製の家具＝北欧家具、という可能性はある。でもそれがすべてではない。もしそれがすべてだと主張する人がいたら、そういう狭義な決めつけ方は、この曲のアンビギュイティーがリスナーに与えている不思議な奥の深さ（その深さこそがこの曲の生命なのだ）を致命的に損なってしまうのではないだろうか。それこそ「木を見て森を見ず」ではないか。Norwegian Woodは正確には「ノルウェイの森」ではないかもしれない。しかし同様に「ノルウェイ製の家具」でもないというのが僕の個人的な見解である。

「プレイボーイ」誌のインタビュー（一九八一年一月号）の中でジョン・レノンは

Norwegian Wood について次のように語っている。「この曲で僕はすごく用心深く、パラノイアになっていたと思う。当時他の女性と関係があることを妻に知られたくなかったからね。実際に僕はいつもだれかと不倫していたんだけど、曲の中ではそういう色事をうまくぼかして描こうとしていたんだ。ちょうどスモーク・スクリーンで覆ったみたいに、実際の出来事ではないかのようにね。これは誰との情事だったか忘れてしまった。いったいどうやってノルウェイの森っていう言葉を思いついたのかわからない」（傍点筆者／中川五郎・監訳）

この発言は（作品についての作者の発言がすべて正しく決定的なものではないことは、僕自身の経験からも言えることだが、それにしても）、Norwegian Wood ＝ノルウェイ製の家具、ではないことをかなりはっきり示唆しているはずだ。もし事実がジョン・レノンの発言の通りだとするなら、これは「よくわけはわからないけれど、すべてを押し隠す曖昧模糊とした深いもの」ということになる。そういうものを念頭に置いたときに、ふとジョンの頭に Norwegian Wood というイメージなり、観念（ノーション）が浮かんだということになる。それは翻訳（あるいは解釈）不可能なイメージであり、ノーションだ。それはやはりどう考えても Norwegian Wood そのものでしかない。

でも何はともあれ、僕らは十代のその時期にこの曲をしょっちゅうラジオで聴いていたし、それは誰がなんと言おうと「ノルウェイの森」と呼ばれる曲だった。正確にいえば誤訳かもしれないけれど、それは「ノルウェイの森」というヴィークルに乗って僕らのところにやってきた。そしてそれは僕らの内部に「ノルウェイの森」として位置を占めたのだ。だから「なにか文句あるか」とまではもちろん言わないけれど、いずれにせよ素敵な題じゃないですか。もし「ノーウェジアン・ウッド」(東芝音楽工業は最初から一貫してこれが正式な題であったと主張しているが)とか「北欧家具はいいね」とかいう題だったら、この曲はやはりこれほどイメージ深く心に残らなかったのではないかという気がする。

この、Norwegian Woodというタイトルに関してはもうひとつ興味深い説がある。ジョージ・ハリソンのマネージメントをしているオフィスに勤めているあるアメリカ人女性から「本人から聞いた話」として、ニューヨークのとあるパーティーで教えてもらった話だ。

「Norwegian Woodというのは本当のタイトルじゃなかったの。最初のタイトルは"Knowing She Would"というものだったの。歌詞の前後を考えたら、その意味はわかるわよね？（つまり、“Isn't it good, knowing she would?” 彼女がやらせてくれるってわかってるのは素敵だよな、ということだ）でもね、レコード会社はそんなアンモラルな文句は録音できないってクレームをつけたわけ。ほら、当時はまだそういう規制が厳しかったから。そこでジョン・レノンは即席で、Knowing She Would を語呂合わせで Norwegian Wood に変えちゃったわけ。そうしたら何がなんだかわかんないじゃない。タイトル自体、一種の冗談みたいなものだったわけ」。真偽の程はともかく、この説はすごくヒップでかっこいいと思いませんか？　もしこれが真実だとしたら、ジョン・レノンって人は最高だよね。

日本人にジャズは理解できているんだろうか

講談社から出ていた総合誌「現代」（しばらく前に休刊になった）に掲載した文章です。１９９４年10月号。僕はこのときアメリカに住んでおり、ブランフォード・マルサリスの日本人に対する発言を読んで、それなりに肌身に感じるものがあったので、そのことを書いた。現地に在住していると、こういう文化摩擦的な出来事についての視点が、日本にいるときとは少し違ってくるように思います。ただしこれは当時の（バブルがまだ尾を引いていた時代の）状況を踏まえた論であって、現今の状況とはそぐわない点もあります。

先日知り合いが送ってきてくれた日本のジャズ専門誌を読んでいて、人気のある若手の黒人ジャズ・ミュージシャン、ブランフォード・マルサリスがアメリカ版「プレイボーイ」（一九九三年十二月号）のインタビューで「日本人はジャズというものを理解していない」という発言をしていることを知った。この発言は日本でもかなり大きく取り上げられているようで、それに対して何人かのジャズ関係者が意見を述べている。「確かにそういう面もあるかもしれない」というものから、「冗談じゃない。日本人くらいジャズを正当に評価し、理解している国民はいない」というものまで種々様々である。しかしいずれにせよ、自分たちは昔から一貫してジャズという音楽を温かく、かつ真摯に受け入れてきたんだという自負のある日本のジャズ愛好家にとっては、ブランフォードの今回の発言は頭から冷水を浴びせかけられたみたいなもので、多かれ少なかれ感情的にはショックであったようだ。

ブランフォードのその発言部分をざっと訳してみると次のようになる。

「日本人というのは、どうしてかはわからないけど、歴史とか伝承的なものとかに目がないんだ。他の多くの国の人とは違って、彼らはジャズというものをアメリカ体験のひとつとして捉えている。でも理解しているかというと、ほとんどの人は理解しちゃいないね。とにかく僕のコンサートに来る客について言えばそうだ。みんな『こいつらいったい、何やってるんだ？』という顔で、ぽかんと僕らのことを見てるだけだ。それでもみんなわざわざ聴きにくるんだよ。クラシック音楽と同じことさ。誰かにこれはいい音楽で、聴く必要があるからって言われて聴きにくるんだ。それで頭をひねって、ぱちぱち拍手をして、帰っていく。大きなコンサート・ホールの聴衆はとにかく奇妙だよね。小さなクラブはもっとずっとヒップだし、オーナーは良い人たちだ。親切にしてくれるしね。食事を御馳走してくれたり、こっちが望めばゴージャスな女の子を紹介してくれたりまでする。僕は遠慮してるけどさ」

この発言を読んで僕がまず最初に思ったのは、マルサリスの言っていることはこの何年かのあいだにアメリカの黒人層のあいだで急速に高まっているアンチ・セメティズム（反ユダヤ主義）気運に通じるところがずいぶんあるなということだった。これは「日本人がジャズを理解しているかしていないか」というような単純な音楽談義だけでは収まらないような気がする。この発言に含まれた問題の根は見かけよりもずっと太く深いのではないか。

よく知られているように一九六〇年代前半にアメリカにおける政治の大きな台風の目となった公民権運動の現場において、黒人とユダヤ人とは手を組んで共闘した。東部から多くの若いユダヤ系アメリカ人たちが黒人運動を支援するために南部に赴き、黒人たちと文字通り労苦を共にした。彼らはアメリカにおける被抑圧少数民族として立ち上がり、社会的公正と正義を求めたわけだ。しかし最近になって風向きが大きく変化した。黒人の指導者の一部がこの何年かのあいだに、驚くほど直接的な反ユダヤ主義的プロパガンダを開始したのである。ユダヤ人たちは我々を助けるような顔をして、結局のところ我々の運動を利用して自分たちの政治的優位を築いてきただけじゃないか、黒人の地位向上なんて彼らにとっては始めからどうでもよかったんだ、その証拠にユダヤ系アメリカ人たちの多くが高い社会的地位を得て羽振りがいいのに比べて、黒人は相変らず有形無形の社会的圧迫を受けて、実質的にはスラムに押し込められているじゃないか、というのが彼らの言い分である。とくに都市部に住む若い黒人たちはユダヤ人に対して根深い反感を抱いているようで、実際にレイシャル・コンフリクト（人種対立）の延長としてのユダヤ系アメリカ市民の殺害事件も幾つか起こっている。地域によってはユダヤ系市民とアフリカン・アメリカン（というのが現在の、いちばんポリティカリー・コレクトな黒人の呼称なのだが、いささか長いのでここでは黒人で統一する）とのあいだで大きな衝突も生じた。とくにユダヤ系市民と黒人が鼻を突き合わせるようにして暮らしているニューヨーク市ではこのような対立はかなり深刻な問題になっている。伝統ある黒人大学、ハワード大学は「学生のあいだでトラブルが生じる可能性があるから」という理由で、ピュリッツァー賞を受賞したユダヤ系学者の講演予定を一方的にキャンセルして、ユダヤ系の市民を激怒させた。

六〇年代の共闘の記憶をまだ生々しく抱えている旧世代の黒人は「問題はあるにせよ、それでも昔に比べたら黒人の社会的地位ははるかに向上したじゃないか」と言うだろうが、インナーシティーの高い失業率と蔓延するドラッグ、ほとんど日常的風景と化した銃を使った暴力犯罪、十代の少年たちの圧倒的に高い死亡率と十代の少女たちの圧倒的に高い私生児の出生率、という救いのない窒息的状況の中で育ってこざるを得なかった多くの若い黒人層にとっては、法的な平等などというのは、結局のところ絵にかいた餅である。実際のところレーガン以降のアメリカは、その繁栄時代においても不況時代においても、「仮想現実」的な見栄えのよい看板を掲げつつ、同時にその裏では黒人を多くふくむ低所得層を切り捨てて効率的に成立してきたのだ。そして若い黒人たちの感じているそのような激しいフラストレーションや怒りが、ときとしてネガティヴなかたちで（というのはひとつの人種差別を補償するかたちでの別の人種差別は、どのような理由や大義があれ常に不毛で不幸なものでしかないから）反ユダヤ主義に結びついていく。イスラエルに武力で押さえ付けられ、領土を奪い取られるパレスチナ人に対する一般的なシンパシーも、そのような傾向に拍車をかける。

スパイク・リーの映画『マルコムX』はこうしたきつい現実の社会的背景を抜きに

してはやはり理解されにくい作品だろう。映画の中でマルコムは彼に向かって「黒人運動に対して何か私にできることはありますでしょうか?」と真剣に問い掛ける東部一流大学の育ちのよさそうな女子学生に対して（おそらくスパイク・リーの頭の中では金持ちのユダヤ系の学生がイメージされていたのではないか）、はき捨てるように「ナッシング!」と言う。一昔前ならこんなシーンはまず考えられなかったはずだ。結果的にどのような結論に到達するにせよそこにはおそらくもっと長い会話があり、「人種を越えた共闘」というイメージがそれなりに鮮やかに浮かび上がってきただろう。でもスパイク・リーはそのようなイメージに対して譲る余地のない激しいノオを叩きつける。そこにはもはや会話すらないのだ。にべもないただのひとこと、「ナッシング!」である。そしてこの荒廃して乾き切ったシーンを抜きにして、『マルコムX』を語ることはできない。なぜならスパイク・リーは明らかに——心情的に戦略的に——都市部に住む怒れる若い黒人たちに向けて映画を作っているし、彼らの強い支持を集めるにはそのようなダイレクトに戦闘的なメッセージが絶対に必要なのだ。

　だからそういう啓蒙的な意味合いにおいてはこの映画は十分に成功しているし、見どころも沢山あると言える。しかしそれ以外の意味合いにおいては、正直なところ——少なくとも僕にとっては——あまり面白いとはいえない。スピルバーグの『シンドラーズ・リスト』についてもだいたい同じようなことが言えるのではないか。両者に共通しているのは、それらの作品が一種の民族的プロパガンダの役割をになった高度の娯楽映画として作られているということだ。もっとはっきりと言えば、それらの映画は「特定の人間に見せるための、特定の目的をもった映画」なのである（たぶんスピルバーグはそうではないと強く否定するだろうが）。事実『マルコムX』の封切りの夜にアメリカ各都市の映画館をぐるりと取り巻いていた観客の九〇パーセントまでは若い世代の黒人たちだった。そういう文脈に立って見ていかないと、『シンドラーズ・リスト』にしても『マルコムX』にしても、一般の日本人からすればときとして「作品として良いのか悪いのか、もうひとつよくわからん」と首をひねることになってしまう。「芸術作品として」という従来の発想でこれらの映画を鑑賞しようとすると、これはやはりボタンのかけ違いになってくるだろう。「人間がうまく描けてない」とか、「説明が多すぎる」とか、どうしてもそういう見当違いな評価が出てくることになる。これらは映画として作品として良いとか悪いとかではなく、むしろA地点からB地点に巧妙に人を運ぶ現象的ヴィークルとして有効か有効でないか、というプラクティカルな座標軸をもうひとつ別に取り入れて評価していくべきものではあるまいか。

もう一度ジャズに話を戻すなら、一九六〇年代に入っていわゆる「ファンキー・ブーム」がまき起こった頃、日本のジャズ・ファンと黒人ジャズ・ミュージシャンたちはひとときの蜜月(みつげつ)のようなものを迎えることになった。当時アメリカ本国ではジャズは社会的地位をほとんど認められていなかったし、たとえ一流ミュージシャンであっても一般大衆の尊敬を受けることは稀(まれ)であり、少数の例外を別にすれば生活そのものもあまり楽ではなかった。そして大雑把に言えば、とくに黒人のミュージシャンに対してはその傾向が顕著だった。たとえジャズという音楽が一部のファンの人気を得ていたとしても、組織化されたジャズ・クラブやレコード会社がその儲(もう)けの多くの部分を取り、ミュージシャンの方にまではなかなかまわってはこなかった。そして金になる「おいしい仕事」は多くの場合、白人(その多くはユダヤ系)ミュージシャンがさらっていった。五〇年代から六〇年代にかけて経営的にもっとも成功した人気のあるジャズ・ミュージシャンはマイルズ・デイヴィスでもなく、ジョン・コルトレーンでもなく、デイヴ・ブルーベックであり、ボサノヴァ時代のスタン・ゲッツだった。スイング時代の「スイングの王様」がエリントンやベイシーではなく、ベニー・グッドマンであったのと同じように。

当時のいろんな記録を読むと、ほとんど消耗品に近いような扱いを受けた一流ミュージシャンが決して少なくはなかったことを知って、我々は驚かされることになる。ニューヨークのマイナーレーベルであるプレスティッジ・レコードは一九五〇年代に、まだ不遇をかこっていたマイルズ・デイヴィスやセロニアス・モンクの優れたレコードを数多く世に出して、その経営者であったボブ・ワインストックはジャズの良き理解者として世に知られているが、マイルズ・デイヴィスの自伝によれば、この男は才能のある黒人ジャズ・ミュージシャンを弱みにつけこんでただ同然の安い金でこき使って金を儲けたけちなユダヤ人だった——ということになる。もちろんこの手の人物評価には様々な個人的経緯や好き嫌いがつきものだから、一方の言い分をそのまま鵜呑みにはできないにしても、そのような傾向が一般的に存在したことはやはり否めないだろう。

しかし日本人は——とくに一九六一年のアート・ブレイキーの公演以降——黒人ジャズ・ミュージシャンとその音楽を高く評価し、そして彼らに強い親しみを抱くようになった。当時の日本は今に比べればびっくりするくらい貧乏だったから、昨今のようにアメリカのミュージシャンを次から次へと招聘することは不可能だったし、したがって彼らの「本場の」演奏を目の前で聴く機会はきわめて限られたものだった。だからこそ日本人は彼らがやってくると熱狂的に歓迎し、それこそ「一期一会」の心境で必死に耳を澄ませ、自分たちが抱いている敬意の念を少しでも相手に伝えようとした。その結果日本にやってきた多くの黒人ジャズ・ミュージシャンは彼らが受けた温かいもてなしに素直に感動し、その後好んで日本を訪問するようになり、何人かは日本人の女性と結婚することにもなった。そこには同じ有色民族としての共感のようなものも間違いなく存在したと思う。もし仮に言語的な障壁が存在しなかったなら、六〇年代を通してかなり数多くの黒人ジャズ・ミュージシャンが、ヨーロッパにではなくむしろ日本に移り住んでいたのではないだろうか。

　僕も一九六四年にアート・ブレイキー&ジャズ・メッセンジャーズ（これはフレディ・ハバード、ウェイン・ショーター、カーティス・フラーという実に目が覚めるようなフロント・ラインナップだった）の公演を神戸で聴いたけれど、当時のコンサートはステージの上で演奏者の発する熱気といい、その音楽を受け入れる側の聴衆の熱くなりかたといい、まったく特別なものだったと思う。音楽の響きの隅々までを吸い取ってやろう、ミュージシャンたちの一挙手一投足までを頭に焼き付けてやろうという激しい飢えのようなものが、満員の聴衆の中にひしひしと感じられた。「日本人がジャズを理解するとかしないとか」いう以前のもっと切実な心持ちがそこにあった。今でももちろん「熱くなる」コンサートはいくつもあるわけだが、当時のコンサートは「熱くなる」などという表現の段階を飛び越えたものだった。聴衆が演奏を受けて予定調和の枠内で熱くなるのではなく、それ自体がとんでもない発熱源として相互交換的に機能していた。それはやはり社会そのものの飢餓感を抜きにしては語れない現象だろうと思う。今では「今度ブランフォード・マルサリスが来るんだって。ちょっと聴きに行こうか。へえ、悪くないじゃない。楽しかったね。じゃあこれから飯でも食いにいこうか」程度で終わってしまうところだろうが（もちろんそうじゃないという方もいらっしゃるだろうが、これはあくまで一般論として）、当時はそんなに生易しいものではなかった。やってくるミュージシャンの方にしたって最初のころは「日本なんてはっきり言って世界の果てじゃないか。こいつらに俺達のやっているジャズがちゃんとわかるのかな？」と半信半疑だっただろう。ところが実際に来てみると、思ってもみないような大歓迎を受けて、だからこそなおさら感激発奮するという部分もあったはずだ。

しかしマルサリス兄弟の年代の黒人ジャズ・ミュージシャンたちにとっては、そんなものはただの昔話でしかない。アメリカの現在の世代の黒人たちの目に、ユダヤ人たちがもはや抑圧される少数民族とは映らないように（むしろ中東における少数民族の圧迫者として映るように）、彼らにとっては日本人はもはやシンパシーを抱くべき有色民族ではない。言い換えれば我々はもはや彼らにとっての「ブラザー」ではない。「ハーフ・ブラザー」ですらない。これはいささか極端な例かもしれないが、九三年に起こったロングアイランド鉄道の乱射事件の犯人であるコリン・ファーガソンは、犯行時に所持していた声明文の中で「白人、アジア人、アンクル・トム（白人化した黒人）」を殺害の対象としていたことを明確にしているし、実際そのときに列車に乗っていた日本人のビジネスマンも撃たれている。このような人種間の位置関係の変化に伴う軋轢がかなりホットでシリアスなものであることは、日本人のジャズ・ファンもリアリスティックに確認しておく必要があるだろう。彼らにとっては、日本人は既にアメリカ社会をドミネートし、その富の大半を所有する白人たち、あるいはユダヤ人と同じように、基本的には彼らを抑圧し搾取する側にまわっているのだから。我々は彼らにとっては、札束を積んでアメリカの映画会社を買収し、CBSレコードを買収する民族なのだ。我々はあるいはそれを正当な「投資」と呼ぶかもしれないが、彼らはそれをあるいは文化的経済的「略奪」と呼び、「搾取」と呼ぶかもしれない。結局のところ我々はアメリカ経済に「投資」することによって、好むと好まざるとにかかわらずその社会がはらんだ不平等そのものまでこみで、太平洋越しに引き受けてしまっているわけなのだから。

だからマイルズがボブ・ワインストックを非難するのと同じレベルで、我々日本人もまた彼らから指を突き付けられる（あるいは突き付けられかねない）存在なのである。マルサリスとしては、あるいは彼が背後にしている黒人たちにすれば、そんな抑圧する側に立つ人間にすんなりと簡単にジャズを理解してもらってはむしろ困るわけだ。ジャズという音楽は（そしてまたブルーズやラップ・ミュージックは）彼らにとっては民族をひとつに結びつけるための大事な精神的財産であり、切実な心のよりどころであるのだから。

そういう意味では、マルサリス兄弟を中心とする新しい世代のジャズ・ミュージシャンたちはかなり政治的にコンシャスであると言ってもいいだろう。あるいはコンシャスにならざるを得ないというか……。世間にはマルサリス兄弟の音楽は音楽自体としてはたしかに上手（うま）いしスマートだし質も高いのだけれど、それほどエキサイティングではないし、骨太な感銘を受けることもないという声もある。僕もどちらかというとそれに近い意見を持っている。たしかに同じ政治的と言っても、かつてチャールズ・ミンガスの音楽に込められていたような熱い直接的な怒りはそこに見受けられず、すべては都会的にクールで、ソフィスティケートされている。僕らがかつてジャズという音楽に感じたのと同じ種類の熱気はそこには認められないと思う。しかしそのような特質を彼らの音楽に求めること自体が言うなればボタンのかけ違いみたいなものであって、そのことで彼らの音楽の価値がおとしめられるということはたぶんないだろう。僕はマルサリス一派の音楽は正確には狭義の「ジャズ」としてどうこうというよりは、むしろより広い意味での黒人文化の一分野としてジャズを総合的に洗いなおし再評価するという、いわばリヴィジョニスト的、啓蒙的な流れの中で捉えられるべきだろうと基本的に思っている。そこにはまた新しい思想トレンドである戦闘的な「アフリカ中心主義（アフロ・セントリック）」も否応なく加わってくる。そして少なくとも現在の時点では、そのような彼らのパースペクティヴに日本人の存在が入り込んでいく余地というのは、ごく少数の例外を別にすれば、正直言ってほとんどないのではないか。もちろんこれは「リヴィジョニスト的見地」からものを見れば、という条件付きだが。

マルサリスたちが具体的な聴衆として向き合っているのは、言い換えるならこのようなリヴィジョニスト的なコンテクストを中心となって支えているのは、スパイク・リーの映画の場合と同じように、都市部に住む「若く怒れる黒人層」だろう。この熱い——時にはいささか熱すぎる——温床を抜きにして現在のアメリカにおける黒人文化を語ることはおそらく不可能だ。ごく簡単に区分けすれば、その層の意識的、年齢的に上の方の部分を彼らが受け持ち、比較的下の方をラップ・ミュージシャンが受け持っているということになるかもしれない。スパイク・リーもマルサリス兄弟もいかにもインテリ階級の黒人で、彼らはイタリアン・スーツをすらりとクールに着こなし、あるいはハーヴァード大学で講座を持ち、あるいは高級リゾート地で優雅に夏を過ごす。その観衆、聴衆には多くのインテリ白人が含まれている。そしてまた現在のところマルサリス一派の場合、収入のかなり多くの部分は結果的に日本マーケット、あるいは日本系企業からもたらされていると想像される（註・これは一九九四年当時の状況について述べている）。

しかしだからといって、一昔前の多くのミドルクラスの黒人のように、彼らは白人のライフスタイルなり価値観を「標準モデル」として指向しているわけではない。彼らは自分たちが「アフリカン・アメリカン」の一員であることに対してきわめて意識的であるし、それに誇りを持っているし（あるいは持とうとしているし）、彼らの目は一貫して、アグレッシヴな若い黒人層を離れることはない。なぜならそのような層こそが彼らのよって立つ真の土壌であり、自分たちの創造者としてのアイデンティティーの源泉であることをよく承知しているからだ。だからもしブランフォード・マルサリスがアメリカのインタビューで「日本人は我々黒人とおなじくらいよくジャズを理解しているし、まったく素晴らしい聴衆だよ」と口にしたりしたら、彼はおそらく本国での支持層から激しいブーイングを浴びせかけられることだろう。だから彼としてはもし仮にそう思っていたとしても（まずありえないだろうが）、そんなことはとてもいい口にだせないのだ。日本人の評論家の中には「これはたぶんアメリカの雑誌のインタビューでのマルサリスのリップサービスのようなもので、それほど悪意はないのだろう」と好意的に捉えるむきもあるが、そうとばかりはいえないのではないか。むしろ「プレイボーイ」誌での発言の方が彼の偽らざる本音で、日本マーケット向けのポライトなリップサービスを抜きにして喋ったらどうしたってこういう風になる――という典型的なサンプルではないかと考えている。もっと政治的になれというのではないけれど、アメリカにおける人種的状況がまた新たな変化を迎えつつあるのだという認識は、日本人のジャズ愛好者にもある程度必要だろう。

さてそこで日本人は本当にジャズを理解しているか、という当初の問題に立ち戻るわけだが、そこには二種類の違った結論がでてくるだろう。

①「俺達黒人が歴史的になめてきた苦しみがお前らにわかるものか。そしてそのような苦しみや痛みのわからない人種にジャズという音楽の真髄がわかるものか。お前らは金を積んで俺らを雇ってレコードを作ったり、日本に呼んで目の前で演奏させたりしているだけじゃないか。俺たちはしょうがないからやっているけれど、みんな陰で笑っているんだぞ」とブランフォード・マルサリスに面と向かってきっぱりと言われたら、たぶん「それはたしかにそのとおりです」と答えるしかないような気がする。あるいは「そうじゃない」という言い分を有効に証明することはできないだろう。そういう観点から見れば、日本人はジャズを本当には理解していないと言われても仕方ない部分はたしかにある。日本人は経済的に豊かになったぶんだけ昔に比べて、他者への素直な思いやりや共感といったようなものがいささか希薄になったのではないかと感じることも時にあるし、だからこそブランフォード・マルサリスだって日本人聴衆に対してそれほど強い親愛感を抱くことができないのではないか。

②しかし「いや、それは違うよ、マルサリスさん。そういう言い方はフェアじゃな

い。ジャズという音楽は既に世界の音楽の中で確固とした市民権を得たものだし、それは言うなれば世界市民の財産として機能しているんだ。日本には日本のジャズがあり、ロシアにはロシアのジャズがあり、イタリアにはイタリアのジャズがある。たしかに黒人ミュージシャンはその中心的な推進者としておおいに敬意を払われるべきだし、その歴史は決して見過ごされるべきではない。しかし彼らがその音楽の唯一の正統的理解者であり、表現者であり、他の人種にはそこに入り込む余地がないと言うのであれば、それはあまりにも傲慢な論理であり世界観ではないか。そのような一級市民と二級市民との分別は、まさにアパルトヘイトの精神そのものじゃないか」と反論することもまた可能である。そういう文脈においては、日本人はかなり熱心に誠実に、「世界市民的に」ジャズを理解していると言っても差しつかえないだろう。

どちらの言い分が正しいのかというのは、言うまでもないことだが、どちらの立場に立ってものを見るかによって変わってくる。僕個人の意見を言わせていただくなら、どちらの見方もそれなりに正しい。こういう結論の下し方はいささか優等生的にすぎるかもしれないが、僕ら日本人はもしジャズを真剣に聴こうとするなら（あるいはブルーズやラップ・ミュージックを真剣に聴こうとするなら）「音楽は音楽として優れていればそれでいいんだ」という以上のリスペクトを、アメリカにおける黒人の歴史や文化全体に対してもう少し払ってもいいんじゃないかと思うし、今日随所で見られる「こっちには金があるんだから、札束を積んでジャズ（に限らず他の何かなり）をオーガナイズしてやろう」という風潮はできることなら改めた方がいいと思う――少なくとももうちょっと控え目になった方がいいと思う、たとえ悪意はないにせよ。またそれと同時にマルサリス兄弟をはじめとする若い黒人ミュージシャンたちも、文化的占有権を声高に言い立てるよりは、自分たちの音楽をもっと世界に拡(ひろ)げていくことによってより幅広い民族的アイデンティティーを確立するというパースペクティヴを持った方がいいのではないかという気もする。そういう一般論で締めくくるには現今の社会状況はあまりに閉塞(へいそく)的で重すぎるかもしれないけれど、少なくともレーシズムに対する逆レーシズムといった構図からは、真に創造的なものは生まれてこないのではないか。

　思い返してみれば、この僕だって今をさかのぼる三十年前に最初のジャズ・コンサートに行ったときには、最初のうち何がなんだかわからなくて、「こいつらはいったい何をやっているんだ？」というようなぽかんとした顔でステージを見つめていたような気がする。でもそのようなブランフォード・マルサリス言うところの「なんにも理解していない観客」の中から、必ず何人かはジャズを理解しようと努める人々が出てくるのだと思う。そしてそのようにして音楽のポテンシャリティーは大きく膨らんでいくはずだ。そういう力の存在を素朴に信じるところから、本当の音楽の価値というものは生まれ出てくるのではないか。僕はそう信じているし（それは音楽だけに限らず、小説についてもやはり同じことだろうが）、ブランフォード・マルサリスの「プレイボーイ」誌での発言はそのような意味合いにおいてはやはりいささか心寂しいものだと言わざるを得ないだろう。いずれにせよ限られた文脈での狭いものの見方は、仮にそれ自体が論理的に正しいものだとしても、結局は音楽そのものを息苦しい生命力のないものにしていくだけだし、決して誰のためにもならないはずだ。そのようなあまり幸福とは言えない実例を、我々はこれまでに何度も目にしてきた。

しかし論議のタネを世間に提供したという点においては、今回のブランフォードの「日本人にはジャズはわからない」発言は、お互いにとって（というのは黒人ミュージシャンの側にとっても、日本人のジャズ・ファンにとっても）それなりに有意義なものではなかったかと僕は考えている。こういった問題についてもっと人々が正直に腹を割って本音を話し合うのは有益なことだと思う。いい機会だから、どうすればお互いをよりよく理解しあえるかについて、どこまでも論議すればいい。もしそこに音楽を愛するという共通項が存在するのなら（もちろん存在するだろう）、いつかは必ずひとつの妥協点、合意点が成立するはずだ。あるいは大げさなものの言い方になるかもしれないけれど、こういう小さななんでもなさそうな文化的摩擦を腰を据えて、感情的にではなく、ひとつひとつ細かく検証していくところから、先の方にあるもっと大きな摩擦の正体がわりに明確に見えてくるのではないか。そしてそれと同時に、日本という国家の中にあるアメリカとはまた違った差別構造の実体のようなものもひょっとして浮かび上がってくるのではないか。

ビル・クロウとの会話

ジャズ・ベーシスト、ビル・クロウさんの自宅を訪れて話をしました。彼の著書『さよならバードランド』『ジャズ・アネクドーツ』を僕が翻訳して、それのからみでいろんな話を聞いた。クロウさんは物静かな人で、とても親切に長いあいだ話をしてくれました。彼の話を聞いていると、１９５０年代から60年代の初めにかけてジャズ・ミュージシャンであったというのは、実に楽しく、エキサイティングなことだったんだなと実感します。「GQ Japan」１９９４年10月号に掲載。

あるいは最近のジャズ・ファンはビル・クロウの名前を知らないかもしれない。でも五〇年代から六〇年代の初めにかけてのジャズを少しでも真剣に聴きこんだ人なら、その名前におそらく聞き覚えがあるはずだ。ビル・クロウは五〇年代初めのスタン・ゲッツ・クインテットのベーシストであり、ジェリー・マリガンのピアノレス・カルテットおよび伝説のコンサート・ジャズ・バンドのベーシストであり、クラーク・テリー＝ボブ・ブルックマイヤー双頭バンド、またアル・コーン＝ズート・シムズ双頭バンドのベーシストとして活躍した。ひとことで言うなら実に渋いバンドで実に渋いプレイをした人である。俳優で言えば名脇役、主役を張るタイプではないが（事実リーダー・アルバムは一枚も残していない）、静かに確実に、時代の節々で心に残る演奏を残した。

彼はまたモダン・ジャズの世界だけではなく、ピー・ウィー・ラッセルやヴィック・ディッケンソン、あるいはベイシー楽団のメンバーといったようなバップ以前のスタイルのジャズ・ミュージシャンとも好んでよく一緒に演奏をした。五〇年代のジャズというと、どうしてもハードバップからファンキーへというラインに人気が集まるが、彼の演奏はそういったアグレッシヴな音楽とはあまり縁がなく、あえて言うならば「トラディショナルな色彩を残した穏やかな新感覚」みたいなものを指向しているように僕には思える。決して後ろ向きの人ではないが、変に目先の新しいものや、ぎらぎらしたものはこの人の好むところではない。けっこう頑固で、好き嫌いは激しいと見受けられる。

本人は「旅まわりが多かったので、僕は他のみんなほどスタジオの仕事はしなかったんだよ」と言うが、なかなかどうして——そりゃミルト・ヒントンやレイ・ブラウンなんかには遥（はる）かに及ばないけれど——吹き込んだレコードの数は多い。僕も探し回ってずいぶんコレクションしたけれど、とてもおいつかない。僕が彼の録音レコードのディスコグラフィーを作って持っていったら、「なかなかよく調べてあるね」と言って自分で作ったディスコグラフィーをコンピューターでプリントアウトしてくれたのだが、これは僕の調べたものの二倍はあった。

　もっとも最近のビル・クロウは演奏よりは、どちらかというとその著書によって名を知られている。彼の最初の本である『ジャズ・アネクドーツ（ジャズ逸話集）』は本当に本当におかしい本で、読んでいて何度も大笑いした。これは彼が四十年くらいのジャズ・ミュージシャンとしての生活のあいだに耳にした膨大な量の「ちょっとおかしい話」を全部ひとつに集めたもので、驚くばかりの記憶力の良さと、語り口のうまさによって、多くのジャズ愛好者たちをうならせた。彼は言う。「休憩時間に楽屋で僕らはあほな話ばかりして、みんなで大笑いしては日々を送っていた。そういうときに必ず誰かが言うんだ、『おい、こんなおかしい話は誰かが記録しておくべきだよ』と。僕がたまたまそれをやったっていうだけのことさ」

　でもうまい語り手の語る面白い話を、文章になおしてなおかつ面白く読ませるというのは、そんなに簡単にできることではない。そういう意味では、この人は一種のジャズの語り部的なことをやっているような気がする。

彼の二冊目の著書は『さよならバードランド』（原題は"From Birdland to Broadway"）という自伝で、これもとても楽しい本だった。するすると読めておかしくて、読んでいるうちにだんだんジャズが聴きたくなってくる。全部が全部そういうのではないけれど、それほど大物ではない人＝脇役級の自伝の中には、主役級の自伝より読み物としてずっと面白いものがある。こんな人が自伝を書くのかと思ってちょっと手にとって読んでみると、面白くて面白くて……ということがまああるわけだ。たぶんそれは書き手が「俺が俺が」と前に出てくるところがなくて、ひとつ身を引いて、観察者のさめた目でものを見て書くことができるからだろうと僕は思う。マイルズの自伝にしても、ミンガスの自伝にしても、証言としての意味はもちろん重く深いのだが、読み終わっていささか「腹にこたえる」という感じはある。

それに比べるとこのクロウの本は、読者を「いや、実はこんなこともあったんですよ」という世間話的な世界に軽々と誘っていく。これはひとつの才能であり、芸である。

ビル・クロウは一九二七年十二月二十七日、ワシントン州オセロで生まれた。子供の頃からトランペット、バリトン・ホーン、ドラムなどの各種楽器を遍歴したのちにふとした縁でベース奏者となり、今日に至っている。父親は大工で、不況時代の一家の生活は決して楽ではなかったが、母親がアマチュア歌手であり音楽の教師であったために、音楽を唯一（ゆいいつ）の娯楽として少年時代を送り、学校のブラスバンド、軍隊時代の軍楽隊を経て、やがてすっかりジャズに取りつかれることになった。どうしても音楽で身を立てたくて、ワシントン州立大学をドロップアウトしてシアトルからニューヨークに出たのが一九五〇年。そこでしばらくのあいだ売れないミュージシャンとして食うや食わずの貧乏生活を送るが（このあたりの描写はなかなか涙をそそる）、五二年にようやくスタン・ゲッツ・クインテットという一流バンドに加わることができて、それ以来第一線で活躍することになる。一九六〇年代の終わり頃からアメリカでジャズがだんだん下火になり、クロウは生活のために次第にブロードウェイ・ミュージカルの伴奏バンドの仕事をするようになった。現在では週に二、三日はニューヨークのクラブに出てジャズを演奏しているんだよ、ということだった。年金がもらえるから別に働く必要はないのだが、好きでやっているわけだ。

　ビル・クロウの住居はニューヨーク州ニューシティーというところにある。マンハッタンを北にあがってタッパンジー・ブリッジを西側に渡って少し北にあがる。僕とカメラの松村君はボストンから車を飛ばして四時間弱かかった。いかにも静かな郊外の住宅地で、早く到着しすぎたのでどこかでコーヒーでも飲んで時間をつぶそうと思ったのだが、コーヒーを飲むところなんてどこにもなかった。クロウさんの夫婦はここに越してから二十九年になるということである。僕らは庭のガーデン・テーブルでお茶を飲みながら話をした。四月の暖かい午後で、テーブルのとなりにはクロウ氏が自分で作ったという小さな池があった。

ビル・クロウは痩せた、アメリカ人にしてはかなり小柄な人で、そういうタイプの人が往々にしてそうであるように、身のこなしがどことなくきびきびとしている。

――僕がこのあなたの本を読んでまず思ったのは、「この人は何というものすごい記憶力を持った人なんだ！」ということなんですが、あなたは本当に記憶力がいいんですか、それとも毎日毎日詳細な日記をつけていたんですか？　どうして三十年も四十年も前のことをそんなに細部までありありと覚えていられるんでしょうね。

「僕は実際に記憶力がものすごくいいんだよ（笑）。それとね、僕は日記はつけてはいないけれど、自分の仕事についてのログ（覚え）のようなものをずっと記録していたんだ。これは自分自身のためというよりは、最初のうち仕事をするときに経歴を請求されることが多かったんで、むしろ資料みたいな感じでずっとつけていたわけだ。つまり『私はこれまでこういうところで、こういう人たちと演奏して、こういう録音もしております』というようなことを自己申告するためのものだよ。それがこれまで延々とたまっているんだね。そして僕はそういうメモをちょっと見ると、そのときの光景がさっと眼前に浮かんでくるんだ。細かいところまでありありとね。だからそれをそのまま文章にすることができるんだな」

——とても面白い本で、楽しめたんだけれど、もっと本当はいろいろと書きたかったけれど、書けないということがあったんじゃないんですか？

「そうだね、実在の人物に具体的な迷惑がかかるということで、書きたいのは山々だけれど書けなかった事実はほんとうにたくさんある。ノンフィクションという制約は大きいからね。だから僕は今、そういうのをむしろフィクションというかたちを借りて書きたいと思っているんだ。フィクションなら問題は少ないからね。うまくいくかどうかはわからないけれど」

——でもそれにしてもスタン・ゲッツがヘロインを射ってほとんど死にかけるシーンなんかはけっこうすごかったですよ。あなたがこれまで一緒に演奏したミュージシャンの多くは既に亡くなってしまっています。早死にをした人がとても多い。これはやはりドラッグが強く関係していると思いますか？

「たしかに関係してると思うね。それからアルコール。実はヘロインなんてものが一般に出てきたのは一九四〇年代からで、その前はみんなアルコールかマリファナをやっていたんだ。だいたいはアルコールが主体だったね。だからその頃の世代のミュージシャンはみんな決まってアルコールで身体（からだ）を壊した。ところが四〇年代からヘロインが主流になったわけだ。だからその当時はね、ヘロインが命取りになるほど危険なものだなんて、誰も本当に知らなかったんだ。一発やったらいい気持ちになれるからちょっとやろうぜ、というような軽いノリでやっていただけさ。これがやばいものだとわかってきたのは、もっとずっとあとになってからだった。不幸なことだよ。僕はヘロインをためしに一度だけやったが、幸いなことにどうしても身体にあわなかった。なにしろやった途端に気分がものすごく悪くなってね、それ以来まったく手を出していない。アルコールも体質的にほとんど駄目。マリファナは少しだけやったけど、その当時はマリファナだって捕まったら重罪でね、僕の友達はマリファナ所持を見つかっただけで、フロリダの刑務所に放り込まれて何年かチェインギャング（重労働）をやらされる羽目になった。マリファナくらいでそんなことになったらあわないよ。だから僕はドラッグはやらなかった」

――健康的だったんだ。

「そう。煙草は吸ってたけれど、それも途中でやめちゃったしね」

――でも僕が不思議に思うのは、クロウさんの本を読んでもわかるように、当時のミュージシャンはだいたいみんなお金がなかったわけでしょう、それなのにどうしてそんなに高価なドラッグを買いつづけることができたんでしょう？

「それはね、その当時はドラッグが今みたいに高価じゃなかったからだよ。五ドルあればヘロインがけっこうたっぷりと買えた。もちろんどれくらい水増ししてあるかは神のみぞ知るというところだけれどね。でも五ドルというのは、貧乏ミュージシャンでも手に入れられない額の金じゃない。そうだな、五〇年代初めのバードランドの一晩のギャラがだいたい一〇ドルだった。マンハッタンの貸間の一週間の家賃が一五ドルくらいだったっけね。昔はヘロインなんてものをやるのはそれこそ社会の底辺の人間だった。だから当然のことながら、値段も安かった。でも最近はドラッグをやるのは金持ち連中だからね、値段はおかげでどんどん高くなってきている。

僕は思うんだけれど、アメリカ人というのはドラッグみたいなものがもともと大好きなんだね。これはたぶんアメリカ人という人種が〈効果のある新しいもの〉を基本的に好むせいだと思う。ここはね、なんといっても発明と発見の国なんだ、わかるだろう。それが機械だろうがクスリだろうが、新しいすごいものが出たぞっていうと、みんなそれにわっと飛びつくんだ。あとのことはまたあとで考える。四〇年代にはそれがヘロインだった。六〇年代にはそれはＬＳＤだった。それからコカイン。この国ではそういう傾向はかなり顕著だね」

――ヘロインを流行らせたのはチャーリー・パーカーだという意見もありますね。若いミュージシャンがみんなパーカーの演奏に憧れて、それでドラッグの習慣まで真似したんだっていうような。

「いや、とくにパーカーが流行らせたというわけではないんじゃないかな。それは既にひとつの流れとしてあったことだと思う。パーカーはその一部に過ぎなかった」

――僕はスタン・ゲッツのファンなんですが、あなたの本を読むと、彼は個人的にはいろいろと問題があった人のようですね。僕は彼が日本に来たときに楽しみにして聴きにいったけれど、正直に言ってそれほど愉快な体験とは言えなかったな。ちょっと吹いておしまい、あとはリズム・セクションに延々と演奏させるといったような……。手抜きなのかどうなのか、僕には事情がよくわからないけれど、でもとにかくファンとしては少しがっかりさせられました。

「スタンは素晴らしいプレイヤーだったけれど、かなり問題はあったね。それはたしかだ。もちろんドラッグの影響はあったけれどね、それだけじゃない。もともとのパーソナリティーにいささかの問題があったんだ。はっきりと言ってね、彼はまわりの多くの人々に対して、人を人とも思わないようなことをしていた。でも最後に僕が彼の演奏を聴いたとき、それは実にいい演奏だったよ。

ピアノがアルバート・デイリーでね、彼は非常に優れたプレイヤーだ。僕がデイリーの演奏を最初に聴いたのはアート・ファーマーとかジム・ホールとかと一緒にやっていたときだったね。僕は彼がスタンと一緒に組んでやっているのを知って嬉しかったよ。というのはスタンのバンドで演奏するというのはなんといっても、彼のキャリアにとっては素晴らしいことだからね。わかるだろう? でも彼はその少しあとで亡くなってしまった。でもいずれにせよ、そのときのスタンの演奏は見事だった。サポートするメンバーもよかった。以前、七〇年代にボブ・ブルックマイヤーが西海岸からこっちに戻ってきたとき、彼はしばらくのあいだスタンのグループに入っていたんだ。前からちょくちょくスタンと組んで仕事をしていた若いピアノ・プレイヤーがそのバンドの中心になっていて、彼とベースとドラムとで音楽的なコンセプトを作りあげていて、スタンはそれにすごくうまく自分のスタイルをあわせていた。ボブはなんだか自分がスペア・タイヤになったみたいな気分だって言っていたな（笑）。ホーンを中心に音楽を組み立てるという感じじゃなかった。結局彼はそのグループには長居をしなかったよ」

——ジェリー・マリガンはいかがですか？

「マリガンのバンドは音楽的には僕がいちばん好きなバンドだった。とても音楽的であり、とてもエキサイティングであり、そしてまた学ぶべきものも多かった。でも僕は何度もマリガンと袂をわかった。喧嘩して、しばらく離れてはまた一緒になってという繰り返しだったよ。そういうコンフリクト（衝突）の繰り返しだったね」

——それは音楽的なものを理由にしたコンフリクトだったのですか？

「いや……音楽的なコンフリクトというようなものは僕と彼とのあいだにはほとんどなかった。音楽的にはとてもうまくいっていた。それはまったく個人的な次元でのコンフリクトだ。ぼくらはいつも頭にきて喧嘩別れした。しょっちゅうやっていたよ。でもしばらく時間が経過して頭が冷えた頃に、『おい、また一緒にやらないか』って電話がかかってくるんだな（笑）。彼は僕のベースを好み、僕は彼の音楽を好んだからだよ。だからいつもちゃんとよりを戻したんだ。僕も彼と一緒に演奏をすることによって、実りの多い音楽生活を送ることができた。でも六〇年代の半ばに最後の大喧嘩をやって、それで一巻の終わりってわけさ」

（*クロウはゲッツやらマリガンやらとのあいだの「コンフリクト」の種類については、具体的には何も語ろうとしない。かなり口の堅い人のようで、このへんの潔さはなかなかのものである。普通ならあれこれと喋りたいところではないか）

——ところでマリガンのコンサート・ジャズ・バンドは素敵なバンドでしたね。僕はとくにヴィレッジ・ヴァンガードでのライブ盤が大好きで、今でもたのしんでよく聴いています。じっくりと聴き込めば聴き込むほどじわじわと良さがわかってくると思うのだけれど。

「うん、そうだね。あのレコードは最高だよな。僕もいちばんあれがいいと思うよ。でもあのバンドのものは全部よかったぞ」

——あなたがずっと参加していたマリガンのピアノレス・カルテットも僕の好きなバンドのひとつなんですけれど、アート・ファーマーの入ったカルテットとボブ・ブルックマイヤーの入ったバンドとではいささか雰囲気が違っていますよね。どちらも素晴らしいとは思うけれど、僕は個人的にはファーマーの入ったものが好きなんです。

「でもね、ボブはすごくエキサイティングなプレイヤーだよ。彼が初めてニューヨークの音楽シーンに姿を見せたとき、彼は二つの側面をあわせ持っていた。ひとつはものすごいモダニズムの感覚であり、もうひとつはトラディショナルなカンザス・シティー・ジャズの感覚だった。ディッキー・ウェルズとかヴィック・ディッケンソン的なものだね。そしてボブはトロンボーンでもピアノでも素晴らしい演奏をした。そして僕は彼によって音楽的な耳を大きく拡(ひろ)げられた。とりわけハーモニックな部分でね。そういう意味では彼は僕にとっては、本当にエキサイティングだったね。

アートは実に素晴らしいタイミングでジェリーのバンドに加わったんだ。その二年くらい前までは、これはレコードを聴けばわかることだけれど、彼はまったくディジー・ガレスピーみたいな感じで演奏していたんだよ。でもそれから彼は自分自身のヴォイスを見つけようと努力を始めた。でもそれは簡単なことじゃなくて、いろいろと悩んでいた。そのころに彼はジョージ・ラッセルと出会って、彼の指導を受けるようになった。ジョージは当時リディアンなんたらかんたらというやたら難しい名前の理論を作り上げていた。でもね、彼がやったことは要するにそれまでジャズ・ミュージシャンが無意識に自然に聴いたり実行したりしていたことを、紙の上に書き写して理論化しただけのことなんだよ。細かい専門用語をこしらえて、それをかっちりとしたシステムとして捉(とら)えて、論理的に説明したわけさ。スケールだとか、モードだとかね。

それをわざわざ真剣に取り上げる人間はほとんどいなかったが、アートはその数少ない一人だったというわけだ。アートはそれをひとつの道具として使って、それによって数多くの自分自身のコンセプトみたいなものを見つけることに成功した。それから二年ほどのあいだに彼はそれらを自分の演奏に具体的に反映できるようになり、ちょうどそのときにぴったりジェリーのグループに参加したというわけだよ。ちょうどいい頃合だったんだ。彼はジェリーのバンドをやめたあとで、ご存じのようにベニー・ゴルソンと組んでジャズテットを結成することになった。しばらくのあいだだったけれど、彼と一緒に演奏するのは素晴らしいことだったよ。それにアートは人間的にとてもいいやつだったからな。僕らのあいだには同じ釜(かま)の飯を食う仲間という強い連帯感があったね。

アートがバンドにいた頃のことでひとつよく覚えているのは、サンフランシスコに行ってたときのことだ。そのとき僕らがどんな仕事をしていたかはちょっと思いだせないんだが、ちょうどそのときソニー・ロリンズのバンドも『ジャズ・ワークショップ』で演奏するためにサンフランシスコに来ていた。同じホテルに泊まっていたんだ。フレディ・ハバードはそのバンドに加わったばかりだったけれど、アートと僕がその部屋の前を朝早くに通りかかると、フレディが楽器の練習をしている音が聞こえた。

スケールだとかそういうのを本当に信じられないくらいのスピードでさらっていた。いっときも休むことなく立て続けにだよ。僕らはその前を通り過ぎて下に下りて朝食を食べて、しばらくしてからまた部屋に戻ったんだが、そのときにもまだ彼は練習をしていた。ソニーは僕らに『午後にリハーサルをやるんだけど、よかったらみんな遊びに来いよ』って声をかけてくれた。僕らがクラブに行くと、フレディはリハーサルをそのままジャム・セッションに変えてしまった。彼はなんと二十コーラスも吹きまくったんだよ、それも始めから終わりまでぶっつづけ休みなしのダブル・テンポで！彼の場合、二、三コーラス程度すらすらと吹いてくれれば、それでみんな大納得して文句ひとつなかったんだけどさ（笑）。フレディは真夜中まで部屋にこもって一人でいつ果てるともなく練習を続けていることもあった。そういうものすごい能力、並外れた技能、あきれるばかりの集中力というのは、これはもう生来天与のものだね」

――ボブ・ブルックマイヤーの入ったジェリー・マリガンのカルテットで日本の公演旅行に行かれたのは一九六四年のことでしたっけ？

「そうだね、あれは東京オリンピックの年だったね。東京じゅうが掘り返されたり、ビルを壊したりで大変な騒ぎだったことを覚えているね。とても楽しい旅行だったな。

僕は日本という国がそのときにすっかり好きになってしまった(*ビル・クロウが日本で体験したいろんな面白い出来事は本の中に詳しく書かれている)。このあいだニューヨークのスシ・レストランに行ってそのときの話をしていたら、板前に『お客さん、そう言われても、その頃は私はまだ生まれていませんでしたよ』って言われちゃった(笑)。やれやれ月日のたつのは早い。僕はとにかく東京の街を歩き回った。地図を片手に地下鉄を乗り継いでさ。僕はそういうのがなにしろ大好きなんだね。そのとき僕らを呼んだ日本のプロモーターは音楽関係のプロモーターじゃなくて、ボクシングの興行が専門の人だった。僕らのバンドを呼んだのは文化的なものに係わることによってプレスティッジを高めるのが目的で、それで金を儲けようというつもりは初めからまったくなかったんだね。金はボクシングのほうで儲けていたから、だから僕らの日程は信じられないくらい楽なものだったし、おかげでたっぷりと観光させてもらったよ(笑)。とにかく僕は日本ではとても楽しい思いをしたし、機会があったら是非もう一度訪れたいと思っているよ。そういう仕事のチャンスがあればいいんだけどね」

——日本には熱心なジャズ・ファンが多いから、そのうちにきっとチャンスはあると思いますよ。

「それは僕もよく知っているよ。この前もね、アート・ファーマーとちょっと話をしていたんだが、彼の年収のメインソースは日本がらみの収入なんだって言ってたよ。彼は今ウィーンに住んでいるんだけれど、ときどきアメリカにやって来てクラブで演奏して、それから日本に行ってツアーなんかをやって、その稼ぎでもってしばらくはのんびりと暮らせるんだって。すごいよね」

――でも日本は払いもいいけれど、物価も高いですからね。

「知ってる、知ってる。ライオネル・ハンプトンのバンドが日本公演をするときに一度楽団員の反乱が起こったんだよ。というのはライオネルが楽団員にアメリカ国内のツアーと同じ額の給料しか渡さないって言ったからさ。その中からみんな銘々自分のホテル代と食事代を払えってさ。でもそれじゃ完全に持ち出しになってしまうよね（笑）。それでみんな冗談じゃないって日本行きを拒否して、仕方ないからライオネルは現地で日本のバンドを雇うことになった」

――クロウさんは今はニューヨークのクラブを中心に演奏活動なさっているわけですね。

「そうだね。今はバーバラ・リーとかボブ・ドローとかと一緒に仕事をしているよ。ボブ・ドローは『ホーギー・オン・マイ・マインド』というホーギー・カーマイケルの音楽を集めたショーのようなものをやっているんだ。エディー・ロックがドラマーで、ジェイムズ・シュリロがギターで、僕がベースを弾いている。ピアニストのリオ・クレメンテとはニュージャージーのジャズ・クラブで一緒に仕事をしている。定期的に仕事があるというのではないけれど、ニューヨークあたりで仕事があればそれを引き受けているという状態だね。それからレコード会社からライナーノートの執筆依頼なんかがあるとそれを書いているね。音楽ユニオンの新聞のための軽い文章も毎月書いている」

——あなたはニューヨークに出てきてしばらくしてからベースを演奏するようになったんですね。その前にはヴァルヴ・トロンボーンを演奏していた。あなたがベーシストになったときには、誰があなたのフェヴァリット・ベースプレイヤーだったんですか？

「そうだね、その当時僕が好きだったベーシストというと、うーん、イズラエル・クロスビーだったな。僕は子供の頃から彼のレコードを聴いてすごいと思っていたからね。それからもちろんジミー・ブラントンだ。僕は手にはいるかぎりのデューク・エリントンのレコードを聴いていたものな。ブラントンが入っているいないにかかわらずエリントンのレコードには夢中だったけれど、ブラントンが入っているものはとくに身を入れてしっかりと聴いた。

しかし自分でベースを弾き始めてからは、僕のアイドルはレイ・ブラウンとオスカー・ペティフォードの二人になった。彼らは当時ニューヨークで活躍していたし、とくにオスカーの音は、僕がこういう音を出したいという、まさにぴったりそういう音だった。彼の有名なビッグ・サウンド、それからあの抜群のタイム・フィーリング。僕は彼らがリズム・セクションの一員としてどういうふうに音楽をサポートするかというところを中心に聴いた。もっともオスカーはその上に素晴らしいソロイストでもあったけれどね。それから実にいろんなプレイヤーを聴いて回ったよ。あの当時はみんなテディ・コティックがすごいって言っていた。パーシー・ヒースもばりばりに売り出し中だった。それからチャーリー・パーカーと共演したことで有名になった二人のベーシスト、カーリー・ラッセルとトミー・ポッター、僕はその二人にとにかく感服した。というのはなにしろ彼らはあのチャーリー・パーカーと共演したわけだからね(笑)、それだけでヘエエエてなもんさ。そういう人たちはもちろん優れたプレイヤーだった。聴いていてうまいなあと思った。でもね、オスカー・ペティフォード——これはもうとにかく別格だよ。彼の演奏にはびりびりと電気ショックを受けるようなものがあったものね。それはベースという楽器の可能性をいわば極限まで提示していたんだ。もっと上の世代の人ではミルト・ヒントンが好きだった。ウォルター・

ペイジもまだ元気に活躍していた。ペイジとジョー・ジョーンズのあのリズム・セクションの絶妙なノリはそれは見事なものだったね。最高だった。

それからレッド・ミッチェルを最初に聴いたときには、ああこういう演奏のやり方もあったんだって、こういうふうにソロ楽器としても使うことができるんだって、目を見開かされたような気がしたものだったよ。その当時はまだ誰もアンプにベースをつないだりしていなかった。みんながとにかく手近にあるマイクロフォンに向かってがんがん大きな音を出して演奏しようとしていた。そういう演奏をしているとね、言うまでもないことだがデリケートなアーティキュレーションが不可能になる。でもレッドはそうじゃなかった。ぜんぜん違っていた。彼はライト・アンド・イージーという感じで悠々と演奏していた。彼のアーティキュレーションは他のどのベーシストとも違ったものだった。彼はその当時軽度の結核を病んでいてね、空気の悪いところには最低一年は行っちゃいけないと医者に言われていたんだ。だからクラブで演奏することができなくて、自分の家の居間で気の合った連中を集めて演奏をしていた。彼がごりごりじゃない演奏をするようになったのは、そのせいもあるかもしれないね」

——あなたのベースラインも他のベーシストとはずいぶん違っているように僕には聞

こえるんですが。

「それは本人にはよくわからないことだね（笑）」

――あなたのベースラインはあるときにはずいぶんトラディショナルに響くし、またあるときにはとてもプログレッシヴに響くように思うんですが……。そういうタイプのベーシストは他にはなかなか思いつかないですね。

「僕はね、ベースというのはやはり基本的に低音域を受け持つベース・インストルメントだと思うんだよ。個人的には、長くて太いベース・サウンドが好きだ。スコット・ラファロの演奏スタイルも好きだし、彼に影響を受けてベースをまるでギターみたいにひょいひょいと弾く若い人たちの演奏も好きだよ。でもね、僕自身はどうかと言うと、そういう弾き方はあまりしたくないんだ。どうしてかと言うと、ベースはちゃんとまっとうにベースでありたいと思っているからだよ。あまり高い音域でゴンゴン派手に弾きたくはない。仕事でそうやれと要求されればもちろんやらなくはないけれど、むしろ低音域を中心に堅実に音楽を組み立てることのほうを好むな」

――派手といえば、レコードで聴いている限りあなたはあまり派手にベース・ソロをとらないようですけれど、それもやはりひとつの演奏哲学のようなものなんでしょうか？

「いや、というよりはね、僕はレコードに関して言えば優秀なバンドでやることが多かったから、出番があまりなかったというのが正直なところさ。ホーン・プレイヤーがつぎつぎにソロをとっていると、ベースが出ていく余地がなくなってしまう。僕だってソロを取るのは好きだよ（笑）。とくにジェリー・マリガンのバンドではね、まず第一にジェリーがソロを好きなだけたっぷりと取る。それから次にボブが負けじとソロを取る。となるとベースやドラムの出番はどこを探しても残ってない。それから当時、僕はかなりハイに弦を張っていたから、みんなをあっと驚かせるようなファッショナブルなフットワークができなかったという事情もあった。今ではもっとロー・アクションを使うようになっているし、アンプも遥かに進化したから、ベーシストがソロを取るのもずいぶん楽になったけれどね」

――でもジェリー・マリガンのグループでも、海賊版として出回っているライブ録音ではけっこうクロウさんの長いベース・ソロを聴くことができますね、とくにヨーロッパ・ツアーの折にイタリアで録音されたものなんかで。古い録音のわりにとてもいい音で聞こえるけれど。

「そうだね。あそこではけっこうソロを取っているね。あの当時はもうアンプを通して演奏していたからね。そのことによって僕の演奏はずいぶん変化をとげたと思うよ。

僕はギンギンにアンプを通した音があまり好きじゃないんだけれど、でもちょっとしたアンプやらピックアップやらの助けがあると、それだけでベーシストの仕事は本当に楽になるんだ。それほどの苦労もなく音をぐっと長く引っ張ることもできるし、アクションをもっとローにして速い音節を演奏することもできる。デリケートなラインを聴かせることもできる。それによって音楽自体もずいぶん変わったと思うな」

ビル・クロウはその昔、まだジャズがポピュラー音楽と近しいものとして存在していたときのことを懐かしく思いだす。現在ではニューヨークのジャズ・シーンは一時期に比べて幾分持ち直し、クラブの数も増えているようだが、その当時はやはりジャズがみんなのものとしてあったんだよ、と彼は説明する。「今じゃジャズとポピュラー音楽とはすっかりかけ離れた存在になってしまっているからね……。五〇年代にニューヨークでジャズをやっているのは楽しかったよ。いくつもいくつもジャズ・クラブが軒を連ねていて、自分のステージの休憩時間にはよそに飛んでいって他のバンドの演奏を聴いたり、あるいは飛び入りをしたりした。当時のニューヨークには楽しいクラブが星の数ほどあったな。僕が個人的にいちばん好きだったのは『ハーフノート』、演奏するための設備や条件が最高だったとは言わないけれど、店の雰囲気はなにしろ素晴らしかった。ものすごくインティメートで家庭的だったし、やってくる客筋もご機嫌だった。逆にこれはちょっとひどいと思ったのは『エンバーズ』だったな。僕にはほとんど信じられなかったよ。これほど素晴らしい演奏家を呼んでおいて、高い料金を払って、どうしてみんなちゃんとそこにある音楽を聴かないんだろうってね。それはまったく僕には理解できないことだったよ。あれはまったくひどいクラブだった」

我々はその気持ちのいい春の午後、ガーデン・テーブルに向かってビールを飲みながら、彼がかつて在籍していたスタン・ゲッツのバンドや、クラーク・テリー＝ボブ・ブルックマイヤー双頭バンドについての話を続けた。ここで全部書ききれないのは残念だけれど、カメラの松村君はその数日後にニュージャージーの「トランペット」というジャズ・クラブでの彼の演奏を撮影に行った。残念ながら僕はちょうど仕事があって行けなかったのだけれど、とても熱くて楽しい演奏であったということです。

ニューヨークの秋

クロード・ウィリアムソン・トリオ〜ウィズ・ビル・クロウ

ヴィーナス・レコードから発売されたビル・クロウの新録音アルバム（『ニューヨークの秋』）のライナーノートとして書きました。1995年7月。僕は音楽業界の人間ではないので、ライナーノートは普段あまり書かないことにしているんだけど、縁の深いクロウさんからの頼みなので、「いいですよ」と喜んで引き受けました。ここに書かれているとおり、僕はちょうどアメリカ横断旅行をしているところで、モーテルのしがない机に向かってこの文章を書きました。

このCDの演奏の内容とは直接関係のないことだけれど、この原稿を僕はインディアナ州のラ・ポルテという名前の、正直に言ってあまりぱっとしない小さな町の、正直に言ってあまりぱっとしない「ホリデイ・イン・モーテル」の一室で書いている。

もちろん僕は全米に無数にあるホリデイ・イン・チェーンを、全部ひっくるめてあまりぱっとしないと言っているわけではない。中には結構立派な「ぱっとした」ホリデイ・インだってある。それはホリデイ・イン・チェーンの名誉のためにいい添えておく。しかし今の段階で、ひとつ僕にはっきりと言えることは、インディアナ州のラ・ポルテという町にあるホリデイ・インは、残念ながら宿泊客にそれほど幸福な印象を与えないという厳然たる事実である。あるいは余計なお世話かもしれないけれど、もしいつか車でインディアナ州を横切られることがあったとしたら、できることならこの町はあっさりと通り過ぎた方がいいと僕は忠告したいと思います。

実を言うと僕は今、ボストンからロサンジェルスまで約八千キロあまり、車で大陸横断をしている途中である。今朝はカナダのチャザムという町を出発して、なんとか夕方までにシカゴにたどり着くつもりだったのだが、途中で挫折してこのラ・ポルテという辺鄙きわまりない場所（英語で言うとミドル・オブ・ノーホエア）でやむなく一泊することになった。そして僕はホリデイ・イン・モーテルの、日のあたらない奇妙なデザインの一室（五九ドル）のテーブルに座り、マッキントッシュ・パワーブック５２０に向かってキーをぱたぱたと叩いている。エアコンは肺病病みの騾馬みたいにぜいぜいとうるさくて、そのわりにはほとんどきかない。おまけに窓のすぐ下に屋内温水プールがあるものだから、頭がおかしくなるくらい蒸し暑い。こんな拷問部屋みたいな建物を、宿泊施設と銘打って設計できるひょうきんな建築家が世の中にはちゃんと存在するのだ。

別のテーブルの上にはアイワのＣＤラジカセが載っていて、それで僕は今このクロード・ウィリアムソン・トリオのサンプルＣＤを聴いているところだ。僕がこの旅行に出ようとしている直前にニューヨーク郊外に住むビル・クロウ氏がボストンの僕の家に電話をかけてきて、例によってのんびりとした、でも若々しい声で「やあ……ハルキ、実は今度……ああ、日本のレコード会社から、クロード・ウィリアムソンと一緒にトリオでＣＤを出すことに……なったんだが、もしよかったら君にライナーノートを……うむ、書いてはもらえまいか」と言った。「いいですよ。それはもちろん、喜んで書きますよ」と答えたものの、なにしろ旅行の準備に追われて、届けられた音楽をじっくりと聴いている暇もなかった。だから僕はラジカセと送られてきたサンプルＣＤをボルボ８５０ワゴンの後部席に放り込み、とるものもとりあえず大陸横断の旅に出ることになったわけだ。

道中でどこかのモーテルに泊まる度に、ウィスキーを一人でちびちびと飲みながら、このＣＤを部屋で何度も何度も繰り返し聴いていた。おわかりいただけるように、そういうのは音楽を聴くための理想的な環境とはお世辞にも言えない。でも正直に言って、一人ぼっちでモーテルの一室で小さなラジカセで聴いていると、このピアノ・トリオの演奏は不思議に身に沁みた。それも立派なまっとうなホテルの一室で聴くよりは、むしろろくでもないモーテルで、持参したウィスキーをプラスチックのカップに注いでぽちぽちと飲みながら聴いている方がしっくりとくるのだ。

あなたはあるいはこのCDを今、きちんとした立派なステレオ装置で、昼間にまったくの素面で聴いていらっしゃるかもしれない。もちろんそれがいけないと言っているのではない。ぜんぜん悪くない。それによってこの演奏の価値がいささかも減じられるものではない。でもインディアナ州の片田舎のホリデイ・インの一室で、上半身裸になって、暗い歪んだ鏡に映った自分の顔（ホリデイ・インの内装と同じくらいぱっとしない）をときどきふと眺めながら、ラジカセで聴いているのも悪くない。それがどうしてなのかはうまく説明できないけれど。

アメリカの書店の棚でビル・クロウの書いた『さよならバードランド』（"From Birdland to Broadway"）という本をたまたま見かけたとき、僕は「え、ビル・クロウ？　あのビル・クロウが本を書いているのか？」とけっこうびっくりしてしまった。僕は遥か昔からのスタン・ゲッツとジェリー・マリガンの熱烈なファンだから、ビル・クロウの名前はもちろんよく記憶している。派手はでしいところはいささかもないけれど、趣味のいい堅実で知的な演奏をするベーシストだった。ジェリー・マリガンがあの名高いピアノレス・カルテットのベーシストという難しいポジションを長年にわたって彼に与えていたという一つの事実だけとってみても、ビル・クロウという人の価値と重みがおわかりいただけるはずだ。オスカー・ペティフォードやレイ・ブラウンやポール・チェンバーズのようなぐぐっとせまってくる熱っぽい迫力はないけれど、じっくりと身を入れて聴いていくと、ビル・クロウの刻むきりっとした辛口のラインには捨てがたいものがある。そこには「頑固な個人主義」とでも呼びたくなるような独特の風格が感じられる（どうやら彼は現実生活においてもなかなか頑固みたいだ）。

こう言ってはなにだけれど、ビル・クロウは決して歴史に残るジャズの巨人ではない。それはまあ確かだ。もし仮にビル・クロウというベーシストがこの世界に存在しなかったとしても、ジャズの歴史は今とそんなには違っていなかっただろう。でもそれにもかかわらず、彼のような「非巨人」的なミュージシャンたちが、それぞれの片隅を地道に確実に築き上げてきたことによって、ジャズの世界は今あるような豊かな奥行きと色合いを獲得してきたはずだと僕は思う。ジャズ・ベーシストのみんながみんな、よってたかってレイ・ブラウンやポール・チェンバーズみたいな大きな店構えの演奏をしていたら、それはそれでやっぱりいささかしんどいものではなかっただろうか。

ビル・クロウは一九六〇年代後半にジャズの第一線を離れて、ブロードウェイでミュージカルの伴奏の仕事をして生計を立てていた。毎日毎日同じ譜面を、劇場のピットに座って黙々と演奏していたわけだ。それは正統的なジャズにとってはきわめて苦しい時代であり、多くのベテラン・プレイヤーがその時期に引退同然の境遇に追い込まれることになった。「でも流れが変わって、最近になってようやくまたジャズの仕事で生活できるようになったんだよ」、とクロウさんは僕にとても嬉しそうに語ってくれた。このCDに収められた演奏を聴いていると、彼のそのときの喜びにあふれた顔が浮かんでくる。ここではビル・クロウはいかにも楽しそうに、いきいきとしたプレイを聴かせてくれる。相変わらず頑固そうではあるけれど、カドはけっこうとれて丸くなっている。「これがまあ……うん、今の私なんだ。もし気に入ってくれたら……ああ、嬉しい」とでも語っているみたいに。とても単純な言い方だけれど、そこにはいろんなものごとを自分の目でしっかりと見てきた人間の、確かな年輪のようなものが感じられる。

ビル・クロウのことばかり書いて、このアルバムのリーダーである肝心のクロード・ウィリアムソンのことを書かなかったが、この人も僕が個人的に好きなジャズ・ミュージシャンの一人である。リーダー作はあまり多くはないけれど、どれをとっても、聴いた後にたしかな手応えの残る小気味良い作品だった。昔はよく聴いたものだ。それからずいぶん歳月が経過して、かつてのあのパウエル・ライクな前のめりの強烈さはいくぶん薄れてしまったようだけれど、それでもこの人独特の弛みのない「姿勢の良さ」は今でも健在だ。ビル・エヴァンズとハービー・ハンコックの登場によって、大半のピアニストが多かれ少なかれスタイルと音色の変更を余儀なくされた後の世界で、昔ながらの純正バップ・ピアニストの質のいい演奏を聴きたいと思えば、選択肢は限られてくるわけだが、クロード・ウィリアムソンはやはりそのリストの上位の一角を占めていると言って差し支えないだろう。

このCDは亡くなったアル・ヘイグに捧げられており、ヘイグのオリジナル曲と、彼の愛好したスタンダード曲を中心に選曲されている。それらはどれもなかなか素晴しい出来映えなのだけれど、それはそれとして、ここでは僕はとくにアル・ヘイグさんとは直接関係のないクロード・ウィリアムソンのオリジナル「クロウズ・アザー・ネスト」とビル・クロウの懐かしいオリジナル「ニューズ・フロム・ブルーポート」

の演奏が個人的に好きだ。

「ニューズ・フロム・ブルーポート」はクロウの作った数少ないオリジナル曲のひとつで、ジェリー・マリガンのあの素晴しいアルバム『ホワット・イズ・ゼア・トゥ・セイ？』の中に収められている。この曲には最初「バケツ頭」という奇妙なタイトルがついていたのだが（これはアート・ファーマーの子供時代のあだ名だった）、ファーマーの「頼むからそれだけはよしてくれ」という強い抗議によって変更を余儀なくされたということだ。もちろんこれは「ブルーズ・フロム・ニューポート」の言い替えである。どうしてこの人はもっと熱心にオリジナルを作曲しなかったんだろうと首をひねりたくなるようななかなかいかしたブルーズで、僕はマリガン・カルテットのきっとはりつめた若々しい演奏が大好きなのだが、このウィリアムソン・トリオのテンポをいくぶん落としたヴァージョンもリラックスした味わいがあって好ましい。しつこいようだけれど、少なくともインディアナ州ラ・ポルテのホリデイ・インの一室で聴いていると、とても素敵だ。

それからこれも演奏とはまったく何の関係もないことだけれど、ここの町の「タンジェリン」というレストランの名物（ということになっている）のビーフ・ウェリントンの肉はちょっと堅すぎるのではないか。

みんなが海をもてたなら

柴田元幸（しばたもとゆき）さんに頼まれて、『ロック・ピープル101』（佐藤良明・柴田元幸編、新書館）という本のために書き下ろしで書きました。1995年7月。ビーチボーイズについてはあちこちに書いた記憶があるけど、これが文章としていちばんコンパクトにまとまっている気がする。この一文を書いたあとに、ビーチボーイズをめぐる状況は大きく様変わりしてしまった。ブライアン・ウィルソンの奇跡的復活を含むいくつもの動きがあった。そのあたりのことは拙著『意味がなければスイングはない』に収められたブライアンについての記述をお読みいただければと思います。1990年代半ばにはだいたいこんな具合だったということです。

神話力を身につけることのできるロック・バンドやシンガーの数はきわめて限られ

ているし、それを身につけたまま無事に生き残れるものの数は更に限られている。たとえばジム・モリソンやジャニス・ジョプリンやジミ・ヘンドリックスは神話の衣をまとうことができたが、そのためには彼らは（たぶん）命を落とさなくてはならなかった。もし彼らが健康に長生きをしていたら伝説にはならなかっただろうと言っているわけではない。好むと好まざるとにかかわらず今となっては、彼らの残した音楽には、その早すぎた死がいわば前提として分離不可能なまでに染み込んでしまっていると言っているだけだ。ちょうどプーシキンやモーツァルトの作品が、彼らの短すぎる神話的な生を結果的に内包して成立しているのと同じように。ビーチボーイズはたっぷりと長生きをして、しかも伝説になった稀有な例のひとつである（他には……ボブ・ディラン?）。彼らのデビューからすでに三十年以上の歳月が経過している。ウィルソン兄弟の一人、デニス・ウィルソンはドラッグと酒と女漁りの末に、不慮の事故で死んでしまったが、それ以外のオリジナル・メンバーはドラッグに溺れたり、精神病にかかったり、離婚したり破産したりいがみあったり大喧嘩したり訴訟したりしながらも、まがりなりにもみんな一緒の帆柱にしがみつくようにしてグループに留まっているし（それはジョセフ・コンラッドの描くところの暴風雨にうちのめされた小貨物船の姿を彷彿とさせる）、彼らのツアーはいまだに全米各地で驚くほど多くの観客を集めている。ビデオで見るかぎりブライアン・ウィルソンはまともに歌を歌えない状態にあるし、他のメンバーもかなり老け込んで、脇をかためる何人かの若いミュージシャンの助けなしにはおそらくステージを満足に維持できないような有様だが（最近ではアル・ジャーディンの息子まで駆り出されているようだ）、大半の観客はそれらの事実を特には気にしていないように見える。人々はビーチボーイズという一九六〇年代の伝説なり記憶なり光景なりを目撃し、セレブレイトするためにそこにやって来るのだ。たとえブライアンが一曲につきたった四小節しか歌わなかったとしても、それがどうだというのだ。彼らが現在の状態で新しいアルバムを吹き込むのはかなり難しそうだが、しかしいったい今さら誰が熱烈にビーチボーイズの新譜を待ち望んでいるというのか。レコード店に行けば、キャピトル時代のゴールデン・オールディーズを集めたリイシュー・アルバムがCDでちゃんと手にはいるではないか。

一九六三年に初めてラジオでビーチボーイズの「サーフィンUSA」を聴いたとき、僕はちょっとしたショックのようなものを受けた。当時僕は十四歳で、その頃は朝から晩まで暇さえあればとにかくラジオでポップソングを聴いていた。いろんな曲やいろんなシンガーに夢中になったけれど（リック・ネルソン、エルヴィス、ボビー・ヴイー、ボビー・ダーリン……そういう時代だった）、「サーフィンUSA」はそれまでに聴いた他の曲とはぜんぜん違っていた。それは本当に新鮮で、オリジナルだった。ザ・ビーチボーイズというういかにも気楽な名前のバンドが鼻にかかった声で歌うそのあけっぴろげなサーフィン・ソングは一瞬にして僕を捉えてしまったし、ある意味では僕の心の扉のようなものを押し開けてしまったのだ。うまく言葉で説明することはできないのだけれど、そこには何か自分にとって特別なものがこめられているように僕には感じられた。その曲を聴いていると、心がひとまわり大きく広がり、目をこらせば遥か遠くのものが見えるような気がした。どうしてそんなことが起こったのかは、謎である。だってそれは本当に単純で邪気のない音楽だったのだから。メロディーはチャック・ベリーの「スイート・リトル・シックスティーン」からの借り物だったし、アイデアはチャビー・チェッカーの「トゥイスティンUSA」からのいただきだった（僕は当時はどちらの曲も知らなかったけれど）。歌詞は適当にその時代のサーファーの隠語を並べただけのものだった。「サーフィンUSA」はこんな歌詞で始まる。

　アメリカ中の人間が
　海をもてたなら、みんな

サーフィンやってるね。そう、
カリフォルニアみたいに。

僕は海のすぐ近くに住んでいたけれど、瀬戸内海には残念ながらサーフィンができるような立派な波は立たなかった。まともな波が立つのは台風が来たときだけだった。だからもちろんサーフィンなんてできなかったし、サーフィンというのがどのようなものかさえ知らなかった。ジャケット写真からだいたいこういうものだろうと想像するしかなかった。僕が生まれて初めて本物のサーフィンを目にしたのは、それから二十年を経た一九八三年、三十四歳のときである。僕は冬のマカハ・ビーチで信じられないような高さの波に乗る人々を見て、「なるほどね、これがサーフィンというものなんだ」と思った。でもとにかく、その"SURFIN'"という言葉のひびきは、十四歳の僕にとってはものすごく異国的で魅惑的だった。それは手の届かない遠くの場所で、知らない人たちがやる、素晴らしい未知のスポーツだった。みんなが楽しげにそういうことをやっている場所がこの世界のどこかにはあるんだ、と僕は思った。その当時はカリフォルニアなんて、僕らにとってはそれこそ月みたいな存在だったのだ。カリフォルニアに住んでいる人間が何も全員サーフィンをやるわけではないと知ったのは、もっとあとのことだった。そしてブライアン・ウィルソン自身が実はサーフィンなんて生まれてから一度もやったことがないのだという事実も知った。実は彼は水が怖くて、海の近くに寄るのさえ嫌だった。ブライアンは精神的なトラブルを抱えた孤独な青年であり、音楽は彼にとって夢を見るための手段だった。そして夢を見ることは彼にとってのひとつのセラピーであり、また過酷な現実の中で生き残り成長するために必要な作業だった。

結局のところ、今にして思えば、ブライアン・ウィルソンの音楽が僕の心を打ったのは、彼が「手の届かない遠い場所」にあるものごとについて真摯（しんし）に懸命に歌っていたからではないだろうか。燦々（さんさん）と太陽の光の降りそそぐマリブ・ビーチ、ビキニを着た金髪の少女たち、ハンバーガー・スタンドの駐車場にとまったぴかぴかのサンダーバード、サーフ・ボードを積んだ木貼（きば）りのステーション・ワゴン、遊園地のようなハイスクール、そして何よりもいつまでも色褪（いろあ）せることなく永遠につづくイノセンス。それは十代の少年にとっては（あるいはまた少女にとっても）まさに夢の世界だった。僕らはちょうどブライアンと同じようにそれらの夢を見て、ブライアンと同じようにその寓話（ぐうわ）を信じていた。それは手を伸ばせば届きそうに思えたし、僕らは彼の音楽を通してその可能性の香りを楽しんだ。ブライアンはひとりぼっちの暗い部屋の中から

(Now it's dark and I'm alone, but I won't be afraid in my room.)、カリフォルニアという架空の国の美しい寓話を僕らに向けて語りかけつづけた。その風景のディテイルを、そこにある様々な物事の美しい名前を、ファルセット・ヴォイスで歌いつづけた。彼らの歌の歌詞はだいたいにおいてシンプルきわまりないものだったけれど、それで十分だった。天性のソングライター、ブライアンがそこにメロディーをつけると、マイダス王の伝説のようにすべては黄金の言葉になった。

ブライアンが新しいオーラを獲得した「グッド・ヴァイブレーション」はたしかに素晴らしい曲だったし、「ペット・サウンズ」以降の成熟した新しいビーチボーイズはそれ以前と同じように魅力的なバンドだった。でもそこにはもうあの「サーフィンUSA」が与えてくれた留保のない手放しのマジックはなかった。そしてブライアンは永遠の青春についての夢を歌うことをやめ、二度とそのひとりぼっちの暗い部屋から出てこようとはしなかった。

思いきって言ってしまえば、ビーチボーイズというバンドはブライアンのブレークダウンとともにそのまま消えてしまってもおかしくなかった。ブライアンこそはビーチボーイズというバンドの魂であり、心臓であったからだ。でもビーチボーイズは死ななかった。お払い箱にしてもおかしくはないようなトラブルに満ちた家庭を、それが家庭であるという理由だけである種の人々が懸命に維持しようとするのと同じように、彼らはビーチボーイズという価値を、旗じるしを、フォーマットを、みんなで力を合わせて守りつづけた。その音楽からはかつての創造力が失われていたし、ビーチボーイズは否応(いやおう)なく第一線からこぼれ落ちていった。でも彼らは死ぬことを承服しない人々だった。まるで彼らの歌った夢の記憶に彼ら自身が温められているかのように、ビーチボーイズはその冬の時代を乗り切り、曲がりなりにも音楽シーンに踏みとどまった。

そして歳月は巡り、ビーチボーイズは生きた伝説になった。ブライアンは長い引退生活から復帰し、ステージに立つようになった。彼らは今でもまだカリフォルニアの夢を歌いつづけている。それはたしかにセレブレイトするだけの価値のあることだろう。しかしブライアンはもうそこにはいない。ブライアンがビーチボーイズの魂であり、心臓であったとすれば、その魂はすでに凍りつき、心臓は鼓動を止めてしまった。彼らがその長命を誇れば誇るほど、彼らはより多く死んでいくように見える。もちろんブライアンはそこにいる。明け方の三日月のようなこわばった微笑(ほほえ)みを顔に浮かべたまま、野外コンサートのステージで彼は黙々とキーボードを叩(たた)いている。マイクロフォンに向かって口を開けている。でも同時にブライアンはそこにはいない。彼はその暗いひとりぼっちの部屋の中にいる。死者の目を覚ますべく元気に飛び回るマイク・ラヴのとなりで、彼が僕らに向かって語りかけるのは夢の記憶ではなく、夢の不在だ。彼が示しているのは、二度と戻ってはこない何かだ。でも僕らは切実にブライアンを愛する。僕らはその部屋の中にかつての夢の響きの名残りを求める。何か少しくらいは残っているんじゃないか。だってかつてはそこには本当に美しいものが、本当に幸福で本当に幸せなものが、それこそ無料で溢れるように存在していたのだから。

しかし、どのような響きも二度と空気を震わせはしない。

煙が目にしみたりして

　１９９８年５月に、ポリドールから出た『ポートレイト・イン・ジャズ』というＣＤのためにこのライナーノートを書きました。和田誠さんと僕とが共著した本に出てくる音楽をコンパイルしたアルバムです。本を読みながらこのＣＤを聴くと、内容がよりよく理解できる……かどうかまでは知らないけど。

　ＣＤのライナーノートにこんなことを書くのはいささか気がひけるのだけれど、僕はＬＰレコードが昔から一貫して好きだ。ＬＰレコードのかたちが好きだし、手触りが好きだし、匂い（におい）が好きだ。その重さが好きだし、そこから出てくる音が好きだ。レコードを両手で持って、ラベルやら溝のかたちやらをじっと眺めているだけで、けっこう幸福な気持ちになれる。コンパクト・ディスクを手に持ってただ眺めていても、それほど楽しくはないですよね。

そんなわけで僕の場合、よく聴いた好きなレコードは、手触りで——とりわけその重さで——記憶している。たとえば僕が遥か昔に買って、今でも愛聴しているホレス・シルヴァーの『ソング・フォー・マイ・ファーザー』は古い時代の重量のあるレコードなので、この重さが手にずしりと感じられないと正しい（僕にとって正しいということだが）『ソング・フォー・マイ・ファーザー』にはならないというところがある。たまにこのレコードの再発盤を手に持つと、「これじゃ重さが正しくないよ」と考えてしまう。そして実際にターンテーブルに載せてみると、音もやはりちゃんと違っている。音が違っていれば、音楽だって違って聞こえる。ＬＰレコードが僕らに与えてくれる喜びとか楽しさとかは、おそらくそのへんにあるのだろうと思う。簡単に言ってしまえば、ＬＰレコードというのはＣＤよりもずっと情が深いのだ。こちらが手間や出費を惜しまずに深く愛してあげれば、それだけのものがちゃんと返ってくる。

ＣＤは扱いがとても簡便だし、どこでもいつでも綺麗(きれい)で正確な音が出てくるけれど、ＬＰとその熱心なリスナーとのあいだに存在した「心の交流」みたいなものをそこに求めることは不可能である。僕は決して懐古趣味の強い人間ではないのだけれど、夜に一人でお酒を飲みながら、本腰を入れて音楽を聴こうとするときには、どうしても

LPレコードの方に手がのびてしまう。

高校のはじめの頃だったと思うのだが、ラジオのジャズ番組でシェリー・マンとアンドレ・プレヴィンのトリオが演奏する『マイ・フェア・レディー』のLP（コンテンポラリー）の中の一曲を聴いて、その演奏のセンスの良さに感動した。そして一ヵ月小遣いを貯めて、神戸元町の日本楽器で輸入盤を買った。このレコードはとにかく熱心に聴いた。これほどしつこく聴いたレコードは他にないと思う。あまりに何度も聴いたので、そのアドリブを隅から隅まで全部記憶してしまった。それから三十年以上経過した今でも全曲、レコードにあわせてすらすらと歌うことができる。当時の輸入盤だから、値段はかなり高かったけれど、モトはじゅうぶんとった。

デイヴ・ブルーベックの『タイム・アウト』もよく聴いた。これも高校のはじめの頃だ。最初は例の「テイク・ファイヴ」を好んで聴いたのだけれど、そのうちに他の曲が気に入って、結局「テイク・ファイヴ」以外のトラックばかり聴くようになってしまった。とくに「ストレンジ・メドウラーク」というA面二曲目の美しいバラードが好きだった。『タイム・アウト』に入っている曲については、ブルーベック自身がソロ・ピアノ用に編曲した楽譜があったので、レコードを聴きながらうちで熱心に練習した。これまで見たこともないような不思議なコードをたどたどしく鍵盤上で辿っているうちに、「ああ、そうか、ジャズというのはこういう風に音を組み立てて響かせるんだ」ということがだんだん呑み込めてきた。そういう意味ではブルーベックさんは僕にとって貴重なジャズの先生でもあった。

ここで僕が言いたいのは、「昔はそんな風に実に大事にレコードを聴いていたのだなあ」ということである。もうやろうと思っても、そんな熱い聴きかたはできない。それは時代のせいでもあり、歳のせいでもある。

これまでに手にしてきた数多くのLPレコードのことを考えるとき、いちばんありありと記憶に甦るのは——というか、いちばん胸を痛ませるのが——フランス・ヴォーグから出ていたセロニアス・モンクのソロ・アルバムである。このレコードは大学に入った年に、渋谷桜丘の線路沿いにある小さな中古レコード店で（たしか都堂という名前だった）みつけて買った。値段はたしか二〇〇〇円くらいだったと思う。オリジナルの10インチ盤で、ジャケットにも盤にも傷ひとつ汚れひとつなかった。

僕は三鷹のアパートに住んでいるときに、よくこのレコードを聴いていた。圧倒的に斬新な解釈の「煙が目にしみる」が入っているやつだ。モンクは何枚かの優れたソロ・アルバムを出しているが、いちばん最初にフランスで録音されたこのヴォーグ盤の演奏がいちばんいさぎよく、たくむところなく、ひたすら心に食い込んでくる。

当時雄猫を一匹飼っていて（というか、実際には同居していたという方が近いのだが）、その猫と一緒に午後の日向（ひなた）に寝ころんで、よくこのモンクを聴いた。この頃は大学がストライキで授業がほとんどなかったから、本を読むにしても、音楽を聴くにしても、時間はとにかく好きなだけあった。

廊下をはさんで向かいの部屋に住んでいた学生もたまたまモンクが好きで、彼はリヴァーサイドのソロ・アルバム『セロニアス・ヒムセルフ』を大事に所有していた。僕の部屋にも彼の部屋にも、あまり来客はなかったと記憶している。ときどき彼が『セロニアス・ヒムセルフ』を抱えて僕の部屋にやってきて、ふたりでそのレコードや僕のヴォーグ盤を聴きながら、好きな音楽の話をした。セロニアス・モンクの音楽にはなぜか人と人を静かに結びつける力があるようだった。

でも結局、僕はそのレコードを失ってしまった。いつどのようにしてそれが消えてしまったのか、ちょっと見当がつかない。そのレコードは僕にとってとくべつに重要なものだったし、当然のことながら大事にしていたからだ。もちろん誰かに貸した覚えもない。でもどれだけ家捜しをしても——もともとが狭い部屋だ——そのレコードは見つからなかった。世界の隅っこにこっそりと開いている風穴にのみ込まれたかのように、それは影もかたちもなくどこかに消えてしまったのだ。

モンクのヴォーグ盤は歴史的な意味を持つ優れた演奏なので、いつもなにかしらのかたちでカタログには載っている。そのオリジナルの10インチ盤を紛失してしまった何年かあとに、僕は当時東宝レコードから再発されていた12インチ盤を買い求めた。でも新しいレコードをターンテーブルに載せてみると、そこから聞こえてくる音楽は、僕の耳に記憶として残っている音楽とは、ずいぶん違って聞こえた。収められているモンクの演奏自体は同じものであるはずなのに、僕が愛したあの独特なたたずまいは、不思議なくらい薄められてしまっているのだ。何故（なぜ）かはわからないけれど、セロニアス・モンクの十本の指が現出させる親密に歪（ゆが）んだ羊水的世界に、僕の魂はかつてのようにすっと自然に入っていくことができなかった。

僕は今でもその12インチのレコードを所有しているが、実を言うとそんなに聴いていない。モンクの音楽は今でも好きだけれど、そのヴォーグ盤をレコード棚から取り出してみようという気持ちになることは少ない。二十歳前の僕が、あの日当たりだけはいい三鷹のアパートで、何かの手違いで無理やりに漂白されてしまったような奇妙な心持ちで、ひたすら耳を傾けていたモンクのピアノの音の響きは、もうそこには見いだせない。僕がその時代に抱いていた水の流れのような哀しみや、あるいは息の詰まるような喜びや、愛していた人や、果たされなかった想いのようなものは、セロニアス・モンクのあの10インチのレコードの中に吸収されたまま、どこか深い場所に沈んで、失われてしまったのだ。そんな気がする。

たかがモノじゃないか、とあなたは言うかもしれない。もちろんそのとおりだ。音楽にとってもっとも重要なのは、演奏自体の素晴らしさである。これはあえてことわるまでもないだろう。でもそれに劣らず素敵だと僕が思うのは、僕らがその音楽の持つ素晴らしさの上に、僕ら自身の心や身体の大事な一部を付託していくことができるという事実である。そしてジャズという音楽は、ジャズにしか引き受けることのできない何かを持っているのだ。だからこそ僕らはジャズという音楽を、これほどまで肌身に近く愛することができるのだろう。

でもいつかもっと歳をとって、自分の人生について今とはまた違った考えかたができるようになったとき、コンパクト・ディスクか何かで、ヴォーグのモンクのソロをもう一度しみじみとひたすらに聴きたいという気持ちになれるかもしれない。ふとそう思うことがある。それはあるいは、かつて聴いた「煙が目にしみる」とはまた違った、素敵な響きかたをするのかもしれない。

ひたむきなピアニスト

ジャズ・ピアニストである佐山雅弘（さやままさひろ）さんの出したＣＤ『FLOATIN' TIME』（ビクターエンタテインメント）のために書いた短いライナーノート。２００２年９月。佐山さんに直接頼まれて書いたと記憶しています。文章の中にもあるように、僕が国分寺でジャズの店をやっている頃、彼はまだ音大の学生で、ときどきうちでピアノを弾いていました。久しぶりに聴くととてもうまくなっていて（当たり前の話だけど）、驚きました。

二十代半ばで、東京の国分寺という街でジャズ喫茶を始めた。結婚して、借金を抱えて、素人（しろうと）商売を始めたわけだ。朝から晩までジャズを聴いていたいという、ただそれだけの理由で。というふうに、世界はとても単純にできていた。一九七四年のことだ。

誰も使っていないアップライト・ピアノがうちにあったので、それを店に持ち込んで、週末になるとローカル・ミュージシャンのライブをやるようになった。当時中央線沿線にはたくさんのミュージシャンが住んでいたから、人材に不足することはなかった。みんな若くて貧乏でやる気まんまんで、少ないギャラでエキサイティングな演奏をしてくれた。ライブはぜんぜん商売にはならなかったけど、まあそれはお互いさまだ。

佐山雅弘くん（習慣でつい「くん」と言ってしまうんだけど）は、当時はまだ国立音大の学生で、ジャズ・ミュージシャンとしてはほんとうの駆け出しだった。今とはちがってがりがりに痩せていて、そのせいかどうかは知らないけど、どことなくハングリーな目の輝きみたいなものがあった。佐山くんがうちの店で実際に演奏したことはそんなにたくさんなかったと思うんだけど、でも彼のことは不思議にはっきり覚えている。ほかの若いミュージシャンがいかにも「ズージャやってます」みたいなアンニュイな、ワイルドな雰囲気を漂わせていたのに比べて、佐山くんにはそういうところがなかったからかもしれない。学究的というか、とにかく明けても暮れてもピアノのことばかり考えている、というようなところがあった。頭の中にはとりあえずコード進行のことしか入ってないみたいにも見えた。

だからプロ・ミュージシャンとして彼の名前を耳にするようになったときにも（その頃には僕ももう専業作家になっていた）、とくに驚かなかった。まあ出てきても不思議はないよなと思った。その演奏を聴いたときにも、やはりとくに驚かなかった。鋭い切れ込みのある、知的で構築的な演奏スタイルは、昔から変わることのない彼の持ち味だった。もちろん以前とは比べようもないくらいうまくなっているわけだけど、そこにあるタッチや音のヴィジョンはだいたい同じだ。そしてそこにはやはり昔と同じひたむきさみたいなものが、ひしひしと感じられた。

音楽でも文章でも、何かをクリエイトしつづけていくことの大変さは、基本的に変わりない。前向きな姿勢がとれなくなったら、生み出される作品から力や深みは消えてしまう。佐山くんにはとにかくいつまでも、ひしひしとひたむきな「ピアノおたく」であってもらいたいと願っている。そういうことって何はともあれ、すごく大事なんだと僕は思う。

言い出しかねて

大橋歩（おおはしあゆみ）さんがほとんど個人的に出しておられた「アルネ」という小さな雑誌のために書いたエッセイ。2003年3月に掲載号が出版されました。今はもうなくなったみたいだけど、「アルネ」はとても感じの良い雑誌で、こういうところに文章を書くと、なんとなくほのぼのした気持ちになれました。「言い出しかねて」というのは"I Can't Get Started"のいわば意訳だが、昔からこの題で通ってしまっているし、なかなか素敵な題なので（誰がつけたんだろう？）、僕もそれでいきます。

何かをすると、何かの歌が反射的に頭に浮かんでくるということがある。あなたにはありませんか？　たとえば（あくまでたとえばだけど）大きな海を前にすると「海は広いな、大きいな」という歌がつい口に出てしまったりするかもしれない。あるいは口に出さないまでも、頭の中でそっと自然にその一節を追っていたりするかもしれない。

考えてみれば、あなたはたぶん六歳のときにも、十五歳のときにも、三十二歳のときにも、広い海の前に出たら、「海は広いな、大きいな」と歌ったり、思ったりしていたわけで、いささか大げさな言い方を許していただけるなら、つまりその歌の一節がひとつの連続的な行為として、一本の（ささやかな）縦糸として、人生を貫いてきたということになる。そしてあなたは、あなたの中に潜んでいる、六歳や十五歳や三十二歳の自分自身たちと、「海を前にした」心情をわずかのあいだにせよ、いわば反射的に、共有する。そしてそれはなかなか悪くない気分なのだ。

僕らの人生とは、記憶の積み重ねによって成り立っている。そうですよね？　もし記憶がなかったら、僕らには今現在の僕らしか、頼るべきものがない。記憶があればこそ、僕らは自己というものをなんとかひとつに束ね、アイデンティファイし、存在の背骨のようなものを――たとえそれがひとつの仮説に過ぎないにせよ――とりあえず設定することができる。

前置きが長くなってしまったけど、僕は飛行機に乗ると、いつも反射的に「言い出しかねて」という歌を思い出す。「言い出しかねて」（"I Can't Get Started"）はアメリカの古い歌で、作曲はヴァーノン・デューク、作詞はアイラ・ガーシュイン、一九三〇年代後半に大ヒットした。なかなかしゃれた歌詞なので、冒頭の部分を書き出してみる。

　僕は飛行機で世界一周もした。
　スペインの革命も調停した。
　北極点だって踏破した。
　でも君を前に、その一歩が踏み出せない。

なにしろ一九三〇年代のことだから、飛行機で世界一周するなんて、すごい大冒険だったのだ。普通の人にはちょっとできることじゃない。北極点？　そう、北極点もまだほとんど未知のままだった。そしてそのころ、ちょうどスペインでは激しい内戦が繰り広げられ、共和制を支持する情熱的な冒険家たちが（たとえばアーネスト・ヘミングウェイなんかが）、義勇軍に参加してファシストと戦うべくスペインに向かっていた。たぶん飛行機（プレィン）と韻を踏むために、スペインを持ち出しただけだと思うんだけど（この手の小唄（こうた）に政治ネタが持ち込まれることはきわめて珍しいから）、この歌詞を聴くと、一九三〇年代のロマンティシズムみたいなものが、情景として僕の眼前にすっと浮かび上がってくる。日本で言えば昭和初期、一九二九年の大恐慌（だいきょうこう）の傷跡もまだ深く、世界的に言っても決して明るい時代ではなかったし、それからあとの時代は大きな戦争に向かってますます暗くなっていくわけだけど、それでも人々は暗い雲のまわりに、希望の縁取りを探し求めていたのだ。その気持ちは、その時代には生まれていなかった僕にも、なんとなくわかる。誰だっていつだって、暗い雲のまわりに、ロマンティックな淡い光を求めて生きているものなのだ。

たとえばシドニーに向かう飛行機。出発は夜、細かい雨が降っていて、成田空港の管制塔の灯が遠くにぼんやりにじんで見える。僕は一人でシートの中にいる。膝（ひざ）の上に読みかけの本がある。出発前のシャンパンが配られる。こうなるともういけない。何がどうあろうと、「言い出しかねて」の最初の部分が自動的に頭に浮かんでくる。

I've flown around the world in a plane.
I've settled revolutions in Spain.
And the North Pole I have charted.

But can't get started with you.

そして僕は目を閉じ、スペイン戦争のことを思う。僕はスペイン戦争に参加したことはないし、参加しようと思ったこともないけど（だってまだ生まれてもいないものね）、それでも、僕は否応なくスペイン戦争的な時代風景の中に戻っていく。そして頭上の暗雲と、その裏側にあるはずの、明るく温かい太陽のことを考える。

「言い出しかねて」は六十年以上前に作られた、いかにもセンチメンタルな小唄なので、さすがに最近では演奏されることが少なくなった。若いジャズ・ミュージシャンは、こんな骨董品みたいな曲はまず取り上げない。歌詞だって、若い人にはなんのことだかさっぱり理解できないだろう。「スペインの革命？ 北極点？」みたいなことになるはずだ。いや、「言い出しかねる」なんていった心持ちだって、下手したらうまく伝わらないかもしれない。でも昔のミュージシャンは、好んでこの曲を演奏した。バラード演奏の定番みたいなものだった。

このあいだふと思いついてうちのレコード棚をひっくり返してみたら、おおよそ四十種類くらいのこの曲の演奏がみつかった。とんでもない数だ。僕が思い出せなかった演奏も、ほかにまだたくさんあるだろう。一九三七年に大ヒットしたバニー・ベリガン楽団のものに始まって、レスター・ヤング、コールマン・ホーキンズ、チャーリー・パーカー、そして死ぬ少し前に録音されたスタン・ゲッツの世にも美しいライブ演奏まで、いろんな見事な演奏が残っている。そのうちの「これは」と思う演奏を八十分ミニディスクにまとめて録音して（暇なんだ）、車の中で運転しながら聴くともなく聴いていたら、そのうちにすごく飛行機に乗りたくなってきた。どこにでもいいから、遠くの国に行きたくなってきた。

でもたとえ百も二百も、世の中に「言い出しかねて」の優れた演奏が存在したとしても、僕が好きな「言い出しかねて」は、昔からたったひとつに決まっている。唯一無二、「言い出しかねて」ならこれしかない、という極めつけの演奏がある。ビリー・ホリデイがカウント・ベイシー楽団とともに吹き込んだ一九三七年十一月三日の演奏だ。ただこれは正規の録音ではない。当時カウント・ベイシーとビリー・ホリデイはレコード会社との契約の関係で共演録音はできなかったので（ジャズの歴史にとって大きな悲劇だった）、プロデューサーのジョン・ハモンドが、ラジオで中継されたものを「私的に」録音し、それが後年ＬＰになって発売された。だから正規の録音に比べて、音は今ひとつなのだけれど、演奏の方はまさに見事というしかない。ベイシー楽団のパワーは実に若々しく圧倒的だし、アレンジも楽しい。とくに楽団のアンサンブル間奏のあとに出てくるレスター・ヤングの情緒連綿たるテナー・ソロは、まさに絶品である。レスターの吹く吐息のようなフレーズが、本当に「言い出しかねる」みたいに、ビリーの歌唱にしっとりと寄り添い、からみついていくのだ。もちろん言うまでもなく、ビリー・ホリデイのフレージングは完璧で、文句のつけようがない。ビリーはこの頃、カウント・ベイシー楽団に加わって旅行をしており、この「言い出しかねて」を持ち歌のひとつにしていた。だから、水を得た魚のように潑剌とスイングしまくっている。

彼女は一九三八年六月にもベイシー楽団のピックアップ・メンバーをバックに、「言い出しかねて」をスタジオ録音している。現在発売されているビリー・ホリデイの「言い出しかねて」は、だいたいこちらの方だ。しかし先にも述べたように、御大のベイシーだけが契約の関係で外れて、違うピアニストがピアノの前に座っている。これもなかなかの好演だし、レスター・ヤングのソロも同じように心に迫ってくるんだけど、前年十一月の録音のあのすさまじい火花の炸裂は、そこには見られない。もし世の中にこの一九三八年録音の「言い出しかねて」しか残ってなかったら、きっとこれで満足してしまうのだろうが、一九三七年の録音を聴いてしまった耳には、今ひとつ食い足りない。

この一九三七年のビリー・ホリデイの歌唱と、バックのベイシー楽団の演奏がどれくらい素晴らしいか、どれくらい見事にひとつの世界のあり方を示しているか、実際にあなたに「ほら」とお聴かせできればいいのだけど、残念ながらとりあえずは文章でしか書けない。

一九二九年には僕は株を売り抜けた。
英国に行けば、王室に招待される。
でも君の前では僕の心はつらく切ない。
それというのも、君にどうしても切り出せないから。

というのが歌詞の続きなんだけど、どうですか、なかなか素敵な心持ちの歌だと思いませんか？　そしてこの世界には、飛行機に乗るたびに、僕と同じように「言い出しかねて」の冒頭の一節をつい口ずさんでしまう人が何百人も、いや何千人も存在しているはずだと、ひそかに推測している。そして僕らはそれぞれのスペイン戦争と、それぞれの北極点を抱えて、それぞれの暗雲とそれぞれの光を抱えて、夜の空に静かに飛び立っていくのだ。

ノーホェア・マン（どこにもいけない人）

Nowhere Man（John Lennon/Paul McCartney）

この原稿は「エスクァイア日本版」に連載していた「村上ソングズ」のひとつとして書いたものです。僕の訳詞とエッセイ、和田誠さんの絵を組み合わせたなかなか楽しい連載でした。でもその時点ではビートルズ歌曲の訳詞の掲載許可がおりず、この原稿は「お蔵入り」になってしまった。単行本にも収録されなかった。書いたのはたしか２００４年の後半くらいだったと、漠然と記憶しています。

実を言うと、この連載ではボブ・ディランとレノン＋マッカートニーの曲はとりあげないことに決めていた。あまりにも優れた曲と歌詞が多くて、ひとつだけ選ぶのがホネだし、訳詞集のようなものも既に出ているからだ。しかしどうしてもこの曲だけは訳してほしいという声がまわりにあったので、例外としてやります。

この“Nowhere Man”は僕にとってもなかなか思い出深い曲だ。『ノルウェイの森』という小説のラストシーンを書いているときに、この曲のことを考えていた。主人公はひとりぼっちで「どこでもないところ」にいて、そこから恋人に電話をかけることになる。そこで話が終わる。サウンドトラックというほどでもないんだけど、机に向かってその文章を書いているあいだ、ごく自然にこの曲が僕の耳もとに流れていた。そのとき僕はローマ郊外の丘の上にある、小さなアパートメントに住んでいたのだが、文章を書く手をやすめてふとあたりを見まわすと、文字通り「どこでもないところ」に自分がいるみたいに感じられたものだ。

“Nowhere Man”は「ノルウェイの森」（“Norwegian Wood”）と同じく、一九六五年に発表されたアルバム『ラバー・ソウル』に収められている。日本でのタイトルはたしか「ひとりぼっちのあいつ」だった。曲のクレジットはレノン＋マッカートニーになっているが、実際にはレノンが一人で作詞作曲したということだ。当時、ラジオから流れてきたこの曲を最初に耳にしたとき、「ああ、すてきな曲だな」と思ったことを覚えている。印象に残る曲なのだ。そして一度聴くと忘れられない。ひねったところのない、寓話（ぐうわ）的なまでにシンプルな歌詞だが、天性の柔らかなユーモアの感覚と、そこはかとない淡い哀しみのようなものが心地良く漂っている。

何をやってもうまくいかない。どれだけ頭をひねっても、良い考えは浮かんでこない。どっちに進んでいけばいいのかもわからない。自分がからっぽみたいに思える。そういう時期はたぶん誰の人生にも、多かれ少なかれあるのではないだろうか。ジョン・レノンの人生にもそういう時期があった。僕の人生にだってもちろん何度かあった。二十歳前後の日々がとりわけそうだった。

Isn't he a bit like you and me?

そういう人ってちょっと
あなたや僕に似てません？

ほんとうにそうだよな、と僕も思う。でもジョン・レノンさんにそう語りかけられると、なんかちょっとほっとしませんか？

ビリー・ホリデイの話

「エスクァイア」ロシア版（2005年9月号）の依頼を受けて書いた原稿です。日本ではこれが初出。でもこのビリー・ホリデイの話は、どこかほかでも書いた記憶があります。たぶん何かCDのライナーノートに書いたかもしれない。だいたい同じような内容だった。でもどのアルバムだったか思い出せない。いずれにせよ、とにかく本当にあった話です。

ときどき若い人から「ジャズってどういう音楽ですか？」という質問を受けることがある。でもそういう風に唐突に、まるでコンクリート壁にゴム粘土をぶっつけるような訊き方をされても、こちらとしてはなんとも答えようがなくて、ただ空しく首をひねるしかない。これはたとえば「純文学ってどういう文学ですか？」というような質問と同じで、そこには「これはこうです」とひとことで切り取れるような、すっきりとして具体的な定義というものが存在しないからだ。

しかしたとえ定義はなくても、ある程度ジャズを聴き込んだ人なら、少しその音楽を耳にするだけで「ああ、これはジャズだ」「いや、これはジャズじゃない」と即座に判断することができる。それはあくまで経験的・実際的なものであって、「ジャズとは何か」という判断基準をいちいち物差しのように適用してものを考えているわけではない。誰がなんといおうと、ジャズにはジャズ固有の匂いがあり、固有の響きがあり、固有の手触りがある。ジャズであるものとジャズでないものとを比べれば、匂いが違うし、響きが違うし、手触りが違うし、そしてそれらのもたらす心の震え方が違う。どう違うかというのは、その違いを実際に経験しないことにはわからないし、経験していない人にそれを言語で伝えるのはまさに至難の業である。

でも僕はいちおう文章を生業としている人間なので、「そんなこと経験がすべてだよ。説明したってわかるものじゃない。何でもいいからジャズのCDを十枚くらいじっくりと聴いて、それからもう一回出直してきなさい」というような、スミのご隠居的な言辞は簡単に口にできない。そう言えちゃうと楽なのだろうけれど（そしてそれがおそらくまっとうな対応だろうとも思うのだが）、そういう突き放した言い方をしてしまったら、話がデッドエンドになって、そこでぷつんと終わってしまうことになる。そしてそれは文筆家の仕事として、正しいあり方ではない。

ジャズとはどういう音楽か？

ビリー・ホリデイの話をしよう。

遥（はる）か昔。今から三十年以上前。僕がまだ小説家になる前、というか、小説を書くことなんて頭の中にかけらもなかった時代の出来事である。これは本当にあったことだ。僕はそのころ東京国分寺市の南口にある小さなビルの地下でジャズ・バーを経営していた。広さ十五坪くらいの店で、片隅にアップライト・ピアノが置いてあって、週末にはときどきライブ演奏をやっていた（後日千駄ヶ谷に店を移転したときに、やっとグランド・ピアノを手に入れることができた）。借金をずいぶん抱えていたし、仕事そのものはハードだったけれど、正直なところそんなことはあまり気にならなかった。僕もまだ二十代の半ばで、その気になればいくらでも働けたし、貧乏も苦にならなかった。朝から晩まで好きな音楽を浴びるように聴きながら仕事ができるというだけで、幸福な気持ちになることができた。

国分寺は立川に近かったので、それほど数多くはないけれど、ときどきアメリカ人の兵隊がぶらりと立ち寄ることもあった。その中に一人、とても物静かな黒人がいた。彼はたいてい日本人の女性と二人でやってきた。おそらく二十代後半の、ほっそりとした女性だった。二人が恋人なのか友だちなのか、僕にはよくわからなかった。でもどちらかといえば、「親密な友だち」というのが近かったかもしれない。僕がそのカップルのことをよく記憶していたのは、傍目（はため）で見ていても、そのあたりの距離感がなかなか好ましかったからだ。べたべたするわけでもなく、かといって他人行儀な堅さもなかった。彼らは軽くお酒を飲んで、小さな声で楽しそうに話をして、ジャズを聴いた。彼はときどき僕を呼んで、「ビリー・ホリデイのレコードをかけてくれ」と言った。うん、ビリー・ホリデイならなんでもいいよ。

一度だけ、彼がビリー・ホリデイの歌を聴きながらすすり泣いていたのを覚えている。夜遅くで、他にはほとんど客はいなかった。そのとき彼が一人きりだったのか、あるいはいつもの女性と一緒にいたのか、僕はよく覚えていない。ビリー・ホリデイのどのレコードがかかっていたのかも覚えていない。でもとにかく彼はカウンターの隅の席に座って、大きな両手で顔を包むようにして、肩を震わせながら静かに泣いていた。僕はもちろんそちらにはなるべく目を向けないようにして、少し離れたところで仕事をしていた。ビリー・ホリデイのレコードが終わると、彼は静かに席を立ち、勘定を払い、ドアを開けて出ていった。

それが彼を見かけた最後だったと思う。それから一年あまり経（た）って、僕がその黒人の兵隊のことを忘れかけていたころ、彼とよく一緒に来ていた女性が店に姿を見せた。一人だった。それは雨の夜だった。そのときもやはり店は暇で、客の数は少なかった。彼女はレインコートを着ていた。僕はそのときに降っていた雨と、彼女のレインコートの匂いを、今でもぼんやりと記憶している。季節は秋だったと思う。秋の夜に雨が降ったときには、そして店の中が静かなときには、僕はよくサラ・ヴォーンの歌う「九月の雨」をターンテーブルに載せた。その夜もたぶんそうしたんじゃないかと想像する。そういうタイプの夜だった。

彼女はカウンターに座って、僕の顔を見てにっこりして、「こんばんは」と言った。「こんばんは」と僕も言った。彼女はウィスキーを注文した。僕はそれを作って出した。それから彼女は僕に話してくれた。彼が——その黒人の兵隊が——しばらく前に本国に帰ってしまったこと。彼は国に残してきた人々のことが懐かしくなると、僕の店に来てビリー・ホリデイのレコードを聴いていたこと。僕の店が気に入っていたこと。彼女はそんなことを懐かしそうに話してくれた。

「そして彼がこのあいだ手紙をくれたんです」と彼女は僕に言った。「僕のかわりにあの店に行って、ビリー・ホリデイを聴いてくれって」。そして彼女はにっこりと微笑んだ。僕はレコード棚からビリー・ホリデイの古いレコードを一枚選んで、ターンテーブルに載せた。そしてシュアのタイプⅢの針を溝の上にそっと置いた。ＬＰレコードというのは素敵なものだ。ＬＰレコードをかけるときに我々がとる一連の動きは、まわりにある様々なかたちの生活の営みと、どこかで優しく繋がっているように感じられる。ＬＰレコードがいつか時代遅れになるなんて、その頃にはまったく思いつかなかった。でもそんなことをいえば、僕が小説家になって、いつかは歳をとるなんてことも、まったく思いつかなかったのだけれど。

ビリー・ホリデイのレコードが終わると、僕は針を上げ、レコードをジャケットに戻して棚にしまった。彼女はグラスに残っていたウィスキーを飲み干し、席を立ち、まるで外の世界に出ていく特別な準備をするみたいに、注意深くレインコートを身にまとった。出ていくときに、「いろいろ、どうもありがとう」と彼女は言った。僕は黙ってうなずいて、それから「こちらこそ」と言った。そのあとになんと言えばいいのか、そのときの僕には思いつけなかった。言葉が浮かんでこなかった。もっときちんとしたことを、何かもっとまっとうに心のこもったことを、僕は口にするべきだったのだろう。でも、いつものことではあるのだけれど、僕の頭には正しい言葉がどうしても現れてこなかった。それはもちろん残念なことだった。というのはこの世界にあっては、多くの別れはそのまま永遠の別れであるからだ。そのときに口にされなかった言葉は、永遠に行き場を失うことになるからだ。

僕は今でも、ビリー・ホリデイの歌を聴くたびに、あの物静かな黒人兵のことをよく思い出す。遠く離れた土地のことを思いながら、カウンターの端っこで声を出さずにすすり泣いていた男のことを。その前で静かに融けていったオンザロックの氷のことを。それから、遠くに去っていった彼のためにビリー・ホリデイのレコードを聴きに来てくれた女性のことを。彼女のレインコートの匂いを。そして必要以上に若くて、必要以上に内気で、そのくせ恐れというものを知らず、人の心に何かを届かせるための正しい言葉をどうしても見つけることができなかった、ほとんどどうしようもない僕自身のことを。

「ジャズとはどういう音楽なんですか？」と誰かに訊かれたら、僕には「こういうことがつまりジャズなんだよ」と答えるしかない。僕にとってジャズとはそういう存在なのだ。ずいぶん長い定義ではあるけれど、正直に言って、僕はジャズという音楽についてのそれ以上に有効な定義を持ちあわせていない。

『アンダーグラウンド』をめぐって

東京の地下のブラック・マジック

　この文章はあるアメリカの雑誌から、地下鉄サリン事件と『アンダーグラウンド』について書いてくれと依頼を受けて書いたものですが、結局採用されなかった。書いたのはたぶん2000年より少し前だったと思う。というわけで、今回が初出です。外国人の読者が地下鉄サリン事件の実相をより正確に理解できるように、時間をかけて念入りに書いた文章なんだけど、たぶん雑誌の方はこれとはちょっと違う種類のものを期待していたのではないかという気がします。そういうことは日本でもままあります。

一九二九年十月の株価大暴落のニュースを、F・スコット・フィッツジェラルドは、遥か大西洋を隔てた北アフリカの砂漠で聞いた。その物音は遠いうつろなこだまのように聞こえた（we heard a dull distant crash which echoed to the farthest wastes of the desert)、と彼はのちに回顧している。しかしフィッツジェラルドには、その事件が世界の歴史にどれほど巨大な影響を及ぼすことになるか、そのとき理解できていただろうか？　あるいは彼はウォール街の騒動よりは、妻ゼルダの精神の病と、自らの小説家としてのスランプという個人的な問題に、より心を砕いていたかもしれない。

「聞こえた？」

「何でもないさ」

「国に帰って確かめてみた方がいいんじゃないかしら？」

「いや——何でもないさ」

（スコット・フィッツジェラルド「マイ・ロスト・シティー」）


どのような国の歴史にも、あるいはどのような人の歴史にも、いくつかの劇的な分水嶺がある。たとえばアメリカにとっての一九二九年、シーザーにとってのルビコン、ヒットラーにとってのスターリングラード、ビートルズにとっての「サージェント・ペパーズ」……。それらはある場合には、誰の目にも見逃しようのない明白な転換点である。人々は息を呑み、粛々とその地点を通過していく。しかしある場合には、その衝撃を同時的に感知することはむずかしい。その出来事の真の意味は、まるで長期の手形の決済のように後日静かにやってくる。人はしかるべき歳月を隔てて「ああ、今になって振り返れば、あれがひとつの分岐点であったのだな」と、あらためて知ることになる。

いずれにせよ後世の歴史家が第二次大戦後の日本の歴史をたどろうとするとき、一九九五年という年は重要な里程標になるかもしれない。それは日本という国家が、大きく激しくその航跡を転換させた年だった。とはいっても、誰か特定の個人にその転換の責任があるわけではない。デ・キリコの絵の中に出てくるような、顔と名前を持たないミステリアスな誰かが、誰でもない誰かが、薄暗い操舵室で静かに舵を切ったのだ。

僕はその不吉な年を、遠く太平洋を隔てたマサチューセッツ州ケンブリッジで迎えていた。ボストン郊外の大学で日本文学の小さなクラスを持ち、毎年春がやって来るとあの素敵なボストン・マラソンを走り、そのあいだに長編小説を書いていた。日本を離れてアメリカ東海岸で生活するようになってから四年が経過していた。カレンダーが一九九五年に変わって間もなく、二つの陰鬱なニュースが日本から届いた。でも僕がそのときに耳にしたのは、フィッツジェラルドが聞いたような「遠いうつろなこだま」ではなかった。それははっきりと聞きとれる、不吉な轟音だった。「そろそろ帰国するべきときが来たのかもしれない」と思ったことを記憶している。そしてニューイングランドを離れる支度を始めた。

一九九五年はむしろ静かにやってきた。その幕開けは——もちろん今にして思えば、ということだが——いささか静かすぎたかもしれない。もしこの世界に真の予言というものがあるのなら、予言者は国中の鐘を国中の木槌で叩いて回っていたかもしれない。しかし僕の知る限り、そんなことをする人間は一人もいなかった。年はいつものように静かに明け、人々はいつものように元旦に神社に出かけ、手を合わせて平和と健康と繁栄を願った。焼いた餅を食べ、お屠蘇を飲んだ。干支は「猪」、日本では猪は「一途に突進する動物」であるとみなされている。冷静にまわりの状況を省みることなく、勢いにまかせてただ前に突き進む。それが日本という国家にとってのひとつの比喩でなくもないと、年の始めに感じた人の数は少なくなかったはずだ。とはいえもちろん、比喩はどこまでも比喩でしかない。それは比喩的な意味においてしか人を傷つけないし、人を殺さない。

一九九五年は、日本が第二次世界大戦に敗戦してからちょうど五十年にあたる区切りの年だった。しかし多くの日本人は、この記念すべき年をいったいどのような気持ちで、どのような評価をもって迎えればいいのか、心を決めかねていた。日本経済はバブル破裂の暗い影に、じわりじわりと呑み込まれつつあった。株価は不気味な下落を続け、急激な円の高騰のおかげで、自動車や半導体、家電産業といった輸出に頼る産業は崖っぷちにまで追いつめられていた。

しかしそれにもかかわらず、一般市民の生活にはそれほどの陰りは訪れてはいない。この時点で決定的な被害を被ったのは、株と土地への投機で我が世の春を謳歌していたいわゆる「バブル成金」であり、安易な収益を求めて財テクに走っていた企業であり、彼らの急激な没落は一般にはむしろ「健全な現象」として受けとめられていた。「これまでがちょっと異常だったんだ」と人々は首を振りながら言った。「景気はあまりにも過熱しすぎていた。ろくでもない奴が金を儲けすぎていた。これで日本の社会も少しは成熟した落ちつきを見せるだろう」

日本経済はいまだに豊かであり、企業にも個人にもまだ、損失を吸収できるだけの十分な貯蓄があり余力があった。経済活動の低下は多くの局面において、ソフト・ランディングのもたらす過渡的な現象として受け取られていた。日本経済はたしかに手傷を負ってはいたが、それでも「不沈戦艦」のごとく堂々と太平洋の西端に浮かんでいた。アメリカ経済はまだリセッションの傷から回復しきってはおらず、路上には血の染みが生々しく残っていた。ドイツは統一後の経済混乱の泥沼に足を取られて四苦八苦していた。

しかし見かけとは裏腹に、世界の流れは大きく方向を変えようとしていた。この年の春に円は対ドルレート八〇円を割って、史上最高値を記録したが、それが一時は世界を席捲するかにみえた日本経済の「スターリングラード」だった。ジェットコースター的な地価暴落と、それと歩調をあわせた株価の暴落は、金融機関の保持資産の大部分を、ゆっくりと確実に不良資産化させていった。身体の中で危険な膿がひっそりと増殖していくように。そしてやがて地獄の蓋が開けられることになる。

一月十七日の午前五時四十六分に巨大な地震が何の前触れもなく神戸とその近辺の都市を襲った。それが最初の悪夢だった。寒い朝で、日の出にはまだ間があり、大多数の人々は温かい布団にくるまってぐっすりと眠っていた。人々は崩れ落ちたコンクリートに押しつぶされ、家屋の生き埋めになり、火事の炎に焼かれた。六千四百人を超える人々が命を失った。

最初にCBSのニュースでこの報道を聞いたとき、その出来事が事実としてうまく呑み込めなかった。神戸は日本の中でもっとも地震の少ない場所のひとつとして知られていたからだ。僕は少年時代を神戸近郊で過ごしたが、その十八年間に地震らしい地震を経験した記憶はない。そこに住む人々は誰ひとり（地震で家を失った僕の父母をも含めて）、大きな地震が自分たちをいつか襲うかもしれないなんて、夢にも思っていなかったはずだ。

それに加えて大地震に対する日本政府の危機処理能力は、信じがたいほどお粗末なものだった。彼らは驚愕に文字どおり立ちすくみ、敏速で適切な対処をすることに失敗した。いくつかの国から派遣申し込みのあった救助チームの受け入れを躊躇し、あるいは拒否し、自衛隊部隊の現地派遣を引き延ばした。時間は無為に過ぎ去り、そのあいだに多くの人命が瓦礫の下で失われていった。政治家の無策と官僚システムの硬直性がその大きな原因だった。「私が決断し、その決断の責任をとる」と口にできる人間が権力中枢の中に一人もいなかったのだ。

この地震は多くの日本国民に、二つのきわめて陰鬱な認識をもたらすことになった。

①我々は結局のところ、不安定で暴力的な地面の上に生きているのだ。

②我々の社会システムにはどうやら、何か間違ったところがあるらしい。

しかし不安定で暴力的なものは、地面だけにはとどまらなかった。阪神大地震のわずか二ヵ月後に、人々はその事実をつきつけられる。三月二十日に「オウム真理教」という新興宗教団体が、サリンガス（ナチスが第二次世界大戦中に開発したこの猛毒ガスは、サダム・フセインがクルド人鎮圧に使用したことで知られている）を用いて東京の地下鉄車両を襲撃したのだ。変装した五人の実行犯が、東京の三つの路線の五本の列車に乗り込み、二〇〇ミリリットルの液状サリンの入ったポリ袋をふたつ重ねて床に置き、尖らせた傘の先端で突いた。月曜日の朝のラッシュアワーだ。その結果、乗客及び地下鉄駅員十二人[1]が命を失い、三千人を超える数の市民が病院に運ばれた。無差別テロだ。東京都内は戦後最大の混乱状態に陥った。「ここはまるで戦場です」とテレビのアナウンサーはカメラに向かって叫んでいた。

死者の数こそ阪神大地震より遥かに少なかったものの、この地下鉄サリン事件は日本人の精神基盤を根本から大きく揺さぶった。日本人は地震や台風といった自然のもたらすカタストロフとともに生きてきた民族である。極端な言いかたをするなら、自然のもたらす暴力性は精神の中に無意識的にプログラムされている。人々は心のどこかで常にカタストロフの到来に備えているし、その被害がどれほど甚大なものであっても、理不尽なものであっても、歯を食いしばってそれに耐えることを学んできた。「諸行無常」というのは日本人がもっとも愛する言葉のひとつだ——すべてのものは移ろう。日本人は崩壊に耐えつつ、はかなさを知りつつ、我慢強く、設定された目標に向かって進んでいく民族である。

でも地下鉄サリン事件は、日本人が——少なくとも思い出せる限りにおいては——これまでに見たこともなく、経験したこともないまったく新しい種類のカタストロフだった。それは①宗教団体が教義の延長として引き起こした、②特殊な毒ガス兵器を使用した計画的犯罪であり、③日本人が日本人を事実上無差別に殺すことを目的としていた。それが示したのは、日本が「世界に類を見ない安全で平和な国家」であるという共有観念の崩壊だった。「我々の社会にはたしかにいくつかの欠陥はあるかもしれない」と人々は考えていた。「しかし少なくとも、我々は安全な社会に住んでいる。どの街のどの通りも、犯罪にあうことを恐れることなく自由に歩くことができる。それはひとつの達成ではないか」。しかし今ではそれも虚(むな)しい幻想でしかない。

多くの人々がこの事件の中に感じとったのは、ひとつの「イノセンスの時代」が終わってしまったのだという事実だった。オウム真理教団の試みた無差別殺人の被害者はあなたであったかもしれないし、僕であったかもしれなかったのだ。そしてその武器は今回使用されたサリンガスよりももっと破壊的で致死的な「何か」であったかもしれなかった。オウム真理教は実際に細菌兵器を開発し、核の開発までを視野に入れていたのだから。彼らはロシア製の軍用大型ヘリコプターを所有し、戦車まで購入しようとしていた。

そのような事実を知らされて、多くの人々はショックを受けた。彼らはもっと多くの人間を組織的に殺そうとしていたのだ！　人々は首をひねった。そこまで人を戦闘的な憎しみに駆り立てる精神とはいったい何なのだろう？　そしてそのような憎しみは、突然変異的に生まれてきたものなのだろうか？　あるいはそれは我々自身の作ってきたシステムが必然的に生み出したものなのだろうか？

事件の捜査が進み、犯人が次々に逮捕されるに及んで、人々のショックは困惑に変わっていった。地下鉄サリン事件の五人の実行犯全員が、単純で狂信的なお馴染みの「宗教フリーク」ではなく、きわめて高い教育を受けた知的「エリート」であったからだ。

千代田線で二人の駅員を死なせた林郁夫（当時48）は評判の高い心臓外科の専門医だった。丸ノ内線で一人の乗客を死なせた廣瀬健一（当時30）は早稲田大学（僕の出身校だ）の理工学部応用物理学科を首席で卒業し、大学院に進んだ。同じく丸ノ内線で二百人に重軽傷を負わせた横山真人（当時31）は東海大学で応用物理学を専攻した。日比谷線で一人の乗客を死なせた豊田亨（当時27）は東京大学理学部の応用物理学科の、日本でも有数の優秀な研究室で博士課程に進んでいた。同じく日比谷線で実に八人の乗客を死なせた林泰男（当時37）は工学院大学で人工知能の研究をしていた。

彼らは本来であれば、日本の産業社会の中枢を担うべき人々であった。もし十年か十五年早く生まれていたなら、彼らはたぶんその頭脳と技能を活用して日本経済の目ざましい発展に貢献し、社会の柱ともなっていたことだろう——ごく自然に、おそらくは自らを疑うこともなく。しかし彼らはその道を歩むことをよしとはしなかった。彼らは社会システムから自主的にドロップアウトし、それに代わるべき新しいシステムを、世間一般からは荒唐無稽で危険であると考えられていた神秘主義的な新宗教の中に見いだした。彼らは社会的に敬意を払われている職を辞し、大学研究室を去り、すべての財産を教団に寄進し、家族を捨て、宗教的理想を追求するために出家した。そして最後には教祖、麻原彰晃に命じられるままに残虐な無差別殺人を実行することになった。[2]

皮肉といえば皮肉なことかもしれないが——あるいはまったく皮肉なことではない

のかもしれないが——彼らが殺した人々は企業エリートでもなければ、日本のシステムを担う高級官僚（彼らがそもそものターゲットであると推察されているのだが）でもなかった。地下鉄の駅でサリンガスを吸い込んで呼吸困難に陥り、わけのわからぬままに、激しい苦痛のうちに喉をかきむしって死んでいったのは、システムの中でこつこつと日々まじめに働いているごく「普通の人々」だった。僕は本を書くためにこの事件の被害者六十人以上にインタビューしたが、その半数以上の人が大学教育を受けていないことを知って、少なからぬ驚きを覚えた。実行犯たちに匹敵するような高い学歴を持ち合わせている人は、ごくわずかしかいなかった。

この五人の実行犯は全員が理工系の学問を修めた「エリート」であるという以外に、もうひとつの共通項をもっている。大半が当時三十代であったということだ。彼らは六〇年代後半の学生反乱の時代のあとにやってきた「遅れてきた」世代だった。大学に入ったときには、大きな政治的、文化的ムーヴメントは既に終わってしまっていた。振り子は向きを変え、エスタブリッシュメントが再び権力を手にしていた。彼らが目にしたのは「宴のあと」の気怠い静けさだった。かつて掲げられた理想は輝きを失い、先鋭く叫ばれた言葉は力を失い、挑戦的であったはずのカウンター・カルチャーも先鋭性を失っていた。ジム・モリソンもジミ・ヘンドリックスも既になく、ラジオから聞こえてくるのは、どことなくもの悲しいディスコ・ミュージックだけだった。「良きものはすべて前の世代に食い荒らされてしまった」という漠然とした失望感が漂っていた。

彼らは「しらけ世代」と呼ばれている。先行する「団塊の世代」が傾向的にホットであり、集団的であり、攻撃的であり、垂直的な思考に走りがちであるのに比べて、「しらけ世代」はクールであり、個人主義的であり、防御的であり、思考形態が水平的であると一般的に見なされている。そのような意味あいにおいて彼らは、経済的な豊かさを背景に登場した新しい日本人のタイプと言えるかもしれない。

「団塊の世代」が政治的な色彩の濃いアイデアリズムを軸とした「共有感」を中心命題に置いたのに対して、彼らはむしろ他者との間に差違を作り出すことを重視した。たとえば他人とは違う服を着て、違う音楽を聴いて、違う本を読むことを目指した。それはもちろん間違ったことではない。人は自由であるべきだし、人は「他の誰でもない自分」であるべきなのだ。しかしものごとはそう簡単には運ばない。そこにはひとつの大きな暗黙の社会ルールがあった。「その差違は世間の一般認識をはみ出すほど大きなものであってはならない」というルールだ。大筋においては「同じもの」でありながら、個別的な局面においては「他人と少し違っている」こと。ごく単純に言ってしまえば、全面的な個人主義を受け入れる基本的土壌が日本にはまだ十分整っていなかったということになるだろう。それが彼らの世代が直面せざるを得なかった現実だった。

そのような状況下において、彼らの求める差違は、とめどもなく細分化され、技巧化していった。それは結果的に、自らのアイデンティティーを確立するための建設的な差違であることをやめ、差違化することのみを目的とする「出口のない差違」へと変質していった。そしてバブル経済の出現に呼応して、その差違化にはますます金がかけられるようになった。ジョルジョ・アルマーニへと、ＢＭＷへと、ヴィンテージのワインへと、ものごとはカタログ的に進展していった。六〇年代の若者たちが掲げた「理想主義」は鳩時計みたいに過去の遺物と化していった。そのような競争のもたらすものは、多くの局面において、限りない閉塞感であり、目的の喪失がもたらすフラストレーションである。

彼らの世代のある部分があっけないほど無防備に神秘主義的な運動に惹かれていったのも、あるいはその息苦しさに原因が求められるかもしれない。強いオーラを持つ誰かがシステムの外からやってきて、がらがらと窓を開け、新鮮な空気を送り込み、

「個別的差違なんて、そんな面倒なことをやっている必要はないんだ。こっちに来て言われたとおりにしなさい」と声をかけてきたとき、彼らは抵抗することができなかった。そのような誘い込みに立ち向かうだけの思想的支柱が存在しなかったのだ。

通勤途中で地下鉄サリン事件の被害にあった三十代のサラリーマンたちの多くが、犯行に対する怒りを口にしながら、それでも「オウム真理教に惹かれた人たちの気持ちは、個人的にはわからないではないんです」と——幾分小さな声で——つけ加えたことに、僕はいくぶん驚かされ、また考え込まされたものだった。

僕が会って話をしたオウム真理教信者の多くは、まずまず「まともな」中流家庭に育った人々だった。彼らはとくに不幸な育ち方をしたわけではない。ごく普通の家庭に生まれ、問題もなく育った。基本的にまじめに勉強をして、成績も良かった——少なくとも悪くはなかった。顔立ちも悪くない(全体的にいくぶんつるりとして、強い個性に欠けるきらいはあるが)。両親に対しては多かれ少なかれ批判的だったが、かといってとくに反抗的なわけでもなかった。学校は好きになれなかったが、かといって規則を破ったり登校拒否したりはしなかった。社会に対して不信感を抱き、物質主義的な風潮に対して批判的だったが、それを内側から改良しようという社会的意識は持ち合わせていなかった。交友関係は概して狭く、心を打ち明けて話ができる友人はほとんどいなかった。孤独で、抽象的思考に耽ることが多く、生や死や宇宙の成り立ちについて真剣に悩んだ。異性の恋人を作ることに困難を覚えた。もし作れても、健常な関係を維持することができなかった。大学では理科系の分野を専門にすることが多かった。

そのようなタイプの人々は――まわりからあるいは「変わり者」「おたく」と呼ばれるかもしれない――どのような社会にも一定のパーセンテージで存在するはずだ。そして日本のこれまでの社会は多くの場合、彼らを有益なスペシャリストとして進んで受け入れてきた。彼らの多くは企業にはいって研究者になり、あるいは大学に残って学者になり、新製品の開発や、専門的研究に成果を収めた。彼らは彼らなりに「日本産業株式会社」の構成員として活躍の場を与えられてきたわけだ。社会の中に彼らを積極的に受け入れるだけの余地があり、また受け入れられることによって、彼らの方もそれなりに成熟し「社会化」を遂げてきたのだ。

しかしある時点で、彼らは社会システムに「受け入れられる」ことを逡巡し、拒否しはじめたのだ。これは重大な転換だった。いったい何が彼らをこのように変化させたのだろう？　答えははっきりしている。社会自体の目的の喪失だ。もう少し具体的に言うなら、目に見える目的の喪失だ。「社会化」されることが自明な善でなくなったときに、彼らは「ノー」を宣言するようになったのだ。それは反抗というよりは、むしろ率直な疑問の延長上にあるものだった。彼らが発した疑問は、多くの場合もっともなものだった。〈戦後五十年これほどまで熱心に働き、物質的な豊富さを追求し続けて、その結果我々はどこにたどり着いたのか？ 我々の社会が最終的に目指している地点は、いったいどのようなところなのか？〉

　あるいは奇妙に響くかもしれないが、戦後の日本の歴史において、このような根元的な疑問が発せられたことは稀（まれ）だった。なぜなら先行する世代の日本人の大半にとって、答えは自明なものであったからだ。「我々は豊かになるために働いている。たしかに我々はいくつかの問題を抱えてはいるが、社会そのものが富裕になったとき、問題は自然に解消されるはずだ」、それが未来についての基本イメージだった。「努力すれば、ものごとは発展的に良くなっていく」。その認識は限りなくユートピア幻想に近いものであり、同時に徹底して実効的なテーゼでもあった。

　しかし「社会の経済的な発展が、そのまま個人の幸福をもたらすものではない」ということを実感として悟った最初の世代がここに登場したのだ。たとえ収入が二倍になったとしても、土地はそれを上回って高騰し、人々は職場の近くにまともな家を買うこともできなかった。彼らは遥か遠くの郊外に家を持ち、毎日一時間半から二時間かけて殺人的な満員電車に揺られて通勤し、ローンを返済するために残業をこなし、貴重な健康と時間をすり減らしていった。[3]企業競争は過酷であり、ろくに有給休暇をとることもできなかった。夜遅くに帰宅すると子供たちは既にベッドの中でぐっすり眠っていた。週末の休みは主に疲労をとるための休息にあてられた。

僕がインタビューした日比谷線で通っているサラリーマンは自嘲的に笑いながら、「誰かがわざわざサリンを撒くまでもなく、この電車で死人が出ないこと自体が不思議なくらいですよ」と語った。それくらい激しく混んでいるのだ——まさに殺人的に。ある場合には、息をすることもできない。戸口近くでのラッシュアワーの押し合いで、腕の骨を折った人もいる。ひとりの女性は通勤電車でよく立ったまま眠るのだと語った。乗り込んでから降りるまで、ほとんど身動きしないでいいから。「それはまるで戦争なんです」と一人のサラリーマンは述懐した。「そして、それを我々は毎朝毎朝、週に五日、定年を迎えるまで三十年以上も続けなくちゃならないんです」

「苦しくありませんか?」と僕は尋ねた。

彼は顔をわずかに歪めた。苦しくないわけはないだろう、とその顔は語っていた。でも彼はそれをあえて口には出さなかった。それを口に出すと、自分の中でおそらく何かが崩れてしまうからだ。そのかわり彼はこう言う、「いいですか。みんながそれをやっているんです。僕だけがやっているわけじゃない」。

それが僕らの国だ。

どれだけ日本が経済的繁栄を数字の上で誇っていても、社会を構成する「普通の人々」が、それにふさわしい豊かな生活を自分たちが手にしていると実感することはむずかしかった。それはどれだけ近づいても、常に遠ざかっていく砂漠の蜃気楼に似ていた。だからこそ彼らは――オウム真理教に帰依した人々は――自らが安易に社会化されることに対して「ノー」と言わないわけにはいかなかったのだ。「みんなはそれをやっているかもしれないけれど、私はそれをしたくない」と。

問題は、社会のメイン・システムに対して「ノー」と叫ぶ人々を受け入れることのできる活力のあるサブ・システムが、日本の社会に選択肢として存在しなかったことにある。それが現代日本社会の抱えた不幸であり、悲劇であるかもしれない。このようなサブ・システムの欠落状況が根本的に解決されない限り、似たような犯罪が再び起こされる可能性は十分にある。オウム真理教団を潰せばそれで解決するというような単純な問題ではないのだ。

一九八〇年代以降に登場した日本の新宗教の多くは、旧来の宗教各派とは色合いを異にして、一九六〇年代後半から七〇年代半ばにかけてのカウンター・カルチャーの影響を色濃く受けていた。日本においては、アメリカのようにドラッグ・カルチャーとコミューン運動が大きな影響力を持ったことはなかったが、そのかわりにヨーガを始めとする東洋神秘思想への傾斜ぶりが顕著だった。それは主として、自然志向をもとにした身体性の復権を唱えていた。それらの宗派は多くの場合、科学の整合性を越えた「超能力」を看板にかかげた。

たとえば麻原彰晃は「空中浮揚」と「水中クンバカ」（水中で呼吸をせずに長時間を過ごす修行）を大きな売り物にした。一昔前であれば、それは荒唐無稽なものとして頭から退けられたはずのものだった。しかしオウム真理教に走った「エリート」たちは、それを決して荒唐無稽なものとは考えなかった。彼らはそのような超越的能力の存在を丸ごと信じただけではなく、コンピューターを駆使してそれらの能力を理論化し、計量化しようと試みたのだ。

麻原彰晃はまた人々に、近い将来におけるハルマゲドン（世界最終戦争）の到来を予言し、そのために教団は高度に武装化しなくてはならないと強く説いた。我々は日本という国家の中にもう一つの国家を作り上げ、正義のために闘わなくてはならないのだと。仮想敵として麻原は日本国とアメリカとフリーメーソンをあげていた。そのために彼らは化学兵器サリンを生産するための巨大なプラントを作り上げた。ロシアから武器を購入し、信者の団体をロシアに送り込んで、ロシア軍人の指導のもとに射撃訓練を受けさせた。信者から寄付として集めた巨額の財産がその資金源となり、「エリート」たちはインターネット上の情報を集めて、各種化学兵器の製造方法を調べあげた（インターネットをとおして一般の人がどれほど多くの致死的な情報を簡単に手に入れることができるか、あなたはご存じだろうか？）。麻原彰晃は疑いの余地なく反社会的なパラノイアだった。彼はアドルフ・ヒットラーを高く評価し、彼をロールモデルのひとつとしていた。しかしそのような彼のパラノイア性は、宗教教義と神秘能力とミックスされることによって、一種の催眠的なヴィジョンを獲得することになった。閉ざされた集団生活の中で、信者たちは徹底したマインドコントロールを受け、大多数の信者が多かれ少なかれ、そのようなパラノイア的ヴィジョンを共有することになった。

オウム真理教に帰依した何人かの人々にインタビューしたとき、僕は彼ら全員にひとつ共通の質問をした。「あなたは思春期に小説を熱心に読みましたか？」。答えはだいたい決まっていた。ノーだ。彼らのほとんどは小説に対して興味を持たなかったし、違和感さえ抱いているようだった。人によっては哲学や宗教に深い興味を持っており、そのような種類の本を熱心に読んでいた。アニメーションにのめり込んでいるものも多かった。言い換えれば、彼らの心は主に形而上的思考と視覚的虚構とのあいだを行ったり来たりしていたということになるかもしれない（形而上的思考の視覚的虚構化、あるいはその逆）。

　彼らは物語というものの成り立ち方を十分に理解していなかったかもしれない。ご存じのように、いくつもの異なった物語を通過してきた人間には、フィクションと実際の現実とのあいだに引かれている一線を、自然に見つけだすことができる。その上で「これは良い物語だ」「これはあまり良くない物語だ」と判断することができる。しかしオウム真理教に惹かれた人々には、その大事な一線をうまくあぶりだすことができなかったようだ。つまりフィクションが本来的に発揮する作用に対する免疫性を身につけていなかったと言っていいかもしれない。

　オウム真理教の教祖である麻原彰晃が信者たちに差し出した世界観には、世界についての、生命についての、何らかの貴重な真実はこめられていたかもしれない。それは認めよう。僕はなにも麻原彰晃の宗教思想を根こそぎ否定しようとしているわけではない。それがたとえチベット密教教理の都合の良いアダプテーションに過ぎなかったとしても、そこには――少なくともその初期の段階においては――たしかに多くの人々の心を惹きつけるだけのプリミティブな吸引力があったようだ。また人々の身体の中にこめられた各種の潜在的能力を引き出す技術にかけては、麻原は並外れて有能であったと多くの人々が証言している。とくに初期の信者たちは麻原の手による数多くの奇跡的な事象を体験してきた（と語っている）し、そのおかげで彼らは麻原に対して一〇〇パーセントの忠誠を誓うことになった。

しかし麻原が信者たちに向かって提示した世界観は、基本的にはひとつのフィクションだった。要するに「実証の枠外にあるもの」だった。いや、僕はそれを非難しているわけではない。誤解を恐れずにいえば、あらゆる宗教は基本的成り立ちにおいて物語であり、フィクションである。そして多くの局面において物語は――いわばホワイト・マジックとして――他には類を見ない強い治癒力を発揮する。またそれは我々が優れた小説を読むときにしばしば体験していることでもある。一冊の小説が、一行の言葉が、僕らの傷を癒し、魂を救ってくれる。しかし言うまでもなく、フィクションは常に現実と峻別されなくてはならない。ある場合にフィクションは我々の実在を深く呑み込んでしまう。たとえばコンラッドの小説が僕らを実際にアフリカのジャングルの奥地へと運んで行くように。しかし人々はいつか本のページを閉じて、その場所から現実へとたち戻ってこなくてはならない。我々はそのフィクションとはべつのところで、現実世界に立ち向かう自己を、おそらくはフィクションと力を相互交換するかたちで、作り上げていかなくてはならない。

しかしオウム真理教に帰依した人々の多くが手にしたのは、きわめて危険な片道切符だった。そこにはどうやら往復切符を売る窓口そのものが存在しなかったようだ。そのように公正なインフォームド・コンセントを欠いたフィクションは、実に易く「システムとしての虚構」へと姿を変えていく。我々の多くはそれを実感的に知っている。しかし「フィクション馴れ」していない信者たちの多くは、そのような危険を考慮することなく、麻原から提示されたフィクションを、事実といっしょくたにして正面から受け入れてしまった。そして一度全面的に受け入れられた虚構は、流れに乗って、どこまでも閉鎖的にシステム化されていく。そしてその結果、彼らは言うなれば同心円的に、麻原彰晃の内在的な個人的フィクションに呑み込まれてしまったのだ。まるでクジラに呑み込まれたヨナのように。麻原彰晃のフィクションが動けば彼らのそれも動き、麻原彰晃のフィクションが膨らんでいけば彼らのそれも膨らんでいった。

だからこそ麻原彰晃のフィクションが致死的なバグ——それはおそらく彼の魂に潜

在的に含まれていたものじゃないかと想像するのだが――に汚染されたとき、彼らもまたそのバグに汚染されてしまうことになった。一人の人間の悪夢と妄想が多くの人々を同時的に同質的に包含してしまったのだ。そして彼らは麻原の妄想、あるいはその物語が発揮するブラック・マジックの命じるままに（あるいは示唆するままに）、サリンの袋を抱えて「エスタブリッシュメント」に対する虚しく見当違いな攻撃を敢行した。ひとつの大きなシステムからドロップアウトした彼らを受けとめてくれたはずの柔らかなネットは、実は危険きわまりない蜘蛛の巣だったのだ。

しかしもちろん話はそこでは終わらない。オウム真理教団は、これだけの大きな陰惨な事件を引き起こしたあとでさえ、主宰者の多くが刑務所に入れられて裁判にかけられているにもかかわらず、新しい信者をその列に加え続けている。インターネット上の彼らのホームページはいまだに数多くの若い読者を引きつけている。危険なことだと人々は言う。しかしそれは、日本社会が構造的に抱えているより大きな危険の先触れのひとつに過ぎない。

*

僕が『アンダーグラウンド』を書くにあたって、加害者側ではなく被害者側のインタビューだけをできるだけ多く集めてみようと思った動機は、それまでの日本のマスメディアに被害者たちの声がほとんど登場しなかったからだ。[4] マスメディアの関心はオウム真理教という宗教集団に集中し、そのグルである異様な風体の半盲の男、町の小さなヨーガ教室の主宰者から巨大な宗教組織のグルにのし上がった謎（なぞ）の人物、麻原彰晃に集中した。そのおかげで傷つけられた側の人々は一種の「背景」程度の扱いしか受けていなかった。彼らはただ「そこに乗り合わせた気の毒な人々」でしかなかった。極端な言い方をすれば、彼らは誰でもよかったのだ。ただその電車に乗り合わせて、サリンガスを吸って被害を受けた「普通の市民」というわけだ。彼らには顔もなく、固有の声も与えられていなかった。映画の通行人と同じようなものだ。

　それに対して僕が試みたのは、彼ら被害者にも生き生きとした顔と声があるという事実を伝えることだった。彼らが交換不可能な個であり、それぞれの固有の物語を持って生きているかけがえのない存在であるということを（つまり彼らはあるいは僕であり、あなたであったかもしれないのだということを）、僕は少しでもこの本の中で示したいと思った。それが小説家というもののひとつの役目ではないかと思ったのだ。小説家はあるいは要領が悪く、愚かかもしれない。しかし我々はものごとを安易には一般化しない。

人々の語る声に耳を傾けていただきたいと思う。

いや、その前に自らのこととして想像していただきたい。ときは一九九五年三月二十日。月曜日。気持ちよく晴れ上がった初春の朝だ。まだ風は冷たく、道を行く人々はみんなコートを着ている。昨日は日曜日、明日は祝日——つまり休日の谷間だ。あるいはあなたは「今日くらいは休みたかったな」と考えているかもしれない。でも残念ながらいろんな事情であなたは休みを取ることができなかった。

だからあなたはいつもの時間に目を覚まし、顔を洗い、朝食をとり、洋服を着て駅に向かう。そしていつものように混んだ電車に乗って会社に行く。それは何の変哲もないいつもどおりの朝だった。見分けのつかない、人生の中のただの一日だった。

かつらをかぶり、つけ髭(ひげ)をつけた五人の若い男たちが、グラインダーで尖(とが)らせた傘の先を、奇妙な液体の入ったポリ袋に突き立てるまでは。

1　二〇一〇年三月現在、死者数は十三人となっている。

2　正確には彼らは「そうするようにグルに命じられたと察した」と証言している。これはおそらく日本人にしかできない高等技術かもしれない。第二次世界大戦における日本の戦争責任の最終地点がブラックホールの中に消えてしまったのと同じことだ。

3　東京都の勤労者が年収の五倍で買える適正な新築一戸建て（敷地一〇〇平米）は、一九七〇年には都心から二〇キロ離れた駅の近くだったが、バブル全盛の一九九〇年には六〇キロ地点まで遠ざかっている。バブル崩壊後の現在は四五キロ地点まで持ち直しているが。

4　海外では多くの場合、サリン事件被害者・遺族の証言を集めた『アンダーグラウンド』と、オウム真理教信者・元信者の証言を集めた『約束された場所で』はひとつにまとめた（そしていくぶん短縮された）かたちで出版された。

共生を求める人々、求めない人々

森達也（もりたつや）さんの作った映画『A2』について2002年3月、共同通信社から依頼を受けて書いた。オウム真理教（アレフ）の信者として生活する人々の姿をナチュラルに、しかし執拗（しつよう）に描いたドキュメンタリー映画で、前作『A』のときと同じように、何かと話題になった。教団を弾劾（だんがい）していないということで批判もされた。でも僕としてはこれらの映画はひとつの貴重な記録であり、誠実なスタンスで作られていると感じた。

森達也氏の監督した『A2』は、「ポスト麻原」体制下のオウム真理教の姿を時間をかけて綿密に取材したドキュメンタリー映画で、文字どおり前作『A』の続編にあたる。『A』に比べると、そのほとんどやみくもなまでの行き当たりばったりさは薄れていて（往時のネオリアリズモを思い起こさせるような乱雑さが、言うまでもなく

『Ａ』のひとつの大きな魅力になっていたわけだが）、手法はより洗練され、画面はよりシャープになり、作品としての方向性もより明確になっている。

しかしどちらが作品として優れているか、インパクトを持っているかというような比較には意味はないだろう。これらの二作品を一対のものとしてあわせ見ることによって、我々としてはそこにある状況をより正確に、より立体的に眺め、把握することが可能になるわけで、むしろこれら二作品が、お互いに違っていることの中にこそ、継続性の意味が求められるはずだ。

『Ａ２』では、一九九五年の地下鉄サリンガス事件後四年から六年を経た世界が描かれている。オウム真理教は名前を変えただけでまだ存続し、宗教活動をおこなっている。後期の麻原が追求した種類の反社会的、暴力的組織行動はもちろん封印されているが（それを行えるだけの現実的な余裕もないだろう）、出家制度を中心とする厳格でアグレッシヴな修行体制がその根幹をなしていることに変わりはない。麻原に対する個人的な崇拝も、おおやけには口にされないものの、今でも間違いなく続いている。麻原の写真は彼らの修行施設の中で簡単に見いだせるし、麻原についてどう思うかと個人的に質問しても、だいたい要領を得ない返事しか返ってこない。実際に『Ａ２』

の中にも、「もしあのときにサリンをまけとグルから命じられたら、私だってまいてますよ」という趣旨の発言をする信者が出てくる。

オウム真理教信者たちの集団住居や修行場が近所にできると、その近隣に住む健常な一般市民はおびえ、混乱し、怒る。考えてみればまあ当たり前の話かもしれない。かつて集団テロ事件を起こしたわけのわからない連中が集まって、なにかわけのわからないことをしているのだ。

というわけで人々は「殺人集団オウムは町から出ていけ！」という看板を作り、ヒステリカルなデモンストレーションを繰り返し、さまざまないやがらせをする。なんとしてでも信者たちを排除しようとする。役所は住民票の転入届を受理せず、学校はその子どもたちの就学を拒否する（もちろん憲法違反だ）。そして彼らは最後には信者たちを町から追い出してしまう。それでは追い出されたオウム真理教信者たちはどこに行くのか？　当然どこかべつのところに行かざるを得ない。身分を隠してこっそりと家を借りて、集会所にする。そしてまた同じことが繰り返される。もぐらたたきみたいに。

しかしそれらの排斥する側の運動の中にも「こんなことを繰り返していたって発展がないじゃないか」という気分が生まれてくる。『A2』にはそのような人々の姿がかなり克明に描かれている。見張り小屋を建ててそこで信者を監視しているうちに、監視するべき相手と少しずつ仲良くなって、「一人ひとりを見れば、そんなに悪いやつらじゃないじゃないか」と考え始めたおじさんたち。彼らは信者に本や食品を差し入れて、なんとか彼らを「改心」させようとする。自分たちの「まっとうな」社会の中に引き戻そうとする（もちろん戻ってこない）。

あるいは反権力（反警察）という心情的共通項をとおして、立場はまったく異にしながらも、オウム信者たちとの対話を求める右翼民族派の一部の人々。あるいはオウム真理教幹部からの謝罪をなんとか受け入れようと努める、松本事件の被害者の一人である河野義行さん。もっともオウム真理教の幹部のほうにはその時点では、河野さんに謝罪するという明瞭な意志が決定事項としてないので、話はほとんど不条理的にすれ違っていくのだが……。

そのような人々はオウム信者を何がなんでも頭から排除するのではなく、むしろ彼らと共生できる新しい道を発見することによって、逆に自分たちを――あるいは自分たちの属する社会を――うまく機能させていけるのではないかと考えているようにも見える。それは基本的にはきわめてまっとうな考え方ではある。そして教団側も表面的には、そういった相手から差しのべられる手をにこやかに受け入れようとしているかに見える。でも果たしてそうなのだろうか？ 信者たちの側には、自分たちを取りまく社会と共生していこうという意志は本当にあるのだろうか？

そのあたりの認識の——場合によっては不条理なまでの——すれ違いかたこそが、この『A2』という映像作品が我々に提示している重大なテーマではあるまいかと、映画館の観客席に座りながらふと考えてしまう。そのような意識のずれが、実は我々の社会の大きなねじれみたいなものを作り出しているのではあるまいかと。

我々の住んでいる一般的な社会はいわば「開かれたサーキット」であるが、その社会の中にはいくつもの「閉ざされたサーキット」が並列的に存在している。逆説的な言い方だが、我々はそういう閉鎖性を呑み込み許容することによって、その開放性の原理を維持しているとも言える。

オウム真理教（アレフ）もそのような、我々の身体中にある「閉ざされたサーキット」のひとつだ。それは独立した教義を持ち、その論理のもとに大義を追求し、結果として無差別殺人事件という犯罪行為を犯した。しかし我々は彼らに対して破防法を適用することを回避し、その宗教団体としての存続を許した。言い換えるなら、我々の社会は深い傷を内側から受けながらも、その開放性を維持することをあえて選びとったのだ。そしてそれはおそらく正しい選択だったと僕は考えている。しかしよほどのことがない限り、教団の閉鎖性がこれから先、変わることはないだろう。なぜなら彼らの求めているのは、現世から離れたところに修行空間をつくりあげ、現実社会とは異なった価値観のもとに自己の内面を追求することであるからだ。麻原がいてもいなくても、そこには既に確固とした修行運営システムができあがっている。まわりの現世の人々は彼らを迫害するかもしれない。しかしその迫害は逆に彼らの結束を強くすることになるかもしれない。

彼らはそれと同時に社会における自分たちのポジションを現実的に必要としている。つまり修行するための場所、生活の資を得るための経済活動の基盤。そういうものがなくては活動を続けていくことがむずかしいからだ。しかし彼らは外なる現実との実りある「共生」を求めているだろうか？　それはきわめて疑わしい。なぜなら彼らのシステムはそもそも、そのような相互交換的「共生」を必要とはしていないからだ。

それでは基本的に共生を必要とする人々と、共生をあえて必要としない人々とが、同じ社会内で共生をしていくことは果たして可能なのか？　このような本質的な疑問を『Ａ２』という映画は我々に突きつける。

僕は『アンダーグラウンド』という本の中で、六十人を超える数の地下鉄サリンガス事件の被害者にインタビューした。そしてそのあとで『約束された場所で』という本のために、何人かのオウム真理教信者（および元信者）のインタビューをした。そのような聞き取りの中で、事件そのものとのかかわりよりは、むしろ彼らがどのような人々であるのかということに僕は興味を持った。彼らはどこで生まれ、これまで何をして生きてきて、どのような経緯と理由でそこにいたのか、それがまず知りたかったことだった。べつの言い方をすれば、僕は彼らの個人的なヒストリーを収集したのだ。

しかし両者のどちらのヒストリーが僕の心にしみたかというと、圧倒的に「普通の人々」によって語られたものの方だった。なぜならそのような人々の語るヒストリーには、現実にしっかりと根ざしたものでなくては獲得し得ない深みがあったし、奥行きがあったし、それは小説家としての僕の意識に確実にコミットしてくる種類のものであったからだ。

それに比べると信者（元信者）の語る個人的ヒストリーの多くは、たしかに通常ではない経験を含んではいたが、立ち上がり方が平板で奥行きに乏しく、そのぶん心に訴えかけてくるものが希薄だった。より一般的に話を敷衍（ふえん）するために、「ヒストリー」を「ナラティブ（物語）」という言葉で置き換えてもいい。

閉鎖的集団の中では、「意識の言語化」は「意識の記号化」に結びついていく傾向がある。彼らはもちろん意識の言語化に対してきわめて熱心である。しかし彼らがそこで言語と考えているのは、実は言語というかたちをとった記号にすぎないことが多い。狭い緊密なコミュニティーの中では、情報の記号化が簡単だし、その方がずっと伝達効率がいいからだ。記号化された情報を仲間と同時的に共有することで、連帯感も強まる。ディベートの場なんかでは、この手の記号化言語は無類の強さを発揮する。

しかしそのような記号化は長期的にみれば、確実に個人のナラティブ＝ヒストリーのポテンシャルを落とし、その自立性を損なっていく。それが小説家としての僕が彼らとの対話をとおして、かなり切実に感じたことだった。

言い換えれば、それはとても危険なことなのだ。

それに比べると我々はひどく効率の悪い、混沌とした社会の中に生きている。日々の新聞を見ればそれは一目でわかる。そんなところからさっさと逃げ出して、心地よい同質的なコミュニティーの中にすっと入り込んでしまいたくなる気持ちもわからないではない。

森達也監督は映画『Ａ２』の中で「社会は確実に劣悪化している」とコメントする

(発言はかなり抑えられているが、おそらくは制作者側の重要なメッセージとしてこれは残されている)。しかし果たしてそうなのだろうか?

正直なところ僕には、社会は劣悪化していると断言することはできない。社会はとくに良くもならず、それほど悪くもならず、ただ混乱の様相を日々変化させているだけではないか、というのが僕の基本的な視点だ。乱暴な言い方をすれば、社会というのはもともと劣悪なものだ。でもどれほど劣悪であれ、我々は——少くとも我々の圧倒的多数は——その中でなんとか生きのびていかなくてはならない。できることなら誠実に、正直に。重要な真実はむしろそこにある。

さらに突っ込んで言えば、そこにある外なる混沌は、他者として、障害として排斥すべきものではなく、むしろ我々の内なる混沌の反映として受け入れていくべきものではないかと、僕は考えている。そこにある矛盾や俗っぽさや偽善性や弱さは、我々自身が内側に抱え込んでいる矛盾や俗っぽさや偽善性や弱さと実は同じものではないのか? 海に入ったときに、身体のまわりを包んでいる海水と、我々の内なる体液とが成分として互いに呼応しているように……。

そう考えていくと、我々の気持ちはいくぶん軽くなるかもしれない。我々の皮膚の内側(自己)と外側(社会)がうまく通信し始めるかもしれない。我々の抱えている個人的なナラティブが、両者のあいだを結ぶ装置としての必然性を持ち始めるかもしれない。そこに有効な出し入れが生まれ、我々の視点は複合化し、我々のとる行為はいくぶん重層化していくかもしれない。

多くの人々はオウム真理教に入って自己を追求する若者たちを「純粋」だと感じるかもしれない。しかし純粋であるというのはいったいどういうことだろう？　もしそれがただ単純に外なる混沌や矛盾を排除することであるとすれば、それは同時に自分の体液＝ナラティブを排除してしまうことになるのではあるまいか？

たぶんそのような意味あいにおいて、我々は好むと好まざるとにかかわらず、この社会に存在するいくつもの「閉鎖系」を自らの一部として受け入れていかなくてはならないのかもしれない。もちろん犯罪は犯罪として裁かれるべきだし、教団は自らの行為の責任を引き受けなくてはならない。しかし犯罪事件の実行犯の何人かを絞首刑に処しただけで、我々の社会が内側から受けた傷は果たして癒やされるのだろうか？　おそらく癒やされることはないし、またそんなに簡単に癒やされてはならないだろう。我々はこれからもずっとその痛みを、自分の痛みとして引き受け、感じ続けていかなくてはならない。

彼らを痛みとして取り込むこと、ある場合には許容すること――それがつまりは彼らと「共生する」ということの意味ではないか、と僕は考える。そのような受容をとおして我々のナラティブは厚みを増していくかもしれないし、またその集合体としての社会の組成も、同じように厚みを増していくかもしれない。

その社会がもともといかに劣悪なものであるにせよ、改良の余地がわずかしかないにせよ、少しずつでもいいから我々はそれを補強していかなくてはならない。そのような意志こそが、痛みに耐えつつ社会の開放性を維持しようという強い意志こそが、我々の内なる閉鎖性をも正しく活性化させていくのではないか。僕は基本的にそう感じている。たとえ相手がそれを望んでいるにせよ、いないにせよ。

映画『A2』にはもちろんそこまでの具体的なメッセージはこめられていない。そこにあるのは公正で率直な映像的情報である。すべての判断は一人ひとりの観客にゆだねられている。僕もその一人として映画を見ながら僕なりの結論に達しただけだ。

血肉のある言葉を求めて

『アンダーグラウンド』を出版したときに、講談社の小冊子「本」（1997年4月号）のために書いた文章。『アンダーグラウンド』は僕にとってはずいぶん大きな仕事で、肩に力が入っていたはずなのに、この「本」の原稿はかなり淡々と書かれている。書き終えて、何かふっと力が抜けたという状態だったのかもしれない。昔書いたものをこうして折に触れて読み返してみると、我がことながら、なかなか興味深いものがある。

この『アンダーグラウンド』というノンフィクションを書くために、一年のあいだに六十二人に及ぶ地下鉄サリン事件被害者及び関係者をインタビューした。だいたい五日に一人（弱）というペースである。本当はもっと多くの人に話をうかがいたかったのだけれど、いろいろ事情があって、それが量的な限界だった。

一人当たりのインタビューの時間は、平均して一時間半から二時間くらいだった。中には四時間近くということもあったが、これはあくまで例外的なケースである。でもまあ、いずれにせよ、全部まとめてみるとけっこう長い時間になる。やっていたときは夢中で時間のことなんかほとんど気にもしなかったのだけれど、こうして仕事を終えて段ボール箱にぎっしりと詰まった百二十分録音テープの山を眺めていると、そこにはなかなか感慨深いものがある。

「これだけの人の話を聞いて、原稿にするのは大変だったでしょう」とよく訊かれる。でも正直に言えば、そんなに大変でもなかった。もちろん手間はかかったが、疲れたりすることもとくになかった。もともと他人の話を聞くのが好きだったから。話をする方があまり得意ではなくて、自分がインタビューされたりすると、緊張してうまく喋れないことが多い（だいたい自分の考えていることを流暢に話せるような人は、わざわざ苦労して小説を書いたりしない）。でもそのかわり、人の話を聞くのは昔から好きだ。それも普通の人の話す、普通の話がいい。

それをいつか小説のネタに使おうとか、そういうのではなくて、ただ単に「へえ、それでどうなったんですか？」と興味津々で聞いている。聞き上手な方だと言ってもいいかもしれない。おかげさまでインタビューでは、多くの方がずいぶん正直にいろんなことを話してくださった（実際には原稿にした後で「個人的すぎる」という理由でボツにされたものが多かったが）。

もちろん地下鉄サリン事件の現場を文章で再現することが今回のインタビューの主目的だから、ただ「興味津々」というわけにはいかない。こちらの動機も、話される事実もあくまでシリアスである。それでもそのインタビューの相手が「どういう人か」を知るためには、この「興味津々」の好奇心が重要な役割を果たした。好奇心というと言葉はよくないけれど、実際の話、その相手がどういう人なのかを懐にまで入っていって肌で感じないことには、「その人にとって地下鉄サリン事件とは何であったか」といういちばん肝の部分を理解することはできないからだ。相手が言葉として語ることだけを文章として並べていても、それでは血肉のあるインタビューにはならない。どこからそのような言葉が出てくるのかという出所を摑んでおく必要がある。

というような作業を一年間こつこつと続けてきた。いろんな方にお目にかかって、いろんな話を聞いて、いろんな経験をした。「得難い体験だった」と一言で言ってしまうのはた易いけれど、それが自分にとってどういうことだったのか、まだ実感としてつかみきれていないというのが実状だ。そんなに簡単に片づけられない。

でもひとつだけ目に見えて変化したことがある。それは電車に乗ったときに、まわりの乗客をごく自然に見渡すようになったということだ。そして「ここにいるこの人たちみんなに、それぞれの深い人生があるのだな」と考える。「そうだ。僕らはある意味では孤独であるけれど、ある意味では孤独ではないのだ」と思う。この仕事をする前には、そんなこと思いつきもしなかった。それはただの電車であり、ただの「よその人」でしかなかった。

今のところ、それが僕にとってのひとつの収穫である。

翻訳すること、翻訳されること

翻訳することと、翻訳されること

これは国際交流基金という団体が出している雑誌「国際交流」のために書いた文章。1996年10月に出た73号。僕は自分が翻訳をする身なので、僕の本を翻訳してくれる人たちにはできるだけ親切にしようと努めています。本を一冊翻訳するというのはなにしろ大変な、骨の折れる作業だから、作者として何か手伝えることがあれば、進んで手を差し伸べたいと常々思っています。

過去に書いた作品は、よほどのことがなければまず読み返しません。「過去は振り返らない」と言うといかにもかっこいいけれど、自分の小説を手に取るのはなんとなく気恥ずかしいし、読み返したってどうせ気に入らないことはわかっているから。それよりは前を向いて、次にやることについて考えたい。
だから昔の本のなかで、自分が何をどんな風に書いたか、すっかり忘れてしまっていることがよくあります。読者に「あの本のこれこれこういうところは、どういう意味なのですか?」と訊かれて、「そんなところあったっけなあ」と首をひねるのはしょっちゅうです。何かの本か雑誌で目についた文章を読んでいて、「これ、なかなか悪くないじゃないか」と思ったら、それが実は僕の書いた文章の引用だったりすることもあります。ずいぶん厚かましいようですが……。

でも逆に、引用されているのが、いやな、気にくわない文章だったりすると、「あ、これは僕の書いた文章だ」と必ず一目で見分けられる。どうしてかはわからないけど、いつもそうです。よいところはだいたい忘れてしまって、不満のあるところばかりよく覚えている。なんだか不思議なものですね。

とにかくそのようなわけで、僕の小説が、書き上げた何年かののちに外国語に翻訳されて出版されるころには、その本のなかで自分がいったい何を書いたのか、うまく思い出せなくなっていることが多い。もちろん筋書きをすっかり忘れるというようなことはないけれど、少なくともディテイルの大半は、まるで夏の驟雨の湿り気がアスファルト道路の路面からさっと音もなく蒸発してしまうみたいに、僕の記憶から――もともとがそれほど上等な記憶でもないんだけど――きれいに消えてしまっています。

僕は英語で翻訳された自分の小説は、いちおうぱらぱらと読んでみるのですが、読み出すとけっこうおもしろくて（というのは自分で筋を忘れてしまっているから）、わくわくしたり笑ったりしながら、最後まですっと読み終えてしまったりする。だからあとで翻訳者に「翻訳はどうでした？」と訊かれても、「いや、すらすら読めましたよ。いいんじゃないですか」と答えるしかない。「ここはどうで、あそこはああで……」というような技術的な指摘はまったくといっていいくらいできない。自分の小説が翻訳されるのはどんな感じのするものですか、と訊かれても、正直言ってそういう実感はほとんどありません。

でも、すらすらとよどみなく読めて、それで楽しめたのなら、その翻訳は翻訳としての義務を十全に果たしていることになるだろう――というのが僕の原著者としての基本的なスタンスです。僕の考える物語、設定する物語というのは、つまりはそういうものなのだから。その物語がそれ以上に何を語るかというのは、その「前庭」の部分が有効にクリアされてからはじまる「フロント・ルーム」の、あるいはその奥にある「セントラル・ルーム」の問題になります。

自分の作品が他言語にトランスフォームされることの喜びの一つは、僕にとっては、こういうふうに自分の作品を別の形で読み返せるというところにある、と言ってもいいでしょう。日本語のままでならまず読み返さなかったはずの自作を、それが誰かの手によって別の言語に置き換えられたことで、しかるべき距離を置いて振り返り、見直し、いうなれば準第三者としてクールに享受（きょうじゅ）することができる。そうすることによって、自分自身というものを、違った場所から再査定（リエバリュエート）することもできる。だから僕は、僕の小説を訳してくれる翻訳者たちにとても感謝しています。たしかに僕の本が外国の読者の手に取られるというのも、非常にうれしいことなのだけれど、それと同時に、僕の本が僕自身に読まれる——これはいまのところ残念ながら英語の場合に限られているのだけれど——のも、僕にとってはなかなかうれしいことなのです。

言い換えれば、自分の創（つく）り出した文章世界が、他の言語システムに入れ替えられることによって、僕は僕自身との間に一つクッションをつくることができたような気がして、それで結構ほっとできるのです。それならばいっそ、はじめから外国語で小説が書ければいいんじゃないかということになるんだけど、でも技術的、能力的な問題があって、そう簡単にはいかない。だから僕はこれまで僕なりに、母国語たる日本語を頭のなかでいったん疑似外国語化して——つまり自己意識内における言語の生来的日常性を回避して——文章を構築し、それを使って小説を書こうと努めてきたとも言えるのではないかと思います。思い返してみると、最初から一貫してそういうことをしてきたような気がする。

そういう面では、僕の創作作業は翻訳作業と密接に呼応している――というかむしろ表裏一体と言ってもいいような部分があるのかもしれません。僕自身、翻訳の仕事（英語→日本語）を結構長くやっているので、翻訳というものがどれほど大変な作業であり、またどれほど楽しい作業であるかということが、それなりにわかっています。あるいはまた、一人一人の翻訳家によって、どれくらい大きくテキストの持ち味が変わってくるかということもある程度わかっています。

すぐれた翻訳にいちばん必要とされるものは言うまでもなく語学力だけれど、それに劣らず――とりわけフィクションの場合――必要なのは個人的な偏見に満ちた愛ではないかと思う。極端に言ってしまえば、それさえあれば、あとは何もいらないんじゃないかとさえ、僕は考えます。僕が自分の作品の翻訳に、何をいちばん求めるかと言えば、まさにそれです。偏見に満ちた愛こそは、僕がこの不確かな世界にあって、もっとも偏見に満ちて愛するものの一つなのです。

僕の中の『キャッチャー』

２００６年5月に出版された『シリーズ　もっと知りたい名作の世界④ライ麦畑でつかまえて』（田中啓史編著、ミネルヴァ書房）のために書いた文章です。『キャッチャー・イン・ザ・ライ』の翻訳を出したことで、ずいぶんいろんなことを世間で言われた。もちろんそれだけ反響が大きかったということです。だから僕の翻訳のスタンスみたいなものを、どこかでいちおう説明しておく必要があるだろうと思って、こういう文章を書いたわけです。

『キャッチャー・イン・ザ・ライ』の翻訳作業は、前もって予想していたよりずっと速く進んだ。というか、いったん仕事を始めると、筆が置けなくなる（というのは昨今では言葉のあやに過ぎないけど）ような感じだった。これはやはり原文の持つ勢いのよさ、その口語体の軽妙さ、滑らかさ、そして何よりも話自体の面白さによるものだろうと思う。さらに言えば、サリンジャー氏の文体が、僕自身の文体とうまく重なり合うような部分が、おそらくはあったのだろう。僕自身は正直に言って、とくにサリンジャーの作品に「影響を受けた」という意識はないのだが、若い頃に読んで心を揺さぶられた記憶はあるから、あるいは自然な刷り込みみたいなものはあったかもしれない。ちょうど、熱烈なビートルズのファンではなくても、彼らのヒットソングがほとんど全部頭に染みこんでしまっているのと同じように。この本にはたしかに、そういうナチュラルな影響力のようなものがある。

もともと『キャッチャー・イン・ザ・ライ』の翻訳はいつか挑戦してみたいと考えていた。勧めてくれる人も多かったし、そしてまた、あの文体がどんなかたちの日本語に移し替えられるものか、自分でも興味があったのだ。しかし調べてみてわかったのだが、日本では白水社がこの本の独占翻訳権を持っている。だから契約の条項によって、ほかの出版社からは翻訳出版することができないし、白水社からは既に野崎孝氏の定評ある翻訳が刊行されている。ひとつの出版社から、同じ本の複数の訳が出るというのは、例のないことである。そのようなわけで残念ながら、僕が『キャッチャー』の翻訳を手がける可能性は、どうみてもかなり低いものだった。

でも一度、自分のホームページを持っているときに、「いつかうまくいけば、『キャッチャー・イン・ザ・ライ』の翻訳をやってみたいですね」というようなことをちらっと書いたら、それに対する読者からの反応がずいぶん大きかった。とてもたくさんの数の「是非やってください」という励ましのメールが舞い込んできた。それで「ああ、この小説は今でもまだずいぶん人気があるんだな」とあらためて感心したのだけれど、たぶんそういうやりとりが白水社の編集者の目にとまったのだろう。「野崎さんの既訳と併存するかたちで、新訳を出してみませんか」という誘いがあった。編集者と会って話してみると、一社内での複数の翻訳の併存は、工夫さえすれば現実的にじゅうぶん可能であるということだった。「それならば」というかたちで、喜んで依頼を引き受けることにした。

優れた古典的名作には、いくつかの異なった翻訳があっていいというのが僕の基本的な考え方だ。翻訳というのは創作作業ではなく、技術的な対応のひとつのかたちに過ぎないわけだから、さまざまな異なったかたちのアプローチが並列的に存在して当然である。人々はよく「名訳」という言葉を使うけれど、それは言い換えれば「とてもすぐれたひとつの対応」というだけのことだ。唯一無二の完璧な翻訳なんて原理的にあり得ないし、もし仮にそんなものがあったとしたら、それは長い目で見れば、作品にとってかえってよくない結果を招くものではないだろうか。少なくとも古典と呼ばれるような作品には、いくつかの alternative が必要とされるはずだ。質の高いいくつかの選択肢が存在し、複数のアスペクトの集積を通して、オリジナル・テキストのあるべき姿が自然に浮かび上がっていくというのが、翻訳のもっとも望ましい姿ではあるまいか。『キャッチャー・イン・ザ・ライ』は既にそのような「古典」の範疇に入っていると僕は考える。野崎氏の訳は言うまでもなく優れた訳だが、野崎氏が訳されてから長い歳月が経過しているし、日本語自体もそのあいだに大きく変化している。我々のライフスタイルも変化した。そろそろ新しい見直しがあってもいいはずである。伝え聞くところによると、野崎氏自身も既訳に自ら手入れすることを考えておられたようだが、惜しむらくはその前に亡くなられてしまった。そこで僕が及ばずながら、僭越ながら、いまひとつの選択肢を提供することになったわけだ。

ただ中高年世代にとって、野崎氏の翻訳『ライ麦畑でつかまえて』は、既にひとつの「定番」となっており、いわば「刷り込み」として機能しているところがある。ある程度それは覚悟していたのだが、そういう刷り込み度の深さは、こちらの予測を遥かに超えたものだった。そのような世代にとって（実を言えば僕もそのうちの一人なのだが）、僕の新訳は極端にいえば「聖域侵犯」みたいに感じられたようだ。そういうところからくる心理的反撥みたいなものは、正直言って少なからずあった。もちろんこれは野崎氏の翻訳が素晴らしいから生じる現象なのだが、考えようによっては、これは――ひとつの翻訳とオリジナル・テキストが長年のあいだにここまで一体化してしまうというのは――いささか恐ろしいことであるかもしれない。僕としても（一人の翻訳者としても、また自分の作品が外国語に翻訳される小説家としても）、いろいろと考えさせられるところはあった。

今回この『キャッチャー・イン・ザ・ライ』を翻訳していて、あらためて思ったのは、「この小説は、社会（世間）から脱落していこうとしている少年の恐怖心を、ずいぶんリアルに描いた物語だったんだな」ということだった。思い起こせば、僕にもその心情はそれなりに実感できる。最初にこの小説を通読したのは高校生のとき。自分自身があまりにもどっぷりとそのような人生の局面の渦中にいたもので、小説としての全体像がつかみづらいところがあったのだけれど、それから四十年近く経って丁寧に読み返してみて（というか、一行一行日本語に移し替えながら）、そのあたりのことをかなり鮮やかに実感することになった。「へえ、そうか、こんな話だったんだ」と思わず腕組みしてしまった。

考えてみたら、ホールデンくんと同じように、僕は学校という機構に対して今ひとつ好意が抱けなかった。勉強も好きではなかったし、したがって試験の成績もあまり芳（かんば）しくなかった。授業は退屈だったので、だいたいずっと本を読んでいた。僕はもともと「これをやれ」と上から押しつけられたものを、素直に「はい、わかりました」と引き受けられない性格なのだ。早い話が身勝手なだけなんだけど、自分がやりたいと思うことしか身を入れてやれない。それに加えて先生たちの多くは、たまたまというべきか、あまり個人的に敬愛したいタイプの人々ではなかった。教え方も感心できないことが多かったし、しばしば暴力が行使された。学校の規則は多すぎて、細かすぎて、ほとんどシュールレアリスティックなまでに無意味だった。クラスに何人かの親しい友だちと、チャーミングな女の子たちがいたから、それが楽しみで中学・高校に通っていたようなもので、もしそういう存在がなかったら、学校なんてわりに簡単にやめていたかもしれない。共同生活みたいなものも苦手だった。大学に入って東京に出てきたときに、ある学生寮に住むことになったが、ここの生活にもうんざりさせられて、半年ももたずに出てしまった。

僕は種類かまわず、本をたくさん読む少年だったので、とくに学校の勉強をしなくてもベーシックな知識は自然に頭にたまっていたから、試験科目の少ない私立大学になんとか潜り込むくらいのことはできた。今ではもうそんな気楽なことは通用しないのかもしれないが、当時はまだのんびりしていた。でも大学に入ってからも、僕の学校嫌いはほとんど変わらなかった。講義はおおむね非カラフルだったし、教育内容のクオリティーも残念ながらそれほど劇的には向上はしなかった。キャンパスは薄汚くて、人が多すぎた。ストライキやらロックアウトやらが続いていたせいももちろんあるけれど、そんなわけで学校にはあまり足を運ばなかったし、アルバイトばかりしていた。ろくすっぽ学校に行かないから、行事や日程もよくわからなくて、おかげで試験もしょっちゅうすっぽかしてしまうことになった。当然単位なんて満足に取れず、その結果、心ならずも大学にずるずると七年も通う羽目になった。まあ五年生のときに結婚して、既に商売みたいなことを始めていたから、純粋に学生とは言えないわけだけれど。

だから勉強のできない（あるいはちっともやる気になれない）ホールデンくんの姿を見ていて、その気持ちは僕にもある程度理解できる。今でもときどき学生時代の夢を見る。夢の中で、僕は試験を受ける日にちを間違ってしまったり、出席日数がぜんぜん足りなかったりで、進級できないでいる。あるいは試験会場には行ったのだけれど、まったくわけのわからない問題が出てきて、「困ったな、こんなのぜんぜんできないよ」と頭を抱えている。僕の人生はどんどんうす暗くなっていく。将来の可能性はますます狭められ、世間からは冷ややかに見捨てられていく。そんな夢だ。そういう夢を見てはっと目が覚めると、すごくいたたまれない気持ちになる。今から思えば、はるか昔のことだし、留年しようが落第しようが、そんなのはもうどうでもいいじゃないか、ということになるんだけど、夢の中では――夢だとはわからないから――けっこう僕も必死で、「参ったな、どうしよう」とかいちいち深く悩んでいる。そのつらい気持ちが、目が覚めてもしばらくのあいだ続いている。

伝記を読むと、作者であるサリンジャー自身も、ホールデンと同じように、勉強が根っから嫌いだったみたいだ。というか、いろんな話を総合してみると、どうも深刻な学習障害に悩んでいたようなフシがある。どうしても、机に向かって勉学に気持ちを集中することができないのだ。今であれば、それは一種の精神障害として考えられるし、それなりの対策をとることだってできるのだろうが、当時はまだそういう観念がない。まわりの人の目から見れば、ただの「怠け者」である。だから「性根をたたき直す」ために、父親の意向で、スパルタンなミリタリー・スクールに放り込まれてしまう。これはサリンジャー少年にとって、精神的にずいぶん過酷な状況であったに違いない。自分の身にいったい何が起こっているのか、本人にもうまく自覚できないのだ。そういう出口のないきつさが『キャッチャー・イン・ザ・ライ』という小説の中に、けっこう濃密に詰め込まれているような気がした。

とくにサリンジャーはユダヤ系である。不況の風が吹き荒れる一九三〇年代のアメリカでは（アメリカばかりではなく、世界的にそうだったのだが）、アンチ・セメティズム（反ユダヤ主義）の風潮が相当に強く、ユダヤ系の人間はそれほど簡単には社会に受け入れてはもらえなかった。彼らが社会的にある程度高い地位に上るには、自分で商店なり会社なりを経営するか、あるいは専門職（弁護士や医師や研究者、教育者）に就くしかない。そして専門職として身を立てるためには当然のことながら、良い学校に進んで、良い成績を残さなくてはならない。だから学業に問題があり、次々に学校から放り出されていったことは、サリンジャーにとってはきわめて深刻な事態であったはずだ。当然のことながら、父親は息子に失望して怒りまくるし、母親はなすすべもなく泣き続けている。本人としてもやりきれない気持ちであったはずだ。

今回『キャッチャー・イン・ザ・ライ』という物語を、大人の目で読み返してみて、もっともひしひしと感じたのは、この小説全体を貫いているそのような切なさだった。世間とうまく折り合いをつけることができず、かといって自己評価の軸を自分の中に打ち立てることもかなわず、あっちに揺れ、こっちに揺れしながら、うつうつとしている一人の少年の姿――それは多かれ少なかれ僕ら自身の姿でもあるのだけれど――

が、僕らの前に浮かび上がってくる。饒舌の壁を築き、ユーモアに紛らわせ、時にはむやみに強がったりしながらも、その切なさは一貫してそこにある。というかその切なさは、ユーモアで紛らわしたり、饒舌で隠したりしないことには、抱えきることができないほど深刻なものだったのだろう。

そして今回再読して、そういう少年期の切なさを、ひしひしと肌身に感じとることによって、僕は最初に読んだときよりもずっと、このサリンジャーという作者に対して、自然な親しみと共感を抱くことができたような気がする。高校生として初めてこの本を読んだときには、そのしなやかな感覚や、自由自在な文体や、突飛なレトリックや、ニューヨークの街の生き生きとした描写なんかに、いちばん心を惹かれたような記憶があるのだけれど。

結局のところ、『キャッチャー・イン・ザ・ライ』という小説は、世の中のほとんどの人々が自分の姿をそこに映すことのできる、個人的な鏡として機能してきたのだという気がする。そのとき、その人が立っている場所によって、光の加減や向いている角度によって、おそらくそこには様々に違った姿が鮮やかに映し出されることになる。そういう多面的な検証に、長期的にわたって耐えられる小説は、僕の読書経験から言っても、それほどたくさんあるものではない。だからこそ、アメリカで出版されてから半世紀以上を経ているこの小説が、いささか風変わりな十六歳の少年の個人的物語が、今でも驚くほど数多くの人々（その大半は若者たちだ）の手に取られ、熱心にそして切実に読まれているわけだし、これからもまた同じように、多くの人々に読み継がれていくことになるのだろう。あらためてそう確信させられた。『キャッチャー・イン・ザ・ライ』という作品を、文芸批評的な角度から細かく批判するのはそれほどむずかしいことではないだろう。感情的好き嫌いで片づけてしまうことも可能だ。しかし『キャッチャー・イン・ザ・ライ』に代わって、『キャッチャー・イン・ザ・ライ』的な役割を果たすことのできる小説は、ほかにないはずだ。僕が今更こんなことを言い立ててもしょうがないわけだが、まさに唯一無二の小説である。

準古典小説としての『ロング・グッドバイ』

早川書房から『ロング・グッドバイ』を出したとき、「ミステリマガジン」（2007年4月号）のために書きました。本書のあとがきを雑誌用に短くまとめたものです。このあとがきはずいぶん長いものなので、それを読むのは面倒だという方はこちらを読んで下さい。チャンドラーについては書きたいことがいっぱいあって、ついつい文章が長くなってしまう。

チャンドラーの『ロング・グッドバイ（長いお別れ）』を最初に読んだのは高校生のときで、それ以来四十年ほどにわたって、折に触れてはこの本を繰り返し読んできた。まず日本語の翻訳（清水俊二訳）で読み、それから英語の原文で読んだ。あとはそのときの気分で翻訳を読んだり、原文を読んだりしてきた。初めから終わりまで通して読むこともあれば、適当なページを開いてその部分だけを拾い読みすることもあった。一枚の大きな油絵を遠くから眺めたり、近くによって細部を眺めたりするみたいに。だから細かいところまでいちいちよく覚えている。

それではどうして僕はこの『ロング・グッドバイ』という小説を、それほど何度も何度もくり返して読むことになったのだろう？　それとも逆の言い方をした方が話はわかりやすいかもしれない。それだけ繰り返し読んでも、どうして読み飽きることがなかったのだろう？

この本を読み飽きない理由としては、まずだいいちに文章のうまさがあげられるだろう。チャンドラー独特の闊達（かったつ）な文体は、この『ロング・グッドバイ』において間違いなく最高点をマークしている。最初にこの小説を読んだとき、その文体の「普通でなさ」に僕はまさに仰天してしまった。こんなものがありなのか、と。チャンドラーの文章はあらゆる意味合いにおいてきわめて個人的なものであり、オリジナルなものであり、ほかの誰にも真似（まね）することのできない種類のものだった。チャンドラーの生きているあいだも、その死後も、彼の文体を真似しようと試みたものは数多くいたが、たいていはうまくいかなかった。そういう意味では彼の存在は、ジャズにおけるチャーリー・パーカーの存在に似たところがあるかもしれない。その語法を借り受けることは可能だ。というか、その語法は今では貴重なパブリック・ドメイン（文化的共有資産）となっている。しかしそのスタイル＝文体の核心をものにすることは誰にもできない。それはあくまで純粋に、一人の個人に属する私有資産であるからだ。文章を（おおむね）そのままなぞることはできる。しかしなぞられた文体からは、ほとんどの場合、もともとあった生命が消えてしまっている。

チャンドラーの文章のどこが、どのように特異でありオリジナルであるのかという僕なりの分析は、本書（単行本）のかなり長いあとがきの中でより深くおこなってみたいし、『ロング・グッドバイ』という小説の構造的な素晴らしさについても、そこでできるだけ多くを語りたい。そしてまた、この本がどのようなかたちで小説家である僕に感化を与えたかということについても。興味のある方は一読していただければと思う。

『ロング・グッドバイ』にはご存じのように、すでに清水俊二氏の手になる翻訳『長いお別れ』があり、これも同じ早川書房から出版されている。この本の訳題をあえて『ロング・グッドバイ』としたのには、清水氏の既訳と区別をつけるためという理由もある。先にも述べたように、僕も清水氏の翻訳によって最初に『ロング・グッドバイ』という小説を知った。とても読みやすい優れた翻訳である。ただ「ハヤカワ・ポケット・ミステリ」のためにこの翻訳がなされたのは一九五八年のことであり、この文章を書いている時点ではそろそろ刊行後半世紀を迎えようとしている。僕は翻訳というものは家屋にたとえるなら、二十五年でそろそろ補修にかかり、五十年で大きく改築する、あるいは新築する、というのがおおよその目安ではないかと常々考えている。僕自身の翻訳についても、二十五年目を迎えたものは少しずつ補修作業に入っている。もちろん家屋と同じように、それぞれの翻訳によって経年劣化に多少の差があるのは当然だが、五十年も経過すれば（たとえ途中でいくらかの補修があったにせよ）さすがに、選ばれた言葉や表現の古さがだんだん目につくようになってくる。

言葉ばかりではなく、翻訳の方法そのものをとってみても、そこには大きな変遷がある。翻訳技術も着実に進化している。またインターネットの登場以来とくに顕著に言えることなのだが、他文化や他言語についての情報量も、また作家や作品の背景についての情報量も、昔と今とでは圧倒的に違う。そういう意味では、僕がこんなことを言うのは僭越に過ぎるかもしれないが、この『ロング・グッドバイ』の新しい訳を世に問うには、今はまず妥当なタイミングであると言えるかもしれない。具体的な経緯を述べるなら、二年以上前のことになるが、早川書房編集部から本書を翻訳してみる気持ちはないかという打診があり、僕としても前々からやりたいと思っていたことなので、二つ返事でお引き受けした。

もうひとつ、僕があえて再訳に挑戦してみたいと思った理由として、清水氏の翻訳

『長いお別れ』ではかなり多くの文章が、あるいはまた文章の細部が、おそらくは意図的に省かれているという事実がある。これは長年にわたって、チャンドラーの小説を愛好する多くの人が、少なからず不満とするところでもあった。清水氏がどのような理由や事情で、細かい部分をこれほど大幅に削って訳されたのか、僕にはその理由はもちろんわからない。それが出版社の意向であったのか、あるいは訳者自身の意向であったのか、それも知るところではない。しかし一九五八年の時点においては（アメリカでの刊行後まだ四年しか経っていない）、文章家としてのチャンドラーの価値が、少なくとも日本では、まだじゅうぶんに認められていなかったし、そのことがおそらくは「文章が全体的に短く刈り込まれた」ひとつの大きな要因になっているのではないかと推測される。あるいはもっと一般的な意味で、「ミステリ小説はそれほど細かいところまで正確に訳す必要はない、筋と雰囲気さえちゃんとわかればいい」という通念が当時はあったのかもしれない。半世紀を経た今となっては、そのへんの事情は謎（なぞ）に包まれている。

ただ、清水氏の名誉のために声を大にして言い添えておくなら、清水訳が「たとえ細部を端折って訳してあったとしても、そんなこととは無関係に、何の不足もなく愉（たの）しく読める、生き生きした読み物になっている」ということは、万人の認めるところだし、氏の手になる『長いお別れ』が日本のミステリの歴史に与えた影響はまことに多大なものがある。その功績は大いにたたえられて然るべきものだし、僕としても先輩の訳業に深く、率直に敬意を表したい。なにしろ僕も清水さんの翻訳で初めてこの小説を読んで、感服してしまったわけなのだから、個人的にも感謝しないわけにはいかない。いずれにせよ、古き良き時代ののんびりとした翻訳というか、あまり細かいことに拘泥しない、大人の風格のある翻訳である。

しかしそれはそれとして、今日におけるレイモンド・チャンドラーという作家の重要性を考慮するとき、そして彼の作品群の中におけるこの作品の位置を考えるとき、「完訳版」というべきか、いちおうひととおり細かいところまで訳され、現代の感覚（に近いもの）で洗い直された『ロング・グッドバイ』が清水訳と並行するかたちで存在していいはずだし、また存在するべきであろうというのが僕の考え方である。基本的なことを言えば、同時代作品としていきおいをつけて訳された清水訳と、いわば「準古典」としてより厳密に訳された村上訳という捉え方をしていただいてもいいかもしれない。言うまでもないことだが、「できることなら完全な翻訳を読みたい」と考えるか、あるいは「多少削ってあっても愉しく読めればいい」と考えるかは、ひとえに個々の読者の選択にまかされている。あるいは両方の翻訳を併せて楽しみたいという熱心な読者も中にはおられるかもしれない。実際にそうしていただければ、僕としてはとても嬉しいのだが。

へら鹿を追って

これも『ロング・グッドバイ』と同じように『さよなら、愛しい人』のあとがきを短くして、「ミステリマガジン」（２００９年５月号）に掲載したものです。僕はだいたい二年に一冊のペースで、チャンドラーの長編小説の翻訳を出しています。これは仕事というより、もう完全に趣味の世界みたいになっています。チャンドラーを訳すのって本当に楽しいんです。

チャンドラーの残した七冊の長編小説からベストスリーを選べと言われたら、多くの読者はおそらく『ロング・グッドバイ』と、『大いなる眠り』とこの『さよなら、愛しい人』を選ばれるのではないだろうか。僕の場合もやはり同じ選択になる。だから『ロング・グッドバイ』のあとで、本書を翻訳するという順番には、ほとんど迷いはなかった。なんといっても個人的に大好きな作品である。

最初に読んだのは高校生のときで、この話について僕の頭に残ったのは、やたら腕っ節の強い巨漢ムース（へら鹿）・マロイの姿と、マーロウが単身賭博船に乗り込んでいくシーンである。話の細かい筋は忘れてしまったが、その二つのイメージがずっと頭に焼き付いて残っていた。そういうくっきりとしたいくつかのイメージを残していけるというのは、やはり優れた小説の資格のひとつなのではあるまいかと思う。読んだときは感心しても、あるいはそれなりに感動すらしても、ある程度時間が経過したら結局なんにもイメージが残っていないという作品も、世の中には決して少なくない。

　チャンドラーがそういう鮮やかなイメージを、それぞれの作品ごとに読者の脳裏に、あるいは手のひらに確実に残していけるというのは、やはりこの人の作家としての懐の深さと、圧倒的なまでの文章力のおかげだろう。この『さよなら、愛しい人』を翻訳していて、あらためてそのことを実感した。この人の書く文章には芯があり、ドライブがある。冒頭の三章を読んだだけでも、その描写の的確さとリズムの良さをしっかり感じ取っていただけるのではないかと思う。

『さよなら、愛しい人』はチャンドラーが『大いなる眠り』に続いて出版した二冊目の、フィリップ・マーロウを主人公とする長編小説である。一九四〇年に書き上げられ、その年にクノップフ社から刊行された。ヨーロッパでは既に大きな戦争が始まっていた。アメリカはまだそこには参戦していないものの、大きな暴力の気配はあたりに満ちていた。英国で少年時代を送ったチャンドラーは欧州大陸での戦争の進行に気を取られ、なかなか執筆に気持ちを集中できなかったようだ。

『さよなら、愛しい人』のハードカバーの初版発行部数はわずか二千九百部、当時の売上げはアメリカで一万一千部、英国で四千部という、今ではちょっと考えられないようなささやかな数だった。この当時の小説家の多くが長編小説で印税を得るよりは、主に短編を雑誌に売ることによって生計を立てていたとはいえ、これはあまりにも少ない売上げだ。出版社はその手の本にしてはパブリシティーに金をかけたが、世間にはミステリの新刊書が溢（あふ）れかえっていたし、その市場で一般の人々の注目を集めるのは簡単なことではない。批評家たちにはおおむね見過ごされ、新聞や雑誌に取り上げられることもほとんどなかったが、取り上げた数少ない批評家は手放しで「素晴らしい」と絶賛した。しかしそのような声も残念ながら、一般的な売れ行きにはとくに影響を及ぼさなかったようだ。

クノップフ社の社長アルフレッド・クノップフはチャンドラーの本を個人的に高く

評価し、良いイメージを保つために、安価な（そしてあまり品の良くない）ペーパーバック版を出すことを好まなかった。そのせいもあって、売上げ部数はチャンドラーにとって不本意なままに留まっていた。『大いなる眠り』もすでにハードカバー版が途絶え、読みたいと思えば図書館に行かなくてはならないような状態になっていた。しかしそれでも、チャンドラーの書く「マーロウもの」は口コミで地道に、確実に評判をあげつつあった。とはいえチャンドラーがブレークするにはまだ時間がかかる。彼が本当に広い人気と高い評価を得たのは、むしろその死後だ。

　この『さよなら、愛しい人』はすでに雑誌に発表した三つの長めの短編小説をもとにして書かれている。「トライ・ザ・ガール」（一九三七年一月）と「翡翠」（一九三七年十一月）と「犬が好きだった男」（一九三六年三月）である。当時、『さよなら、愛しい人』と同時進行で書かれていた『湖中の女』は、やはり同じように短編小説「ベイシティ・ブルース」（一九三八年六月）と「レイディ・イン・ザ・レイク」（一九三九年一月）をもとにしている。当時のパルプ雑誌はほとんど使い捨てみたいなものだから、著者が作品の使い回しをしてもとくに誰も気に留めない。チャンドラーはそのような短編小説の中身を転用する作業を「カニバライジング（屍肉漁り）」と自嘲的に呼んだ。カニバライジングをすれば新たに物語をつくるための時間が節約できるから便利だろうとはたから見れば思うのだが、チャンドラーの場合には逆にその作業にずいぶん時間を食ったようだ。彼は書き下ろしの長編小説執筆には特別な気合いを入れて臨んでいたし、そこにクオリティーを求めていた。そしてチャンドラーが自らに求めたクオリティーはかなり高い水準のものだった。だからもとあったもの——生活のためにさらさらと書き散らされたもの——をみっちりと書き直していると、白紙から書くよりも、かえって時間を食ってしまったわけだ。それから、もともと独立して書かれたいくつかの短編小説を、ひとつのまとまった話としてうまく組み合わせ、縫合するのにそれなりに手間がかかった（そしてその努力にもかかわらず、結果的に見ると完全には整合できてはいない。あちこちに細かいほころびのようなものが見受けられる）。

おまけにこの作品を執筆中にもかかわらず、彼は愛国心に駆られ、一九三九年九月、すでに対独戦に参戦していたカナダ陸軍に志願している。しかし主に年齢のせいで志願は却下された。もしそのとき彼が陸軍にそのまま受け入れられていたら、あるいはこの『さよなら、愛しい人』は日の目を見ていなかったかもしれない。そう考えるとちょっと怖い気がする。それほど身体剛健とも言えそうにない五十一歳のミステリ作家を、兵士として受け入れることにあまり積極的ではなかったカナダ陸軍に対して、我々としては深く謝意を表したいところである。

『ロング・グッドバイ』が最初に刊行されたのが一九五三年で、この『さよなら、愛しい人』が一九四〇年、そのあいだには十三年の歳月が流れている。『ロング・グッドバイ』をお読みになった読者もおそらく同じように感じられると思うのだが、本書におけるフィリップ・マーロウはまだ若い。年齢は明らかにされてはいないし、設定としてはそれほどの年齢差はないはずだが（ご存じのようにシリーズものの私立探偵や警官はほとんど歳を取らない）、読んでいる印象では「ずいぶん違うな」と思う。マーロウはどちらでも同じようにシニカルな口をきいて、他人の気に障る冗談を好んで口にするが（おかげでしばしば痛い目にあわされる）、『ロング・グッドバイ』のマーロウが中年男の微妙に抑制された苦渋のようなものを漂わせているのに比べると、本書のマーロウの言動に感じられるのは、三十前後の男の、いくぶん軽みのあるシニシズムである。それぞれに持ち味があるわけだが、すでに中年を通り越した僕としては、『ロング・グッドバイ』のマーロウの方により自然な共感を覚えてしまう。『さよなら、愛しい人』のマーロウの言動を訳していると、訳しながら「おいおい、君も若かったんだなあ」とつい苦笑してしまうところがいくつかあった。しかしもちろん、若き日々のマーロウの、持ち前の含羞(がんしゅう)がついやくざっぽい水路を辿(たど)ってしまう心持ちもじゅうぶんに理解できるし、それはそれとしてなかなか魅力的だ。一九五〇年代、若き日のロバート・ミッチャムの醸(かも)し出していたような、「優しき酷薄さ」もそこにはうっすらと感じ取れる。ただしこの本を原作にした映画『さらば愛しき女よ』に主演したときのミッチャムはすでに六十歳に近く、いささか収まりが強すぎるように思った。

訳者としてはこの翻訳作業を心から楽しむことができた。チャンドラーくらい訳していて楽しい作家はいない。ひとつひとつの家屋や、ひとつひとつの敷石が意味を持った街路を歩いていくようなもので、何度往復しても興趣(きょうしゅ)が尽きることはない。朝に長編小説を執筆し、午後に本書を翻訳して疲れを癒(いや)す、という日々を何ヵ月か送った。この訳稿の中に、そのような喜びと感謝の気持ちをいくらかなりとも感じ取っていただけたとしたら、訳者にとってそれにまさる喜びはない。

スティーヴン・キングの絶望と愛——良質の恐怖表現

1985年6月に北宋社から出た『モダンホラーとU.S.A.——スティーヴン・キングの研究読本』という本のために書いたものです。当時はキングさんは今ほど有名ではなかった。だから僕としては彼の作品の優れた点を、広くアピールしたかったわけです。最近新しく出た彼の作品はそんなに熱心に読んでいないけど、当時は新刊が出るとすぐに買って読んでいました。

初めて読んだスティーヴン・キングは『キャリー』だったが、正直言ってこの小説はもうひとつ好きになれなかった。まず第一に後味があまり良くないし、サイコキネシスという道具だてもとくに目新しいわけではない。なかなか面白く書けていることは認めるが、だからといってスティーヴン・キングという名前が頭にしっかり焼きつくほどの強烈な印象は受けなかった。

僕がキングを他の凡百のホラー・ストーリー・ライターとは区別して考えるようになったのは第二作の『セイラムズ・ロット』（邦題『呪（のろ）われた町』）からだった。この小説は冒頭の数行から「おや」と思わせるような密度の濃い緊迫感があって、結末はあいかわらず暗いものの、後味は決して悪くない。それが次の『シャイニング』になるとストーリーはジェットコースター的な凄味（すごみ）を帯びはじめ、あれよあれよと言う間にキングは文字どおりモダン・ホラーの王者（キング）へとのしあがってしまった。それ以来キングの小説は殆（ほと）んど全部読んでいる。ファンと言ってもいいくらいである。

僕はもともとラヴクラフトとかハワードの小説は大好きで、ポオなんかよりはそういう人々に学ぶところの多かった人間だから、いわゆる通俗怪奇ものにはかなり点が甘い方だと思う。

しかしスティーヴン・キングの小説を僕が面白いと感じるのは、そのような怪奇的な側面においてばかりではない。僕が彼の小説についていちばん面白いと思うのは、それが喚起する感情の質である。

とかく見逃されがちなことだけれど、怪奇小説（ホラー・ストーリー）においていちばん大事な要素は、それがどれだけ読者を怖がらせるかということではない。ただ単に怖がらせるだけなら、ちょっと腕の良いストーリー・テラーになら誰だってそれくらいのものは書ける。問題はそれがどれだけ読者を不安（uneasy）にさせられるかというところにある。uneasyでありながらuncomfortable（不快）ではないというのが良質の怪奇小説の条件である。これはなかなかむずかしい条件だ。

そのような条件をみたすためには、作家は「自分にとっての恐怖とは何か？」ということをしっかりと把握しておかねばならない。そこではじめて彼は一級の怪奇小説作家となり得る。スティーヴン・キングと前後して登場した数多くの恐怖小説の作家たちの末路を見ればこの条件をみたすことのむずかしさはわかっていただけるのではないだろうか？

それに比べるとキングの小説は、多少の出来不出来こそあれ、読者の感情のある部分を確実にヒットしつづけている。だからこそラヴクラフトやハワードの小説を系統的に読む価値があるのと同じ意味あいで、キングの小説もやはり系統的に読まれるだけの価値はある。「何故スティーヴン・キングの小説が怖く、それが読むものの感情を刺激して不安にさせるか」と考えることによって、我々はスティーヴン・キングの定義した恐怖の質を知り、ひいては我々の世界や日常の中にひそむ内在的な恐怖を洗いだすことができるようになるからだ。

もちろんこのような作業は恐怖小説・怪奇小説という狭義的なジャンルのみにおい

て可能なわけではない。恐怖はあらゆる種類の作品やパーフォーマンスの中に息づいている。おそらく現代という時代にあって恐怖を抜きにした意識の表現は存在しえないであろうと思えるほどである。

しかしながら、狭義の怪奇小説がその狭義性の故に身につけた恐怖への集中性（それは多くの場合小説としての構築性・密度をも犠牲にしている）は他のジャンルの作品には求めることのできないものであり、それはしばしば我々に恐怖という感情の明確なストラクチャーを提示してくれる。あらゆる時代をとおして通俗的怪奇小説が我々を引きつける理由はそこにある。我々は自分の中にひそむアンイージネスを不快ではない形で明確にしてもらいたいと望んでいるのであり、そのような欲求を充たすにはいわゆる「純文学的」文学性は必ずしも必要ではないのだ。

スティーヴン・キングの考える恐怖の質はひとことで言ってしまうなら「絶望」である。スティーヴン・キングの小説の登場人物たちはその絶望の影に怯えながら、ある暫定的な価値観のもとに救いのある生活を求めようとする。それは多くの場合男女の愛であり家庭である。はじめのうちそれはうまく機能しそうに見える。しかし絶望はいつも抗うことのできないスーパー・ナチュラルな力として彼らの上にのしかかってくる。愛をもってしてもその力を押しとどめることはできない。何故なら彼らは生まれながらに体に「絶望」という刻印を押されているからである。裏返して言えば、彼らは絶望という〈救いの不在〉をとおしてしか愛を語ることができないのである。たとえば『セイラムズ・ロット』の男と少年は吸血鬼と化した恋人を殺し、両親を殺すことによって、その暫定的な愛を自らのうちにとどめることができる。『シャイニング』では父を殺すことによって、『ファイアスターター』では世界を焼き尽すことによって、『デッド・ゾーン』では逆に自らを犠牲にして世界を救うことによって、『ペット・セマタリー』ではそこに何の救いもないと知りつつ死児を再生させ、絶望のうちに死を選びとることによって、彼らはそこに愛をとどめようとする。そこには一片の救いもない。にもかかわらず彼らはそこで逆説的に愛を語っている。キングの小説がアンイージーでありながらアンコンフォタブルではないという理由はおそらくそこにある。

もうひとつ彼の絶望性が僕のシンパシーを喚起する理由は同時代性の中に求められると思う。年齢的に言っても僕と彼とは同じジェネレーションに属する。十代の大半を六〇年代のドラスティックな価値転換の中で過し、カウンター・カルチャーを経験し、政治的反乱に身を置き、七〇年代に沈黙を強いられた世代である。だから――と言うわけではないけれど、僕には彼が恐怖と絶望というフィルターをとおしてしか自己を語り、愛を語ることのできない気持が痛いほどよくわかる。彼の恐怖が反権威・反父権というかたちを借りて語られることも、その暫定的な幸福が圧倒的なまでの闇(やみ)の力によって潰(つぶ)されていくというプロセスも、メタファーのような中間的認識抜きで、生理的に共感できる。もっともこれは――シンパシーというのはだいたいそういうものだが――個人的な思い入れだ。

スティーヴン・キングに関しては「怪奇小説」という偏見抜きでもっと多くが語られるべきだし、また彼はそうされるだけの価値のある作家であるはずだ。

ティム・オブライエンがプリンストン大学に来た日のこと

「エスクァイア日本版」のために、僕が訳した彼の短編小説のイントロダクションとして書きました。１９９３年10月号に掲載。オブライエンさんにはそれ以来会っていません。行く先々ですれ違い、みたいな格好になっていて、なぜか会えない。そのうちにどこかでお目に掛かって、膝（ひざ）を交えてゆっくり話したいと思っているのですが。

何ヵ月か前、僕がプリンストン大学にいるときにちょうどティム・オブライエンが自作の朗読にやってきた。オブライエンはくたびれたスポーツ・シャツに野球帽というかなりカジュアルな格好で演壇に立って（バットをかついでいたら、そのまま、どこかの小さな町の少年野球のコーチみたいに見えただろう）、どうもなんとなく落ちつかないなという様子でまわりを見渡してから新しい長編の一部の朗読を始めた。たぶんこういう「アイヴィーリーグ英文科」的雰囲気がこの人はあまり得意ではないの

だろうなと、見ていてわかった。僕も正直にいってそういうのがあまり得意じゃないので、彼の居心地の悪さはよくわかる。オブライエンは、どうしてかはしらないけれど、始めから終わりまでとうとう一度もその野球帽を脱がなかった。そういうのもやはりプリンストン大学的アティテュードとはいえないだろうと思う。

朗読の始まる前に作家のメアリ・モリス（彼女はその頃、英文科で創作クラスを持っていた）が僕のところにやってきて、「朗読のあとで英文科主催の夕食会があるから、あなたも是非いらっしゃいよ。ティムに紹介してあげるから」と言ってくれた。メアリはボストン時代にオブライエンとけっこう親しい友達だったのだ。英文科主催の夕食会というとどうも今ひとつ食欲がわいてこないけれど、オブライエンと話せるんだからと思って、思い切って顔を出すことにした。

夕食の席ではジョイス・キャロル・オーツがずっとオブライエンの隣に座って、彼をエスコートしていた。そして食事のあいだ、なんだか知らないけれど、二人で延々とひそひそ話し込んでいた。メアリは「なんでジョイスがあんなに彼と熱心に話し込んでいるのかしら（話なんてあうわけないのにねえ……）」というようなことをぶつぶつと僕に言っていた。でもそのうちにジョイスがやっと他の人と話しはじめたので、メアリが僕にオブライエンを紹介してくれた。僕らは彼の小説の日本語訳の話をしたり、いま書いている長編の話をしたりした。話してみるとオブライエンはエバったり気取ったりというところからは程遠い「気さくなおじさん少年」という感じの人で、やはりあまり食欲がわいていないらしいことが顔つきから推察された。わかないよねえ。「今夜はここに泊まるのですか？」と尋ねると、「いや、今から車を運転してボストンに戻るよ」という答えが返ってきたので僕はいささか仰天した。だってもう夜の十時すぎだし、プリンストンからボストンまでは五時間はかかる。ボストンに着くのは夜中の三時になってしまう。「どうしてまた……」と尋ねようかとも思ったのだが、本人はどうやらそれが当然と思っているみたいなので、そのまま聞きそびれてしまった。

バッハとオースターの効用

雑誌「新潮」1994年5月号に掲載されました。ポール・オースターの何かの本の書評として書いたのだけど、それがどの本だったか、思い出せない。たぶん柴田元幸さんの訳された本だったと思う。『ムーン・パレス』だったかな？　その当時のオースターは日本では、まだ今ほどメジャーな存在ではなかった。だからオースターという人の全体像について、僕はここで語っています。オースターさんの作品から僕が受ける印象は、今でもほとんどまったく変わっていない。

ワードプロセッサーとかコンピューターとかいった機械を導入する以前、そのような文筆産業革命が僕の書斎を華々しく（というほどでもないが）席捲（せっけん）する前の世界にあっては、僕はもちろん万年筆とかボールペンを使って字を書いていた。僕は右利（き）きだから、右手で筆記具を握って、左手で原稿用紙を押さえ、枡目（ますめ）をせっせと埋めていた。それはそれでなかなか悪くはなかったと思う。そこではすべての原理は単純で明快であった。メモリーの増設やら、フォントの撤去やらについてあれこれと頭を悩ませる必要もなかった。

しかしそこにはひとつの大きな障害があった。左手に与えられた労働に比べて、右手のそれがあまりにも多すぎることだ。いちいち考えるまでもなくわかることだが、原稿用紙をじっと押さえているよりは、字を書く方がずっと大変である。だから長編小説に集中していたりすると、知らないうちに身体（からだ）のバランスが狂ってくることになった。僕は幸いなことに生まれてから一度も肩凝りを経験したことがないのだが、それでもなんとなく身体がいびつになったような気がしたものだ。そういうときには毎日体操をしたが、体操くらいでは間に合わないときには、ピアノに向かってバッハの「二声のためのインヴェンション」を弾くことにしていた。とはいっても僕はピアノを弾けるというほどは弾けない。その昔習っていたときのことを思いだしながら、ちょぼちょぼと楽譜を辿（たど）るだけである。でもそれは効いた。もし同じような症状に悩んでおられる方がいらっしゃったら試してみられるといいと思う。これは効きます。

バッハのインヴェンションというのは、ご存じのように、左手と右手とをまったく均等に動かすように設定されている。その点にかけては本当にもう異様なくらい徹底している。だから僕はもの書きになるまではこの曲集は、本質的にはピアノのテクニックをつけるための高級な、芸術性のあるマニュアルのようなものだと思っていた。でも僕はある日、これが人間の身体の、そしてその身体に結びついた精神のバランスを治癒するために、バッハという稀有の天才が作り上げた壮絶なミクロコスモスであることに気づいたのだ。だから僕は原稿書きに疲れると、ピアノの前に座ってこの曲集をとつとつと練習し、その息をのむようなシンメトリーの宇宙に心地好く身を委ねることになった。そしてバッハという人は天才かもしれないけれど、相当に変な人だったんだろうなと想像した。

　僕が最初にポール・オースターの小説を読んだときに感じたのは、それとだいたい同じ感覚だった。つまり身体のバランスの治癒のためにバッハのインヴェンションを弾いているときに抱いたのと同じ種類の心持ちを、僕はオースターの本の中に見いだしたのである。そしてその印象は彼の作品を何冊も読むごとにますます強くなっていった。それはある場合には、読書というよりはむしろリハビリテーションに似ているようにさえ思えた。

　少し前にポール・オースターに個人的に会ったときに、僕は彼にそのことを尋ねてみた。あなたの小説には音楽的に器楽的に、精密に構築されたような印象があるのだが、あなた自身は何か楽器を演奏するのだろうか、と。いや、自分は楽器は演奏しない、と彼は答えた。したいとは思うのだが、残念ながら僕には楽器を演奏することはできない。でも僕の本に対して君の抱いている印象はたぶん正しいだろう。僕は文章を書きながらいつも音楽の存在を強く感じているから、と。

僕も僕の抱いている印象はたぶん正しいと思っている。そこには本当に何かしら致命的なくらい音楽的なものがあるのだ。もし彼の小説の中に思弁があるとすれば、メッセージがあるとすれば、それは非常に音楽的な（つまり非常に記号的な）思弁であり、メッセージであるはずだ。ポール・オースターの作品を読む心地好さというのは、そのような純粋な、ある意味では物理的な器楽性に身を委ねることにあるのではないかと僕は思う。少なくとも僕個人にとってはそうだ。飲み物を手にソファに腰をおろし、ポール・オースターの新しい小説の最初のページを開き、これからやってくるであろうものを待ち受ける。間違いなく、それはやってくる。バッハのインヴェンションが楽譜のどのページを開いても必ずその効果をいかんなく発揮してくれるように。

しかしもちろんバッハのインヴェンションがストラクチャーの概念だけで成立しているのではないように、オースターの小説もまたストラクチャーの概念だけで成立しているわけではない。バッハの、あるいはオースターの創作者として真に傑出した点は、その「入れ物」と、その中に収められた「内容物」とが、表裏一体といってもいいくらい強力かつ必然的な相補関係を有しているところにある。彼の小説の中にまるでオブセッションのように繰り返し出てくる、登場人物の名前を巡るネーム・ゲーム、アイデンティティーの等価互換性、縦糸のモチーフとしての血縁、横糸のモチーフとしての絶え間なき空間移動、それらのモチーフの連結の可能性をどこまでも拡大する偶然性（チャンス）、提示されたひとつの原則の追求に対する圧倒的な狂信的な熱意、そしてその果てにある純粋思考に対する憧憬。それらのファクターはオースターの紡ぎだす物語の重要なマテリアルであると同時に、その物語を自在に受け入れるストラクチャーの構築性についての言及そのものでもある。僕らは彼の提出する魅惑的な物語（旋律）を辿りながら、しらずしらずのうちに小説そのものの対位法的胎内めぐりをすることができるのだ。この、まるで春の昼下がりの縁側で耳掃除の名人に耳を掃除してもらうような心地好さというものは、こういってはなんだけれど、わかる人にしかわからないのではないか。

小説の内容については、ここではあえて多くを語らない。いちいち説明するまでもなく、読めばわかる面白い話だし、実によく書けているとしか僕にはいいようがない。オースターという作家の小説に出来不出来があるのかどうか、僕にはもうひとつよくわからないが（正確な意味ではないような気もする）、個人的には今回も前回に劣らずとても楽しく読んだ。そしてもちろんいつものように肉体的な効用もあった。しかしそれはなんといってもすごいことだと思いませんか？　僕は絶対にすごいことだと思う。

グレイス・ペイリーの中毒的「歯ごたえ」

文藝春秋が出している「本の話」という刊行物に書きました。1999年6月号。『最後の瞬間のすごく大きな変化』という彼女の短編小説集を僕が翻訳して、それが出版されたときに書いたものです。ペイリーの作品にはいささかとっつきにくいところがあります。でもじっくり読んでいくと、本当に生き生きとした面白い小説世界がそこにあります。彼女にしか作り出せない特別な世界が。是非一度手に取ってみて下さい。

アメリカのベテラン女流作家、グレイス・ペイリーの小説が、これまでまとまったかたちで日本で一度も出版されていないのは、考えてみればちょっと意外でもあるわけだが、同時にまた「まあ、しょうがないかな」という部分もなくはなく、なかなか微妙なところである。「意外」というのは、グレイス・ペイリーがアメリカの文学界できわめて高く評価されている作家であり、このクラスの作家が日本に紹介されないのは、どう考えても不自然だということだが、それでも「まあ、しょうがないかな」と思ってしまうのは、ペイリーさんが文体的にも内容的にも、相当に癖のある作家であるからだ。翻訳する人間にとっても、またそれを読む読者にとっても、ペイリーさんの作品とかかわり合うに際しては、いささかの覚悟が必要である。それくらい癖と「歯ごたえ」のある小説なのだ。日本の作家でいえば……と考えてみたのだが、とりあえず一人も思いつけなかった。

グレイス・ペイリーは一九二二年に、ロシアからやってきたユダヤ系移民の娘として、ニューヨーク市の下町に生まれた。両親の影響もあって、ユダヤ人としての民族的アイデンティティーに対してきわめて意識的であり、長年にわたって左翼的な政治活動に積極的にうちこんできた。また二人の息子を、女手一つで育てあげたタフなおっかさんでもあり、近年はフェミニズムの運動にも深くかかわっている。おまけに（という言い方はなんだけど、すみません）詩人である。

よしてくれよ、そんな作家の小説なんて読みたくないよ、とあなたはおっしゃるかもしれない。「まるで純文学じゃないか」と。その気持ちは、僕にもわからなくもない。ところが読んでみると、これがめっぽう面白いのだ。

グレイス・ペイリーの物語と文体には、いったんはまりこむと、もうこれなしにはいられなくなるという、不思議な中毒性がある。ごつごつとしながらも流麗、ぶっきらぼうだが親切、戦闘的にして人情溢れ、即物的にして耽美的、庶民的にして高踏的、わけはわからないけどよくわかる、男なんかクソくらえだけど大好き、というどこをとっても二律背反的に難儀なその文体が、逆にいとおしくてたまらなくなってしまうのである。その文体は彼女のまぎれもないシグネチャーであり、真似しようと思っても（そんなことを考える人が実際にいるとも思えないが）、誰にも真似することのできないものだ。

というわけで彼女の小説には熱狂的なファンが多い。僕は何年か前にニューヨークで行われた彼女の朗読会に出かけて、会場の熱気に圧倒されてしまったことがある。そのときの会場を満席にした聴衆のおおかたは女性であった。

僕は朗読会のあとで、ペイリーさんと会って少し話をしたのだが、いかにもさっぱりとしたきさくなおばさんという感じで、お上品な東部の「閨秀作家」というイメージからはほど遠い。小柄で、髪は雪のように真っ白だが、眼光鋭く、「矍鑠」ということばがぴったりとくる。「あ、そう、あなたが翻訳してくれるんだ。ふうん、がんばってよね」と言って、持参した本にサインをしてくれた。伝説的な作家だとか、オーラがどうこうというようなところは、まるでない人だ。僕はすごく好感を持った。

ペイリーの語り口でいちばん素晴らしいと思うのは、そのユーモアの感覚である。どんな暗い深刻なことを書いていても、どこかに思わずくすっと笑ってしまう部分がある（実際、朗読会場はしばしば笑いであふれていた）。彼女のユーモアは、いわゆるニューヨーカーの諧謔で、まじめくさった顔で早口でちょっとひねったおかしなことを言って、「いや、べつにいいのよ。わかってもわからなくても」という感じで、恥ずかしそうに、すぐにさっと次の話題に移る。このへんは、やはりユダヤ系ニューヨーカーのウディー・アレンの語り口に共通するところがあるかもしれない。おかしいのだけれど、でもその根っこの部分はすごくきまじめで、シリアスである。でもそのシリアスさをそのままむき出しにして出すのは恥ずかしいというのが、都会人である。そのへんの表裏のリズムの取り方がいうなればペイリーの真骨頂であり、また同時に、翻訳でその味を出すのがたいへんにむずかしいところでもある。僕がこれまでにやった翻訳の中では「難度ナンバーワン」であると言って間違いないと思う。完成するまでにすごく時間がかかった。でもやりがいはあったし、とても楽しかった。

ペイリーさんはなにしろ伝説的なまでに寡作な作家で、一九五九年に最初の短編集を出して以来、この四十年間にたった三冊しか短編集を出していない。熱心な読者はそれを大事に熟読玩味し、まるで質の良いするめを噛むみたいに、何度も何度もじっくり味わっているわけだ。この『最後の瞬間のすごく大きな変化』は、彼女の二冊目の短編集で、一九七四年に発表された。でも今読んでも、ちっとも古くなっていない。

僕としてはとくに女性の小説好きに、この短編集を手にとっていただきたいと願うのだが、もちろん男性が読まれてもちっともかまわない。楽しめるはずです（僕も男性だけど、楽しめた）。僕はこれからも彼女の短編集をひきつづき訳していこうと思っているのだが、次の翻訳が完成するまでにまだしばらく時間がかかると予想されるので、しばらくは本書をじっくりと味わっていただければと希望するものである。オリジナル・テキストの「質の良いするめ」的な味わいが、翻訳の中にも引き継がれていると嬉しいのだけれど。

（註：グレイス・ペイリーはこの原稿を書いたあと、二〇〇七年に亡くなった）

レイモンド・カーヴァーの世界

朝日新聞社が出したムック「世界の文学39」に収録された文章。2000年2月に刊行されました。レイモンド・カーヴァーについてはずいぶんいっぱいいろんなところで文章を書いたけれど、これくらいの長さで「人物紹介」みたいな体裁で書いたのは、これが初めてだったような気がします。カーヴァーについてはたくさん語りたいことがあるけれど、まずは少しでも多くの人に彼の作品を読んでもらいたい、というのが率直な気持ちです。

レイモンド・カーヴァーの作品を最初に翻訳したのは一九八三年のことだった。「足もとに流れる深い川」（一九七五年発表）という題の短編小説だった。何かのアンソロジーに入っていたその作品をたまたま読んで、「これはすごい小説だ」と心を打たれ、矢も楯（たて）もたまらず一気に翻訳してしまったのだ。

そしてその翌年にはワシントン州オリンピック半島にある彼の家を訪れて、親しく話をすることができた。その時点では、彼の書いた作品を残らず自分の手で翻訳することになるだろうなんて、まったく思いもつかなかったのだけれど。

思えばそれからの歳月のあいだに、レイモンド・カーヴァーをめぐる状況もすっかり様変わりしてしまった。一九八〇年代の初めには、おそらくほとんどの一般的なアメリカ人は彼の名前さえ耳にしたことがなかっただろう。でもその晩年にかけて徐々に文学的評価が高まり、彼が肺癌(はいがん)に冒されて、まだ五十歳の若さで亡(な)くなるとともに、その名前は神話的な響きさえ帯びるようになった。

またそれから数年が経過すると一部では（まあだいたい予想されることではあるのだが）、その揺り戻しのようなものがあった。しかしごく公正に見て、レイモンド・カーヴァーがアメリカの短編小説という系譜の中で、確固たる独自の場所を獲得することのできた優れた作家であることは、まず否定しがたい事実だろう。

彼の名前はアメリカ文学史の中のしかるべきスペースを埋めるだろうし、彼の残した六十五編に及ぶ短編小説のうち少なくとも半ダースの作品は、古典として長く読み継がれていくだろう。位置としてはだいたい、スタインベックとコールドウェルのあいだくらいに落ちつくのではないかと、僕はひそかに考えているのだが。

もちろんカーヴァーは天才的な作家ではあるけれど、彼にはいかにも天才肌というところはなかった。「俺は好きに書いているんだ。わかる人にだけわかればいいんだ」というような上から見おろす姿勢は彼のとるところではなかった。彼は一人でも多くの人に語りかけるために、あるいは自分自身に向かってより深く話しかけるために、平明で簡潔で日常的な言葉だけを用いて小説を書き、また詩を書いた。それが作家としての彼がとった、首尾一貫した態度だった。

もちろんそれだけではない。彼の作品のあちらこちらには、はっとするような何かしら奇妙な非日常性が潜み、思わず吹き出してしまうような開けっぴろげなユーモア感覚があった。胸を刺すようなリアリティーがあった。一度読み出したら理屈抜きで最後まで一気に読ませてしまうような力強いドライブ感、それがカーヴァーの作品の持ち味だった。こういうのはやはりもって生まれた「才能」と呼ぶ以外にあるまい。

彼はオレゴン州の田舎町の貧しい製材職人の息子として生まれ、文化的洗練とはとことん無縁の世界で成長した。高校時代の恋人と十代で結婚し、小さな子供たちを抱えて日々の生活に追われ、人生に対する淡い幻滅を感じながら、その中でだんだん文学に目覚めていった。

彼の前半の人生は苦難と失望に満ちたものだった。失業を経験し、アルコールに溺れ、破産宣告を受け、妻と子供たちに去られ、友人たちには愛想を尽かされ、人生のどん底にまで落ちた。しかしそれでも、彼は文学を追究することをあきらめなかった。そのような「自分は結局のところ、ただのアメリカの庶民なのだ。そのアメリカの庶民として、自分には語らなくてはならないものがあるのだ」という矜持のようなものが、彼の文学世界の中にはきっちりとある。それは長い間アメリカ文学の中でなおざりにされてきた視点だったし、彼の作品は一九八〇年代のアメリカの文学シーンに、新鮮な活力を注入することになった。

制度的言語や、余分な装飾的形容を全部取り去って、そのあとにどれだけ自分の魂を「物語」というかたちで正直に、そして温かく吐露できるか、それが彼の目指した文学的地点だった。そのためにカーヴァーは、「何もそこまでやることもないんじゃないか」と言いたくなるくらい何度も何度も作品を書き直し、綿密に練り直した。完成して既に出版された作品でも、気に入らなければ、また手を入れて稿を重ねた。

おかげで翻訳者としては数々のヴァージョン違いに頭を痛めるわけだが、それでもそのような彼の足どりを検証するたびに、「この人は小説を書くということに対して掛け値なしに真剣だったんだな」と思い、心を打たれ、また襟を正すことになる。

会った人がみんな口を揃えて言うように、偉そうじゃない人だった。エバラない小説を書く、エバラない詩を書く、エバラない人だった。彼は後年詩人のテス・ギャラガーと巡り合い、生活を共にするようになった。アルコールを断ち、生活を建て直し、彼自身が「セカンド・ライフ」と呼んだ静かな環境の中で、多くの優れた作品を生みだすことになった。テスはまだ彼の書斎を、そのままのかたちで保存している。彼のタイプライターにはまだ真っ白な紙がはさまれている。最初の一行を待ちつづけているかのように。

スコット・フィッツジェラルド――ジャズ・エイジの旗手

これも前出のカーヴァーについての文章と同じく、朝日新聞社が出したムック「世界の文学39」に収録されています。2000年2月に刊行。アメリカ現代文学を紹介する号だった。フィッツジェラルドとカーヴァーについての文章を同じところに書くというのも、なんだか不思議な取り合わせみたいだけど、どちらも好きなんだからこれはしょうがないですね。

スコット・フィッツジェラルドとは、いうなれば、アメリカという国の青春期の、激しく美しい発露であった。その吐息が空中でふっと神話的に結晶したもの、それがフィッツジェラルドの作品群であり、またその人だった。彼はアメリカという国の持つもっともナイーブでロマンティックな部分を、その魂の静かな震えを、自然な生命ある言葉で鮮やかに描き出し、美しく陰影のある物語のかたちに託した。

一九二〇年代のアメリカはスコット・フィッツジェラルドという作家を、時代の語り部として求めていたし、彼は一も二もなく進んでその招きに応じた。その絶頂にあっては、すべての旗が彼に向かってたなびいているようにさえ見えた。フィッツジェラルドの描き出す物語の美しい陰影が、やがては深い闇にかわって、作者自身をその中にすっぽりと呑み込んでいくであろうとは、誰にも予測することができなかった。

一九一八年、ドイツが休戦条約に調印し、第一次大戦が終結したとき、フィッツジェラルドは軍服のよく似合う、きりっとハンサムな少尉だった。しかしいったんその軍服を脱いでしまえば、これという取り柄もないただの普通の青年に逆戻りすることになる。

財産もなく、コネもない。人並み以上に持ち合わせているのは、高いプライドと膨らんだエゴくらいのものだ。彼は成績不良のためにプリンストン大学を中退し、あまりぱっとしない広告代理店に職を見つけ、あまりぱっとしない広告のためのコピーを書くことになる。小説家として大成したいという夢を持ち、長い期間にわたってこつこつと作品を書き続けてきたのだが、持ち込んだ出版社はなかなか首を縦に振ってはくれない。

彼は戦争中に任地のアラバマで知り合った一人の美しい娘を愛していた。「ジョージア州とアラバマ州を合わせて、並ぶものなき美女」と呼ばれていた、才気煥発で向こうっ気の強いゼルダ・セイヤーだ。彼女もフィッツジェラルドのことを愛してはいたのだが、残念ながら無一文の男と結婚するつもりはまったくなかった。ゼルダは何不足なく育った南部の名家の娘で、結婚して貧乏暮らしをするくらいなら、死んだ方がまだましだと考えていた。

彼女がどこかの資産家の息子と結婚してしまう前に、なんとか早く自分が有名にならなくては、そしてまとまった金を手にしなくては……、ゼルダを手に入れたいという一途な熱い思いをエネルギーとして、彼は無我夢中で小説を書きつづける。とにかく小説家になるしか彼には道はないのだ。そしてもちろん、奇跡が起きる。

彼がようやく完成させた処女作は、スクリブナーズ社の若き編集者マックスウェル・パーキンズの尽力によって（会社上層部の反対を押し切って）、なんとか出版にこぎつけることができた。そしてその斬新な『楽園のこちら側』（一九二〇年）は、若い世代の読者の熱い共感を得て（そして旧世代に大きなショックを与えつつ）、圧倒的な話題作となり、フィッツジェラルドは一夜にして文壇の、時代の輝かしい寵児となる。そしてまさに夢見た通りに、ゼルダはスコットの腕の中に飛び込んできた。

おとぎ話だ。才気溢れる、まだ二十代初めの美男美女。新聞は二人のことを「プリンス・スコットとプリンセス・ゼルダ」と呼んだ。

ときは一九二〇年、アメリカは未曾有の好景気にわきたっていた。スコットの文名はますます上がり、世界は彼らに門戸を大きく開き、金は黙っていても懐にころがりこんできた。美女と名声と金、そして上流社会での優雅な生活。故郷ミネソタでの少年時代から密かに胸にはぐくんできた彼の「冬の夢」は、ひとつ残らず現実のものとなったのだ。それも彼の予想を遥かに超えたスケールで。

スコットとゼルダは湯水のように金をつかい、若さにまかせて無軌道な生活をつづけた。酒を飲めば必ず酔っぱらい、酔っぱらえば必ず新聞の見出しになるようなことをしでかした。紙幣に火をつけて煙草を吸い、正装をしてプラザ・ホテルの噴水に飛び込んだ。

彼はそのような派手な都会生活を題材として短編小説を次々に書き（パーティーとパーティーの合間に、ほとんど一筆で短編小説を書き上げることができた）、それを雑誌に高い原稿料で売った。多くは金のために書かれた薄味のハッピーエンドの小説だったが、雑誌社はこぞって彼の小説を求め、稿料をどんどん釣り上げた。

しかし心がこもったとはおせじにも言いがたいそれらの「賃仕事」の合間に、ほとんど奇跡的と言ってもいいくらい完成度の高い文学作品を、彼は書きあげている。具体的に言うなら、一ダースばかりの心を震わせる完璧（かんぺき）な短編と、長編小説『偉大なるギャツビー』——それらはアメリカ文学の輝かしい金字塔として、今も高くそびえ立っている。

『偉大なるギャツビー』を読んで感動した若き日のアーネスト・ヘミングウェイは、パリでフィッツジェラルド夫妻に会い、そのあとで友人にこんな風に語っている。『偉大なるギャツビー』のような見事な作品を書ける作家が、どうしてきっちりと腰を据えて次の作品を執筆しようとしないのか、会ってみてその理由がよくわかったよ、と。ゼルダがすべての元凶であると、ヘミングウェイは見抜いたのだ。

フィッツジェラルド夫妻には常に手元にまとまった現金が必要であり、金をふんだんにばらまく華麗な生活が必要だった。そのような生活を維持することが、妻ゼルダに対して自分自身の能力と存在意義を証明する——おそらくは唯一（ゆいいつ）の有効な——手だてであると、スコットは考えたようだ。そのような緊張をはらんだライフスタイルは十年間、なんとかもちこたえ、有効に機能した。そして、潰（つぶ）れた。

一九二九年の大恐慌でアメリカの夢そのものが潰えてしまったのとほとんど同時に、スコット・フィッツジェラルドの輝かしい神話も急速に精彩を失い、古くなった土壁のようにぼろぼろと崩れ落ちていった。我々はフィッツジェラルドの残した作品群を年代順にたどりながら、その「冬の夢」の宿命的な崩壊ぶりを、まざまざと目にすることができる。おそらく、あまりにも鮮やかな幻影は、あまりにも鮮やかに壊れるのだろう。その光景は、我々の胸を痛くする。

一九三〇年代は文字どおりフィッツジェラルドを葬った。人々はむっつりとした顔で、浮ついた二〇年代を「過去」という暗い押入れに放り込んだ。多くの国民は厳しい経済的苦境の中で、新しいアメリカの生活スタイルと、新しいアメリカの価値観を見出すために、それぞれの場所で苦闘をつづけた。そしてそこには、フィッツジェラルドの物語が入りこむ余地はなかった。

新しい時代の文学のヒーローはヘミングウェイだった。彼のきっぱりとしたクリスプな文体と、力強いヴォイスが、新しい時代の求めるものだった。フィッツジェラルドは四十前にして既に過去の人となってしまったのだ。

雑誌は彼の小説を掲載することに、以前ほどの熱意を持たなくなった。原稿はしばしば突き返されてきた。自分の身に何が起こったのか、本人にもうまく理解できなかった。あるいは仮に理解できたとしても、今更文学の方向を変えるわけにもいかない。フィッツジェラルドは見事な才能を持つ作家だったが、器用な作家ではなかった。そして失意のうちに酒に溺れるようになった。

しかし作家フィッツジェラルドの素晴らしい点は、現実の人生にどれだけ過酷に打ちのめされても、文章に対する信頼感をほとんど失わなかったことにある。彼は最後の最後まで、自分は書くことによって救済されるはずだと固く信じていた。妻の発狂も、世間の冷ややかな黙殺も、ゆっくりと身体を蝕(むしば)んでいくアルコールも、身動きがとれないまでにふくらんだ借金も、その熱い思いを消し去ることはできなかった。

それは、文章による救済の可能性を信じることができず、最後には自らの命を絶つことになったかつての僚友、アーネスト・ヘミングウェイの運命とはあくまで対照的だった。フィッツジェラルドは死の間際(まぎわ)まで、しがみつくように小説を書き続けていた。「この小説が完成すれば……」と自らに言い聞かせていた、「すべては回復される」。

来(きた)るべき新しい作品こそが、それを生みだそうと苦闘する自らの魂の輝きこそが、彼を導く遠い灯台の明かりだった。ちょうど『偉大なるギャツビー』の主人公であるあの不幸なジェイ・ギャツビーが、入り江の向こう岸に点滅する灯台の光を唯一の頼りに、汚濁に満ちた世界を懸命に生きつづけたのと同じように。半世紀以上の歳月を経て、今なお多くの読者がフィッツジェラルドの作品群に惹(ひ)きつけられる最大の理由は、その「滅びの美学」にではなく、おそらくはそれを凌駕(りょうが)する「救済の確信」にあるはずだと僕は考えている。

小説より面白い？

ショーン・ウィルシーの『ああ、なんて素晴らしい！』は、原書で読んですごく面白かったので、新潮社に僕が推薦し、翻訳刊行の運びとなった。だから僕が「波」（2010年1月号）にこのような紹介文を書くことになったわけです。ショーンはこのあと日本に招かれ、さんざん楽しんで帰って行きました。まあよかった。とても明るく、前向きなアメリカ人でした。

以前アメリカの文芸雑誌「マックスイーニー」のためにロング・インタビューを受けたことがあって、そのときのインタビュアーが、この本の著者であるショーン・ウィルシーだった。しかしインタビューはEメールの往復書簡形式で行われたので、直接顔を合わせたわけではない。それから一年か二年して、僕のところにこの本の見本刷り（プルーフ）が送られてきた。へえ、いったいどんなものだろうと思って飛行機の中でぱらぱら読み出したら、これが面白くて面白くて、やめられなくなった。

僕の手元にあるこの本には、今でもしおり代わりにノースウエスト航空のボストン=セント・ポール間のチケットが挟んである。日付は二〇〇六年五月。けっこう長い本なのだが、短い期間ですらすら読んでしまったという記憶がある。どうしてそんなに熱心に読んでしまったかというと、理由ははっきりしている。①とても読みやすくて、②やたらおかしくて、③それでいてずいぶん切ない話だったからだ。そういう本ならいくらでもすらすら読める。

この本はジャンルでいえば「メモワール」、つまりフィクションではなく、著者（一九七〇年生まれ）の自伝的著作なのだが、読んでいるうちに「ほんとかよ？」というようなことが次々に持ち上がってきて、フィクションと非フィクションの繋ぎ目がだんだんよく見えなくなってくる。それで感心してウィルシー氏に「あなたの本を読んでいると、フィクションじゃないのに、まるでディケンズの小説を読んでいるみたいな趣があった。すごく面白かった」というメールを出したら、「そんな嬉しい批評を耳にしたのは初めてだ」という返事がすぐにきた。でもそれはお世辞でも何でもなく、僕の偽らざる気持ちだった。「いったいどうなるんだろう？」とページをどんどん繰っていくのだが、読み終えたときにじんわりと人生の哀しみのようなものが残る。

この本の内容を簡単に説明するなら、大富豪のお父さんと、美人有名コラムニストのお母さんとの間に生まれ、サンフランシスコの邸宅で幸福な日々を送っていたショーン君が、両親の突然の離婚によって不幸のどん底に突き落とされる。継母に絵に描いたような意地悪をされ、実父に冷たく無視される生活を送ることになる。実母は社交と平和運動で手一杯、ノーベル平和賞をほしい一心で、息子にかまっている暇なんかない。ショーン君は全米各地の寄宿学校をたらい回しにされ、とにかくどこに行っても虐められたり、ひどい目にあったりの連続。成績は急降下し、自分に自信が持てず、スケボーにはまり、ドラッグに手を出し、あやしい矯正施設や、本物の少年院にまで送られる。典型的な問題児、落ちこぼれだ……と書いていくとずいぶん暗い話なんだけど、ひとつひとつのエピソードがおかしいので、ついつい笑いながら、引き込まれて読んでしまう。自らの行為に自覚のない大人たちが、どれくらい子供の魂を深く傷つけていけるかという、例証としても貴重だと思う。

でも終わりの方になって、彼はイタリアの特殊施設に送られ、そこで思いも寄らぬ救済を受け、なんとか人生を最終的に立て直すことになる。その部分で彼は愛読書である『ノルウェイの森』をあげ、その救済の様子を説明する。まさか僕の本がこんなところに出てくるとは思わなかった。でも正直な話、その本がショーン君のために、何かの役に立ってとてもよかったと思う。そのへんの詳しいことは本書を読んで下さい。一読の価値のある、かなり普通じゃない本です。小説よりも面白い……とまでは言いたくないけど。

たった一度の出会いが残してくれたもの

カーヴァー全集が完結したときに、雑誌「中央公論」の依頼を受けて書いた文章です（2004年9月号）。大きなプロジェクトが一段落してほっとした、肩の荷が下りたという気持ちが滲み出ている。もっともそのあともいろんなかたちで、カーヴァー関係の翻訳は続いており、カーヴァー作品（あるいは関係書）の翻訳は僕にとってほとんどライフワークのようなものになっています。

レイモンド・カーヴァー全集を中央公論新社（当時はまだ中央公論社だったけど）から刊行し始めたのは、一九九〇年のことで、もう十四年も前になる。その前々年の一九八八年、レイモンド・カーヴァーは肺癌のために五十歳の若さで世を去っていた。アルコール依存症の生き地獄からようやく脱出し、テス・ギャラガーという理解ある伴侶を得て、作家としてのエンジンが全開し、これまでになく広がりと深みのある作

品を発表し始めたちょうどそのときだっただけに、読者の受けたショックは大きかった。僕ももちろんショックを受けた一人である。最初そのニュースを耳にしたときには、「もうカーヴァーはここに存在しないんだ」という実感がまったくわかなかったくらいだ。「とにかく彼の残した作品をひとつ残らず、自分の手で訳してみよう。それをあとに残るような、まとまったかたちにできればいいのだが」というのが、その少しあとで、僕の頭に浮かんだことだった。

僕はそのとき既に何冊かのカーヴァー短編集を、中央公論社から翻訳刊行していたし、全作品といってもまあ、五、六年もあれば片づくだろうと軽く見積もっていたのだが、実際に作業を始めてみると、そんなに生やさしいものではなかった。レイモンド・カーヴァーはずいぶん多くの短編小説を残していたし、詩やエッセイの量も、僕が考えていたより遥(はる)かに充実していた。そして個人全集というかたちをとるからには、読者の便宜も考慮して、カーヴァー作品に付随する様々な資料や、周辺記事、文献も必要になってくる。万人が認める傑作だけではなく、若い時代の習作や、未公表だった（厳密な意味では完成品とは言い難い）作品も翻訳しなくてはならなかった。気に入った作品だけを選んで、好きに翻訳しているのとはわけが違う。個人的な好みみたいなものを超えて、レイモンド・カーヴァーの総合世界を、そこに正確に、客観的に立ち上げなくてはならないのだ。これは正直言って、気苦労の多い、ハードな作業だった。また僕は小説家が本職なので、自分のものを書いているときには、翻訳作業はどうしてもあとまわしになってしまう。

というようなわけで、全集が完結するのに十四年もかかってしまった。全七巻完結の予定が、全八巻に増量したという事情はあるにせよ、ずっと全集刊行を追って、カーヴァー作品を読んできて下さった読者のみなさんには申し訳なかったと思う。「遅いぞ、待ちくたびれたぞ」というお叱りの手紙も少なからずいただいた。誰かから「カーヴァー全集、いったいどうなってるんですか?」という質問を受けることもしばしばだった。そのたびに言い訳しながら、冷や汗をかいていたのだが、これでようやく胸を張って「全集はぶじに完結しました」と答えることができる。もうこれ以上カーヴァーの作品を翻訳することができないんだなという一抹の寂しさはあるものの、「大きな仕事をひとつ、やり終えることができた」という充実した気持ちの方が大きい。肩の荷をやっと下ろすことができたという、安堵の思いもある。また同時に、ものを書く人間として、僕自身がひとつの大きな山を越えたんだなという気持ちもある。

考えてみれば、僕は小説を書くための師も持たなかったし、仲間も持たなかった。二十九歳の年にふと小説を書き始め、それ以来ずっと一人で小説を書き続けてきた。

天涯孤独とまでは言わないが、かなり孤立した場所で、小説家としての仕事をしてきた。もちろん個人的に敬愛し、親密さを感じる作家は何人かいたけれど、彼らはみんな物故した作家であり、遥か格上の作家であり、文章を通して高く仰ぎ見るだけの存在だった。しかしレイモンド・カーヴァーは僕より十歳年上なだけで、実際に顔を合わせて会って話をし、親交を結ぶこともできた。雑誌に発表されるそばから（誇張的表現を使わせていただくなら、インクもまだ乾かぬうちに）その作品を読み、自分の手でそれを日本語に翻訳することもできた。それは僕にとってはすごく貴重な体験だった。「師」とか「仲間」とかいう表現はどうもぴんと来ないけれど、僕にとってレイモンド・カーヴァーはいわば「時代を同行する人」だった。

　僕とカーヴァーとでは書く作品の作風も違うし、文章スタイルも違う。僕が長編小説を中心にして作家活動をおこなっているのに対して、カーヴァーは短編小説と詩のスペシャリストである。作家としての共通点よりは、相違点の方が多いくらいかもしれない。しかしそれでも、僕はカーヴァーという「同行する」作家を得たことで、ずいぶん励まされもしたし、温もりを個人的に受け取りもした。それは僕にとってすごく貴重なことだったと思う。

　カーヴァーの作品でいちばん素晴らしいと思うのは、その小説的な視点が決して

「地べた」のレベルを離れないことだ。上からものを見下ろすということがない。何を見るにしても、何を考えるにしても、まずいちばん下に行って、地べたの確かさを両手でじかに確認し、そこから少しずつ視線を上げていく。何があろうと、「偉そうな小説」を書かない人だった。能弁さを嫌い、要領の良さを嫌い、抜け道を嫌う人だった。便宜的なありものを徹底して排する人だった。だから彼の書くフィクションは、多くの場合「作り物」ではない迫真性を持ち、温かく深い心と、広がりのある独自の風景を持っている。彼の書いた作品は単なる便宜的リアリズムを超えた、より高度なリアリティーを身につけている。実際に手にとって触ることのできる、魂の肌触りがある。僕はひとつひとつの作品を熟読して、日本語に移し替えながら、ほかではまず見いだすことのできないそれらの温かみや、肌触りを、常にきっちり実感することができた。それでいて、彼の作品には素直なおかしみと、どきっとするようなシュールレアリスティックな奇妙さが溢(あふ)れていた。そこには常に驚きの感覚があった。物語がこれから先、どこに向かってどのように流れていくのか、ほとんどの場合、見当もつかなかった。

　読んでいただければわかることだが、カーヴァーはいわゆる「うまい小説」を書こうとはしていない。彼が書こうとしているのは、ただひとつレイモンド・カーヴァーの物語である。レイモンド・カーヴァーにしか切り取れない世界の風景を、レイモンド・カーヴァーにしか語れない話法で、フィクションとして語ることである。レイモンド・カーヴァーがレイモンド・カーヴァーであることは、ときとして辛く、恥ずかしく、罪深いことである。ひとことで言えば、切ないことである。しかしレイモンド・カーヴァーは、レイモンド・カーヴァーという語り手を得ることによって、そのような「切なさ」を、たとえ一時的にせよ、離れることができる。それをフィクションとして相対化することによって、ひとつ上の世界に自らをひっぱりあげることができる。簡単に言えば、自らを少しだけ救済することができる。

だからこそレイモンド・カーヴァーは、その生涯をとおして、レイモンド・カーヴァーの物語を必死に書き続けてきたのだ。そして彼が彼自身を少しだけ救済することで、僕らもまた（多くの場合）ほんの少しだけ救済されることになる。それは、なぜこれほど熱心にカーヴァーの作品が世界中の読者に読まれ続けるのかという理由のひとつになるだろう。

僕が一九八四年の夏にカーヴァーの自宅を訪れて話をしたとき、彼の対応は、「なんでわざわざ僕のために？」という感じのものだった。「わざわざ日本から訪ねてきてもらうような、そんな立派な人間でもないんだけど」と言いたそうだった。そういうところはきわめて謙虚な人だった。私は大作家です、というような素振りや気取りはまったくない。「あの、もうちょっと偉そうにしてもいいんですけど」と、こっちから言いたくなるような人だった。しかしその一方で、彼の書く小説は決して謙虚な種類のものではない。彼の作品は我々の心にまっすぐ、遠慮もなく切り込んでくる。しかしそのことで、我々読者が激しい痛みを感じることはない。我々はその痛みの中に、ある種のやさしささえ感じてしまうことになる。それが魂のために必要な、前向きの追体験であり、再検証であることが、読んでいて自然に感じ取れるからだ。

この人は信頼できる人だ——小説的にも、人柄においても、というのが、そのときに僕がレイモンド・カーヴァーという生身の人間から受けた印象だった。無口で、そわそわして、猫背をますます丸くし、小さな声でぼそぼそと語る。考えるのに時間がかかる。ときどきおかしなことを言って恥ずかしそうににやっと笑い、それからひどくむずかしい顔をする。話をしながらやたらたくさん紅茶を飲み、ときどき窓の外に見える太平洋をまぶしそうに眺めた。

レイモンド・カーヴァー全集をようやく完成して、まず最初に頭に浮かんだのは、そんなカーヴァーの生き生きとした姿だった。結局一度しか彼に会うことはなかったけれど、そのたった一度の巡り合いが僕の人生に大きな温かいものを残してくれた、というたしかな実感がある。
ありがとう、レイ。

器量のある小説

これはスコット・フィッツジェラルドの後期の代表作である、長編小説『夜はやさし』（森慎一郎訳、ホーム社）の解説として書かれたものです。本当のことを言えば、この小説は僕がいつか自分の手で訳したかったんだけど、残念ながら時間がなくてそこまで手が回らず、新たに訳された版（2008年5月刊）にこのような文章を書かせていただいた。心に沁みる素晴らしい小説なので、よかったら読んでみてください。訳も新しくなり、読みやすくなりました。

僕のまわりにいるスコット・フィッツジェラルドの愛読者に話を聞くと、「フィッツジェラルドの残した長編小説の中で、質としてもっとも高いのはなんといっても『グレート・ギャツビー』だけど、個人的にもっとも心を惹かれるのは『夜はやさし』かもしれない」と口にする人が少なくない。

実を言えば、僕もそれと意見を同じくする一人だ。どちらの作品もずいぶん何度も読み返したのだが、その両者が与えてくれる印象は、長い歳月を経てもほとんどまったく変化しない。『グレート・ギャツビー』は見事なまでに美しく、そして完成されている。その文体には実に無駄がなく、そして自然な華がある。その一方で『夜はやさし』は見事なまでに（文字通り）心優しく、そこには魂を惹きつけるものがある。二十歳の頃から今に至るまで、その両者の与えてくれる印象はぴたりと同じままだ。その二冊の小説はまるで対をなすように、同じスタンスを維持したまま、僕の精神の少し異なった場所に、それぞれしっかりと腰を据えている。

考えてみれば――この原稿を書くまでそれについてとくに深くは考えなかったのだけれど――これはかなり珍しいケースかもしれない。本というのは読む年齢によって、あるいは読む環境によって、評価が微妙に変化し上下するものであるからだ。シェイクスピアだってカフカだってチェーホフだってバルザックだって、漱石（そうせき）だって谷崎だって、そのときどきによって作品から受ける印象はけっこう変化していく。読み直してみていくぶんがっかりすることもあれば、改めて再評価することもある。同じ作家のものでもAという作品の方がBという作品より優れていると思っていたのに、ある時を境にBの方がAより良くなったりもする。それは小説だけではなく、音楽についても言えることだ。そういう推移の中に、我々は自らの精神の成長や変化を読み取ることができるかもしれない。精神的定点を外部に据え、その定点と自分自身との距離の変化を測ることによって、自らの居場所をある程度特定することができるわけだ。それも文学作品を読み続けることの楽しみのひとつである。

ところが、『グレート・ギャツビー』と『夜はやさし』という二冊の長編小説には、もちろん僕の場合にはということだが、ぶれというものがまったくない。北極星みたいなもので、こちらがどれだけ動いたところで、位置関係はちっとも変わらないのだ。空を見上げると、それらの作品はいつも同じ場所にきちんと明るく輝いている。

僕は『グレート・ギャツビー』を数年前に翻訳した。一冊の本を翻訳するというのは、そこに書かれている一字一句を精密に吟味することであり、言い換えればその作品全体と長く深くコミットするということだから（男女関係にたとえれば、何年か起居を共にするという感じに近いかもしれない）、作品と自分自身との関係に何らかの作用が及ぼされることが多いのだが、『グレート・ギャツビー』について言えば、そんなことはまったくなかった。どれだけぴたりと寄り添っても、その作品が僕に与えてくれる印象は微動だにしなかった。

『夜はやさし』は『グレート・ギャツビー』に比べると、俗な言い方をするなら、いくぶん「脇の甘い」小説である。これは決して完成度が低いということではない。脇が甘いというのは、そのぶん懐が深くなるのびしろを有しているということでもある。とはいえ、もちろんそこにはリスクの入り込んでくる余地もある。戸締まりのゆるい家に不審な人間があがり込んでくる危険性があるのと同じように。しかしあえて言うなら、そのようなリスクを織り込んだところに、あるいは受容したところに、この作品の独自の持ち味があり、器量がある。そのへんの間合いがいったん呑み込めると、作品の面白さがじわっと身体にしみこんでくることになる。『グレート・ギャツビー』が読者をすっぽりと手中に収めてしまう作品であるのに対して、『夜はやさし』は読者に「余地」を大きく委ねた小説である、ということもできるだろう。

『グレート・ギャツビー』は言うなればほとんど一気呵成に、溢れんばかりの若々しい才能の頂点で書き上げられた「ジュピター」的な作品である（もちろん本人はずいぶん苦労をして書いているのだが、にもかかわらず基本的にはそう言ってかまわないと思う）。それに比べると『夜はやさし』は弱まりゆく活力を総動員して、苦しい状況の中でこつこつと書き上げられた作品である。フィッツジェラルドはまだ三十代の後半であり、普通の人であればまさに働き盛りという年齢である。しかし妻の発狂と、アルコール中毒と、作家としての評価の低落と、家計の逼迫と、深まりゆく自己憐憫の中で(「私はいくつものテクニックを心得た文学的娼婦に過ぎない」と彼は書いている)、彼はその作品を書き続けるために並大抵ではない気力を奮い起こさなくてはならなかった。自分がひどく年老いてしまったように彼は感じていた。生活のための賃仕事をこなすことに追われ、作品が完成するまでに長い歳月を要した。

そのようなせいもあって、『グレート・ギャツビー』がごく自然に、見事な均整を保っているのに比べて、『夜はやさし』には改築に改築を重ねた年代物の建物を想起させるところがある。いろんな現実的な事情によってこちらに改装部分があり、あちらに付け足しがあり、多すぎるところがあったり、少なすぎるところがあったりと、あちこちで微妙なバランスが失われている。新しい部分と旧い部分が素材的にしっくりとかみ合っていなかったりもする。立て付けの良くないところもけっこう見受けられる。しかし実際に中に足を踏み入れてみると、その建物は意外なくらい居心地がよい。光は穏やかで、空気は静かで、家具調度には見覚えがあり、椅子は身体に馴染む。階段の軋みさえもが耳に心地よい。その空間はいつも心優しく我々を受け入れてくれる。

フィッツジェラルド自身はこの作品に対して強い愛着と確信を持っていた。「もしあなたが『グレート・ギャツビー』を気に入ってくれたなら」と彼はある人に送った『夜はやさし』の献呈の言葉に書き添えている。「この小説も是非とも読んでみてください。『グレート・ギャツビー』は tour de force（離れ業）ですが、これは confession of faith（信仰告白）なのです」

つまり『グレート・ギャツビー』はよくできた傑作だが、『夜はやさし』には自分という人間がそのまま込められているのだ、と彼は言いたかったのだろう。tour de force という言葉には「内容よりは高度な技術に重心が置かれている」という意味あいが込められている。しかし『夜はやさし』はそうじゃない、それよりは精神的に一段上にある作品なのだ、と。『グレート・ギャツビー』がただの「離れ業」というのは自己評価としてあまりに低すぎるとは思うが、『夜はやさし』が一種の「信仰告白」であるという発言については、我々としても「まさにそのとおりだ」と同意するしかないだろう。告白という形式（あるいは認識）はカソリック教徒であるフィッツジェラルドがいつか到達しなくてはならないひとつの重要な地点であった。

そしてまた我々は、そのような作者の自負にもかかわらず、『夜はやさし』が発表当時ろくに売れず（一万三千部というのがその数字だ）、世間の注目も浴びず、一部では高く評価されたものの、批評的にもそれほど話題にならなかったことを知っている。当時スコット・フィッツジェラルドは既に過去の人になっていた。人々は彼の物語や文体にほとんど見向きもしなかった。大恐慌の到来は、第一次大戦後の好景気に浮ついていた人々の精神構造を一変させ、一九二〇年代の文化を過去のものにしてしまった。そしてスコット・フィッツジェラルドの名は一九二〇年代を代表する「遺物」の象徴のようになっていた。多くの人々が求めているのは力強い精神と、新鮮な革新であり、アーネスト・ヘミングウェイがその時代の文化的ヒーローの一人だった。彼の颯爽としたクリスプな文体は文字通り一世を風靡していた。

そのヘミングウェイは『夜はやさし』という作品を一読して、「悪くはないが、自己憐憫っぽく、めそめそしている」と考えた。そしてその感想をほぼありのまま手紙に書いて、フィッツジェラルドに送った。その一見正直で率直な文章の裏には、時代の寵児が「過去の人」を見下す姿勢が見え隠れしている。先輩作家として、まだほとんど無名のヘミングウェイをスクリブナーズ社の編集者に紹介する労をとったのはフィッツジェラルドだが、ここではヘミングウェイはひとつ高いところに立ち、作家のあるべき姿についてフィッツジェラルドによろしく訓戒を垂れている。彼の手紙は、ただでさえ危うい場所にあったフィッツジェラルドの心を痛く傷つけ、ますます自信を喪失させることになった。「アーネストはどうもはしごの上の段にいる人間に手をさしのべるのが得意なようだ」とフィッツジェラルドはなかなか愉快な皮肉を残している。

しかし小説『夜はやさし』は発表後七十年を経た今日でも、しっかりと生き残っている。アメリカのどこの書店に行っても（もしそれがまともな書店であれば）、『夜はやさし』は『グレート・ギャツビー』とともに必ず棚に並んで、人々の手に取られるのを静かに待っている。ヘミングウェイの見解とは裏腹に――ヘミングウェイ自身もあとになって「『夜はやさし』を読み直してみたが、最初に読んだときより印象はずっと良かった」というようなことをどこかで書いていたが――この作品は古典としての地位を着実に固めている。ヘミングウェイその人が残した多くの作品よりも、むしろこの「悪くはないが、自己憐憫っぽく、めそめそしている」作品の方が、現在の時点で多くの読者の共感を集めているようにさえ見える。時の流れというのはずいぶん皮肉なものだ。

『夜はやさし』は完璧（かんぺき）な作品とは言えない。冷徹に批評をしていけば、欠点はいくつも並べ上げられるだろう。しかし、何度も繰り返すようだが、これは懐の深い小説である。欠陥をほとんど持たない、とてもうまく書けた、しかし懐の深くない――あるいは懐なんていうものをほとんど持たない――小説は世の中にいくらもある。そんな小説は一時的にもてはやされても、華やかな桂冠を与えられても、時間の経過と共にいつしかどこかに消えて忘れられていく。『夜はやさし』はそれとは逆だ。いくつかの時代を越え、曲折や浮沈を経て、黙殺や誤解をくぐり抜けて、ようやくその真価が一般に認められることになる。このような小説をみつけることはとてもむずかしい。だからこそこの小説は大事な意味を持っているのだと思う。僕が「この作品には器量がある」というのはそういう意味だ。器量というのは、あるいは歳月の経過を通して、結果的にしか浮かび上がってこないものなのかもしれない。

長編小説『夜はやさし』の最大の魅力をひとつだけあげてくれと言われたら、それはやはり「コミットメントの深さ」だと僕は答えるだろう。読者とテキストとのあいだの有機的な結びつきの豊かさ。読者は作品から余地を与えられ、その余地の意味について考えることによって、その作品に深く豊かにコミットしていくことになる。というか、自分がその作品に深く豊かにコミットしているのだとふと気づくことになる。

言うまでもないことだが、自己に対するパーソナルなコミットメントを、普遍のコミットメントへと敷衍していくこと、それこそが「告白」の純粋な意味であり、究極の目的である。そういう意味で『夜はやさし』はスコット・フィッツジェラルドにとっての事実上の白鳥の歌となり、真の「信仰告白」となり得ているのかもしれない。

カズオ・イシグロのような同時代作家を持つこと

２０１０年3月に英国で出版された、カズオ・イシグロの研究書『Kazuo Ishiguro : Contemporary Critical Perspectives』(Continuum) の序文として書かれたものです。この本は彼の作品についての研究論文を集めた、かなり専門的な書物です。日本では「モンキービジネス」２００８年秋号に、この僕の文章の日本語オリジナルが掲載された。イシグロは僕がもっとも愛好する同時代作家の一人で、何度か会って話をしたこともあります。なぜか僕のところに「序文を書いてもらいたい」という依頼が来たので、喜んで引き受けました。英語の題は「On Having a Contemporary Like Kazuo Ishiguro」。

新しい小説が出るたびにすぐに書店に足を運び、それを買い求め、ほかに読みかけの本があっても途中でやめて、何はさておきページを開いて読み始めるという作家が何人かいる。それほど多くの数ではない、というか現在の僕の場合、ほんの何人かしかいないわけだが、カズオ・イシグロもそのような作家の一人である。

僕が思うに、イシグロの小説の優れた点は、もちろん多かれ少なかれということだが、一冊一冊がそれぞれに異なった成り立ち方をして、それぞれに異なった方向を向いているところにある。構成も文体も、それぞれの作品ごとに明らかに、そして意図的に区別されている。しかしにもかかわらず、それぞれの作品には確実にイシグロという作家の刻印が色濃く押され、ひとつひとつが独自の小宇宙を構成している。それぞれに魅力的で、素晴らしい小宇宙だ。

しかしただそれだけではない。それら個別の小宇宙がひとつに集められると（もちろん読者一人ひとりの頭の中で集められるわけだが）、そこにカズオ・イシグロという小説家の総合的な宇宙のようなものが、まざまざと浮かび上がってくる。つまり彼の作品群はクロノロジカルに直線的に存在しているのと同時に、水平的に同時的に結びついて存在してもいるのだ。僕は彼の作品を読んで、いつもそのような感想を強く抱くことになる。彼の作品はおそらく一作ごとに進化しているのだろう（失礼、もちろん進化している）。しかし進化しているかどうかといったような個別的事情よりは、僕としてはそのような作品間の総合的な結び付けられ方のほうに強く心を惹かれてしまう。なぜならそれこそが、イシグロという作家をほかの作家たちとは違う、特別な存在にしている点であると僕は感じるからだ。

僕はこれまでイシグロの作品を読んできて、失望したり、首をひねったりしたことが一度もない。時間をかけて、ひとつひとつ異なった種類の世界を積み上げていく彼の確実な営みに、ただ深い賞賛の気持ちを抱くのみである。もちろん個人的な好みのようなものはある。Aという作品よりは、Bという作品の方がいくぶん趣味に合っているかな、というようなことはある。しかしほかの作家の場合とは違って、イシグロの小説世界においては、そういう評価はさしあたり重要なことではないように感じられる。それより重要なのは、イシグロの作り上げた個々の作品がそれぞれにまわりにある他の作品を補完し、支えているという有様なのだ。ちょうど分子と分子が結合し、支え合うみたいに。

言うまでもないことだが、そのように総合的な宇宙を作り上げていくことのできる作家は、きわめて稀(まれ)な存在である。それは優れた作品をいくつかたまたま書き上げる、というだけのことではない。イシグロという作家はある種のヴィジョンをもって、意図的に何かを総合しているのだ。いくつもの物語を結合させることによって、より大きな総合的な物語を構築しようとしているのだ。僕にはそう感じられる。

あるいはこのように考えた方がわかりやすいかもしれない。彼は巨大なひとつの絵画を描いている。たとえば一人の画家が、礼拝堂の広大な天井や壁に長大な時間をかけて一面の絵画を描き上げるように。それは孤独な作業だ。時間もかかるし、消耗も激しい。一生仕事だ。そして彼はその一部を描き上げるたびに、何年かに一度、我々にその完成された部分を公開する。そして我々は彼の宇宙のより広がった領域を、段階的に同時進行的に眺望することになる。それはスリリングな体験であり、同時にきわめて内省的な体験でもある。しかし我々はまだその全体像を俯瞰(ふかん)してはいない。そこに最終的にどのようなイメージが現れるのか、それがどのような感動や興奮を我々にもたらすことになるのか、知るべくもない。

一人の小説読者として、カズオ・イシグロのような同時代作家を持つことは、大きな喜びである。そして一人の小説家として、カズオ・イシグロのような同時代作家を持つことは、大きな励ましになる。彼が次にどんな作品を生み出すのか、それを思い描くことは、自分が次にどんな作品を生み出すことになるのか、それを自ら思い描くことでもある。

翻訳の神様

アルクから出た『村上春樹ハイブ・リット』という本の序文として書いたものです。刊行は２００８年11月。「翻訳の神様」というのはきっとどこかに実在していると、僕は今でもそう考えています。でも空の上にはいないかもしれない。わりに地味な性格の神様で、わりに地味な地区のわりに地味な家に住んでいて、わりに地味ななりをしていて、通りを歩いていてもほとんど目立たない。そういう神様かもしれない。でも見るべきことはちゃんと見ている（たぶん）。

僕はいちおう小説家が本業で、翻訳は副業ということになっている。実際にそのとおりで、小説を書いているときは、何よりもまず小説の仕事を優先する。毎日早朝に起きて頭がいちばんクリアな時間に集中して小説を書いてしまう。それから食事をするか、運動をするかして、「さあ、これで今日のノルマは成し遂げた。あとは好きなことをしてもいい」というところで、おもむろに翻訳にとりかかる。

つまり翻訳という作業は僕にとっては「仕事」というよりはむしろ、趣味に近いものなのだ。もう日課としての、責務としての仕事は終わって、（たとえば）これから魚釣りに行ってもいいし、クラリネットの練習をしてもいいし、しゃくなげのスケッチをしてもいい、何をするのも自由だというところで、それらの選択肢に進むことなく、あえて机に向かって翻訳をするわけだから、要するにそれだけ純粋に翻訳が好きなのだということになるだろう。自分で言うのもなんだけど、趣味としてはなかなか悪くないと思う（クラリネットが吹けるのも楽しそうではあるけれど）。

これまでずっと翻訳をやってきてよかったなあと思うことは、小説家としていくつかある。まず第一に現実問題として、小説を書きたくないときには、翻訳をしていられるということがある。エッセイのネタはそのうちに切れるけれど、翻訳のネタは切れない。それから小説を書くのと翻訳をするのとでは、使用する頭の部位が違うので、交互にやっていると脳のバランスがうまくとれてくるということもある。もうひとつは、翻訳作業を通して文章について多くを学べることだ。外国語で（僕の場合は英語で）書かれたある作品を読んで「素晴らしい」と思う。そしてその作品を翻訳してみる。するとその文章のどこがそんなに素晴らしかったのかという仕組みのようなものが、より明確に見えてくる。実際に手を動かして、ひとつの言語から別の言語に移し替えていると、その文章をただ目で読んでいる時より、見えてくるものが遥(はる)かに多くなり、また立体的になってくる。そしてそういう作業を長年にわたって続けていると、「良い文章がなぜ良いのか」という原理のようなものが自然にわかってくる。

そんなわけで小説家の僕にとって、翻訳という作業はいつも変わらず大事な文章の師であったし、それと同時に気の置けない文学仲間でもあった。僕には実際には師と呼ぶべき人もいないし、文学仲間と言えるような個人的な友だちもいない。もう三十年近くずっと一人で小説を書いてきた。それは長く孤独な道のりだった……というとずいぶん月並みな表現になるが、まあなんというか、多くの局面において実際にそのとおりだった。もし翻訳という「趣味」がなかったら、小説家としての僕の人生はときとして耐え難いものになっていたかもしれない。

そしてまたある時点から、僕にとっての「翻訳」は両方向に向けたモーメントになっていった。僕がほかの作家の作品を日本語に翻訳するだけではなく、僕の書いた小説が多くの言語に翻訳されるという状況が生まれてきたからだ。今では四十二の言語に翻訳され、僕の作品を外国語で読む読者の数は驚くほど増えている。外国を旅行して書店に入り、自分の作品が平積みにされているのを目にすることも多くなった。それは本当に嬉しいことだ。もちろんどんな作家にとってもそれは嬉しいことであるに違いないが、とりわけ翻訳というものに深く携わってきた僕のような人間にとって、自分の本が「翻訳書」としてそこに並んでいるのを目にするのは、実に感慨深いものがある。

いちばん最初に外国の雑誌に売れた僕の作品は（たしか）短編小説「TVピープル」だった。一九九〇年のことで、それは「ニューヨーカー」に掲載された。「ニューヨーカー」は僕にとっては長いあいだまさに憧れの雑誌だったし、そんな「聖域」にも近いところに自分の作品が掲載され、名前が印刷されるなんて、にわかには信じがたいことだった。おまけに原稿料までもらえるのだ。それはどんな立派な文学賞をもらうよりも、僕には嬉しいことだった。ロサンジェルス・ドジャーズのユニフォームを着て初めてマウンドに立った野茂英雄も、程度の差こそあれ、きっと同じような気持ちを味わったのではないかという気がする。

そのときに僕がつくづく思ったのは「世の中にはきっと翻訳の神様がいるんだ」ということだった。志賀直哉に「小僧の神様」という作品があるが、それと同じような意味合いでの個人的な神様だ。僕は自分の好きな作品を選び、僕なりに心を込めて、ひとつひとつ大事に翻訳をしてきた。まだまだ不足はあるにせよ、少しずつではあるが翻訳の腕もあがっていると思う。翻訳の神様は空の上でそれをじっとご覧になっていて、「村上もなかなかよくがんばって翻訳をしておる。このへんで少し褒美をやらなくてはな」と思われたのかもしれない。

翻訳の神様を裏切らないためにも、これからもがんばって優れた翻訳をしなくてはなと日々自戒している。まだ先は長いし、翻訳したい作品もたくさん残っている。そしてそれは、小説家としての僕にとってもまだまだ成長する余地が残されている、ということでもあるのだ。

ここに収められたレイ・カーヴァーやティム・オブライエンの作品からも、翻訳作業を通して、僕は大事なことを数多く学んだ。彼らから学んだもっとも大事なものは、小説を書くということに対する姿勢の良さだったと思う。そのような姿勢の良さは、必ず文章に滲み出てくるものだ。そして読者の心を本当に惹きつけるのは、文章のうまさでもなく、筋の面白さでもなく、そのようなたたずまいなのだ。僕が心がけたのは、彼らの「姿勢の良さ」を、できるだけあるがままに率直に日本語に移し替えることだった。うまくいっているといいのだけれど。

人物について

安西水丸は褒めるしかない

「月刊カドカワ」1995年5月号に掲載されました。たしか水丸さんの特集号だったと記憶している。だからもちろん僕としては褒めるしかないわけです。しかし水丸さんは褒めるべき点が多くて、実に褒めやすい人です。褒められない点もいくつかあったような気がするけど、それはどちらかというと大きな声では言えない種類のことなので、もちろん書きません。

安西水丸画伯について文章を書くのは、けっこうむずかしい。といっても、本当のことを言えばぜんぜんむずかしくなんかなくて、書くべきこと、書きたいことはたくさんある。桶（おけ）の縁から溢（あふ）れ落ちるほどある。それをただ思いつくままにすらすらと書いてしまえば簡単なのだが、それがなかなかうまくいかない。というのはそういうことを書くと、いつも決まって、あとでなんとなく僕がやまし

い思いをさせられることになるからだ。たとえば、

「いや、このあいだの村上くんの書いた、あの僕についての文章だけどさ、あれ、面白かったよね。でもね、えへん、いや、僕はいいんだよ。僕は、こほん、そんなことぜんぜんかまわないんだけどさ、うちの家族がなんだかちょっと気にするみたいなんだよね。つまり家内とかさ、こほ、それから娘とかさ、読んでなんだか変な顔するんだよね。それにうちの家内の母親なんかも、えへん、ああいうのが出るとね、気にしてわざわざ電話してきたりするんだよね」

というようなことが、話のついでにさりげなくちょっとでてくる。

僕は水丸さんの奥さんには一度お目にかかってあいさつしたこともある。お嬢さんには会ったことはないけれど、まだ結婚前の身である。そういう人たちが僕の書いた駄文を読んで嫌な気持になったり、「おとうさんのことをあんなに悪く言うなんて、ムラカミってなんてひどい人なのかしら」と憤っていたりするところを想像すると（実はそんなにひどいこと書いてないんだけど）、胸がきりきりと痛む。そのうえ奥さんのお母さんにまで心労をおかけしているかと思うと、これはなんといっても申し訳ないことである。そういうことをふと考えると、筆を持つ手が重くなるというか、キーボードを叩く手がつい鈍くなってしまうのだ。

こういっちゃなんだけれど、水丸さんのこのへんの牽制の仕方はなかなか巧妙である。にっこりとして「いや、僕はいいんだよ。僕はいいんだけどさ……」というあたりがこつである。そう思うと、咳の入れ方だってどことなく念がいっている。誰か知らない人がそばでこういう会話を聞いていたら、「水丸という人は仏さまのような温厚な人格で、家庭を大事にしている人で、ムラカミというやつはきっと下品で阿呆で、デリカシーのかけらもない、ハナたらしの熊のような奴に違いない」と思うことだろう。僕としてはそんなことと思われたくないので、なるべく水丸さんについてのネガティヴなことは書かないように常々心掛けている。水丸さんについてなにか文章を書かなくてはいけないときには、いつもいいことだけを並べるようにしている。だから世間一般での安西水丸の評判は決して悪くないはずである。

でもこの人はうちの奥さんにどこかでばったり会ったりすると、いい機会とばかりに、僕についていろいろと根も葉もない情報を吹き込むことがある。このあいだ彼女が友達と青山の寿司屋に入ったら、ちょうどカウンターのとなりに水丸さんがいて、「あのね、ムラカミってすごくもてるんだよね。僕のところに来る女の子って、だいたいムラカミくんの話をするんだよね。みんな僕に紹介して下さいって言うんだよね。

あんなにもてると奥さんも心配だよね。大変だね」というようなことを、いかにも親切に心配する風を装って、延々と注意してくれたそうだ。「自分のことは棚にあげてよくもまあ……」とつくづく感心してしまう。だいいち紹介してくれたことなんて一度もないじゃないか。

そういえば十五年くらい前に初めて会ったときにも、僕がちょっと目を離した隙にうちの奥さんのところに近づいて、「ねえ、小説家ってすごくもてるんですね。奥さんも心配ですね。一人で旅行に出したりすると危ないですよ。気をつけないと」というようなことをそっと囁いた。考えてみるとこの人の性格は、十五年間ほとんど変わってないみたいな気がする。まあそれはいいや。いろんなことは我慢して、やはり今回もなるべく悪いことは書かないようにしよう。いいことだけを書こう。

水丸さんはなんといってもとても親切な人で、僕が七年くらい前に家を建てたときに、和室の襖絵と掛け軸を描いてくれませんかとお願いしたら、「いいよ、やりましょう」とこころよく引き受けてくださった。そしてはるばるうちに来て、こしこしこしと墨を摺って、筆で見事な富士山と魚の絵を描いてくれた。ときどきその襖絵を見て「ほう、これは珍しいなあ。プリンと煮干しの襖絵ですか」と訊く絵心のない人がいるけれど、あれは富士山と魚です。だってそうでしょう、人の家の襖にわざわざプリンと煮干しの絵を描くような人間がどこにいるっていうんだ？　それからその部屋に若い女の人が泊まると、夜のあいだに襖から魚が抜け出してきて、こそこそと空咳をしながらいたずらをするという話が青山近辺で広まっているようだけれど、それもまったくのガセネタです。これまでのところそんなことは一度も起こっていません。

それから掛け軸の水丸さんの絵を見て、「これは禅ですね？　うーむ、いや、難解だ」と深刻に考え込むアメリカ人がいるけれど、ノーノー、それはべつに禅じゃありません。ただの「○」と「D」です。あるいは太陽と月かもしれない。

ところで、その部屋に一人でこもって襖絵を描いているときに、氏の描いている魚を本物と見間違えたクーガーくらいの大きさの猫が、いきなりわっと襲いかかってきて、水丸さんは大怪我をしたが、血まみれになりながらも筆はしっかりと離さず、なんとか襖絵だけは最後まで描きあげた、という日清戦争のラッパ手みたいな美談風の噂もあるけれど、それもやはり根も葉もない嘘です。うちの雌のシャム猫がやってきて、ぐるっとまわりを回って、ちょこっと足を舐めただけです。水丸さんは極端に犬猫が苦手なので、きっとそのシャム猫がクーガーくらいの大きさに見えたのだろう。デリケートな芸術的感性が生み出した幻覚ですね。

僕はそれ以来「水丸さんにちょっとうかがったんですが、ムラカミさんのところではずいぶん獰猛な猫を飼っておられるそうですね」というようなことを何人もの人に訊かれたが、僕が飼っていたのはただの好奇心の強い小柄なシャム猫に過ぎない。見慣れない人が四畳半で見慣れないことをしているのを目にして、「こいつ、なんだろうな」と思って軽くちょっかいを出しただけである。しかしあの痛切な悲鳴を耳にした近所の人たちは、氏がそのとき獰猛なクーガーに襲われて血まみれになったと聞かされても、たぶんそのまま信じたことだろう。

猫はまだ今のところ、襖に描かれた魚を本物のと間違えて飛びかかってはいない。しかし先のことは僕にもわからない。僕はたまに道で読者の人に声をかけられることがあって、「よく顔がわかりましたね」と不思議に思って尋ねると、「ほら、ムラカミさんのお顔は、水丸さんの絵でいつも拝見していますから、くすくす」と答える人が多いのである。最初はそういうのがよく信じられなかったのだけれど（だって僕の顔は、いくらなんでもあんなに単純に構成されているだろうか？）、そういう経験が度重なると、僕としても「うーん、ひょっとしてそうなのか」と立ち止って深く考え込まざるを得なくなってきた。うーん、そんなに似てるのかなあ。

あるいは安西水丸は真の天才の一人なのかもしれない。そのうちに猫も水丸さんの絵の芸術性を真に理解して（今のところうちの猫にはまだ難解すぎるみたいだ）、腹が減ったら襖の魚にぱっと飛びかかるようになるのかもしれない。そうなれば水丸さんが「平成の円山応挙（まるやまおうきょ）」と呼ばれるのも時間の問題だろうな……ということをふつふつと思う今日このごろである。

……ということをふつふつと思う今日このごろである。

動物園のツウ

吉本由美(よしもとゆみ)さんの『キミに会いたい　動物園と水族館をめぐる旅』という本について書きました。吉本さんは動物園とか水族館とかが心底、マニアックに好きな人で、そういう話をするとほとんど際限なく、熱心にしゃべっている。目つきもなんとなく変わる。だから月刊誌「旅」に連載していた全国動物園・水族館めぐりは、読んでいて毎回すごく楽しそうだった。仕事で好きなことができるというのは、実に素敵なものです。「波」２００９年９月号に掲載。

この本の著者である吉本由美さんと、都築響一(つづききょういち)くんと、僕と三人で以前「東京するめクラブ」というチームを組んで、いろんな「ちょっと変なところ」を探訪し、それについて話をしたり、原稿を書いたりという気楽な企画を何年かやっていた。熱海からサハリンまで実にいろんな「ちょっと変なところ」にこのちょっと不思議な組み合わせで行って、それはそれでなかなか楽しかったのだけれど、そのときにたまたま吉本さんが動物園のツウであることを知った。

僕も動物園・水族館は好きで、旅行をするたびにその土地の動物園・水族館をのぞくようにしているのだけど（ベルリンでは三日続けて動物園に通った）、吉本さんの動物園・水族館に対する熱意と知識にはとうていかなわない。一緒に動物園を歩いていると、まるでガイドさんみたいに動物やら魚やら鳥やらについての説明を丁寧にしてくれる。僕が聞いたことのないような動物についても本当によく知っている。こういう言い方はあるいは不適切かも知れないけど、現実世界についての知識よりは、動物世界についての知識の方がひょっとしてより豊富なんじゃないかと、時として思えてしまうくらいだ。

もちろん吉本さんは動物園にいる動物だけではなく、普通に生きている動物も好きで、道ばたに猫とか犬とかカラスなんかがいると、必ず立ち止まって親しく呼びかけたり、話しかけたりする。ときどき道に落ちている紙袋に向かって一生懸命話しかけているから、「ねえ、吉本さんそこで何してるの？」と尋ねると、「あ、なんだ、紙袋か。猫かと思ったよ」という答えが返ってきたりする。要するに近視なのだ。だからいろんなものがついつい動物に見えてしまう。だいたいがそういう人生を送っている人である。

その「東京するめクラブ」で名古屋を取材したことがある。取材の合間にちょっと暇ができたので、「お天気も良いし、動物園に行ってみようか」ということになった。東山動物園は名古屋市の郊外にある、なかなかゆったりとした、気持ちの良い動物園である。平日の昼前でお客も少なかったので、そこにいるいろんな動物たちを心ゆくまで眺めることができた。

もう五年くらい前のことだから、まだいるかどうかはわからないのだけど、そのとき我々が東山動物園で見たマレーグマは、読売巨人軍の阿部慎之助捕手に本当によく似ていた。本物の兄弟じゃないかと思うくらい——たぶん違うと思うけど——顔がそっくり瓜二つだった。僕も吉本さんもヤクルト・スワローズのファンだし、決して読売巨人軍に好意を持っているわけではないのだが、その阿部慎之助似のマレーグマはとても愛嬌があって可愛かった。それで吉本さんはそのマレーグマに向かって「おい、しんのすけ、しんのすけ」とずっと呼びかけていた。そのほかいろんなことを親しげに話しかけていた。なんだか昔の親しい友だちに久しぶりに出会ったみたいに。マレーグマは賢い動物だからむろんそんな無益なことには関わり合いにならず、自分のなすべき作業をクールに続けていた。横にいた若いカップルは気味悪がってすぐ違うところに行ってしまった（気持ちはなんとなくわかる）。

吉本さんと動物園に行くと（まだ一度しか行ったことがないけど）、動物を見ているよりも、動物を見ているこの人を見ている方が面白いと思うことがよくある。みなさんも吉本さんと一緒に動物園に行けば、きっと同じ感想を持たれると思います。でもまあ、それは現実的に無理かもしれないから、かわりにこの本を読んでみて下さい。

都築響一的世界のなりたち

都築響一さんとはけっこう古いつきあいになる。つきあいといっても、仕事でときどき顔を合わせるくらいのものだけど。彼が『珍世界紀行ヨーロッパ編 ROADSIDE EUROPE』という本を出したとき、その本について小冊子「ちくま」にこの文章を書いた。２００４年５月号。都築さんの本はページを開くたびに「なんと、まあ」という驚きがあり、そこが楽しくおかしい。まさに「異才」というしかないですね。

都築響一さんとはこれまでに何度か旅行を一緒にした。おおかたは取材がらみの旅行だったけれど、たまたまプライベートな旅行をともにしたこともある。他人と旅をするというのは、場合によっては気疲れするものだが、僕も長いあいだあちこちふらふらしてきた人間だし、都築くん（と普段のように呼ばせていただきます）もしょっちゅうどこかに出かけている人なので、旅行馴(な)れしているというか、そういうしんどさはまずない。行き先が日本国内であっても海外であっても、のんびりとお互いのペースで適当にやっている。

一度ミャンマーのヤンゴン（昔のラングーンだ）で一緒になったとき、とくにやることもなかったので、「ちょっと街をぶらぶらしてきます」という彼に、「ついていっていいかな」と訊いたら、「いいっすよ」と言うので、お言葉に甘えて半日行動をともにした。そのときにつくづく感心したのだけれど、都築くんはほんとに根っから、好奇心のかたまりみたいな人である。どこかに面白そうなものがあったら、それが何であれ、そのままずんずんつっこんでいくし、そういうことには手間暇をまったく惜しまない。そしてまた、面白そうなものをみつけるアンテナみたいなものが、しっかりとこの人の体内（頭だかお腹だか知らないけど）には備わっている。僕が一人で街を歩いても、これだけ面白いものはみつけられなかっただろうな、という気がした。

あるいはそれは「面白いものをみつける能力」というよりは、「ある種のものの中に特殊な面白みを見いだす能力」と言った方が近いのかもしれない。ひとつの事物をこっちから見たり、あっちから見たり、手で触ったり、くんくん匂いをかいだりして、自分の中に、個人的な面白みのようなものを、立体的に立ち上げていく。都築くんはそういう能力に長けているのだろう。

そしてそのような面白みがうまく立ち上がると、とても幸せそうな顔になる。「ムラカミさん、いいっすねえ。これ面白いっすよ。いいなあ」と、にこにこしながら、いつまでもそこに座り込んでいる。そんな姿を見ていると、僕もやはり幸福な気持ちになってくる。この人にはそういう、じわっとくる不思議な感化力がある。しかし酷暑のヤンゴンの街で、彼の好奇心に半日つきあっているのは、正直言って、肉体的にけっこう大変だった。

もちろん都築くんが面白いと感じるものは、要するに彼が個人的に「面白い」と感じるものであって、普通の世間の人はあまり面白いとは感じないものかもしれない。その多くは、珍奇なものであり、グロテスクなものであり、雑駁（ざっぱく）なものであり、camp なものである。ある場合には目をそらしたくなるような種類のものである。しかし都築くんの本を何冊か読んで、そこにある「都築響一的世界」をくぐり抜けているうちに、僕らはいつしか都築響一的な視線でまわりを見つめ、都築響一的文体でそれを描写するようになっている自分を発見する。僕の場合で言えば、何かヘンテコなものを見かけるたびに、「あ、これ、都築くんだったら喜びそうだな」とか、すぐに考えてしまうのだ。よく言えば都築響一的世界に「感化されている」わけだし、悪く言えば「汚染されている」わけだ。

名著『珍日本紀行』はかなりそのような汚染度の高い書物だったが、続編ともいうべき『珍世界紀行』の汚染度も決してそれに負けない。「よくやるよなあ」と感心し、あきれながら、その世界にじわじわとはまっていってしまうことになる。畏友・都築響一くんにはこれからもがんばって、日本国内のみならず、世界の精神をもどんどん汚染しまくってほしいと思う。

蒐集する目と、説得する言葉

都築さんの著書『夜露死苦現代詩』は優れた内容で、読みごたえがある。なにより着眼点が良い。新潮社の月刊小冊子「波」に頼まれてこの書評（のようなもの）を書いた（2006年9月号）。僕は書評というものを普段あまり書かないんだけど（批判したくはないし、かといって見え透いたよいしょもできないし）、でも好きな本、面白かった本について何かを書くのは好きです。

文芸誌の連載を毎回欠かさず読んだという記憶はない。というか雑誌そのものをほとんど読まないので、したがって文芸誌に限らず、雑誌の連載を読むということはまずないのだが、この都築響一くん（とあえて呼ばせてもらう。古くからのつきあいなので）の『夜露死苦現代詩』だけは、雑誌「新潮」掲載時から毎回楽しみに読んでいた。べつに古いつきあいだから読んでいたのではなく、なにしろ文句なく面白いから読んでいたわけだ。

都築くんの書くものの強みは、常に自分の足で歩きまわって面白いものをみつけ、第一次資料として自分の中に丹念に蒐集し、それをもとに地べたからダイレクトに論を起こしていくところにある。だから彼の書いたものを手にとって読んで、がっかりした覚えがない。もちろんすごく面白いものがあり、「これは今ひとつかな」と思うものがあったりするわけだが、いずれにせよそこに取り上げられているのは、彼が自分の手でこつこつと集めてきたものなのだという手応えがたしかにある。自然な活力と新鮮さが間違いなく感じられる。世間の風向きを見つくろって頭の中で要領よくこしらえられたり、どこかから適当にペーストされたようなものは、そこには見あたらない。

都築くんが何かを面白いと言うとき、彼はそれを本心から面白いと思っている。そしてその面白さを人々に向かってきちんと説明するための語彙――そのためだけにとくべつに蓄えられた語彙だ――を彼は持ち合わせている。それは借り物の言葉ではなく、時間をかけ、身銭を切ることによって獲得された言葉である。「サブカル」という用語は、都築くんのあり方を表するにはいささか軽く、また手垢がつきすぎているかもしれない。しかし「雑民性」という文脈でその言葉を使わせてもらえるなら、僕は彼の文章を見たり、読んだりするたびに、ふと「サブカルの山頭火」というイメージを抱いてしまう。それはもちろん彼の足腰の強さと、言葉の選び方の確かさと、ある種の頑固さがもたらすひとつの類比である。

本書の内容については、僕があえて説明を加えるまでもないだろう。本を読んでいただければそのままわかることだ。詩というフォームが「表現容器」としてのかつての力を失った現代にあって、人々の心の発する言葉、つまりは本物の言葉が行き場を求めてどのような「雑民的様式」の中に流れ込んでいくのか、それを都築くんは具体的に検証していく。それらが詩のサブスティチュート（替わりの入れ物）としてどの程度有効に機能するものなのか、どれほどの可能性を秘めているものなのか、僕はそれを判断する立場にない。中にはただの言葉遊びとしか思えないものもあるだろう。「個人的なエアポケット」としてそこで完結してしまうしかないものもあるだろう。しかし少なくともそれらは、言語のエネルギーを海綿のように貪欲（どんよく）に吸収し、ひとつの現象として、ひとつの必然として――切々と、あるいはぬけぬけと――そこに樹立されているものである。我々はおそらくその樹立の様相に、そのいかがわしいばかりに生きている言葉のありさまに、言語の有効性についての何らかの示唆（しさ）を読み取れるはずだ。

都築くんが目指しているのもおそらくは、それらの言語様式ひとつひとつの当否や可能性を問うことではないはずだ。彼が手を伸ばして拾い上げ、我々に示したかったのは、地上に居場所を見いだすことができないまま、地下（半地下）に潜り込んでいかざるを得なかった詩的言語の姿なのだ。薄暗闇（うすくらやみ）を生き延びるための用具として、エリーティズムとは無縁の場所で、実践的に手に取って使われている名もなき言語のありようなのだ。そこに何を読み取るかは、あくまで読者の手に委（ゆだ）ねられた作業である。

チップ・キッドの仕事

これは装幀家であり、友人でもあるチップ・キッドの作品を集めた本『Chip Kidd: Book One: Work 1986-2006』(Rizzoli, 2005)のために、頼まれて書いた文章です。彼はアメリカで出版された僕の本のすべてを装幀してくれている。本のかたちにまとめられた彼の仕事を一覧すると、今さらながら「本当に才能のある人だよな」と思う。アイデアが秀逸で、本のことをよく理解している。この人はまた文章もうまく、自伝的小説を書いている。言うまでもないけど、この本の装幀も大変に凝っていました。

チップ・キッドと初めて一緒に仕事をしたのは、一九九三年にクノップフから短篇集『象の消滅』を出版したときだった。最初にブック・カヴァーのデザインを目にしたとき、その斬新さに軽いショックを受けた。そこに描かれた象は、なんだかまるで十九世紀の蒸気機関のようなかっこうをしていたからだ。それはデイヴィッド・リンチの『エレファント・マン』の随所に出てくる陰鬱な機械のひとつのようにも見えた。あるいはバットマンの住むゴーサム・シティーの、あのゴシック的風景の謎めいた一部分のようにも見えた。

　普通、人が象を描こうとするとき、我々はそこに象という「共有イメージ」を出現させようとする。大きな二枚の耳を描き、長い一本の鼻を描き、白い二本の湾曲した牙を描き、その生命体としての巨大さを強調する。それが我々が象に対して持つ共通認識であるからだ。それはきわめて自明なものであり、象が共通認識を作り出すのか、あるいは共通認識が象を作り出すのか、そのあたりの区別がつきにくくなってしまうくらいである。

　しかしチップが描く象は、そういう象ではない。チップの象は、あくまでチップの世界からやってきた象である。そのような象は彼の世界にしか住んでいない。その象は鉄で作られて、ボルトでとめられている。内部では無数の歯車が嚙み合っており、そしておそらくは蒸気の力で動いている。チップの世界にあっては、象がそのように機械仕掛けで動いているということは、誰もが承知している事実である。要するにチップは、共通認識を用いて、共有イメージではないものをそこに出現させている、ということになるのかもしれない。それは――僕は思うのだけど――真にオリジナルなアーティストにとっての必須（ひっす）の資格のひとつではないだろうか。

それ以来、チップは僕がクノップフから出版する本のカヴァーの、すべてをデザインしてくれた。どれもオリジナリティーに富んだ、優れたデザインだった。彼は実際に本を読み、その内容を自分の身体に染（し）みこませ、その地点から彼独自の造形を紡（つむ）ぎ出す。それは世間によくある、利己的なデザインのためのデザインではない。彼の描き出す風景や事物は、その本の描き出す風景や事物と、見事に自然に協調しているのだ。そのデザインは斬新ではあるものの、決して本の成り立ちの邪魔をすることがない。それは本と共にそこに立っている。僕がチップの仕事を見ていつも感心させられるのは、そういうところだ。

アメリカで本が出版されるたびに、今度はチップがどんなデザインを提供してくれるのだろうと、ブック・カヴァーの見本が送られてくるのを、僕はいつも心待ちにしている――さて、今度はどのようなかたちをした物体が、チップ・キッドの世界から、こちらの世界に送り届けられるのだろう、と。そこには常に驚きがあり、喜びがあった。そしてこれからもおそらく、彼のデザインは僕の小説世界の、欠かすことのできない一部であり続けることだろう。

「河合先生」と「河合隼雄」

岩波書店が出している『河合隼雄著作集』第二期第六巻の月報のために書いた文章。2004年2月に刊行。そのころまだ河合さんはご存命だった。僕は何度も河合さんにお目にかかって、話をしているんだけど、本当に核心に突っ込んだ話をしたことはなかった。「そういうことを話すのは、もう少し時間を置いた方がいいだろう」という気がしたから。しかしそうしている間に河合さんは病を得て亡くなってしまわれた。本当に残念です。

僕は他人から「先生」づけで呼ばれることはまずないし、またこちらから「先生」づけで呼ぶ人もまずいないのだけど、河合隼雄さんだけはなぜかつい自然に「河合先生」と呼んでしまう。考えてみれば、僕は河合隼雄氏の学生でもないし、クライアントでもないし、とくに「人生の師」として仰ぎ私淑しているわけでもないので（もちろん尊敬はしていますよ、ほんとに)、べつに「河合さん」とシンプルに呼べばいいようなものなんだけど、それでもなんとなく「河合先生」と呼んでしまうことになる。面と向かってもそう呼ぶし、いないところでも「河合先生がね……」とか口にしてしまう。どうしてなんだろう? この原稿を書き始めて、あらためてそういう疑問を抱いた。僕はあまりにも自然に素直に、河合隼雄氏のことを「河合先生」と呼んでしまうのだ。そこにはなんらかの理由があるはずだ。

そのような疑問を抱きつつあたりを見まわしてみると、河合さんのことを「河合先生」と呼ぶのは、何も僕ひとりだけではない。いろんな編集者やら、うちの妻やらも、だいたいにおいて「河合先生」と呼んでいる。もちろん中には「河合さん」と呼ぶ人もいるけれど、だいたい八対二くらいの割合で「河合先生」派が「河合さん」派を圧倒しているみたいだ。そういう人って昨今、ほかにはなかなか見あたらないような気がする。

ご存じのように世の中には「先生と呼ばれるほどの馬鹿(ばか)はなし」という言葉もあって、「先生」と適当に呼んでおけば、それでいろんな面倒なことをとりあえず棚上げしてしまえるというケースもたしかにあるのだが、河合隼雄氏の場合はそれとは違う。だいたい、こっちが棚上げしようと思っても、簡単に「はい、そうですか」と棚にあがってくれるような人ではない（あるいはあがるふりをして、気がついたら逆にこっちが棚の上に載せられていたりするかもしれない）。もちろん、みんなが河合隼雄氏に自然な敬意を抱いていて、それが当然のこととして「河合先生」という呼び方に結びついていくわけだし、そこには疑問の余地はないわけだが、しかしただ単純にそれだけでもないんじゃないかという気が、ふとする。河合隼雄氏にはどういうわけか、「河合先生」という呼称がすごくぴったりとあっているのだ。というか、あまりにも自然にあいすぎているみたいなのだ。

　なぜ、河合隼雄氏には「河合先生」という呼称がそれほどまでぴったりとあっているのだろうか？　それについていろいろと僕なりに考えてみたのだけど（小説家というのは暇だから、いろんなことをわりにしつこく考える）、考えているうちにだんだん、要するに河合隼雄氏は、半ば意図的に「河合先生」という衣を身にまとおうとしているのではあるまいか、という気がしてきた。つまり河合隼雄氏は、「河合先生」という呼称を効果的に身にまとうことによって、「私は河合先生ですから、河合隼雄とはちゃいまっせ」というソフトな戦略を展開し、行使しているのではあるまいか、ということだ。要するに「河合先生」と呼ばれることを、ごく自然ににこにこと受け入れることによって、自分を「河合先生」と「河合隼雄」とにうまい具合に分離し、使い分けているわけではないだろうか。もしそうだとしたら、さすが心理療法の専門家だけのことはあるなと思う。感心してしまう。もちろんこれは僕の仮説であり、推論に過ぎないわけですが、そういうところがまったくないわけじゃないだろうと僕としてはわりに（勝手に）確信している。

いずれにせよ、そんなことは意図的にやろうと思って簡単にできることではない。まずまわりの人々に「先生」と（便宜的にではなく）呼ばせるだけの実績と実力がなくてはならないし、それをうまく自然に受け入れる「引き」のような力が必要になるし、それを簡単に制度化してしまわないだけの統御力も必要になる。僕にはとてもそんな芸当はできそうにない。

というわけで、なにはともあれ「河合先生」である。

たまにお目にかかって個人的に話をしていると、目の前で河合隼雄氏と河合先生のモードがすっと入れ替わったりすることがある。というか、こちらの目から見ていると、そういう風に感じられることがある。まるで風の方向で、森の中の木漏れ日がその印象を変えたりするのと同じように、顔つきがわずかに変化する。目の光り具合や、声のトーンがほんの少しだけ変化する。とはいっても、それで具体的に何かが変わるということではない。普通の人みたいに、あるポイントを越えたら話し方ががらっと変わったり、話の内容が変わってきたり、というのではない。でもノッチ（刻み目）がひとつぶんだけちらっと移動する。でもそれで、僕がそれまで「河合先生」と言っていたのを「河合さん」と呼び変えたりするわけではない。河合先生はあくまで一貫して「河合先生」である。そんな簡単にひょいと棚の上にあがったり、そこから下りたりというようなことはない。僕としては、たいへんなお仕事なんだろうなと、ただ推察し、感心するだけである。そういうのに比べたら、小説家なんてほんとに楽なものだ。小説さえ書いてしまえば、あとはただぼけーっとしていればいいわけだから。

僕らがもっとも簡単に、もっとも自然なかたちで、ナマの「河合隼雄氏」に巡り合える機会は、なんといっても、河合さんがフルーティストになったときである。彼はフルートを手にステージに上がる。そしていくぶん緊張した面もちで、（たとえばモーツァルトを吹き始める。いったん音楽が始まってしまうと、そこにはもういつもの「河合先生」はいない。そこにはもう言葉はなく、言葉によって規定される世界もなく、我々が目にしているのはナマの河合隼雄氏である。というか、むしろただの奈良県在住の、音楽を深く愛好する河合隼雄さんである。僕らが目にしているのは、言語の呪縛（じゅばく）を逃れ、音楽の世界をただ無心に漂っている一人の生身の人間である（僕らはその無心さをはっきりと聴き取ることができる)。そんなわけで僕としても、フルートを吹いているときの河合隼雄さんだけは、「河合先生」と呼ぶことはできないような気がする。

目にしたこと、心に思ったこと

デイヴ・ヒルトンのシーズン

この原稿は雑誌「ナンバー」の1980年10月5日号のために書きました。ずいぶん昔のものです。うちにある古い資料をひっかきまわしていたらひょこっと出てきた。懐かしいので少し手を入れて収録しました。この開幕試合の広島の投手は、ずっと外木場だったと記憶していたんだけど、本当は高橋里志だったんですね。内容にいくつか細かい事実的な間違いがあるけれど（当時はウィキペディアなんてなかった）、文章の流れを保つためにそのままにしておいた。

それは素晴しいシーズンだった。ヤクルト・スワローズ、一九七八年。広岡こそが監督であり、松岡こそがエースであり、若松こそがバッターであった。チャーリー・マニエルは後楽園球場の最上段にホームランを叩きつけ、大矢は捕手として鉄壁の如くホームベースを守った。

その年のはじめ、僕は神宮球場の近くに（それが神宮球場の近くであるという殆どそれだけの理由で）引越して、暇をみつけては毎日のように外野席に通っていた。少年時代やはり同じように通っていた甲子園球場に比べれば、当時の神宮はプロ野球のための球場にはまるで見えなかった。場末の闘牛場とでもいった方が雰囲気として近いかもしれない。外野には椅子席がなく、半分ばかりはげてしまった芝生の斜面は雨が降るたびに泥だらけになるし、風の強い日には耳の穴に砂がつまったものだった。それでも風のない晴れた午後の神宮球場の外野席は少くとも東半球ではいちばん気持が良く、そして心温まる外野席だった。手描きのスコア・ボードのてっぺんには何羽もの鴉が退屈そうに腰を下ろし、春の日差しの下でスワローズの帽子をかぶった物好きな子供たちが斜面を転げまわって遊んでいた。

僕は二十九歳になったばかりで、その春から小説（のようなもの）を書き始めていた。小説（のようなもの）を書くのは生まれて初めてのことだ。ヤクルト・スワローズは球団創設以来、優勝経験のないまま二十九回目のシーズンを迎えようとしていた。言うまでもないことだが、その二つの事実のあいだには何の関連性もない。たまたまそうだったということだ。

しかしそこにはもう一人の二十九歳の青年がいた。僕がいま語ろうとしているのは、彼についての短い物語である。いや、物語というほどのものでもない。僕は彼についての物語を語れるほど、彼のことを多くは知らない。それはむしろ断片に近いものだ。彼のひとかけら。シーズンという鋭い刃物によって切り取られた、彼の魂のひとかけらだ。そのひとかけらはしばらくのあいだ人々の心を――すくなくとも僕の心を――さまよった末に、次第にその鮮やかさを失い、やがては圧倒的な時の流れの中に消えていくことだろう。

七八年の四月一日に戻ろう。

快晴。

神宮球場のオープニング・ゲーム、プレーボールの午後一時、僕は芝生の上にねそべりながらビールの二口めを飲んでいた。広島の投手は高橋(里)、そして最初の打席には彼が入っていた。彼の姿を見て何人かの観客は笑ったかもしれない。そして別の何人かは新鮮な予感のようなものを身のうちにふと感じたかもしれない。笑いの原因はもちろん彼の奇妙なバッティング・フォームにあった。バッターボックスの中で、まるでしゃがみこむように不器用に身を折り曲げ、まっすぐに立てたバットのヘッドをぐるぐると回しながら、半ば挑みかかるように、そして半ば怯(おび)えたように高橋投手のグラブを睨みつけていた。ここは本当に闘牛場なのかもしれないな、と僕は考えたほどだった。

そして、あとになって思えばということだが、そこにはもうひとつ、新鮮な予感のようなものがあった。それについて説明するのは、簡単なことではない。ほっそりとした猫背の外人選手というだけでかなり「新鮮」ではあるとしても、それがどのようにして「予感」まで結びついていくのだろう？　しかし予感というものが、大げさに言うなら、神に愛されるもののいっときの輝きであるとするなら、そこにはたしかにそれがあった。彼のまわりにだけ、春の日差しが余分に差しているような雰囲気があった。彼がアリゾナの（おそらく）小さな町から東京のグラウンドまで持ち込んできた、彼の魂のひとかけらが、その日差しを受けて輝いているようにも見えた。

それは見事なヒットだった。ボールは左中間をまっぷたつに裂き、ギャレットと山本浩二がボールに追いついた時には彼は二塁ベースの上に立っていた。それは全球団を通じての七八年のシーズン最初の安打であったと思う。

彼の名はもちろんデイヴ・ヒルトン、その年のベスト・ナインの二塁手、夏の終わり近くまで打率のトップを守った男だ。あなたはおそらくまだ彼の名を覚えているだろう。七八年は彼のためのシーズンであり、そしてそれはほんの二年前のことなのだから。

そのシーズン、彼は打つたびに全力疾走を、そして時には絶望的なヘッドスライディングを試みつづけた。新聞（スポーツ新聞じゃないやつだ）は一面のコラム全部を使ってそのプレーを褒めあげた。彼は瀬戸際に追いつめられた日本シリーズ第四戦の最終回に今井雄太郎のカーブを信じ難いスイングで西宮球場の左翼ラッキーゾーンに打ちこんだ。そして年間を通じて神宮球場の選手出口からクラブハウスまでの短い道筋で、彼ほど真面目にファンの握手に応えていた選手を僕は知らない。

しかし結局僕にとってのデイヴ・ヒルトンはほころびたセーターを着てスーパー・マーケットの紙袋をかかえた一人の貧しげなアメリカ人である。

それは日本シリーズを目前にした十月始めの曇った日曜日だった。夕方近くになって、目に映らぬほどの初秋の細い雨が舗道を微かに濡らし始めていた。僕と妻が広尾にあるスーパー・マーケットを出た時、バス停の近くで小さな子供を連れたアメリカ人の夫婦がタクシーをつかまえようとしていた。その小柄なアメリカ人は息子を肩の上に載せ、左手にスーパー・マーケットの紙袋をかかえていた。子供は傍に立った少女のような母親に笑いかけ、彼女はにっこりと夫に微笑みかけ、父親は笑いながら淡いブルーの瞳で息子をじっと見上げていた。

何かが僕の心を打った。開幕ゲームで僕が感じたあの予感にも似たものが、やはりそこにあった。そして僕は生まれてこの方、それくらい混じりけのない幸福の情景を目にしたことはなかったという気がした。彼らはどちらかといえば、質素ななりをした平凡な見かけのアメリカ人の一家だった。でも彼らの顔にはかげりというものがなかった。まるで小雨降る夕暮れの人混みに差し込んだ一筋の日差しのように、彼らの微笑みは明るく輝いていた。それが彼らを何かしら特別な存在にしていた。僕の心を打ったのは、そんな輝きの中心にある少し痛々しいまでの幸福感だったのかもしれない。

これがその時の彼のサインだ。

デイヴ・ヒルトン……少し字がぶれているのは仕方ないな、君は息子と紙袋をかかえ、タクシーをつかまえようとしていたんだもの。

そして七八年のシーズンが終り、何もかもが変っていった。その素晴しいシーズンは二度と戻ってはこなかった。しかし僕に（あるいは君に）誰を責めることができるだろう？　アリゾナからやってきた僕と同い歳の優しい目をした青年は、シーズンという時の流砂の中に消えていった。ただそれだけのことだ。

さよなら、デイヴ・ヒルトン。

正しいアイロンのかけ方

　1980年代の初め、作家デビューしてまだ間がない頃、「メンズクラブ」という雑誌にエッセイの連載をした。そのうちのひとつ。アイロンがけが昔から好きというわけでもないが、家事としてそれほど苦痛ではない。少なくとも雑巾がけみたいなものよりは性に合っている。今はけっこう忙しいので、日本にいるときにはシャツはおおむねクリーニングにだしているけど、外国に出ると基本的に自分でアイロンをかけます。ときどきひどいアイロンがけをされてしまうことがあるので。

　高校時代に『ドクトル・ジバゴ』という映画を観た。デヴィッド・リーンの監督、オマー・シャリフとジュリー・クリスティーの主演で、なかなか面白い映画だったけど、筋はほとんど覚えていない。やたら長くて、雪の降るシーンが多かったことはたしかなんだけど。

映画というのは不思議なもので筋やら俳優の名前やらは全部忘れてしまったのに、ただ一箇所のシーンだけがどうしても忘れられずに残っている、という場合がある。そしてこのシーンは話の本筋とはまったく関係のないものであることが多い。『ドクトル・ジバゴ』で僕が今でもはっきり記憶しているのは、従軍看護婦に扮(ふん)したジュリー・クリスティーが、山とつまれた白いシャツに次から次へとアイロンをかけているシーン、これ一箇所のみ。デヴィッド・リーンさんには申しわけないと思うけれど、それ以外には何ひとつ覚えてはいない。

僕がこのアイロンかけシーンを鮮明に記憶している理由はひとつしかない。もし『ドクトル・ジバゴ』を鑑賞する機会があれば是非注意して観ていただきたいのだけど、ジュリー・クリスティーが使っているアイロンは電気アイロンではない。実をいうと僕はこの『ドクトル・ジバゴ』を観るまで、電気アイロン以外のアイロンが世の中に存在するなんて考えたこともなかった。だから僕はこのシーンを観て「へえ、そうなんだ」と感心してしまうことになった。

それでは電気アイロン以外のアイロンとは何かというと、これはまさに「鉄(アイアン)」である。把手(とって)のついた鉄のかたまりを幾つか火の上にかざしておいて、熱くなったのを選んで、それでシャツのしわをのばし、冷めてくるとまた火の上にかざし、別のを取って使う。見るからに重そうだし、これはかなりの重労働に違いない。ほっそりとして知的なジュリー・クリスティーが白い制服を着て、汗を流しながら、次から次へとシャツにそんな具合にアイロンをかけていく。僕はそれを見ていて歴史というのは実に重いものなのだなあと不思議に実感した。人はいろんなことに、いろんな風に感心するものだ。

それはともかく、僕はアイロンかけがわりに得意だ。というか、少なくとも自分の着るシャツは自分でアイロンをかける。どうしてそんなことするかというと、そうするのが当然だと考えているから。

僕はまずクリーニング屋にシャツを出さない。余程高価なクリーニング屋でないかぎり、洗い方は乱暴だし、間違った筋目にアイロンがかかっているし、糊でバリバリだし、変な匂いがついてくるし、当然シャツの寿命も短くなる。だから自分で洗う。暇があれば風呂に入った時にぬるま湯でゴシゴシともみ洗いする。暇がなければ洗濯機でもいいけど、手洗いの方がより好ましい。それから干す。

うるさいことをいうみたいだけど、シャツを大事にしたいのなら、干すのも自分でやった方がいい。なぜならこの「干す」という作業からアイロンかけは既に始まっているといっても過言ではないから。どういう風に干すかというと、アイロンをかけやすいように干す、ということに尽きる。どんなにアイロンかけが上手くったって、くしゃくしゃに乾いたシャツをパリッとさせることはまず不可能だ。一言でいうなら、これくらいきれいに干せたならべつにアイロンをかけるまでもないじゃないかというくらいぴしっと干しちゃうことだ。

それからアイロンかけ。これは男の趣味でやることだから、できれば最高級のアイロンとアイロン台を使ってほしい。でもいろいろ事情はあるだろうし、どこかでもらったごく普通のスチーム・アイロンと、量販店で買ってきた安物のアイロン台で妥協してもべつに構わない。経験からいうと、BGMはソウルミュージックが合うみたいだ。ジュニア・ウォーカー&オールスターズとかダイアナ・ロス&シュプリームスなんかを流しながら、五、六枚続けてアイロンをかけてしまう。オムレツを作るのと同じで、はじめはたぶん上手くいかないと思うけれど、一ヵ月も続けていればまずまず上手くなる。

しかし「どうしてもそこまでやらなくてはいけないのか?」といわれると、僕としても困ってしまう。それはもう考え方の違いだから。脱衣場にシャツを脱ぎ捨てておくと、お母さんや奥さんや恋人やらが洗って干してアイロンをかけてくれ、それで満足している人に向って、「それは間違っている」といえるような根拠はとくにない。あるいは洗濯ものを干したりアイロンかけをしたりするのは男の仕事ではないと考えている人を説得する自信もない。またそんなことする暇があるのなら、もっと有用な仕事をするよ、という人だっておられるかもしれないし、それはそれで正しいような気もする。

しかしですね、一枚のシャツを十年近く洗って干してアイロンをかけていると（十年くらいは軽くもっちゃうのだ）、そこにはそれなりの対話のようなものが生まれてくる。僕は決しておしゃれな人間ではないし、服にそれほど金をかける人間でもないけれど、それでも日々服を着て生活を送ることを余儀なくされているんだから、どうせなら服と多少対話をしてみるのも大事なんじゃないかと、ふと考えたりもする。

でもまあ、そういう固い理屈は抜きにしても、アイロンかけってやってみると結構面白いから。

にしんの話

その昔、嵐山光三郎（あらしやまこうざぶろう）さんが編集長をつとめていた「ドリブ」という雑誌のために書きました。1980年代半ばのことだったと記憶しています。「ドリブ」は終始一貫して元気の良い雑誌だった。その後『新版 象工場のハッピーエンド』に収められたが、文庫には収められていないので、こちらに収録させていただきました。僕がこのエッセイにあえてこだわったのは、個人的ににしんという魚が好きだからです。ただそれだけ。

にしんという魚がわりに好きだ。辞書を引くとにしんは「二審」とか「二心」といったあまりぱっとしない言葉と一緒にならんでいるが、これはまあべつにどうでもよくて、酢漬けのにしんはビールによくあう。

にしんというのはちょっと不思議な魚で、ふだんよく食べる魚ではないのだけれど、ときどき無性に食べたくなって困ることがある。にしんそばなんか一度食べたくなると、もう我慢できなくて、すぐに近くのそば屋にとんでいくわけだが、いざ食べてそれで深く満足したり感動したりするかというと、そんなことはなくて、要するにただの「にしんそば」である。こういうところがにしんという魚の限界とも言えるし、あるいは逆にいじらしいところと言えるかもしれない。

にしんは英語でヘリング（herring）という。昔キース・ヘリングというにしんのような顔をした画家がいたけど、この人の名前はHaringであって、にしんとはあくまで何の関係もない。でもキース・ヘリングの絵を見ていると、反射的に酢漬けのにしんが食べたくなってきて困る。そんなことで困っているのは日本中でたぶん僕一人だけだろうと想像するけれど。

英語の辞書を引いてみると、日本語の辞書に比べて、にしんについての言及がずいぶん多いことに気づく。それだけにしんは英国民の生活につながりの深い魚だったのだろう。なにしろ大西洋は「にしん池（herring pond）」と呼ばれているくらいなのだから。たとえば英語で「にしんのように死んでいる」というのは「完全にくたばった」という意味である。どうしてだろう？　たぶんおおかたの英国人は死んだにしんしか目にしたことがないからだろう。「にしんのようにthickである」というのは、ぎっしりと密集している様。群になってわっと押し寄せてくるからだろう。

日本で言う「杉綾」はヘリンボーン、つまり「にしんの骨模様」である。そういえば僕が生まれてはじめて買ったスーツは、ヴァンヂャケットのヘリンボーン・スーツだった。シャツはもちろん白のボタンダウン、ネクタイは黒のニットだ。アイヴィー・スタイル全盛の頃の話だ。思い出すと懐かしい。にしんと僕の人生はほとんど関係がないようでいて、ちょくちょくとつながっているらしい。

けっこうよくつかわれる英語の言い回しに「赤にしん（red herring）」というのがある。ひとくちでは説明しにくいのだが、あえて言うなら「もともとの目的なり本筋なりから話をそらせるためにわざと持ち出された、興味は引かれるが、実際にはあまり意味のないことがら」ということになる。以前翻訳書を読んでいて、「君、それはまったくのレッド・ヘリングだよ」という文章に出くわしたことがあるけど、知らない人にはさっぱり意味がわからないだろう。けっこう使い道のある言葉だし、日本語にはそれに相応する表現が見あたらないので、いっそのことそのまま日本語に導入してもいいのではないかと思う。「君、それはまったくの赤にしんだよ」という具合に。

何故「赤にしん」がそういう意味になるか、ずっと知らなかったのだけれど、語源辞典のようなものを手に入れたので、このあいだ思い立って調べてみた。それによれば、その昔英国ではキツネ狩りのための犬を育てるにあたって、キツネのにおいのついた道筋に、目くらましのために薫製にしんを置いておいて、それで犬の嗅覚を鍛えたのだそうだ。にしんのにおいにつられてふらふらと行き惑うことなく、一路まじめにキツネを追いかけるように犬を厳しく仕込んだわけですね。それで赤い薫製にしん＝目的を逸脱させるための魅力的なもの、ということになったらしい。語源を新しくひとつ知ると、ちょっとは賢くなったような気になる。実際にはたいして役に立たない知識だけれど。

何か用事があって銀座に出て、一人でふらりとビアホールに入って、生ビールを飲んで酢漬けにしんを食べているうちに、すっかり気持よくなって、用事そのものを失念してしまうことがある。「えーと、今日は何をしに来たんだっけなあ」と。こういうのもきっと「赤にしん」のひとつなんですね。

と書いているうちにビールが飲みたくなってきた。

ジャック・ロンドンの入れ歯

朝日新聞の夕刊のために書いたエッセイです。1990年5月21日の文化欄。ジャック・ロンドンは昔から僕の好きな作家で、彼については何度か(どこでだったか思い出せないのだけど)エッセイを書いた記憶があります。カリフォルニア州ナパにある彼の住んでいた家を訪ねたこともあります。最近になってあちこちで再評価がなされているみたいで、僕としてはとても嬉(うれ)しい。基本的には良質な物語作家なんだけど、各所に突発的に飛び出した部分があり、いろんな意味あいでいろんな方向から興味深く読み込める、不思議な作家でもあります。

ジャック・ロンドンは僕と誕生日が同じで、だからというわけでもないのだが、僕は彼の小説をよく読む。ロンドンの小説世界の概要を知るには、アーヴィング・ストーンの書いた伝記『馬に乗った水夫』を読むのがいちばんてっとりばやいだろう。これはロンドンの波瀾万丈の生涯を要領よく、スリリングにまとめた読み物で、飽きずに読める。これとロンドンが書いた自伝的小説『マーティン・イーデン』を併読すると、彼の巨大にして複雑な人間像がかなりくっきりと浮かびあがってくる。『マーティン・イーデン』の方はけっこう癖のある作品だが、読者の足を摑んでそのまま奈落の底までひっぱりこんでしまいそうな独特の凄味がそこにはある。なにしろロンドンは、自己の投影である主人公の作家マーティン・イーデンを本の最後で自殺させ、そのあと自分もまたその小説をなぞるように、名声の絶頂で自殺を遂げてしまうのである。

ストーンの『馬に乗った水夫』を読んでとても感心した個所がひとつあった。それは彼が日露戦争の従軍記者として単身朝鮮半島に渡ったときのことである。ロンドンは持ち前の冒険心で、外国人などほとんど足を踏みいれたこともないような朝鮮北部の辺鄙な村に泊まった。村の役人が宿にやってきて、彼に丁重に挨拶をした。お疲れのところを誠に申し訳ございませんが、村のものたち全員が御尊顔を拝したいと申しております。もしよろしかったら、広場でみんなにお顔を見せてやっていただけますか、と。

ロンドンは非常に驚き、かつ喜んだ。当時アメリカとヨーロッパでは彼の文名は急速に高まっていたが、まさかこんな朝鮮の寒村にまで名が知れわたっているとは思ってもみなかったのだ。たしかに広場は村人たちでぎっしりと埋まっていた。すごい人気だとロンドンは思った。しかし彼が用意されたお立ち台に立つと、役人がこう言った、申し訳ありませんがちょっと入れ歯を外して見せていただけますでしょうかと。人々が見たがっていたのはジャック・ロンドン本人ではなく、彼の入れ歯だったのだ。村人たちはそれまで入れ歯というものを一度も見たことがなかったのである。おかげで彼は三十分のあいだ観客の熱烈な拍手に応(こた)えて、お立ち台の上で入れ歯をはめたり外したりする羽目になった。

その時ロンドンは心底こう思った、「人間がどれだけ死力を尽くして何かを追求したところで、その分野で人々に認められるのは稀(まれ)なことなのだ」と。彼はそう肝に銘じながら寒風吹きすさぶその広場に立って、村人たちに向かってにこやかに入れ歯を見せ続けた。

これを読んで僕は、ロンドンという人は本当に偉いと思った。感動さえした。もちろん腹も立てずそのまま半時間も入れ歯を出したり入れたりしていた親切さも相当偉いと思う。顎(あご)の筋肉だってずいぶん疲れたことだろう。しかし僕がそれ以上に感心したのは、その教訓の学びかたであった。もし千人の人間がまったく同じ立場に置かれたとしても、そこからこんな特殊な教訓を引き出せる人は彼の他にまずいないのではないだろうか。

しかし考えてみればまあそのとおりだよな、と僕も思う。人は何かに向かってたとえ血の滲むような努力をしても、必ずしもそのことで他人に認められるとは限らないのだ。それはたしかに人が肝に銘じておいていい事実であるだろう。僕はこのエピソードを読んで、ジャック・ロンドンという作家が以前にも増して好きになった。

教訓の得かたに関して言えば、それほど劇的ではないにせよ僕にも似たような経験はある。大学生の頃、僕は一人で寝袋を担いで方々を旅行して回っていた。ある年の秋に青森を旅行した時のことだが、山の中を歩いているうちに道に迷ってしまった。夕方になり、気温もぐっと下がってきた。今にも雪が降りだしそうな嫌な天気だった。これはちょっと困ったことになったな、と僕は思った。でも運良くそこを通りかかった営林署のジープにお願いして公道まで乗せてもらい、そこからヒッチハイクで町にたどりつくことができた。僕を拾ってくれたのはマイクロバスで、そこには十人ほどのおじさんの団体が乗っていた。小さな会社の社員旅行か、あるいは町内旅行という感じの団体で、みんな酒を飲んで楽しそうに騒いでいた。おじさんたちは僕に親切にしてくれた。学生さんまあ一杯飲みなといって、日本酒を勧めてくれた。断るのも悪いので、一杯だけ頂いた。でもたぶんぐったりと疲れていたのだろう。すぐに僕はうとうとと眠りこんでしまった。

少したってふと気がつくと、おじさんたちはみんなで僕の悪口を言っていた。学生は気楽でいいや、親の金で遊び歩いてよとか、厚かましい野郎だぜ、酒まで飲みやがってだとか、そういうことだった。どうやらバスの中の全員が僕のことを罵っているようだった。困ったなと思ったが起きるわけにもいかないので、僕はそのまま寝たふりをしていた。そして悪口が一段落して少したったあたりではっと目を覚ましたふりをした。それから何事もなかったようににこにこと談笑して、町に着くと「どうもありがとうございました」と頭を下げてバスを下りた。おじさんたちも「まあ、頑張ってやれや」と言ってくれた。

まだ若かったし、僕はそのことで傷つきもした。どうして自分があのおじさんたちにそんなに罵られなくてはならないのか、その理由もわからなかった（今でもよくわからないが、あるいは僕には何か人の気にさわるようなところがあるのかもしれない）。でもそれについてはあまり深く考えこまない方がいいだろうという気がした。そしてこう思った、「他人が自分の悪口を言っている時は、寝たふりをしてるのがいちばんなんだ」と。

こういうのも教訓の引き出し方としてはあるいは正統的ではないかもしれない。でもそれは実にその時の僕の実感だったのだ。寝たふりをするのもけっこう疲れたけれど、でもあの場合には結局それがいちばん正しく妥当な選択だったかもしれないと僕は思った。

その後の人生においても何度も似たようなことはあった。その度に、なんだこれはあの時のバスと同じじゃないかと思った。そしていつも寝たふりをしてやり過ごした。もちろん黙って見過ごせないことも幾つかはあった。でも僕の経験からいえば、そんなことはそう頻繁には起こらない。大抵のことは、寝たふりをしているうちにどこかにすっと通り過ぎていってしまった。あのマイクロバスの団体おじさんと同じように。

僕は思うのだけれど、個人的教訓というのは得ようと思って得られるものではない。それは不可思議な道筋を通ってかなり唐突に頭上から落ちてくるものなのだ。そして道筋が不可思議なものであればあるほど、それに比例してその効用もまた大きいように思える。そういう教訓にどれほどの一般性、普遍性があるかまでは知らないけれど。

風のことを考えよう

ルイ・ヴィトンの出している雑誌のために書いた文章です。「Le Magazine」という雑誌で、２００３年の夏号。たしか「風」というテーマで何か書いてくれという依頼だったと記憶しています。テーマをもらって何かを書くということはあまりないんだけど、このときは何かしらふと気が向いて。

本を読んでいて、ある一節がどうしても頭を離れなくなってしまうことがある。たしか十八歳のとき、トルーマン・カポーティの「最後の扉を閉めろ」という短編小説を読んで、最後の一節が頭にこびりついてしまった。こんな文章だ。

「そして彼は枕(まくら)に頭を押しつけ、両手で耳を覆(おお)い、こう思った。何でもないことだけを考えよう。風のことを考えよう、と」

最後の"think of nothing things, think of wind."という文章が、僕はとても好きだった。日本語にその響きを正確に翻訳するのはほんとうにむずかしい。トルーマン・カポーティの美しい文章の多くがそうであるように、そこにはある種の響きの中にしか生きられない心のあり方が描かれているからだ。

そんなわけで、何かつらいことや悲しいことがあるたびに、僕はいつもその一節を自動的に思い起こすことになった。「何でもないことだけを考えよう。風のことを考えよう」と。そして目を閉じ、心を閉ざし、風のことだけを考えた。いろんな場所を吹く風を。いろんな温度の、いろんな匂（にお）いの風を。それはたしかに、役に立ったと思う。

ギリシャの小さな島に住んだことがある。一人の知り合いもいない島に、ふらっと行って、そこに一軒家を借りて暮らした。それまで名前を聞いたことすらない島だった。もちろん僕ら二人（というのは僕と妻のことだけど）以外に日本人なんていない。片言のギリシャ語でなんとか現実の用を足し、あとはただ机に向かって仕事をした。季節は秋だった。仕事の合間によく散歩をした。そのときは、今思っても不思議なのだが、毎日風のことばかり考えていた。というか、僕らは文字どおり風の中に生きているようなものだった。おおむね微風だったが、ときどき強くなった。おおむね乾いた風だったが、ときどき湿気を含み、ごくまれに雨を運んできた。しかしいずれにせよ、風は常にそこにあったし、僕らは風とともに目覚め、風とともに行動し、風とともに眠りについた。

どこに行っても、風は僕らのあとをついてきた。港のカフェでは、風はパラソルの縁をせわしなくはためかせた。人気のないヨットハーバーでは、マストがかたかたかたという乾いた音を立て続けていた。林の中に入れば、風は緑の葉を撫でながらあちこちを移ろっていた。それは海の上に浮かんだ白い雲をどこか遠くの岸辺に運び去り、机の前の窓辺に咲いたブーゲンビリアの花を静かに踊らせた。それは通りを行く物売りの声を運び、どこかの家で羊肉を焼く匂いを不均等に運んできた。僕らはほとんどかたときも、風の存在を忘れることができなかった。

これまで世界のいろんな場所に行ったけれど、そのギリシャの島に暮らしていたときほど、風の存在を深く肌身に感じたことはなかった。僕らはまるで、三人でひっそりと肩を寄せ合って、その島に暮らしているような感じだった。僕ら二人と、そして風と。どうしてだろう？ もともとそういう場所だったのかもしれない。そこは、風がひとつのたましいのようなものを持つ場所だったのかもしれない。ほんとうに、風のほかにはほとんど何もないような、静かな小さな島だったから。それとも、そこにいるあいだ、僕はたまたま風のことを深く考える時期に入っていたのかもしれない。

風について考えるというのは、誰にでもできるわけではないし、いつでもどこでもできるわけではない。人がほんとうに風について考えられるのは、人生の中のほんの一時期のことなのだ。そういう気がする。

TONY TAKITANIのためのコメント

アメリカの文芸誌「Zoetrope : All-Story」(summer, 2006)のために書きました。原題は「On the Adaptation of Tony Takitani」。本物のトニー滝谷さんから「一度ゴルフでもしませんか」とホノルルでお誘いを受けたのだけど、僕はあいにくゴルフをやらないので、邂逅(かいこう)は果たせないまま終わってしまいました。残念。

一九八四年か一九八五年のことだったと思うが、友人夫婦と四人で車を借りてハワイを旅行したことがある。マウイ島の小さな町を訪れたとき、そこに一軒の thrift shop（安売り古物ショップ）があった。中に入っていろいろと見ているうちに、一枚の黄色いTシャツが売られているのを見つけた。ごく当たり前の綿の丸首のTシャツだが、胸に"TONY TAKITANI"と黒い字でプリントされている。ただそれだけ。TONY TAKITANIがどういう人物なのか、そのTシャツがどのような目的のため

に作られたものなのか、まったく見当がつかなかった。名前からして、TONY TAKITANIさんはたぶん日系のアメリカ人なのだろう。しかしそれ以上のことはわからない。そこに潜んだある種の不思議さにうたれて、僕はそのシャツを買い求めた。新品同様だったし、デザインもなかなか悪くない。値段は一ドルだった。とても安い。

僕は東京に帰って、街に出るときにそのTシャツをときどき着た。そして着るたびに、「TONY TAKITANIとはいったい誰なんだろう？ いったいどこに住んで、どんなことをしているのだろう？ どうしてわざわざこんなTシャツを作ったんだろう？」と首をひねった。そのように何年かが経過し、あるときふとこう思った。このTONY TAKITANIという人物について、ひとつ物語を書いてみようじゃないかと。もちろん僕は現実のTONY TAKITANIがどのような人物であるか、知識を持たないわけだから、頭の中で勝手に想像するしかない。そして頭の中でものごとを好き勝手に想像することは、いうまでもなく、僕の職業である。

現在ならたぶんインターネットでTONY TAKITANIを検索すれば、いろんな事実が明らかになることだろう。しかし一九八〇年代の半ばには、幸か不幸かインターネットというものは存在しなかった。だから僕はひたすら個人的な想像力を働かせるしかなかった。そしてただの名前から、その響きから、ひとつの物語が生まれることになった。そう考えると、一ドルのTシャツはまったく安い買い物だったと言うべきだろう。

一九九〇年代の後半になって、一人の編集者がインターネットを使ってTONY TAKITANI氏について調査をしてくれた。そして彼は一九八〇年代の始めにハワイ州上院議員選挙に民主党から立候補したという事実が明らかになった。つまりそのTシャツは彼の選挙運動のためのシャツだったのだ。なるほど。それで話が通じる。本物のTONY TAKITANIは現在ホノルルで弁護士活動をしているということである。自分の名前が生み出した物語を、彼がどのように読むのか、僕としてはぜひ知りたいところだ。

違う響きを求めて

「ニューヨーク・タイムズ・ブックレビュー」のために書いた文章です。２００７年７月８日に発売されたもの。掲載されたときのタイトルは「Jazz Messenger」。日本ではこれが初出だと思います。僕の二十代の頃の写真が文章と一緒に掲載されました。

もともと小説家になろうというつもりはなかった。少なくとも二十九歳になるまでは。これは正直な話だ。

子供の頃からたくさん本を読んできたし、小説の世界にはまりこんでいたから、ものを書きたいという気持ちがなかったと言ったら、それは嘘になるだろう。しかし自分に小説を書く才能があるとはどうしても思えなかった。僕が十代に愛好した作家はたとえばドストエフスキーであり、カフカであり、バルザックであった。そんな人々があとに残してきた作品に匹敵するものが自分に書けるなんて、とても考えられない。

だから僕は人生の早い段階において、小説を書くという希望を抹殺してしまった。本を読むのは趣味にしておけばいい。仕事は別の分野で見つけよう。

結局音楽を職業として選ぶことになった。働いてお金を貯め、親戚や友人から借金をしまくり、二十代半ばで東京でささやかなジャズ・クラブを開店した。昼間はコーヒーを出し、夜はバーになった。簡単な食事も出した。いつもはレコードをかけ、週末には若いジャズ演奏家を呼んでライブをおこなった。それを七年ばかり続けた。どうしてか？　理由はとても単純なものだった。そういう仕事に就けば、朝から晩までジャズを聴いていることができたからだ。

初めてジャズに出会ったのは一九六四年、僕が十五歳のときだ。その年の一月に、アート・ブレイキー＆ジャズ・メッセンジャーズが神戸にやってきて公演したのだ。僕は誕生日のプレゼントがわりに、そのコンサートのチケットを手に入れた。ジャズという音楽をまともに聴いたのはそれが初めてだったが、僕はまるで落雷にあたったように打ちのめされてしまった。ウェイン・ショーターのテナー、フレディ・ハバードのトランペット、カーティス・フラーのトロンボーン、そしてアート・ブレイキーの率いる小気味良くてソリッドなリズム・セクション。素晴らしいバンドだった。ジャズの歴史の中でも、もっとも強力なユニットのひとつだったと思う。そしてこう思った、「ワオ！　こんなすごい音楽は今までに聴いたことがないぞ」と。僕はその瞬間からすっかりジャズにのめり込んでしまった。

一年ばかり前にボストンで、パナマ出身のジャズ・ピアニストのダニロ・ペレスと夕食をともにする機会があった。その話をすると、彼はポケットから携帯電話を取り出して、「ハルキ、ウェイン（・ショーター）と話をしたいか？」と僕に尋ねた。「もちろん」と僕は、ほとんど言葉を失いつつも言った。彼はフロリダの電話番号を押して、電話を僕の手に渡した。僕がそこでミスタ・ショーターに言ったのは基本的に「ワオ！　あんなすごい音楽はそれまで（そしてたぶんそのあとも）聴いたことがなかったですよ」ということだった。人生は不思議なものだ。何が起こるか見当もつかない。四十二年後、自分が（予想に反して）小説家になり、ボストンに住んで、ウェイン・ショーターと携帯電話で話をすることになるなんて。

二十九歳になったとき、小説を書いてみようと出し抜けに思った。自分にも何かが書けそうな気がしたのだ。もちろんドストエフスキーやバルザックに匹敵するものが書けるという見込みはなかったが、それでもまあいいじゃないか、と僕は自分に言い聞かせた。何も文豪になる必要はないんだ。しかし小説を書くといっても、いったい何をどのように書けばいいのか、見当もつかない。それまでに小説を書いた経験がなかったからだ。もちろん自分の文体というようなものの持ち合わせもない。小説の書き方を教えてくれる人もいなかったし、文学を語り合えるような友人も持たなかった。ただそのときに思ったのは、「もし音楽を演奏するように文章を書くことができたら、それはきっと素晴らしいだろうな」ということだった。

小さい頃にピアノを習っていたから、楽譜を読んで簡単な曲を弾くくらいならできるが、プロになれるような技術はもちろんない。しかし頭の中に、自分自身の音楽のようなものが強く、豊かに渦巻くのを感じることはしばしばあった。そういうものをなんとか文章のかたちに移し替えることはできないものだろうか。僕の文章はそういう思いから出発している。

音楽にせよ小説にせよ、いちばん基礎にあるものはリズムだ。自然で心地よい、そして確実なリズムがそこになければ、人は文章を読み進んではくれないだろう。僕はリズムというものの大切さを音楽から（主にジャズから）学んだ。それからそのリズムにあわせたメロディー、つまり的確な言葉の配列がやってくる。それが滑らかで美しいものであれば、もちろん言うことはない。そしてハーモニー、それらの言葉を支える内的な心の響き。その次に僕のもっとも好きな部分がやってくる——即興演奏だ。

特別なチャンネルを通って、物語が自分の内側から自由に湧きだしてくる。僕はただその流れに乗るだけでいい。そして最後に、おそらくいちばん重要なものごとがやってくる。作品を書き終えたことによって（あるいは演奏し終えたことによって）もたらされる、「自分がどこか新しい、意味のある場所にたどり着けた」という高揚感だ。そしてうまくいけば、我々は読者＝オーディエンスとその浮き上がっていく気分を共有することができる。それはほかでは得ることのできない素晴らしい達成だ。

このように、僕は文章の書き方についてのほとんどを音楽から学んできた。逆説的な言い方になってしまうが、もしこんなに音楽にのめり込むことがなかったとしたら、僕はあるいは小説家になっていなかったかもしれない。そして小説家になってから三十年近くを経た今でも僕はまだ、小説の書き方についての多くを、優れた音楽に学び続けている。たとえばチャーリー・パーカーの繰り出す自由自在なフレーズは、F・スコット・フィッツジェラルドの流麗な散文と同じくらいの、豊かな影響を僕の文章に与えてきた。マイルズ・デイヴィスの音楽に含まれた優れた自己革新性は、僕が今でもひとつの文学的規範として仰ぐものである。

セロニアス・モンクは僕がもっとも敬愛するジャズ・ピアニストだが、「あなたの弾く音はどうしてそんなに特別な響き方をするのですか？」と質問されたとき、彼はピアノを指さしてこう答えた。

「新しい音（note）なんてどこにもない。鍵盤を見てみなさい。すべての音はそこに既に並んでいる。でも君がある音にしっかり意味をこめれば、それは違った響き方をする。君がやるべきことは、本当に意味をこめた音を拾い上げることだ」

"It can't be any new note. When you look at the keyboard, all the notes are there already. But if you *mean* a note enough, it will sound different. You got to pick the notes you really mean!"

小説を書きながら、よくこの言葉を思い出す。そしてこう思う。そう、新しい言葉なんてどこにもありはしない。ごく当たり前の普通の言葉に、新しい意味や、特別な響きを賦与するのが我々の仕事なんだ、と。そう考えると僕は安心することができる。我々の前にはまだまだ広い未知の地平が広がっている。開拓を待っている肥沃な大地がそこにはあるのだ。

質問とその回答

うまく歳（とし）をとるのはむずかしい

「共立女子短期大学文科日本語・日本文学コース」という名前（長い名前だ）の学科で出している「あかね」という文芸誌（50号）のために行われたメール・インタビューです。「50号記念なので、是非村上さんにお願いしたく……」ということだった。たまたま暇があると、こういうものに答えることもあります。いつもいつもやっているわけではない。２００５年3月に発表されました。


（質問1）

「人間、村上春樹」が形成された原点はどこにあるとお考えですか？

（ご幼少の頃より、世界の文学に触れることのできる環境にあったとエッセイで拝読しました）

兄弟のいない、いわゆる一人っ子だったので、一人きりでいることに昔からそれほど苦痛を感じることはありませんでした。つまり、本を読んだり、音楽を聴いたり、自分でいろんな遊びを考えだしたり、犬や猫とつきあったりしたりしながらいくらでも一人で時間をつぶすことができたわけです。椅子に座っていったん本のページを開くと、いつまでもその中に浸りきっているという毎日でした。

そういうライフスタイルは今でもだいたい同じようなもので、一人で長いあいだ机の前に座って、小説を書いたり、翻訳をしたりして、ちっとも飽きません。長期間にわたって誰とも口をきかなくても、それほど苦痛ではない。たぶんもともと小説家に向いた性格なのでしょう。ただ机の前に座って、何ヵ月も、あるときには何年も、仕事に意識を集中しつづけるというのは、普通の人が考えるよりもずっと多大のエネルギーを必要とすることなので、できるだけ体を鍛えなくてはならないのだけれど、スポーツをするにしてもチーム・スポーツにはまったく向かなくて、長距離を走ったり、泳いだり、そういう「個人的なスポーツ」しかうまくできません。かなり強固に、そういう性格なんだと思います。何はともあれ自分のペースを一貫して保ちつづけること。

というわけで、子供の頃からよく本を読んできました。勉強はあまりしなかったけれど（学校というものがそんなに好きではなかったので）、本だけはよく読みました。すごくたくさんの本を読みました。でも文章を書くのはとくに好きじゃなかった。自分の書いた文章を好きになったことは一度もありませんでした。むしろ文章を書くのは苦手だと思っていました。大学にいるときも、自分がものを書く仕事に進むとは、まったく考えていませんでした。あまりにも素晴らしい小説が世の中にはたくさんあって、自分にそんなものが書けるとは、どうしても思えなかったのです。読者として本とかかわるだけでじゅうぶんだと、僕は考えていました。

だから自分がこうして小説家になって、二十五年以上小説を書きつづけて、それで曲がりなりにも生活ができているということが、今でもなんだか不思議でなりません。どうしてそんなことが起こっちゃったんだろう？

（質問2）

村上先生の書かれる「終わり」には色々な形や意味があると思うのですが、終わりというものについてどのように意識されていますか？

（例えば『世界の終りとハードボイルド・ワンダーランド』では、意識の中に閉じこめられるという閉塞感（へいそくかん）のあるエンディングであるのに、それは森で生きることの始まりでもあります。また、『ノルウェイの森』では「始まりとその継続＝生」の中に「終わり＝死」が既に含まれていると書かれています。

いずれも単なる「終わり」＝「終わり」ではなく、「終わり」であると同時に「別の意味」を持ち、また「別の何か」であると同時に「終わり」でもあるのではないかと思うのですが）

とても興味深い質問です。そんなことを質問されたのは初めてです。「終わり」という言葉の中には、いろんな意味合いがあります。英語のendという言葉にも「果て」という意味と「おしまい」という意味があるのと同じですね。『世界の終りと……』の場合は「果て」の方に近いと思います。この世界をどんどん向こうまで歩いていって、その端っこにあるもの、というような意味です。もちろん現実の地球は球形だから、どこまでいっても「果て」はないわけですが、僕が考えているのはもっと神話的な世界のことです。内的な世界、と言ってもいいかもしれない。そういう世界にはちゃんと「端っこ」があるわけです。そしてそこには「ここが世界の端っこです」と書かれた立て札が立っているかもしれない。あなたはそういう場所に行ってみたいと思いませんか？　僕は思います。だからこそ僕は『世界の終りとハードボイルド・ワンダーランド』という小説を書いたわけです。

つまりあなたが小説家であって、本当にどこかに行きたいと思えば、あなたは実際にそこに行くことができるわけです。それが小説家であるがゆえに手にできる素晴らしいことのひとつです。またあなたは読者として、その本を読みながら、うまくいけばということですが、作家と一緒に実際にそこに行くことができます。これもまた読者であるがゆえに手にできる素晴らしいことのひとつです。そしてそれが物語というものの、最大の効能なのです。

この質問を受けてあらためて考えてみたのですが、僕にとって、死とは「おしまい」というよりは、「果て」に近いものであるような気がします。その「世界の果て」の風景（それは多くの場合、内的な光景であり、また神話的な光景です）を少しでもリアルに、克明に描くことは、僕の作品にとっての重要なテーマのひとつなのでしょう。


（質問３）

作家として、どのような幕引きをイメージされていますか？

（以前、サリンジャーのように若い写真だけを残して消えるのも良いかもしれない

と書かれていたのを拝読し、妙に納得してしまったのを憶えています）

前にも書いたように、僕は長距離ランナーです。だから少しでも長く生きて、一冊でも多く小説を書き続けていたいと望んでます。少しでも数多く自分を更新していきたい。ヴァージョン・アップしていきたいわけです。

伝記を読んでみると、サリンジャーさんの実際の人生は、ご本人にとっては決して思いどおりのものではなかったようです。作家にとってのいちばんの喜びは（あるいは唯一の喜びは）、新しい優れた作品を生み出し続け、それを読者と分かち合えることです。その喜びがなかったら、どれだけ世界中の人が「かっこいい」と思ってくれたとしても、作家は結局は孤独なものです。うまく歳をとるというのはむずかしいものだと思います。僕も歳をとるのは初めてのことなので、うまくできるかどうか、実を言うと自信はありません。「幕引き」というのも、自分で決められることではないような気もします。でもできるところまでは、自分のペースを確実に保ち続けたい、それが僕の考えていることのすべてです。

芸術家には二つのタイプがあります。ひとつは地面近くに油層のようなものがあって、それが勝手にどんどん湧いてくるタイプ（いわゆる天才タイプ）、もうひとつは地面深くまで掘っていかないと油層にぶちあたらないタイプです。僕は残念ながら天才ではないので、せっせとつるはしを使って、硬い地層を掘りつづけなくてはなりませんでした。でもおかげで地層を掘る作業にはかなり精通することになりました。そのための筋肉もしっかりとついています。だからそういう作業を、これからもずっと同じように続けていけばいいわけです。自分のペースを確実に保ち続ける、と僕が言うのは、そういう意味です。

ポスト・コミュニズムの世界からの質問

これは2006年に僕が「フランツ・カフカ国際文学賞」を受けたとき、チェコの「Lidové Noviny」「Právo」という二つの新聞のためにやったメール・インタビュー。ふたつをひとつにまとめました。やりとりは英語で行われたと記憶しています。どれもなかなか興味深い質問でした。チェコの作家たちも、ポスト・コミュニズムの世界における文学の、アイデンティティーの確立に苦心しているようです。僕の作品はこのあとも何冊かチェコ語に翻訳され、現在（2015年）では十四冊が出版されているということです。

――『海辺のカフカ』においては神話が重要な役割を果たしています。それについてあなたの意見をもう少し詳しく聞かせてください。

神話というのは、言うなれば世界のアクティブな共通言語です。もちろんそれぞれの国や文化によって、神話の細かい部分は異なりますが、根本においては似通っている要素が多い。言い換えればそれぞれの地域の神話のあいだには、交換可能な部分がたくさんあるということです。人間存在にとっての潜在的な共有イメージのようなものが、そこには確実に存在すると思うのです。近年インターネットの普及などによって、世界は加速度的にグローバライズされているわけですが、最新テクノロジーとともに、このような最古の「共通言語」がこれからますます、情報のデータベースとして大きな意味合いを持ってくるのではあるまいかと、僕は考えます。小説の世界にとっても、そのような「共通言語」は大きな価値を持つものであるはずです。

――あなたの小説はあるときにはメタフォリカル（比喩的）になり、あるときにはメタフィジカル（形而上的）になります。それはこのように物質主義的で無神的な環境（村上註：チェコのこと）で育った我々にとってはきわめて新鮮です。『海辺のカフカ』においては星野青年はカーネル・サンダーズと討議をします。彼が誰であり、いかなるものであるかということについて。その討議には魂（スピリット）や神や仏陀も含まれてきます。あなたはオウム真理教の信者たちとお話をされたと聞きました。あなたは宗教や霊性（スピリチュアリティー）についてどのような立場を取られますか？

今あるような圧倒的なまでの資本主義的世界にあって、少なからざる人々は、数値や形式や物質や固定観念から離れたところに、かたちにならない個人的な価値を見出そうと努めています。それはもちろん当然な欲求ですし、小説家はそのような「かたちにならないもの」を物語というかたちに置き換えて、人々に提示していくことを仕事にしています。その「置き換え」の鮮やかな有効性の中にこそ、小説の価値はあります。我々はそのような作業を数千年にわたって世界中でおこなってきたわけです。

宗教もまたおおむね同じような機能を果たしてきたのではないかと僕は考えます。宗教家は彼らなりの物語性のシステムを人々に提示し、そこに人々の精神のありかを定めていきます。ただし、宗教は小説に比べると、より強い規範とコミットメントを人々に求めます。そしてその宗教がカルト的な色彩を帯びてくるとき、そこには危険な流れが生じる場合もあります。そのような不自然な流れが作り出されることをできるだけ阻止していく、というのも小説に与えられた責務のひとつではないかと、オウム真理教の信者と話し合ったあとで、僕は考えるようになりました。小説が基本的に求めているのは、人々の魂の、安全な（少なくとも危険ではない）場所への、自然なソフト・ランディングです。

――『ノルウェイの森』『国境の南、太陽の西』『海辺のカフカ』がこれまでにチェコ語に訳されています。これはあなたの作品の紹介としては要を得たものだとお考えになりますか？　これは読んでほしいという特別な作品がありますか？

これ以外の二冊の長編小説を読んでいただけるといいかもしれません。そうすれば僕が書こうとしている世界の全体像がよりはっきりと見渡せるかもしれません。僕の物語世界のひとつの原型ともなっている『世界の終りとハードボイルド・ワンダーランド』（一九八五）と、僕にとっての大きな転換点ともなったもっとも長大な小説『ねじまき鳥クロニクル』（一九九四、九五）です。

――チェコ＝フランス作家のミラン・クンデラはあるエッセイの中でこう書いています。「作家は自らの書いたものの中に身を潜めているべきだ」と。彼は人前に出ることを好みません。「作家は自作の影の中に留まるべきだ」とも言っています。そのような意見にあなたは賛同されますか？

僕は文章を書くことは好きだし、文章を書くことを苦痛に感じたことは一度もありません。ただしそれ以外のものごとというのは、正直なところかなり苦手です。インタビューも講演も朗読も、できることならやりたくありません。テレビにもラジオにも出たことはありません。ただあまり自分の内側にばかり閉じこもっているのは健全ではないような気がするので、意識的にときどき人前に出るようにはしています。しかし何をするにせよ、文章を書くための時間を犠牲にすることだけは、したくはありません。小説家というのは本来、あらゆる個人的行為や原則を、小説の中に詰め込んでいくべきものであり、それを現実に実行するのはあくまで副次的なことであると、僕は考えます。

——この百年ばかりのあいだ、優れた作品の多くは亡命者や、事情があって国を離れた人々の手によって書かれてきました。ジョイスやベケットやナボコフなどです。この状況はチェコ文学にあってとくに顕著です。あなたもまた長く故国を離れ、日本の文壇とは無縁のところで仕事をしてこられました。そのように異国に出て行くということが――あるいはまた故国のメインストリームに与しないということが――現代文学における必要な作業になっているとお考えになりますか？　またそれはどのような意味合いにおいて有効なのでしょう？

僕は社会組織というものがもともとあまり好きではありません。国家体制から、学校や会社から、作家の集団にいたるまで、団体というものに馴染めないのです。そういう意味合いにおいては、外国に出て、異人（ストレンジャー）として暮らしている方が、僕にとっては精神的に気楽だったかもしれません。規則や規範に束縛されることなく、自由に小説を書くことができました。

ただし僕はあくまで、日本語で、日本人の出てくる小説を書いている日本の作家です。そういう意味では、日本という社会に対して基本的な責務を負っていると考えています。できるだけ独立した個人でありたいと思いながら、しかも国家や文化から離れることはできないという二重性は、多くの作家がこれまでに痛切に体験してきたことだと思いますし、それは僕にとっても例外ではありません。

故国にあっても異人であり続けるということもまた、場合によっては可能だと思います。

――ポスト・コミュニズムの時代にあってなお、多くのチェコの作家たちは「新しいもの」と「旧いもの」とのあいだで葛藤を繰り広げています。あなたにとってコミュニズムは何か特別な意味を持っていますか？　たとえば六八年の「プラハの春」についてどのようにお考えになっていますか？　我々が日本の戦後の体験から学ぶべきことは、何かあるでしょうか？

一九六八年はご存じのように、我々の世代にとってはきわめて重要な意味を持つ年でした。当時我々は大学生として、日本で政治的な闘争を行っていました。そしてチェコではもちろん「プラハの春」があった。世界中で「体制」に対するノーを若者は叫んでいたのです――その相手が資本主義体制であれ、共産主義体制であれ。しかしそれらの理想主義は、圧倒的な権力によって踏みつぶされることになった。そのような強い理想主義と、厳しい挫折をくぐり抜けることによって、我々の世代はほかにはない強さを身につけたような気がします。そして僕らはそのような体験の中から、既成の文学の枠組みを超え、これまでにない新しい物語の枠組みを作り上げてきたわけです。

日本の戦後にはいろんな意味合いがありますが、「物質的に豊かになっても、精神の豊かさがもたらされるとは限らない」というひとつの例証にもなっているような気がします。「これから我々は何を求めて、どこに行こうとしているのか?」、現在の日本は今もう一度そのような出発点に立ち戻ったように見えます。そこでは理想主義というものが、再び大きな力を発揮しそうな気がしているのですが。

（「Lidové Noviny」）

＊

——これまでチェコ語に訳されているあなたの三つの小説は、諦観とメランコリーに満たされているように感じられます。これはティピカルな「日本的」要素と言えるのでしょうか?

何が典型的な日本の小説であるかというのは、正直言って僕にもよくわかりません。この三つの作品はどれもとても個人的に書かれた小説なので、僕としては個人的な見地からしか、これらの作品を眺めることができないのです。ほかの何かとは比較はできない。そして僕自身はこれらの作品を、とくにメランコリーや諦観に満ちた小説とも考えていません。僕としては、ごく自然な人間感情を、ごく自然に描いただけです。だからそんな風に質問されても困ってしまいます。

たとえばフローベルの『ボヴァリー夫人』は、メランコリーと諦観に満ちた小説だと僕も思います。でもフローベルに言わせれば、「いや、あれはごく自然な人間感情をごく自然に描いただけだよ」ということになるのかもしれません。何が自然かというのは、きっと人によって違うのでしょう。

――『海辺のカフカ』においてオイディプス王伝説についての言及があります。あなたはどのような理由でこの古い文学的トピックを取り上げられたのでしょう？『海辺のカフカ』は日本的事象について、（これまでより）より多くのページが割かれています。たとえば「生き霊（りょう）」とか。これはあなたが自分のルーツに帰還しようとしていることを意味するのでしょうか？

日本人の作家がオイディプスの伝説を取り上げるのはとくに不自然なことではないし、また日本の古典に言及することもとくに不自然なことではないと思います。どうしてそれがあえて問題とされるのか、僕にはよくわかりません。僕としては、頭に浮かんだ事象をそのまま次々に書いているだけのことです。僕はフランスの白ワインを飲みながら鮨を食べるのが好きですが、それがどうしてかと言われてもうまく答えられないのと同じです。ただ「そういう組み合わせも悪くない」と個人的に感じるだけのことです。正面から質問されても答えに窮することになります。

——あなたの小説はだいたいにおいて「オープン・エンド」になっています。あなたが解決を読者に委ねている理由はなんでしょう?

ミステリ小説であれば、最後に犯人の解明が必要になります。小話であれば最後におちが必要になります。昔話ではおしまいに「めでたしめでたし」がなくてはなりません。競馬では順位が大きな意味を持ちます。宝くじでは当選番号の発表が必要です。しかし僕が書く小説は、ありがたいことに、そのような最終的な明白な結論を必要としていません。必要がないものを無理に書く必要はない、ということです。僕は明白な結末というのが好きではないのです。日常生活のほとんどの局面において、そんなものは存在しないわけですから。

――あなたはフランツ・カフカ賞を受賞されるためにプラハにお見えになります。この賞を受賞されたことはあなたにとってどのような意味を持つのでしょう？

小説というのはその価値を定めることがとてもむずかしいものです。小説家にとってもっとも重要な意味を持つ賞（prize）とはあくまで良き読者の存在であり、それ以外のものはおおむね、ただの便宜的な「形式」に過ぎません。読者さえついていれば、賞というようなものは不要です。小説そのものに力があり、その力で読者を獲得できるなら、誰の認可を受ける必要もない。僕がこの賞を喜んで受けるのは、それがフランツ・カフカという僕の敬愛する作家の名を冠した賞であるからです。

――あなたはパブリシティーを求めない作家として、当地でも知られています。そのような意味であなたを「日本のクンデラ」と呼ぶ人もいます。でもほかの大抵の作家たちはメディアに登場することを大事に考えています。文学もひとつのビジネスなのだと考えています。あなたはどうしてそういう姿勢を取らないのでしょう？

小説家というのは、文章を書くことが仕事です。すべてのものごとを有効に文章化し、読者に提示することが、小説家に求められる作業です。それなのにどうして、小説家が書く以外の仕事をしなくてはならないのでしょう？ それこそ逆に僕が質問をしたいことです。テレビに出たければ、僕はテレビ・タレントになります。歌が歌いたければ歌手になる。政治をやりたければ政治家になる。僕は文章が書きたいから作家になったのです。ただそれだけのことです。

（『Právo』）

短いフィクション

『夜のくもざる』アウトテイク

愛なき世界

これは超短篇小説集『夜のくもざる』（1995年刊）のために書いた作品ですが、あまりにも意味がない（ように思えた）ので、僕の判断で載せないことにしました。未発表作品です。しかしそれから長い年月も過ぎたし、政治経済情勢も大きく変わったし、今回は「もうなんだっていいや」と開き直って収録することにしました。「こんなの、今だって何の意味もないじゃないか！」といちいち怒ったりしないで下さい。いつごろ書いたのか、時期は不明。

ねえお母さん、「戦後民主主義」ってどういうものなの？　それから人間は愛がなくても「せっくす」するって本当？

そうねルミちゃん、それはとてもいい質問だわね。わからないことを「どういうことかなあ？」って誰かに尋ねるのはとてもいいことなのよ。これからももし何かわからないことがあったら、なんでもいいからお母さんに尋ねるのよ。わかった？　お母さんがぜーんぶわかりやすく説明してあげますからね。

いいこと、「戦後民主主義」っていうのはね、ずっと昔にインドからやってきたまつかささんという名前の偉い象さんが日本に伝えたものなの。まつかささんはすごーく歳をとっていて、まるでお砂糖みたいに真白な象さんだったのよ。それでね、戦後民主主義っていうのはね、インドのパンジャブっていう土地に昔から伝わっている不思議な魔法の靴下のことなの。真っ赤な長い靴下。

それを足にはいて、秘密のおまじないを唱えるとね、ぴよーんって雲に乗ってどこにでも行けちゃうの。いいでしょう？　まつかささんはそれを日本のみんなに紹介してくれたの。「みなさんこれが戦後民主主義ですよーん、ほらごらんなさい、ぴよーん」ってね。ねえ、親切な象さんよねえ、ルミちゃん。さあ一緒に「象さんの歌」を歌いましょうね。「象さんはね、まつかさっていうんだ、ホニョニョはね――」

ねえねえお母さん、お母さん、じゃあ伊勢丹デパートに行って、その「戦後民主主義」というのを買ってきて足にはけば、ルミちゃんもひょいひょいっと雲に乗ってぴよーんってどこにでも行けちゃうのかな？

　ニエート、ニエート、それがそう簡単には行かないのよ。たしかに昔はみんな戦後民主主義を足にはきさえすれば、ぺこーんと簡単に雲に乗れたの。そしてそのままびよーんと愛の世界に飛んでいくことができたっぺ。いいわねえ。

　ところがね、いいことは長く続かない。インドの王様がその話を耳にして、「戦後民主主義はインド人のものだゾウ、日本人になんかはかせないゾウ」ってかんかんに怒っちゃったの。そしてまつかささんをインドに呼び戻しちゃったの。「帰ってこないとひどいゾウ。地獄にまっさかさまだゾウ」って。

　ひどいわよねえ。いくら王様だってそんなの横暴よねえ。怒れ、まつかささん！　怒りをこめて振り返れ！　でもまつかささんはそう言われると、「みなさん、なんのかんのと言ったところで、あたくしは一介の白い象に過ぎません。インドの王様の言うことをきかないと、もうカレーが一生食べられなくなってしまいます。それは困るよーん。ゾウっとしちゃうよーん。だからさよならだよーん」って、さっさとインドに帰っちゃったの。それからもう誰も、戦後民主主義を足にはいても、空を飛べなくなっちゃったのよーん。まつかささんがいなくなってしまうと、どういうわけかおまじないもとたんにきかなくなってしまったのね。

　そしてそれ以来、世界は愛のないせっくすでいっぱいになってしまったの。おしまい。びよーん。

　ふーん、それは残念だなあ。ルミちゃんもびよーんと雲に乗りたかったなあ。悔しいなあ。愛のないせっくすなんていやだなあ。

柄谷行人(からたにこうじん)

これも『夜のくもざる』に収録されなかった一篇。僕は入れてもよかったんだけど、担当の女性編集者が柄谷氏のファンで、「こんなの冗談にもなりません、まったくもう！」とあっけなく却下されてしまった。でも僕だってなにも柄谷氏をからかうつもりでこの文章を書いたわけではない。柄谷氏の本を読む馬がいたら面白いだろうなと思っただけです。それって、からかってるのかな？　いや、そんなことは断じてない。書いた時期は不明。

隠居「となりの空き地にある塀が囲いに変わったことは知っているかい」
熊「それは何かこう、平均的じゃない話題であるような気がしますね」
隠居「…………」

熊「…………………」
隠居「もう一回それ言ってみてくれないかな？　イントネーションに作為のようなものが感じられたんだが」
熊「それは何囲う塀均的じゃない話題であるような気がしますね」
隠居「やっぱり洒落だったんだ」
熊「そうです。かなりこじつけで苦しいですが。……それでどうして塀がわざわざ囲いに変わったんでしょう？」
隠居「それは飼っている馬をみんなに見せるためだったんだ」
熊「またなんで、馬をみんなに見せなくてはならなかったのですか？」
隠居「それはその馬が本を読んだからだ」
熊「なるほどねえ。読書する馬をみんなに見せびらかしたいという意図で、塀が囲いに変更させられたわけですね？」
隠居「それだけじゃあない。馬の読んでいるのはただの本じゃないよ。その馬はなんと柄谷行人の著書を読んでいたんだ」
熊「参ったな。それは身体にこう、尋常じゃない行為ですよ」
隠居「……………………」

熊「…………」
隠居「もう一回言ってみろ」
熊「それは柄谷行人常じゃない行為ですよ」
隠居「なんか、疲れるなあ」
熊「どうもすみません。人格の一部なんです、これが」
隠居「まあいい。とにかくその馬はめっぽう頭がよかったんだ」
熊「そうみたいですね」
隠居「ところがいくらポスト・モダニズムが読解できても、所詮(しょせん)馬は馬だ。馬の分際で、ヘンにむずかしいことを言うもんだから、持ち主が気味悪がって、この間どこかに連れていって処分しちまった。馬も慌(あわ)てたねえ。理屈を並べ立てる暇もなく、あえなく挽肉(ひきにく)にされちまった」
熊「パニクって、反駁(はんばく)しようがなかったんだ」
隠居「……それ、もう一度言ってくれないか。濁音がちょいと不明確だった」
熊「だから、えーと、馬肉ってハンバーグ、しようがなかったと」
隠居「……」

熊「いや……、その、つまりですね……ははは、ご隠居それ素敵なシャツですね、ギャップですか？」

茂みの中の野ネズミ

『夜のくもざる』が韓国語か中国語に翻訳出版されるときに、序文を書いてくれと頼まれて書いた文章だと記憶しています。書いた日付は１９９６年10月27日になっています。海外の出版社のために特別に序文を書くことはあまりないんだけど、『夜のくもざる』については「こんなもの翻訳して売れるのかな?」と不安だったので、ついサービスして書きました。売れたかどうかは知りません。

実を言うと、これくらいのサイズの短いストーリーを書くのが昔から大好きです。もちろん長い長い長編小説を書くことは、僕にとってのいちばん大事な仕事であるわけですが、そのあいまにこんな短くてファンキーなストーリーを書いていると、心がとても軽くなるのです。これは仕事というよりは、むしろ個人的趣味に近いものかもしれません。

ですから、こういうものを書くにあたっては、苦労なんてほんとに毛ほどもありませんでした。苦労したら、それはもう趣味ではありませんよね。机の前に座って、ひとつ深呼吸をして、それから思いつくままにすらすらと一筆書きで書いて、それでおしまいという感じでした。自慢するわけではありませんが、こういう話なら僕は次から次へと、いくらでも思いつけるのです。

でももしあなたに「それはいいけれど、ところで、この話にはいったいどういう意味があるんだ?」とあらたまって質問されると、僕は困ります。とても困ります。実を言うと、語るに足りるほどの意味なんてそこにはないからです。

いや、「意味がない」というと、ちょっと誤解を招くかもしれないですね。正確には「意味がない」というのではなく、「意味はあるのだろうけれど、僕はその意味についてあまりよく知らない」ということになると思います。意味はたぶんどこかに——深い茂みの中に野ネズミが息をこらしてひそんでいるみたいに——あるはずです。というのは、僕がそのストーリーをぱっと——言うなれば無の中から——思いついたわけだし、だとすればそこには、僕がそのストーリーを思いつくだけの「必然性」みたいなものはあったはずですものね。おそらく野ネズミくらいの大きさの、ささやかな必然性が。

しかしそのささやかな野ネズミが、そのとき茂みの中でいったいどんなことを考えていたのか、僕にはそれがよくわからないのです。僕にわかるのは、僕がすらすらとこれらの話を書いた――それも楽しく書いたということだけです。

だからできることなら、むずかしいことは考えずに、ここにある話を楽しんで読んで下さい。僕らは僕らで好きに楽しみ、野ネズミは野ネズミで好きに暮らしていけばいいじゃないですか。

小説を書くということ

柔らかな魂

これは2003年に、『海辺のカフカ』中国語版のために書いた序文です。僕にとっては大事な長編小説だったので、出版社の求めに応じて書きました。

『海辺のカフカ』という長編小説のおおよその構想が浮かんだとき、頭にあったのはまず「十五歳の少年を主人公に据えた物語を書こう」ということだった。どのような話になるのかはまったくわからないけれど(僕はいつも、どんな物語になるかを予想しないまま小説を書き始める)、とにかくひとりの少年を主人公にしてみよう、と。
それがこの小説の根本にあるテーマだった。僕の小説の主人公はこれまでは多くの場合、二十代から三十代にかけての男性で、東京を始めとする大都市に住んで、専門職に就くか、あるいは失業していた。彼らは社会的な見地から見れば、決して高く評価される人々ではない。むしろ社会システムの主流から外れた地点で生きている人々だ。しかし彼らには彼らの独自の個人的なシステムがあり、独自の個人的な価値観があった。そういう意味では彼らは一貫性を維持しており、状況によっては強くなることもできた。僕がこれまで描いてきたのは、おおむねそのようなライフスタイルであり、価値観であり、彼らが生きて個人的に通過していくものごとだった。彼らの目に映る、この世界のありようであった。

でもこの作品の中で、僕が少年の物語を書こうと考えたのは、彼らが「変わりうる」存在であり、その魂がまだひとつの方向に固定されていない、柔らかな状態にあるからだ。彼らの中には価値観やライフスタイルみたいなものは、いまだ確立されていない。しかしその精神はあてもなく自由を模索し、行き惑い、身体は激しい速度で成熟を目指している。僕はそのような、魂が揺れ動き変動する状況を、フィクションという入れ物の中で細密に描いてみたかった。一人の人間の精神が、いったいどのような物語性の中でかたち作られていくのか、どのような波が彼らをどのような地点に運んでいくのか、それが僕の描きたかったことのひとつだった。

もちろん、お読みになっていただければわかるように、主人公の田村カフカくんは、どこにでもいる普通の十五歳の少年ではない。彼は幼いときに母に捨てられ、父親に呪(のろ)いをかけられ、「世界でいちばんタフな十五歳の少年」になろうと決意する。深い孤独の中に身を浸し、身体を黙々と鍛えあげ、学校を捨て、一人で家を出て、未知の土地へと旅だっていく。それはどう考えても（日本においても、たぶん中国においても）、平均的な十五歳の少年の姿とは言えないはずだ。しかしそれでもなお、僕は思うのだけど、田村カフカくんの多くの部分は僕であり、そしてまたあなたでもある。十五歳であるということは、心が希望と絶望とのあいだを激しく行き来することであり、世界が現実性と非現実性とのあいだを行き来することであり、身体が跳躍と落着とのあいだを行き来することである。我々はそこで激しい祝福を受け、同時に激しい呪いを受ける。田村カフカくんは、我々が実際に十五歳として経験し、通過してきたことを、（物語として）拡大されたかたちで身に受けたに過ぎないのだ。

田村カフカくんは孤立無援の状態で家を出て、荒々しい大人の世界の中に入っていく。そしてそこには彼を傷つけようとする力がある。それはある場合には現実の力であり、ある場合には現実を超えたところからやってくる力である。しかしそれと同時に多くの人々が彼の魂を救おうとする。あるいは結果的に救うことになる。彼は世界の果てまで流され、そして自らの力で戻ってくる。戻ってきたときには、彼は既にかつての彼ではなくなっている。彼は次の段階に進んでいる。

我々は世界がどれほどタフなものかを知っている。しかしそれと同時に、世界は素晴らしく優しくもなりうることも承知している。『海辺のカフカ』は十五歳の少年の目を通して、そのような世界のありようを描こうとしている。繰り返すようだけど、田村カフカくんは僕自身であり、あなた自身である。この物語を読んでいるあいだ、あなたにもそのような目で世界を見ていただくことができたとしたら、作者としてはそれにまさる喜びはない。

遠くまで旅する部屋

中国の読者のためにメッセージを書いてくれと、翻訳者である林少華さんに頼まれて、2001年8月に書きました。どこに発表されたのか僕にはわかりません。もし知っている方がおられたら、教えて下さい。

小説を書くということは、つまり物語を作るということであると考えています。物語を作るというのは、自分の部屋を作ることに似ています。部屋をこしらえて、そこに人を呼び、座り心地のいい椅子(いす)に座らせ、おいしい飲み物を出し、その場所を相手にすっかり気に入らせてしまう。そこがまるで自分だけのために用意された場所であるように、相手に感じさせてしまう。それが優れた正しい物語のあり方だと考えます。たとえそれがものすごく立派で豪華な部屋であっても、相手が落ちついて馴染(なじ)んでくれなければ、それは正しい部屋=物語とは言えないでしょう。というと、まるでこちらが一方的にサービスをしているみたいに聞こえるかもしれないけれど、必ずしもそういうわけではありません。相手がその部屋を気に入り、それを自然に受け入れてくれることで、僕自身も救われることになります。相手の居心地の良さを、自分自身のものとして感じることができます。なぜなら僕とその相手とは、部屋という媒介を通して、何かを共有することができたからです。共有するということは、つまりものごとを分かち合うということです。力を互いに与え合うことです。それが僕にとっての物語の意味であり、小説を書くことの意味です。分かり合い、理解し合うこと。そのような認識は小説というものを書き始めて以来、この二十年以上のあいだまったく変わりません。

僕の小説が語ろうとしていることは、ある程度簡単に要約できると思います。それは「あらゆる人間はこの生涯において何かひとつ、大事なものを探し求めているが、それを見つけることのできる人は多くない。そしてもし運良くそれが見つかったとしても、実際に見つけられたものは、多くの場合致命的に損なわれてしまっている。にもかかわらず、我々はそれを探し求め続けなくてはならない。そうしなければ生きている意味そのものがなくなってしまうから」ということです。

これは——僕は思うのですが——世界中どこだって基本的には同じことです。日本だって、中国だって、アメリカだって、アルゼンチンだって、イスタンブールだって、チュニスだって、どこにいたところで、僕らが生きていることの原理というものはそんなに変わりはしない。だからこそ我々は場所や人種や言葉の違いを越えて、物語を――もちろんその物語がうまく書けていればということですが――同じような気持ちで共有することができるわけです。言い換えれば、僕の部屋は僕のいる場所を離れて、遠くまで旅をすることができるわけです。それは疑いの余地なく素晴らしいことです。

とても不思議に思うのですが、僕は三十歳になるまで、自分が小説を書くことになるとは思いませんでした。大学生のときに結婚して、それからずっと働いて生活することに追われて、ほとんど字を書くこともありませんでした。借金をして、小さな店を経営して、それで生活していたのです。とくに野心もなく、喜びといえば日々音楽を聴き、あいた時間に好きな本を読むことだけでした。僕と妻と猫とで、のんびりと心静かに生きていました。

そしてある日、僕は小説を書こうと思いました。どうしてそんなことを思いついたのかうまく思い出せません。でもとにかく書いてみようと思ったのです。それで文房具屋に行って万年筆と原稿用紙を買ってきました（そのときは万年筆も持っていなかった）。夜遅く仕事が終わってから、一人で台所のテーブルに座って小説（のようなもの）を書きました。一人で、馴れない手つきで、その僕自身の「部屋」を少しずつこしらえていったわけです。僕はそのとき、偉大な小説を書くつもりはありませんでしたし（書ける見込みもなかった）、人を感心させるようなものを書こうとも思いませんでした。ただ自分にとって落ちつける、居心地のよい場所をそこに作り上げたかったのです。自分を救うために。そしてそれがほかの人々にとっても落ちつける、居心地の良い場所になればいいと思いました。そのようにして僕は『風の歌を聴け』という短い小説を書きました。そして小説家になりました。

今でもときどきとても不思議に思います。どうして小説家になってしまったんだろう、と。僕はいつかは小説家にならなくてはならなかったんだろうという気もしますし、なんだか成りゆきのまま、たまたま小説家になってしまったという気もします。始めから小説家としての資質が備わっていたんだという気もしますし、そんなものはとくになくて、自分であとからこつこつと作ってきたんだという気もします。でもべつにどちらでもかまいません。それは、正直に言って、たいした問題ではないのです。僕にとっていちばん大事なことは、自分が今も小説を書き続けているし、これからもたぶんずっと書き続けていくだろうという事実です。

僕はたまたま日本人で、五十を過ぎた中年の男性ですが、それもたいした問題でもないような気がします。物語という部屋の中で僕はなにものにでもなれるし、それはあなたも同じです。それが物語の力であり、小説の力です。あなたがどこに住んでいて、何をしていても、そんなこともたいした問題ではありません。あなたが誰であれ、この部屋の中でくつろいで、この物語を楽しんでいただけたとしたら、何かを分かち合えたとしたら、僕は何より嬉しく思います。

自分の物語と、自分の文体

２００３年に刊行された『世界の終りとハードボイルド・ワンダーランド』ロシア語版のために書いた序文です。ずっと昔に書いた作品なので、当時の状況みたいなものを説明することが必要だろうと思って、序文を引き受けたわけです。僕の作品系列の中では大事な小説だし、そういうところをロシアの読者に伝えたかった。

『世界の終りとハードボイルド・ワンダーランド』という長編小説を書きあげたのは一九八五年のことだ。この小説のもとになったのは、その五年ばかり前に書いた「街と、その不確かな壁」という中編小説である。この「街と、その不確かな壁」という作品はある文芸誌に掲載されたのだが、僕としては出来がもうひとつ気に入らなくて（簡単に言ってしまえば、その時点では僕はまだ、この話をしっかり書き切るだけの技量を持ち合わせていなかったということになる）、単行本のかたちにすることなく、そのまま手つかずで放置されていた。いつか適当な時期が来たらしっかり書き直そうという心づもりでいたのだ。それは僕にとってとても大きな意味を持つ物語であり、その小説もまた僕によってうまく書き直されることを強く求めていた。

でもいったいどうやって書き直せばいいのか、そのとっかかりがなかなかつかめなかった。この小説にとって必要なのは小手先だけの書き直しではなく、大きな転換であり、その大きな転換をもたらしてくれるまったく新しいアイデアだった。そして四年後のある日、何かのきっかけで（それがどんなきっかけだったのかは今となっては思い出せないのだけど）僕の頭にひとつのアイデアが浮かんだ。「そうだ、これだ！」と僕は思って、さっそく机に向かい、長い書き直し作業に取りかかった。

この『世界の終りとハードボイルド・ワンダーランド』という小説は、「世界の終り」と「ハードボイルド・ワンダーランド」という二つの異なった物語によって成り立っているわけだが、「世界の終り」の部分は中編小説「街と、その不確かな壁」の枠組みをほぼそのまま用いている。そしてそこに、新たに「ハードボイルド・ワンダーランド」という物語が付け加えられることになった。まったく違う二つの話をくっつけてひとつの話にしてしまおう、というのが僕の基本的なアイデアである。ふたつの話はぜんぜん違う場所で、ぜんぜん違う文脈で進んでいくのだが、最後にぴたりと噛み合ってひとつになる。どうやってそれらがひとつになるのか、それは読者にはなかなかわからない仕掛けになっている。

問題は——これはどう考えてもかなり大きな問題であるはずだが——それらがどうやってひとつになるのか、作者にもかいもく見当がつかないという点にあった。でもまあいいや、そのうちに何とかなるに違いないというきわめて楽観的な見通しのもとに、僕は頭から小説を書き始めた（ご存じかもしれないが、楽観的な精神は、小説家にとって不可欠な資質のひとつである）。僕は二つの物語を並行して、かわりばんこに書き進めていった。つまり奇数章に「ハードボイルド・ワンダーランド」を書き、偶数章に「世界の終り」を書き、ということだ。今にして思うと、僕はそれぞれの章を書くときに、身体（からだ）の中の別々の部分を使っていたような気がする。

もっと大胆な言い方をすれば、右側の脳を使って「世界の終り」の部分を書き、左側の脳を使って「ハードボイルド・ワンダーランド」の部分を書いたということになるのかもしれない。あるいは逆かもしれないけど、まあそれはどちらでもいい。とにかく脳の（あるいは意識の）あっち側とこっち側を使い分けて僕はふたつの物語を書いていったのだ。これは正直に言って、なかなか悪くない気分だった。

たとえば「世界の終り」を書くときには僕は自分の右側の幻想の中に沈潜（ちんせん）する。これはひどく静かな話だ。物語は高い壁に取り囲まれた狭いひっそりとした場所で進行していく。人々は寡黙に通りを歩み、あたりの音はいつもくぐもっている。それに比べると、「ハードボイルド・ワンダーランド」の部分はアクションに満ちている。スピードがあり、暴力とユーモアがあり、鮮やかな都会生活の光景がある。その世界は僕の左側の幻想の中にある。これらのまったく異なった世界をかわりばんこに書いていくというのは、僕にとって（僕の意識の運営にとって）きわめて心地よいことだった。僕は気分がもやもやしているときに、ピアノの前に向かってバッハのインヴェンションを練習することがある（下手だけど）。左右の手の指の筋肉を均等に動かすことで、純粋にフィジカルに、とてもすっきりした健全な気分になれるからだ。この「世界の終り」と「ハードボイルド・ワンダーランド」を書き分けているときの心地よさは、どことなくそのときの感じに似ていたように思う。

そしてそのようにして毎日、左右の頭と筋肉を動かしつつふたつの対照的な物語を書き進めているうちに、だんだんそのふたつの物語が共振性を帯び始めてくるのがわかった。つまりひとつの物語の中に存在する何かが、もうひとつの物語の中に存在しているべつの何かと、自然で自発的な結びつきのようなものを持ち始めてきたのだ。これは僕にとってとてもスリリングで楽しい成り行きだった。うん、これでなんとかいける、と僕は確信した。それからあとの作業はずいぶん楽なものになった。僕はただ、自分の方向感覚を信じて、それぞれの物語を日々こつこつと書き進めていけばいいだけだった。このふたつの物語は必ずどこかでひとつに結びつくんだ、と僕は信じることができた。そして実際に、そのふたつの物語は最後でなんとかうまく結びついた。どのようにうまく結びついたか、それは実際に読んでみて確かめていただきたい。

我々はしばしば「魂」について考察する。アントン・チェーホフが「六号室」の中で、アンドレイ・エフィームィチと郵便局長の会話というかたちを借りて、自らに問いかけたのと同じように。

魂は存在するのか？　それは有限なものなのか、無限なものなのか？　死とともに消えてしまうものなのか、あるいは死を越えて生き残るものなのか？　そのような問いかけに対する答えを僕は、そしておそらくはチェーホフ氏も、持たない。僕にわかるのは、我々には意識というものがあるという事実だけだ。我々の意識は、我々の肉体の中にある。そして我々の肉体の外にはべつの世界がある。我々はそのような内なる意識と外なる世界の関係性の中に生きている。その関係性は往々にして、我々に哀（かな）しみや苦しみや混乱や分裂をもたらす。

でも、と僕は思う、結局のところ、我々の内なる意識というものはある意味では外なる世界の反映であり、外なる世界とはある意味では我々の内なる意識の反映ではないのか。つまりそれらは、一対の合わせ鏡として、それぞれの無限のメタファーとしての機能を果たしているのではあるまいか？

そういう認識は、僕の書く作品のひとつの大きなモチーフになっているし、この『世界の終りとハードボイルド・ワンダーランド』という小説は、そのようなヴィジョン（あるいは世界観）がもっとも顕著なかたちで出たものであると言えるかもしれない。僕は一九八二年に『羊をめぐる冒険』という最初の本格的な長編小説を書いて、その三年後に、この『世界の終りとハードボイルド・ワンダーランド』を出版した。これを書き上げたとき僕は三十六歳で、これでようやく自分が一人前の作家になれたという気がしたものだった。僕には書くべき自分の物語があり、用いるべき自分の文体があった。あとは力をためて、ただ書き進めていくだけだった。

この僕にとっての記念すべき作品が、ディミトリ・コワレーニン氏の手によってこのたび日本語からロシア語に翻訳され、伝統あるEKSMO社から出版されることをまことに嬉しく思う。ロシアの読者がこの作品を楽しんでくださることを、著者は心から願っている。

温かみを醸し出す小説を

この文章は読売新聞の朝刊（2005年3月27日）に掲載されたものです。どのようなテーマで、どのような目的で書かれた文章なのか、さっぱり記憶にありません。でも言いたいことはよくわかる。なにしろ自分で書いた文章だから、わからないと困るわけだけど。この当時うちにはストーブもなければ、目覚まし時計も、テレビもラジオもなかった。でもこれだけ何もなければ、それはそれなりに楽しい生活だったと記憶しています。

ずいぶん昔のことになるけれど、二十代初め、結婚したばかりの頃、本当にお金がなくて（というか事情があって借金をたくさん抱えていて）、一台のストーブを買うこともできなかった。その冬はすきま風の吹き込む、東京近郊のとても寒い一軒家に住んでいた。朝になったら、台所に氷がばりばり張りまくっているような家だった。

僕らは猫を二匹飼っていたので、眠るときには人間と猫と、みんなでしっかりと抱き合って暖をとった。当時なぜかうちは、近所の猫たちのコミュニティー・センターみたいなものになっていて、いつも不特定多数のビジター猫がごろごろいたから、そういう連中をも抱き込んで、人間二人と、猫四、五匹で絡み合うようにして寝ることもあった。生きていくにはきつい日々だったけれど、そのときに人間と猫たちが懸命に醸し出した独特の温かみは、今でもよく思い出せる。

そういう小説を書くことができたらな、と僕はときどき考える。真っ暗で、外では木枯らしが鋭いうなり声を上げている夜に、みんなで体温を分かち合うような小説。どこまでが人間で、どこまでが動物か、わからなくなってしまうような小説。どこまでが自分の温かみで、どこからがほかの誰かの温かみなのか、区別できなくなってしまうような小説。どこまでが自分の夢で、どこからがほかの誰かの夢なのか、境目が失われてしまうような小説。そういう小説が、僕にとっての「良き小説」の絶対的な基準になっているような気がする。極端なことを言えば、それ以外の基準は、僕にとってはとくに意味を持たないかもしれない。

凍った海と斧

これは2006年10月30日に、プラハで行われた「フランツ・カフカ国際文学賞」授賞式で僕が読み上げた受賞の挨拶(あいさつ)です。英語で草稿を用意して、それを暗記してしゃべりました。今回その草稿を引っ張り出して、日本語に訳しました。ただしこの原稿通りに読んだかどうか、もうひとつ記憶は定かではありません。少し変えたかもしれない。でもだいたいはこんなものでした。

このたびフランツ・カフカ国際文学賞をいただきましたことを、深く喜んでおります。フランツ・カフカが僕にとって、長いあいだ愛好してきた作家のひとりであることも、その大きな理由になっています。

彼の作品に初めて出会ったのは、十五歳のときで、僕はそのときに大きな衝撃を受けました。最初に読んだ彼の作品は『城』でした。そこに描かれているものごとはきわめてリアルでありながら、同時にきわめてアンリアルであり、読みながら僕の心が二つに引き裂かれたような気がしたものです。

僕はそのような非日常的な、また時として落ち着かない「分裂」感をもったまま、その本を読み終えたことを記憶しています。現実感と非現実感。正気と狂気。感応と非感応。そしてそれ以来、僕はこのような基本的感覚をもって——すべては多かれ少なかれ分裂しているという感覚をもって——世界を見るようになったかもしれません。それが僕の文学的原風景となったかもしれません。

僕は四年前に『海辺のカフカ』という長編小説を、ある意味ではフランツ・カフカへのオマージュとして書きました。この小説の主人公は自らをカフカという名前で呼ぶ十五歳の少年です。さきほども述べましたように、僕はこの年齢のときに初めてフランツ・カフカの作品を読みました。カフカ少年は家を出て、一人ぼっちで新しい世界に足を踏み入れていきます。彼を待ち受けているのは、どこまでもカフカ的なる世界であり、そこで彼の抱く感覚は引き裂かれた感覚です。

僕はここで、フランツ・カフカが友人にあてた手紙の中の一節を引用したいと思います。この手紙は一九〇四年に書かれました。今から百二年前のことです。

「思うのだが、僕らを嚙(か)んだり刺したりする本だけを、僕らは読むべきなんだ。本というのは、僕らの内なる凍った海に対する斧でなくてはならない」
それこそがまさに、僕が一貫して書きたいと考えてきた本の定義になっているのです。
ありがとうございました。

物語の善きサイクル

スイスにある、ザンクトガレン修道院図書館の記念カタログの序文として書いたものです。ザンクトガレン修道院にはまだ行ったことはありませんが、ずいぶん立派なところのようです。ドイツ語訳と日本語オリジナルとが並べて収録されたものが、２００５年11月に刊行されました。どうして僕のところに依頼が来たのか、よくわからないけれど、とにかくとても立派な刊行物でした。日本ではこの文章は「モンキービジネス」２００９年秋号に掲載されました。

小説家とは、もっとも基本的な定義によれば、物語を語る人間のことである。人類がまだ湿っぽい洞窟（どうくつ）に住んで、堅い木の根を齧（かじ）ったり、やせた野ネズミの肉を焙（あぶ）って食べていたりしていた太古の時代から、人々は飽きることなく物語を語り続けてきた。たき火のそばで身を寄せ合って、友好的とはお世辞にも言えない獣や、厳しい気候から身を護(まも)りながら、長く暗い夜を過ごすとき、物語の交換は彼らにとって欠かすことのできない娯楽であったはずだ。

そして言うまでもないことだが、物語というものは、いったん語られるからには、上手に語られなくてはならない。愉快な物語はあくまで愉快に、怖い物語はあくまで怖く、荘重な物語はあくまで荘重に語られなくてはならない。それが原則である。物語は聞く人の背筋を凍らせたり、涙を流させたり、あるいは腹の皮をよじらせたりしなくてはならない。飢えや寒さをいっときであれ、忘れさせるものでなくてはならない。そのような肌に感じられる物理的な効用が、優れた物語にはどうしても必要とされる。なぜなら物語というものは聞き手の精神を、たとえ一時的にせよ、どこか別の場所に転移させなくてはならないからだ。おおげさに言うなら、「こちらの世界」と「あちらの世界」を隔てる壁を、聞き手に越えさせなくてはならない。あちら側にうまく送り込まなくてはならない。それが物語に課せられた大きな役目のひとつだ。

どのような集団の中にも一人くらい、物語をそのように生き生きと語ることに長(た)けたものがいたはずだ。そしてその人物が多かれ少なかれ専門家として、部族固有の多くの物語を記憶の中にプールし、それを自分なりにうまく脚色し、リアルな語り口で、巧妙に語ることになった。おそらく世界の多くの地域で、言語の違いこそあれ、そのような光景が同時的に、同質的に見受けられたことだろう。

このような物語を語る専門技術を（あるいは才能を）身につけた人々は、その部族が固有の文字を獲得したとき、物語を文章に固定する役割を担い始めた。長い年月にわたって口頭で、世代から世代へと伝えられてきた部族の神話や伝承やノウハウが、木片や石片に刻まれ、やがては紙片に書きつけられるようになった。そしてやがて情報の機能が分化し、フィクションという概念が確立されたとき（それは人類全体の歴史から見ればほんの昨日のことなのだが）、そのような作業を専門とする人々は「作家」という名前で呼ばれるようになった。そして栄誉の桂冠を与えられたり、やんごとないご婦人の寵愛を受けたり、無理解な民衆に石を投げられたり、ある場合には為政者の逆鱗に触れて気の毒にも首を切られたり、生きたまま穴に埋められたり、火で焼かれたりすることにもなった。

僕は小説を書くことを職業とするもののひとりである。フィクションを書き、それを本のかたちにして出版し、その印税で食料品を買ったり、レッド・ホット・チリ・ペッパーズのCDを買ったり、電気料金を払ったりしている。その仕事をかれこれ二十五年も続けている。ありがたいことに今のところまだ、首は切られていない。ときどき背中に石を投げつけられるくらいのことはあるけれど、胴体と頭が離れることに比べれば、そんなものは些細なトラブルに過ぎない。

作家はどちらかといえば孤独な職業である。一人きりで書斎にこもり、何時間も机の前に座り、意識を集中して文字の配列と格闘する。そのような作業が、来る日も来る日も続くことになる。集中して作品を書いていると、一日ほとんど誰とも話をしないということがけっこうある。社交的な性格の人にとっては、かなりつらい仕事ではないかと推察される。しかしそのような本質的な孤立性にもかかわらず、自分がそのような「たき火の前の語り手」の、一人の末裔であることを、僕はことあるごとに認識させられることになる。一人きりでコンピューターの画面を睨みながら、僕はときおり夜の漆黒の闇の深さを目にし、たき火のはぜる音を耳にすることになる。人々が僕のまわりを囲んで、僕の語る物語に耳を澄ませる気配を感じとることになる。そして僕はそのような架空の気配に励まされながら、文章を書き続ける。そう、僕は語るべき物語を持ち、それを表現するための言葉を持ち、そしてある種の部族に属する人々は――なんとお礼を言えばいいのだろう――僕の語る言葉に熱心に耳を傾けてくれているのだ。僕は彼らに、「こちら側」と「あちら側」を隔てる壁を――多かれ少なかれ――越えさせることができるのだ。そのような「語ること」の喜びの質には、現代においても、一万年前においても、それほどの差違はないのではあるまいか？

図書館の話をしよう。

図書館に入るたびに、それがどのような図書館であれ、僕はいささかの驚嘆の念に打たれることになる。子供のころからそうだったし、今でもそれはかわらない。小学生のころ、僕は図書館に行くのが何よりも好きだった（野球をするのも好きだったけれど、残念ながら野球場の中では僕はそれほど優れた存在ではなかった）。学校が終わると、よく自転車に乗って市の図書館に行った。そして少年用の書物を集めた部屋の書架から書架へと歩きまわり、そこにぎっしりと並んだ過去や現代の、あらゆる国からやってきた無数の物語を眺め、目もくらむような思いをしたものだった。まるで、深い森から出てきて、空を背景にそびえ立つ中世の巨大な王城を、初めて目の前にした子供と同じように。

それほどたくさんの物語を目の前にして、いったいどれから読み始めればいいのか、少年時代の僕には見当もつかなかった。だから結局のところ、目についたものを片端から手にとって、読み進んでいくことになった。しかしその段階では、細かい知的配慮のようなものはとりたてて必要とはされない。本のページをいったん開けば、僕はいとも簡単に、そこに展開されている架空の世界に足を踏み入れることができた。それらの物語を読みふけっているあいだ、僕は「ここではないどこか」に移動し、留まっていることができた。結局その部屋の書架に並んだ本のおおかたを読み尽くしてしまった。僕は数多くの「ここではない」世界に移動し、物語が終了し、本の扉が閉じられると、またこちらの世界に戻ってきた（ときにはなかなかうまく戻ってこられないこともあったけれど）。少年向けの本を読み終えると、貪欲なネズミが別の食料庫に移動するように、今度は成人向けの本を漁り始めた。そのようにして僕は果てしなく、書物の世界に引き寄せられていった。

このように、図書館は今にいたるまで、僕にとってとくべつな場所であり続けている。僕はそこに行けばいつでも、自分のためのたき火を見いだすことができた。あるときにはそれはささやかで親密なたき火であり、あるときにはそれは天をつくような、大きな、勢いのあるかがり火だった。そして僕はそのような様々なサイズとかたちのたき火の前に立って、身体や心を温めてきた。僕は小説家として、図書館を舞台にした物語をこれまでにいくつか書いているが、それは言うまでもなく、図書館というところが、僕にとって大事な意味を持つ場所であったからだ。

いくつかの例をあげてみよう。

長編小説『世界の終りとハードボイルド・ワンダーランド』には、たくさんの一角獣の頭骨を収めた図書館が出てくる。主人公の若い男は、高い壁に囲まれた不思議な街に閉じこめられ、影を奪われ、その頭骨の語る夢をひとつひとつなぞる仕事を与えられる。別の長編小説『海辺のカフカ』の中では、主人公の十五歳の少年は家出をするのだが、あるきっかけで四国の郊外にある小さな個人図書館で暮らすようになる。そこで彼は不思議な過去の幻影に出会い、否応（いやおう）なしにそこに巻き込まれていく。少年向けの小さな読み物である『ふしぎな図書館』では、主人公の少年は市立図書館の地下に住む不気味な老人に捕らえられ、脳味噌（のうみそ）を吸われてしまうことになる。老人は少年に本を読ませ、脳味噌を吸い取ることで、その知識を自分のものにしようとするのだ。少年はそこから逃げ出さなくてはならないのだが、彼の足は鎖で縛り付けられている。

図書館とは、もちろん僕にとってはということだけれど、「あちら側」の世界に通じる扉を見つけるための場所なのだ。ひとつひとつの扉が、ひとつひとつ異なった物語を持っている。そこには謎（なぞ）があり、恐怖があり、喜びがある。メタファーの通路があり、シンボルの窓があり、寓意（ぐうい）の隠し戸棚がある。僕が小説を通じて描きたいのは、そのような生き生きとした、限りない可能性を持つ世界のあり方なのだ。

物語には数多くの不思議なことができる。僕はその効用を信じているし、その普遍性を信じている。小説家は、うまくいけばということだが、そのような効用や普遍性を生み出し、読者に送り届けることができる。しかしそれと同時に、そのような効用や普遍性は作家自身にも跳ね返ってくることになる。それはただ外に向けて送り出して、それでおしまいというものごとではないのだ。いったん外に向けて送り出されたものは、ブーメランのようにもとに戻ってくる。戻ってきたものは咀嚼（そしゃく）され、もう一度別のかたちに変えられ、また送り出されていく。それはまたこちらに戻ってくる。そこにひとつのサイクルが作り出されることになる。

そのようなサイクルの具体的な例をひとつ、ここにあげてみたい。

一九九四、九五年に発表した『ねじまき鳥クロニクル』という長編小説に、ノモンハン戦争当時のモンゴルのことを書いた。ノモンハン戦争というのは、一九三九年の夏に大日本帝国陸軍とソヴィエト軍が、満州と外モンゴルの国境線を巡って戦った、いわば第二次世界大戦の前哨戦（ぜんしょうせん）とでもいうべき、血なまぐさい局地戦である。航空機や、戦車や、長距離砲が投入され、戦闘は数ヵ月にわたり、多数の死傷者を出した。ドイツがポーランド侵攻を予定しているという情報を得たソヴィエト政府が、極東地域における紛争の早期終結を望み、かたちとしては引き分けに終わったが、事実上日本の負け戦に近い戦争であった。そのために軍は事実を隠蔽(いんぺい)し、この戦いの詳細は長いあいだ歴史の闇の中に押しやられてきた。僕はちょっとしたきっかけがあって、その戦争当時のモンゴルを舞台にした物語——それはこの現代の日本を舞台にする長編小説を構成する、いくつかの物語のうちのひとつに過ぎないのだが——を書いてみようと思い立った。

ノモンハンという村は現在、中国の内モンゴル地域、モンゴルとの国境近くにあるが、現地に行ったことがなかったから、あくまで想像で、頭の中で勝手に情景を思い浮かべながら書いた。小説が刊行されたあと機会があって、その戦場跡を実際に訪れることになった。小説的想像力を駆使してさんざん細部を描写したおかげなのかもしれない、初めて訪れた土地なのに、その風景には不思議な既視感があった。変な話だけれど、懐(なつ)かしさのようなものさえ感じたほどだ。

無人の広大な砂漠の奥の、そのまた奥のようなところに、当時の激戦の形跡が、ほとんどそのままのかたちで残っていた。そのあたりは道路もないところだし、中国との国境線に近いところなので、軍が一般人の立ち入りを禁止している。だから訪れる人もほとんどいない。空気がからからに乾燥しているせいで、撃破された戦車や、迫撃砲弾や、小銃弾や、変形した水筒なんかが、多少の錆こそ浮かべてはいるものの、形を崩すことなく、あたり一面に散らばっていた。それはなんともいえず不気味な、そして異様な光景だった。半世紀以上を遡る歴史のまっただ中に突然放り込まれてしまったような、生々しく息苦しい緊迫感がそこには漂っていた。その血なまぐさい戦闘は、ほんの数日前におこなわれたもののように見えた。僕は語るべき言葉を見つけられないまま、何時間もその砂丘の中にいた。ときおり砂丘を吹き渡る風のほかには、何の音も聞こえない。時間の軸が歪んでしまったような感覚があった。

ロシア製のジープに揺られて、その戦場跡から長い時間をかけてホテルに戻り、くたくたになってベッドに潜り込んだ。真夜中過ぎに激しい揺れがあり、僕は文字通りベッドから床に転がり落ちてしまった。地震だ、と僕は思った。それもずいぶん大きな規模の地震だ。僕は命の危険を感じた。すぐに外に出なくてはならない。なんとか起き上がろうとしたのだが、立ち上がれない。ドアに向かおうとしても、床がぐらぐらと大きく揺れているので、這って進むことしかできない。あたりは真っ暗だ。それでも必死に戸口にたどりついて、ドアを開け、廊下に転がり出た。しかし部屋の外に出ると、廊下はしんと静まりかえっていた。外に飛び出して騒いでいる人もいない。隣室をのぞいてみると（たまたま鍵はかかっていなかった）、僕の同行者は何事もなかったようにベッドの中で熟睡している。

僕の頭はひどく混乱しており、いったい何が持ち上がったのか、しばらくの間まったくわけがわからなかった。でもやがてこう思った。「あれは地震なんかじゃなかったんだ。たぶん僕という人間の内部で起こった、激しい個人的な震動だったんだ」と。論理的帰結というほどのものではないが、それ以外に考えようがなかった。眠れないまま、窓の外がゆっくりと白んでくるまで、隣室の床に座って一人でいろんなことを考えた——自分の部屋に戻る勇気はなかった。戦略的な価値があるとはとても思えない、うらぶれた荒野の一角を取り合いながら、貴重な命をおそらくは無為に失っていった人々（その多くは徴兵された地方出身の若い兵士だ）の哀しみや、怒りや、痛みについて、僕は思いを巡らした。夜が明ける頃に、ようやく何かが僕の中ですとんと落ちた感触があった。僕はその大きな揺れによって、物理的に肉体的に、何かを理解することができたのだ——そういう気がした。おおげさに聞こえるかもしれないが、自分という人間の組成が、その体験によっていくぶん組み替えられたような実感があった。

小説を書くというのは、頭の中で物語を思うがまま、自由に作り上げる作業にほかならない。それは根も葉もない物語かもしれないし、ある場合には荒唐無稽（こうとうむけい）な物語かもしれない。しかし一度作り上げられ、印刷され、作品というかたちを与えられた物語は、しばしば――もしそれが正当な物語であればということだが――自立した生命体として、それ自体の資格でひとりでに動き始める。そして予期してもいないときに、あっと驚くような真実の側面を、作者や読者に垣間見させてくれることになる。まるで一瞬の雷光が、部屋の中の見慣れたはずの事物に、不思議な色とかたちを与えるように。あるいはそこにあるはずのないものを、はっと浮かび上がらせるように。それが物語というものの意味であり、価値であるはずだと僕は考えている。

モンゴルの地の果てのホテルで、僕が真夜中に味わった奇妙な体験も、そのような「予期せぬ真実の開示」のひとつの例であったような気がする。僕の作り出した物語は、おそらくは僕に対してより明確な同化のようなものを要求していたのだろう――今ではそう考えている。僕はその物語を、言うなれば純粋な好奇心に駆られて書いた。始まりはただの好奇心だった――一九三九年、モンゴルの砂漠の奥でいったいどのようなことがおこなわれていたのだろう？　僕は頭の中にその情景を思い描いた。僕がその場所と時代を小説の題材に選んだことに、とくに明白な意図やメッセージがあったわけではない。でもそのようなところから立ち上がった物語は、それ自体のひとつの意志を獲得し、僕という人間に、更に強く深いコミットメントを要求していたのだ。

僕がその物語に対する責任をとることを求めていたのだ。だからこそ僕はモンゴルの奥地の小さなホテルに導かれ、そこで個人的な、真夜中の激しい地震を経験しないわけにはいかなかったのだ。そういう気がする。

作家が物語を創(つく)り出し、その物語がフィードバックして、作家により深いコミットメントを要求する。そのようなプロセスを経過することによって作家は成長し、固有の物語をより深め、発展させていく可能性を手にする。言うまでもなく、この世界に永久運動というようなものは存在しない。しかし手入れを怠らず、想像力と勤勉さという昔ながらの燃料さえ切らさなければ、この歴史的な内燃機関は忠実にそのサイクルを維持し、我々の車両は前方に向かって滑らかに——あくまで行けるところまでということだが——進行し続けるのではあるまいか。僕はそのような物語の「善きサイクル」の機能を信じて、小説を書き続けている。

僕はあるいは楽天的に過ぎるのかもしれない。しかしもしそのような希望がなかったなら、小説家であることの意味や喜びはいったいどこにあるだろう？　そして希望や喜びを持たない語り手が、我々を囲む厳しい寒さや飢えに対して、恐怖や絶望に対して、たき火の前でどうやって説得力を持ちうるだろう？

解説対談

安西水丸 × 和田 誠

灰色ネズミと黒ウサギ

和田　きょうは何から話しましょうか。なんか緊張しちゃうね。まず、ちょっとビールでも飲んでから始めますか。
安西　ええ、まあいろいろと春樹君のことを解き明かせればいいんですけど。
和田　この本の表紙の話だけど、灰色ネズミが僕で黒ウサギは水丸さん。二人がかわりばんこに描いた絵で、春樹さんも気に入ってくれたみたいね。もうかれこれ八年やってる二人の楽しい合作の一枚です。
安西　後から描く人は失敗できないんですよ、このシリーズの絵は。
和田　アイデアは事前に言わずに、とにかくアドリブでやってみようって……。言い出したのは僕だっけ？
安西　そうです、和田さん。でも僕が学生時代からずっと憧れてきた人と一緒に絵を描くわけですから、楽しいんですけど、おそれ多いというか（笑）。

和田　もう先輩も後輩もないよ。絵を見てもどっちが誰だか分からないんだから（笑）。

安西　二人の最初の絵本『NO IDEA』（金の星社、二〇〇二）には春樹君が文章を書いてくれて、それがこの『雑文集』にも入ってますね。「同じ空気を吸っているんだな、ということ」という文章ね。よかったです。

和田　そうそう。せっかく共通に知り合いの二人が絵本を作ったわけだから、春樹さんに頼んでみようかって。そしたら、快く引き受けてくれたんだよね。

安西　いい人ですよね、村上さん。三人とも青山近辺にいるので、近所のよしみもありますから。

和田　三人とも仕事場は青山で、近所でよくばったり会ったりね。春樹さんには「夜になるとだいたい近くでふらふらしたり、バーで一杯飲んだりしておられる」なんて書かれちゃったけど（笑）。

安西　いま気がつきましたけど、和田さんと対談でしゃべるのは初めてですねえ。

和田　僕が水丸さんにインタビューしたことがあったよ。でも、こんなふうに水丸さんと面と向かって春樹さんのことで話をするのは初めてかもしれない。

安西　和田さんも春樹君も、気がついたら一緒に仕事をしていたって感じですからね。

和田　青山のバーに入ると、さっきまで水丸さんがいたよ、とかさ。春樹さんとは知り合いになる前から道で会ってましたね。最初はお互いに顔はわかってるけど、ちょっと照れくさい感じで、そのまますれ違う感じだった。

安西　僕も青山三丁目あたりを歩いていてよく会いましたよ。「ああ、水丸さん」とか言ってね、「何してんですか？」みたいなこと言い合って、そんな感じです。そう言えば和田さん、僕にこんなこと言ったのを覚えてます？「春樹さんは道で会っても、顔をそむけてすうっと行っちゃうんだ。僕のこと好きじゃないんじゃないか」って。

和田　俺、そんなこと言ったの？

安西　春樹君に聞いてみたんですよ。和田さんがこんなこと言ってたよって（笑）。そしたら、「そんなことないです。ただ、わかんなかっただけですよ」って。彼、視力の弱いところがあるし、周りをあんまり見てないから（笑）。

和田　知り合ったばっかりの頃だね。こっちも春樹さんもかなりの人見知りだからさ。水丸さんは違うと思うけど。

安西　まあ、僕は若い頃からなんとなく付き合ってるうちに親しみを持ってもらったというか、仕事なんか考えずにただ友達になって、ある日、雑誌の挿絵を頼まれたんです。文化出版局から出てた「TODAY」という雑誌に載った「鏡の中の夕焼け」という短編（『象工場のハッピーエンド』〈CBS・ソニー出版、一九八三〉所収）。すごくいい話ですよ。

和田　あの本は持ってますよ。たしか、犬がしゃべる話だった。

安西　そうです。そこに挿絵を描いたのが始まりだから、もう三十年近く前になりますね。

和田　僕はジョン・アーヴィング『熊を放つ』（中央公論社、一九八六）、『THE SCRAP』（文藝春秋、一九八七）の装幀からだから、水丸さんの歴史に比べれば、春樹さんとの関係はまだ新人なんですよ。

安西　新人ですか（笑）。レイモンド・カーヴァー全集もそうだし、かなり装幀した本は多いと思いますよ。

和田　けっこう増えましたけどね、はじめのうちは確固としたコンビがいるのに乱入したって感じがしてたよ、ほんとに。佐々木マキさんもいたしね。

安西　そういうことって意識されるものですか、和田さんでも（笑）。

和田　うん、するする。すごく意識しますよ。

安西　僕は彼より七歳年上ですけど、最初が友達みたいな感じで始まったので、コンビという意識はなかったんですよ。

和田　それはいい出会いだったんだと思うな。僕が春樹さんの本の装幀をし始めた時は、もう著名な作家だったわけだからさ。

安西　でも、和田さんが最初に会った時、彼はまだ千駄ヶ谷で店（「ピーターキャット」）をやってたんじゃないですか？

和田　うん、僕も一度行ったことがある。いい店だった。糸井重里とバー「Radio」で飲んでて、これから一緒に行こうと誘われたんだ。

安西　僕は編集者の人に、ぜひ一度会ってみたらと言われて連れて行かれたのが最初の出会いです。

和田　あ、そうだったんだ。僕が行った時は、店で16ミリのマルクス・ブラザースの映画をやってたかな。チラッと挨拶したかもしれないけど、春樹さんは覚えていないと思うよ。

安西　いやいや、彼は昔のことはもう覚えていないって言うけど、意外に記憶力はいいですからね。きっちり覚えてると思いますよ。

和田　でも、人との初対面って、そんなに覚えてないと思うよ。僕も水丸さんとの初対面は忘れちゃった（笑）。

安西　僕は覚えてます。イラストレーターの湯村輝彦が紹介してくれたんですよ。和田さんって怖い人だからって言われて、会う時にものすごく緊張しました。

和田　ぜんぜん怖くないでしょ。

安西　そうですよね。いや、今でも怖いですけど（笑）。

いやなときでも、やっぱりいい？

和田　水丸さんは、最近も春樹さんとよく飲んだりするんでしょう。僕は春樹さん、吉本由美さんとやってる「するめ映画館」（「オール讀物」）にときどき招ばれるほかには、本のための打ち合わせをちょっとっていう感じだけど。

安西　ええ、たまに会います。昔ほどじゃないですけど。

和田　この本の中でも、水丸さんのことがたくさん出てくるでしょ。「安西水丸は褒めるしかない」ってやつとか、いろいろと。でも、あんまり褒めてないけどね（笑）。

安西　少しも褒めてませんよ。後半なんてメチャクチャじゃないですか。

和田　このエッセイでは水丸さんは褒めないと怖いと言ってるわけですよ。でも、すごく友情を感じるなあ。

安西　ええ、彼とはあんな感じでいつもやってるから、（コホン…）いいんですけどね。

和田 ほら、この本に入っている結婚式の祝電「いいときにはとてもいい」、あれは素晴らしいですよ。僕は娘がいないからわからないけど、娘にああいう祝電がきたら嬉しいでしょう。春樹さんの友情も感じるし。

安西 すごく嬉しかったですよ。ほんとうに祝電くれるとは思わなかったですから。

和田 それにしても、あれは見事に真実をついておりますね。

安西 でも、僕は「夫婦って、いやなときでも、やっぱりいい」という感じがしてるんです。

和田 おっ、なんだか水丸さんだけ得する言い方だな（笑）。

安西 いやいや……（エヘン）。でもね、まさかあの祝電の原稿が残ってるとは思いませんでした。彼、どこかに書いたものを残してあったんでしょうね。あれは何年前かな。日記を見ればわかるんだけど。

和田 水丸さんは日記書いてるんだ。偉いね。僕は日記はだめ。

安西 食べた料理とかいろいろ書いてあって便利ですよ。春樹君と初めて会った日のこととかも書いてあると思いますね。

和田 僕が春樹さんと最初にちゃんと会ったのは『熊を放つ』の装幀をやった後なん

だけど、「店では客としゃべってたんですか」って聞いたんだよ。そしたら、「みんなに無愛想だって言われた」って。

安西　聞いたんですか。たしかに彼は客商売するタイプじゃないし、「いらっしゃいませ」なんてよく言えたなと思ってるんです。

和田　言わなかったんじゃないの。お客に料理を作って美味しいと言われると嬉しいとか、そういう人とはちょっと違う（笑）。

安西　たしかに想像できないです。好きな人のためだったら、一所懸命に料理を作ると思いますが。

和田　僕と同じで人見知りだからね。料理が目的じゃなくて、ジャズがかかっていることが重要だったわけでしょう。店をやらなくてもジャズは聴けたんじゃないの？

安西　でも、立場上というか、二十歳過ぎて何もしないでジャズばっかりを聴いてると世間体が悪いと思ったんじゃないですか。

和田　まあ、そうかもしれないけど、春樹さんがそれほどにジャズが好きだったから、僕も一緒にジャズの本『ポートレイト・イン・ジャズ』（新潮社、一九九七）を出せたわけだ。

安西　あれはいい本です。文庫になった時にはライブもやりましたよね。

和田　この本に出てくる佐山雅弘がみんなに声をかけてできたライブで、楽しかった。収録されているライナーノート「ひたむきなピアニスト」は、佐山君が手紙で頼んだんだそうです。そしたら快く書いてくれたって。

安西　いい人ですよね（コホン）、村上さん。

和田　僕がその前に、ジャズ・ミュージシャンを描いた展覧会をHBギャラリーでやったときに、春樹さんがそれを見てくれてね、一緒にご飯食べてるときに、「こういう絵を見てると、ジャズのエッセイが書けそうだ」って言って、それが始まり。

安西　そうだったんですね。たしかに彼の音楽のエッセイを読むと、すぐに聴きたくなりますよね。

和田　僕はミュージシャンの似顔絵は描けるけど、どんな音を出すかとかどういう気持ちで演奏してるかとか、言葉では表現できない。それをあの人はできるんだよね。

安西　いま思い出しましたが、彼は料理もすごく上手なんです。たぶん料理人としても三つ星もらえるくらいに一流になれる人だと思いますね。小説家として（…コホン）、一流であるように。一度ごちそうになったんですけど、とても美味しかった。炊き込みご飯とか普通のものでしたが。

和田　そういうのができるってことは、きっと本格的な料理もできるはずだよね。

安西　なんでもできる人なんですよ。音楽のことも書けるし、料理もうまいし。じつは絵もうまい。抽象画家としてもすごい人になれたんじゃないかな。

和田　ほんと？　抽象画を描くんだ。描いたのを見たことある？

安西　あります。僕、持ってます。

和田　へぇー！

安西　これはちょっと他の人が描けないようなものを描きますよ。文庫本の中で、いつもと逆に僕が文章を書いて春樹君が絵を描いたことがあったんです。その時の原画があって、「村上さん、お返ししますよ」と言ったんだけど「んー」とか言ってるので、そのまま僕が持っているというか保管しています。

和田　サインは？

安西　サインも入っているんですよ。

和田　それはもうお宝じゃないの（笑）。『村上ソングズ』（中央公論新社、二〇〇七）の時、僕が最後の二曲だけ挿絵じゃなくて文章を書くことになってね、「村上さんの文に絵をつけたので、僕の文には春樹さんが絵を描いてください」と言ったら、「とんでもないです」と。春樹さんのあとがきにも「そんなのできるわけない」なんて書いてあるけど、僕だって春樹さんの文章と僕のが並ぶのはキビしいものがあるよ。ほんとうは彼は描けるんだね。

安西　できます。実際、彼に抽象画の画家になれると言ったこともあるんです。そしたら、すっごく照れてました。

和田　抽象画しか描けないと、挿絵は無理かな（笑）。

安西　そういえばそうですね。

和田　装幀だってうまいからね。『ノルウェイの森』（講談社、一九八七）は感心したもの。

安西　作家にはめずらしくデザインがわかる人だし、すごく挿絵を描きやすい文章を書く人ですね。似顔絵も描きやすい（笑）。

和田　水丸さんの描く春樹さんって似てるよね。リアルには似てないんだけど、気分が似てる。

安西　和田さんの『似顔絵物語』（白水社、一九九八）という本で「似てない似顔絵」の項目でちゃんと書かれてますから。

和田　下手で似てないいんじゃないんだよ。似てないけど、本人を表してるって意味ね。

安西　僕もたまに女の子からサインを求められることがあるんですが、そんな時「村上さんの顔も描いて下さい」ってよく言われるんです。なんで僕の本に彼の顔を描かなきゃいけないんだって思うけど（笑）。和田さんが描く新聞連載の三谷幸喜さんの似顔絵はそっくりじゃないですか。

和田 似てるつもりで僕は描いてるけど、三谷さん本人から見れば全然似てないんだと思う。

安西 和田さんの似顔絵はきちんとしたイラストレーションですね。単なる似顔絵じゃないです。似顔絵って子どもでもすごくうまい子がいるじゃないですか。

和田 そうそう。子どもの頃、あだ名をつけるのが上手いやつっていたじゃない。あれと同じで、特徴をぱっと捕まえてシンプルに表現するわけですね。

安西 春樹君なんかあだ名つけさせたらきっと名人ですよ。コピーライターをやっても最高のコピーライターの一人になったんじゃないのかな。

和田 なってたかもしれない。山口瞳さんが優秀なコピーライターだったように、その可能性はあったと思うね。

青豆とうふの話

安西 『1Q84』BOOK1（新潮社、二〇〇九）にいきなり「青豆さん」が出てきたときはほんとうに驚きました。

和田 ビックリしたよね。われわれが関係してるのかなって。

安西 和田さんと二人で『青豆とうふ』（講談社、二〇〇三）という本を出したのは、七年前でしたね。小説誌に連載を始める時にタイトルを春樹君がつけてくれたんです。

和田 渋谷の小料理屋で食事しながら、水丸さんが「何か考えてくれますか」って頼んでくれたんだよね。

安西 そうなんです。最初は「とんでもない。そんなの滅相もない」と即座に断られたんだけど、ちょっと飲んだ後にもう一度「あのさ（コホン）、さっきのあの話なんだけどさ」と切り出して……。その時ちょうど「青豆とうふ」を食べてたんです。そしたら彼が、「じゃあ、青豆とうふ」と言ったんで、すぐそれに決めたわけです。

和田 これくらいいい加減な決め方もないけど（笑）、それがベストセラーのヒロインの名前を生んだんだとしたら、すごいよね。水丸さんの功績ですよ。

安西 いやいや、『NO IDEA』の時にエッセイ書いてもらおうと言ったのも和田さんだし、あの時、「そうだ、村上さんにちょっと考えてもらおうよ」って言ったのも和田さんですよ。

和田 なんか責任のなすり合いみたいになってきたね。

安西 春樹君もどこかでその話はしてますから、青豆さんの由来は（コホン）「青豆とうふ」に間違いないと思いますね。

和田　別に断りもなしにって言えないもんね。春樹さんがつけたタイトルだし。

安西　どこかで何かがあると、言葉が彼の中にずっと残ってるんでしょうね。

和田　それにしても最高のネーミングだな。

安西　われわれの本のタイトルじゃなくて（笑）、小説のほうですよね。

和田　そう。可愛いんだよ、青豆さんは。可愛いんだけど、殺し屋でカッコいい。この娘にちょっと肩入れしたくなるもんね。

安西　あとからわかったそうですが、青豆という姓の人はいるそうですね。

和田　いるんだね、青豆さん。でもさ、僕は青豆とうふを食べてないんだ。僕のイメージは豆腐の中に青いツブツブが入ってるやつ。

安西　いや、豆腐をつくる時に青豆をすりこんであるんです。胡麻どうふみたいに。

和田　じゃあ、あの時、二人が胡麻どうふを食ってれば……。

安西　そうです。タイトルは「胡麻どうふ」になってる（笑）。

和田　『1Q84』の女殺し屋も、「胡麻」ってわけだ。

安西　青豆とうふで幸いでしたね。

和田　ゴマっていう字もさ、焚くほうの「護摩」の字もある。青豆というチャーミングな女性が人を殺すんじゃなくて、「護摩」って名の女が殺人者。いかにもって感じになっちゃうなあ。

安西 青豆ってシンプルで可愛い字なんですよ。この話でもわかるんだけど、「じゃあ、青豆とうふ」と言った彼の感性、感覚、タイミング。それがイチローも言ってる「降りてくる」ってことなんじゃないのかなと思うんですよね。

和田 でもね、それを呼び込んだのは、水丸さんの功績です。

安西 ……いやいや（コホン）、そりゃそうだとは思うんですけどね、とか言って（笑）。

和田 頼もうと言ったのは僕だけど、その場にいなかったからね。いたらもっとえばれたんだけどさ（笑）。

安西 たぶん、彼の中に言葉のリズム感みたいなものがあって、何気なく言ったことでも、それが後ですごくいい形で生きてくるんですね。

和田 そう言えば、水丸さんの本名、ワタナベは小説にいっぱい出てくるよね。『ノルウェイの森』のワタナベ君とか。

安西 どこかのパーティーで、知り合いの編集者から「安西さん、最近は小説の主人公ですね」と言われて初めて知ったんです。

和田　知らなかったわけだ。

安西　ある雑誌のインタビューで、春樹君がこう言ってるんです。「『水丸さん、本名何ていうんですか』『僕、渡辺昇っていうんだけど』……そのやり取りの中で、その名前が記号のように聞こえて、それからその名前を小説に使うようになった」って。

和田　それは、水丸さんへの友情の表現だね。

安西　その雑誌でインタビューする人が、「ワタナベノボルって、安西水丸さんの本名ですよね（笑）」と、ちょっとあざけるような質問のしかたをしてるんですけど、春樹君が真面目（まじめ）に答えていて、それが嬉しかったですよ。

和田　ワタナベノボルって、なんか覚えやすい名前でもあるしね。

安西　『ねじまき鳥クロニクル』（新潮社、一九九四、九五）の登場人物ではワタヤノボルなんです。「ワタナベノボルでやりたかったけど、水丸さん、あれすごい悪い奴（やつ）だからワタヤにしましたよ」って。変えてくれたんです（笑）。やっぱり村上さん、いい人ですよ。

和田　でもノボルは残った。ワもタも残ってる（笑）！

安西　ワタナベノボルというのは、普通の名前なんだけど、なんかちょっと違う、「普通じゃないもの」を感じるとどこかで彼が言ってました。僕の父親が江戸後期の画家・渡辺崋山(かざん)のファンだったんですけど、崋山の通称は渡辺登なんです。同じ字じゃ申し訳ないので、僕は「昇」になった。

和田 春樹さんは、その名前に普遍性があると思ったんだろうね。なんかシンパシーを感じるっていうか。そのセンスは「青豆」のネーミングに通じるような気がするな。

圧巻の音楽エッセイ群

安西 この本には、祝電から音楽評論、翻訳論や超短篇小説まで、たくさんの「雑文」が入ってますけど、今まで知らなかった「あいさつ」なんかがあって驚きました。

和田 真面目なんだけど、ちょっと面白いというか、やっぱりうまい挨拶ですね。それから、エルサレム賞でのスピーチは度胸がよくて迫力があって感心しちゃった。

安西 僕は実際に春樹君が挨拶で話してるのを聞いたことがないんです。今回読んでみて、いやあ、こんなこと言ってんのかなと。半信半疑ですね（笑）。収録された中には代読もあるかもしれないけど、谷崎賞のときは本人がやったと思う。僕は授賞式に遅れて行ったんですけど、彼が話してるのを見るのがちょっと恥ずかしくてね。避けたんですよ、なんとなく。

和田 群像新人文学賞の受賞の言葉がこの本に収録されてますけど、当日のスピーチも相当傑作だったらしい。ロス・マクドナルドの小説が好きで、小説の中の探偵リュウ・アーチャーが気に入ってるので、ペンネームを村上リュウにしようと思ったら、村上龍が先にいたんで本名で書くことになったのが残念だ、と言ったんですって。丸谷才一さんの『挨拶はむづかしい』で紹介されてるんだけど、丸谷さんはそのスピーチを褒めて、ついでに「受賞の挨拶でこのくらい人を食った話ができる新人は、警戒すべきである」とコメントしています。僕が実際に聞いたことがあるのは、『ポートレイト・イン・ジャズ』のライブのときね。僕が無理矢理引っ張り出しちゃったんだけど、とてもいい感じだったなあ。

安西　南青山の「MANDALA」でしたよね。あの時、はじめて都築響一さんを見かけたんです。春樹君の知り合いは河合隼雄さんとか「東京するめクラブ」の吉本由美さんとか髙橋秀実さんとか、今回もエッセイにたくさん出てきますけど、僕が飲み屋で会ったことがあるのは吉本さんだけです。

和田　ビル・クロウのインタビューでもわかるけど、人物への寄り添い方がうまいっていうか、僕が会ってない人でもその人物の雰囲気が伝わってくるんですよ。

安西　人物論も素晴らしいですけど、この本で圧巻なのは、やっぱり音楽についてでしょう。「日本人にジャズは理解できているんだろうか」はけっこう長いエッセイですけど、非常に面白い。僕も日本人はジャズに限らず、絵でもなんでも、自分の眼で見ていない、自分の耳で聴いていないという感じがどこかにありますから。

和田　うんうん。僕もかなり考えさせられましたね。楽しんで読めるというのとはちょっと違うんだなあ、あの文章はね。ジャズの背景にある文化や歴史を深く見抜いている力作だと思う。それからビリー・ホリデイが出てくる話、あれなんかいいよね。ジャズとはどういう音楽かが、小さな物語にこめられてる。

安西　あそこ、よかったですねえ。ああいう文章を書きながらジャズを語ってしまうところがすごいと思う。「言い出しかねて」を聴いて飛行機に乗りたくなったって話も最高でした。僕は飛行機そんなに好きじゃないけど、ああそうかと思った。

和田　僕も飛行機が好きじゃないくせに、水丸さんおすすめの映画『飛べ！フェニックス』は大好きですよ。

安西　砂漠に不時着する話ですよね。和田さんは他人の不幸を見るのが好きなんですよ（笑）。

和田　映画の中ではね（笑）。

安西　ジャズから話がそれましたけど、とにかく音楽についてはこの本にはたくさんのエッセイが載っていて、どれもいい。

和田　『1Q84』のヤナーチェクとか、音楽は小説にしばしば出てくるけど、ジャズだけじゃなくモーツァルトとかクラシックもたくさん出てくる。

安西　意外なんですけど、苦手そうに見えるオーディオも自分でいじってたりしてるんですよ。スピーカーがどうの、とかね。

和田　そうそう。音とオーディオ機器にはうるさいね。CDよりLPが好きってのは、僕もそうだけど。

安西　LPのジャケットを見てるとホッとするみたいな感じ、ありますよね。

和田　とくに僕らは、形やデザインの上でもLPに思い入れがあるから。

安西　ところで、この本にはビーチボーイズのことなんかは書いてあるけど、春樹君は歌謡曲とか邦楽なんかはどう思ってるのかな？

和田　ああ、それはちょっと知りたい。何かの小説で、チラッと「美空ひばりの唄が聞こえてきた」とかあったりして。

安西　ないと思いますね。イージーリスニングのバート・バカラックとかフリオ・イグレシアスは小説やエッセイに書いてます。僕、「村上朝日堂シリーズ」でフリオ・イグレシアスは三回くらい描きましたから。

和田　日本の歌謡曲は、比喩（ひゆ）としても出てこないんだね。

安西　意外に「三百六十五歩のマーチ」とか言いそうですけど、読んだことないです。『POST CARD』（学生援護会、一九八六）っていう僕の変な本があって、その中の小説で「犬のおまわりさん」を作者が歌う場面はありますけど。
和田　カラオケなんて絶対行かない人でしょう。
安西　行かないでしょうねえ。
和田　僕もカラオケが嫌いでバカにしてたんだけど、最近は行ったりするんですよ。付き合いで。
安西　イラストレーターはけっこう好きな人がいますからね。今度、春樹君も誘いましょうよ。
和田　来ないよ、ぜったい（笑）。
安西　うん、そうかな。いや、来ます、来ます、来ます。こんなに（コホン）僕らに世話になってるんですから（笑）。
　　声はプラチナ、字はカリントウ
安西　彼、ピアノも弾くんですよ。家に行ったときたしかキーボードがあったと思います。ピアノを弾くって、どこかにも書いてありましたよね。

和田　昔、店にはピアノも置いてあったというし、歌はうまいかもしれないね。

安西　彼の声を僕は「プラチナの声」って言ってますけど、いい声なんです。あの声からすると、歌えばうまいはずですよ。

和田　人には聞かせてないだけかもね。奥さんだけが聞くのかな。

安西　二日酔いもしないし、肩こりもない。絵もうまいし、料理もうまい……。

和田　ピアノも弾けるし、マラソンをするスポーツマン。

安西　締め切りもきちっと守るし、字はカリントウみたいで読みやすい。春樹君の字を僕は「カリントウ」と呼んでるんです。油で揚げたような字でしょ？

和田　たしかに読みやすくて、いい字だよね。

安西　ただ、油で揚げてるんですよ、サッと（笑）。

和田　映画もよく見ていて、すごく詳しいよ。原作まで読んでるしね。

安西　だから女性にモテるんですよ。そもそも小説家ってモテるから、奥さんは日頃から大変だろうな。ああ、また言っちゃった（笑）。だけど時々、ちょっとここでは言えないようなおかしなことも言いますけどね。

和田　この間、「するめ映画館」の鼎談（ていだん）で潜水艦の映画を取り上げたんだけど、『眼下の敵』の話のとき、春樹さんが「眼科の敵」っていう短編を書いたっていうのね。眼医者と歯医者が将棋をして、歯医者が負けて、それでハイシャ復活戦をやるって話。

安西　けっこう浅いダジャレですね。

和田　うん、いや、だからまあ……。

安西　僕はダジャレでは笑わない主義なんです（笑）。

和田　でも、うまいじゃん。ハイシャ復活戦まで言うのはしつこくていいよ。

安西　まあ、会話の中ではダジャレは言わない人だけど、回文とかダジャレの本も出しちゃいましたからねえ。

和田　『またたび浴びたタマ』（文藝春秋、二〇〇〇）ね。俺、傑作だと思う。土屋耕一さんの『軽い機敏な仔猫何匹いるか』も名作だと思ったけど、それに匹敵する猫の回文だね。『村上かるた　うさぎおいしーフランス人』（文藝春秋、二〇〇七）とか、世界的作家がダジャレみたいな本を出すのが面白いよね。

安西　そういえば、和田さんだって、回文が上手じゃないですか。イラストレーターの灘本唯人さんと飲んでたときに、「灘本いい友だな」って。

和田　あれ、俺そんなこと言ったの？　酔っ払ってて覚えてないよ……。

安西　灘本さんが感激して、「マコちゃん、サインしてよ」とか言ってサイン入りの回文を持って帰ってましたよ。

和田　へえ、俺もやるじゃん。たしかに、きれいな回文になってる。

安西　僕はその話をいろんな人にしてますよ。それから、若い女の子がチラッと僕に教えてくれた回文ですけど、「私、今、めまいしたわ」……。これ、可愛いくて色っぽいでしょ。

和田　わたし、いま、めまいしたわ……ああホントだ。

安西　春樹君のダジャレ本は、「見るとジャクソンだった」とか、大衆には分かんない人がいるかもしれないけど、ジャズメンはいつもあんなこと言ってますからね。

和田　そうそう。春樹さんは、真面目な文学でも使うし、気楽な遊びでも使う。

安西　こんなことしてていいんですかって（コホン）思うときも、ありますけどね。

和田　小説の中の比喩はチャンドラーみたいで素晴らしいよ。春樹さんの文学のテーマの一つだと言えるし。

安西　僕も好きですよ。フィリップ・マーロウが言うような比喩がね。

和田　褒めるという企画でもないんだけど、なんだか褒めちゃってるねえ（笑）。

「村上さんって、どんな人ですか？」

安西　春樹君のファンは若い女の子でもメチャクチャ可愛い子が多いんです。紹介したい女の子がいるから（エヘン）一緒に飲もうよって誘うんだけど、彼はもう寝る時間だから来られない。「紹介してくれたことなんて一度もないじゃないか」なんて書いてますけどね。

和田　いや、女の子でなくたって人気あるよ。

安西　でも、まあ、いろいろありますからね（コホン）。いや、本当にいい人ですよ、村上さんは。僕が講演会なんかしても、最初の一つ二つは僕への質問ですけど、そろそろ来るなと思うと必ず「村上春樹さんは……」と切り出されます。

和田　そうか、水丸さんとしては、それは愉快じゃないのね（笑）。

安西　友達としては喜ばしいことかなとは思いますよ。みんな春樹君のことを知りたいでしょうし。で、「どんな人ですか？」って聞かれるのね。

和田　早寝早起きを除けば普通の人だと思うんだけど。水丸さんはどう答えるわけ？

安西　やっぱり早寝早起きで、音楽のことにくわしくて、マラソン走っていて、ヤクルト・スワローズのファンだとか。

和田　つまり、女の子たちは文学のことは一つも聞かないんだ。

安西　どういう人間で、どんな趣味があるかとかそういうことなんです。

和田　どんな色が好きですか、なんて聞かれたりしても困るよね。

安西　「女の人なんかに興味がある人ですか」とか、そういうニュアンスのも多いです。

和田　それは相手が水丸さんだからってわけじゃないよね。

安西　そうかもしれないけど、とにかく彼は普通の男の子だと思うんです。今思い出したけど、昔はだいたいいつも半ズボンというか、ショートパンツでした。僕と『日出る国の工場』（平凡社、一九八七）の取材をするときは、いつも工場に行く直前に穿き替えてましたから。

和田　最初から長ズボンはいやだから、着替えを持っていくわけだ。礼儀正しい人だからね。でも、小さな男の子みたいに食べ物の好き嫌いがはげしいじゃないですか。

安西　そうそう。まず、貝がだめでしょ。

和田　それから中華をいっさい食わないんだ。

安西　子供のころ、家庭の味にそういったものがなかったのかな……。

和田　神戸にはうまい中華も多いはずなのにね。

安西　貝がだめってことは、あわびもだめでしょ。鳥肉もだめだし、いろいろ食べられないものが多い。千葉県の千倉に行ったときは白身魚とか食べてましたね。でもね（コホン）、ほんとは食べられるんじゃないかって、僕はにらんでるんです。

和田　ん？
安西　食べようと思えば、たぶん何でも食べられる人ですよ。僕のほうがものすごい偏食ですから。
和田　えっ？　水丸さんのほうがだめなのか。
安西　たとえば、ニンジンとかセロリなんですけど、好き嫌いがひどいですから。むしろ、春樹君が食べているのを見ると、中華なんか食べられそうなんですね。中華は食べないと言ってるけど、何か美意識みたいなものがあるんじゃないのかな。彼はたたずまいとして、ラーメンなんかは嫌なんじゃないでしょうか。
和田　スポーツマンて何でも食うというイメージがあるけどね。僕はスポーツしないけど、何でも食うよ（笑）。
安西　たぶん貝も食べたらぜったいに好きになると思いますね。ただ、なんとなく内臓のようなものは嫌いなような気はします。貝というのは身と内臓がくっついてますからね。でも、彼は食べますよ。
和田　食おうと決心したら、ぜったい食うね。食わなかったらだめだと言われたら、食うね（笑）。
安西　中華も食べたらすごく好きになると思いますけど、中華のなんというか、ああいう感じはちょっとわかるような気がするんですけどね。

和田 どういう感じ？

安西 中華料理ってドロドロッとしてて、女の子を南京袋（なんきんぶくろ）に入れてさらって行くみたいな感じがしませんか。

和田 曲馬団に売っちゃうとか……。いや、ちょっと話が違うと思うな（笑）。

安西 春樹君はジンギスカンは食べたんですよ。屋根の上に乗っかった鉄の帽子みたいなので羊肉を焼いて一緒に食べたことがあります。あれって小岩井農場だったかな。となると羊肉じゃなくて牛だったのかな。

和田 新説だね。貝も食べられる、中華も食べられる、羊肉は不明……。

安西 でも美意識として、食べない。

和田 それも春樹さんのカッコいいところですかね。

安西 食べ物の好き嫌いはあるけど、物事はちゃんと判断できるし、こんな勝手なことを言っても（コホン）、僕なんかによくしてくれるし、友達としてあんな人はいませんね。

和田 春樹さんにとって、僕たちは無防備になれる数少ない人間の二人なのかな。だから、こっちも会ってて面白いわけね。水丸さんは、ほんとはもっと秘密の話をしたかったんじゃないの。

安西　いや、これは「解説」ですから。まあ、きょうはこのくらいで……。

和田　なんだか、相当知ってるみたいな言い方だ（笑）。

安西　僕は（コホン）、「歩く懺悔室」って言われてましてね。みんな僕の前では告白しちゃうんですよ。

和田　ちょっと信じられないなあ。

安西　ホントです。それにしても、楽しい時間でしたね。いつか春樹君と三人で、寿司屋で貝をつまみにお酒を飲んで、カラオケ歌って打ち上げしましょうか（笑）。

和田　「まあ、この二人だったら何言われてもちょっと我慢しようか」みたいに思ってくれると嬉しいけどね。

（二〇一〇年十一月二十九日　青山にて）

文庫版のためのあとがき

村上春樹

この『村上春樹　雑文集』を単行本として出版したのが二〇一一年の初めで、それからなんのかんの、もう五年近く経ってしまった。僕の場合単行本は、どんなに長くても三年以内には文庫化することにしているのだが、僕も編集者も日々の仕事に追われているうちに、この本のことをすっかり忘れてしまっていた。文庫本化を首を長くして待っておられた方も中にはおられたに違いない。ほんとうに申し訳ありません。深くお詫びします。

文庫化にあたって、あらためてこの本を読み直してみたのだが、読んでいて最も痛切に感じたのは、「ああ、そうだ、もう安西水丸さんはいないんだ」ということだった。単行本を出したときには水丸さんはとても元気にご健在で、この本のために、あとがきとして和田誠さんと対談をしてくださった。表紙の絵をお二人に使わせていただいたので、「ついでだからあとがき代わりの対談をしてくれませんか」と僕の方から持ちかけたのだ。僕は水丸さんとも和田さんともよく一緒に仕事をするし、水丸さんと和田さんはもともと仲がよいので、「いいですよ」と快く引き受けていただけた。おかげさまでとても楽しい対談になった。この対談を読んでいると、なんだか水丸さんが目の前でほんとうにしゃべっているみたいで、その声まで聞こえてきそうな気がする。もう帰らぬ人になってしまったということが、うまく実感できなくなってしまう。ご冥福(めいふく)をお祈りしたい。好き放題なことを言って、好き放題なことをしていたくせに、なぜかみんなに好かれる人だった。

長い期間にわたって実に様々な場所で、実に様々な目的のために書いてきた種々雑多な文章を、ぎしぎしとひとつに詰め合わせた本なので、どのような感じで読者に総合的に読んでいただけるのか、僕にもちょっと摑(つか)みかねるところがある。自分の断片みたいなものをこんな風に一挙に、ひとまとめにして人目に晒(さら)してしまうのが恥ずかしいという気持ちもある。しかしなんといっても、とにかくこれが、僕という人間が実際に感じたり考えたりしてきた形跡なのであって、今さら隠すにも隠しようがない。「まあ、なんと言われても仕方あるまい」というほとんど開き直った気持ちで本のかたちにした。少しでも楽しんでいただけると、あるいは何かのお役に立てていただけると、僕としてはとても嬉しい。

『雑文集』という本のタイトルは、もともとは「仮題」として、編集者との業務連絡用に適当につけていたものなんだけど、そう呼んでいるうちにだんだん気持ちに馴染んできて、とうとうそれ以外のタイトルが思い浮かばなくなってしまった。かなり即物的ではあるけれど、これはこれでなかなか悪くないタイトルだろうと、本人は思っているのですが。

二〇一五年十月

装画・挿画　安西水丸
和田　誠

この作品は平成二十三年一月、新潮社より刊行された。

村上春樹著

1Q84
―BOOK1〈4月―6月〉
前編・後編―
毎日出版文化賞受賞

不思議な月が浮かび、リトル・ピープルが棲む1Q84年の世界……深い謎を孕みながら、青豆と天吾の壮大な物語が始まる。

村上春樹著

1Q84
―BOOK2〈7月―9月〉
前編・後編―
毎日出版文化賞受賞

雷鳴の夜、さらに深まる謎……「青豆、僕はかならず君をみつける」。混沌の世界で、天吾と青豆はめぐり逢うことができるのか。

村上春樹著

1Q84
―BOOK3〈10月―12月〉
前編・後編―

そこは僕らの留まるべき場所じゃない……天吾は「猫の町」を離れ、青豆は小さな命を宿した。1Q84年の壮大な物語は新しき場所へ。

村上春樹著

世界の終りとハードボイルド・ワンダーランド
谷崎潤一郎賞受賞（上・下）

老博士が〈私〉の意識の核に組み込んだ、ある思考回路。そこに隠された秘密を巡って同時進行する、幻想世界と冒険活劇の二つの物語。

村上春樹著

ねじまき鳥クロニクル
読売文学賞受賞（1〜3）

'84年の世田谷の路地裏から'38年の満州蒙古国境、駅前のクリーニング店から意識の井戸の底まで、探索の年代記は開始される。

村上春樹著

海辺のカフカ
（上・下）

田村カフカは15歳の日に家出した。姉と並んだ写真を持って。世界でいちばんタフな少年になるために。ベストセラー、待望の文庫化。

村上春樹著

螢・納屋を焼く・その他の短編

もう戻っては来ないあの時の、まなざし、語らい、想い、そして痛み。静閑なリリシズムと奇妙なユーモア感覚が交錯する短編7作。

村上春樹著

神の子どもたちはみな踊る

一九九五年一月、地震はすべてを壊滅させた。そして二月、人々の内なる廃墟が静かに共振する——。深い闇の中に光を放つ六つの物語。

村上春樹著

東京奇譚集

奇譚＝それはありそうにない、でも真実の物語。都会の片隅で人々が迷い込んだ、偶然と驚きにみちた5つの不思議な世界！

村上春樹著

雨天炎天
—ギリシャ・トルコ辺境紀行—

ギリシャ正教の聖地アトスをひたすら歩くギリシャ編。一転、四駆を駆ってトルコ一周の旅へ——。タフでワイルドな冒険旅行！

村上春樹著

辺境・近境

自動小銃で脅かされたメキシコ、無人島トホホ潜入記、うどん三昧の讃岐紀行、震災で失われた故郷・神戸……。涙と笑いの7つの旅。

村上春樹文
大橋歩画

村上ラヂオ2
—おおきなかぶ、むずかしいアボカド—

大人気エッセイ・シリーズ第2弾！ 小説家の抽斗(ひきだし)から次々出てくる、「ほのぼの、しみじみ」村上ワールド。大橋歩の銅版画入り。

和田誠
村上春樹著

ポートレイト・イン・ジャズ

青春時代にジャズと蜜月を過ごした二人が、それぞれの想いを託した愛情あふれるジャズ名鑑。単行本二冊に新編を加えた増補決定版。

村上春樹
安西水丸著

象工場のハッピーエンド

都会的なセンチメンタリズムに充ちた13の短編と、カラフルなイラストが奏でる素敵なハーモニー。語り下ろし対談も収録した新編集。

村上春樹
安西水丸著

村上朝日堂

ビールと豆腐と引越しが好きで、蟻ととかげと毛虫が嫌い。素晴らしき春樹ワールドに水丸画伯のクールなイラストを添えたコラム集。

村上春樹
安西水丸著

日出る国の工場

好奇心で選んだ七つの工場を、御存じ、春樹&水丸コンビが訪ねます。カラーイラストとエッセイでつづる、楽しい〈工場〉訪問記。

村上春樹
安西水丸著

村上朝日堂超短篇小説
夜のくもざる

読者が参加する小説「ストッキング」から、全篇関西弁で書かれた「ことわざ」まで、謎とユーモアに満ちた「超短篇」小説36本。

村上春樹著

もし僕らのことばがウィスキーであったなら

アイラ島で蒸溜所を訪れる。アイルランドでパブをはしごする。二大聖地で出会ったウィスキーと人と——。芳醇かつ静謐なエッセイ。

小澤征爾
村上春樹 著

小澤征爾さんと、
音楽について話をする
小林秀雄賞受賞

音楽を聴くって、なんて素晴らしいんだろう……世界で活躍する指揮者と小説家が、「良き音楽」をめぐって、すべてを語り尽くす！

河合隼雄
村上春樹 著

村上春樹、
河合隼雄に会いにいく

アメリカ体験や家族問題、オウム事件と阪神大震災の衝撃などを深く論じながら、ポジティブな新しい生き方を探る長編対談。

村上春樹 著

職業としての小説家

小説家とはどんな人間なのか……デビュー時の逸話や文学賞の話、長編小説の書き方まで村上春樹が自らを語り尽くした稀有な一冊！

J・フジーリ
村上春樹 訳

ペット・サウンズ

恋愛への憧れと挫折、抑圧的な父親との確執……。ビーチ・ボーイズの最高傑作に隠された、天才ブライアン・ウィルソンの苦悩。

カポーティ
村上春樹 訳

ティファニーで朝食を

気まぐれで可憐なヒロイン、ホリーが再び世界を魅了する。カポーティ永遠の名作がみずみずしい新訳を得て新世紀に踏み出す。

サリンジャー
村上春樹 訳

フラニーとズーイ

どこまでも優しい魂を持った魅力的な小説……『キャッチャー・イン・ザ・ライ』に続くサリンジャーの傑作を、村上春樹が新訳！

JASRAC 出1511931-510

村上春樹 雑文集

新潮文庫 む - 5 - 35

平成二十七年十一月 一 日 発 行
令和 七 年 五 月二十五日 十 刷

著 者 村上春樹

発 行 者 佐藤隆信

発 行 所 株式会社 新潮社

郵便番号 一六二—八七一一
東京都新宿区矢来町七一
電話 編集部(〇三)三二六六—五四四〇
読者係(〇三)三二六六—五一一一
https://www.shinchosha.co.jp

価格はカバーに表示してあります。

乱丁・落丁本は、ご面倒ですが小社読者係宛ご送付ください。送料小社負担にてお取替えいたします。

印刷・錦明印刷株式会社 製本・錦明印刷株式会社
© Harukimurakami Archival Labyrinth 2011 Printed in Japan

ISBN978-4-10-100167-8 C0195